# Le temps bleu

## Du même auteur

*Je ne m'attendais pas à ça !*, Larousse, 2021

Alexandre Marcel

# Le temps bleu

© Éditions Michel Lafon, 2023.
118, avenue Achille-Peretti – CS 70024
92521 Neuilly-sur-Seine Cedex
www.michel-lafon.com

*À Mamou Catherine,*
*ma grand-mère chérie, qui s'est battue contre Alzheimer.*
*Son souvenir m'a accompagné durant toute l'écriture de ce livre.*

# Avant-propos

À l'origine du *Temps bleu*, il y a l'amour.

L'amour que j'ai lu dans les yeux de ma fille, un après-midi de printemps, alors que nous déjeunions chez des amis. Soudain, la fulgurance : voilà mon sujet ! Celui qui me tourne autour, qui me nargue, qui attend que je l'empoigne depuis des mois, peut-être même des années ! Raconter cet amour-là, l'imaginer et le déployer entre deux personnages, deux époques, trois continents. Raconter comment il les aide à tenir debout quand la vie fait tout pour les mettre à genoux. Comment il pousse à faire des choses folles, à repousser les barrières du possible et de l'imagination.

L'amour qu'il y avait dans les yeux de ma grand-mère, aussi. Quand on lui prenait la main, avec ma sœur, et qu'on regardait avec elle nos albums d'enfance. Pour l'aider à se souvenir, à rester vivante.

Écrire sur ces amours-là, qui ancrent l'existence et lui donnent son sens, était un défi. Je souhaitais un roman joyeux mais vrai, dense mais prenant, un roman sur l'oubli... mais qu'on n'oublie pas. J'espère avoir relevé le défi, ce n'est pas à moi de juger.

Je vous souhaite une belle lecture... et un beau voyage !

*Alexandre Marcel*

# Chapitre 1

Philippe regarde sa fille. Elle court avec ses deux cousins sous le cerisier du jardin. C'est la plus petite. De loin, avec sa robe blanche et son serre-tête jaune dans les cheveux, on dirait une marguerite. Il préférerait être là-bas avec elle, à se rouler dans l'herbe et rire aux éclats, plutôt qu'à cette table d'adultes trop sérieux qui s'écharpent sur l'élection présidentielle. « Et toi Philippe, tu vas voter pour qui ? Giscard ou Mitterrand ? » demande soudain Richard, son beau-frère avocat, fixant les verres polarisant de ses Ray-Ban sur lui. Sous la table, la main de Sophie vient chercher la sienne. Elle sait qu'il n'est pas un grand amateur de ces déjeuners de famille. La politique ne l'intéresse pas, et il maîtrise bien moins l'art du débat que Richard. Heureusement pour lui, les enfants viennent détourner l'attention. Ils ont du vert sur les genoux et des moustaches à la cerise, petite troupe heureuse et débraillée. Gabrielle arrive en dernier ; du haut de ses deux ans, elle court moins vite que ses cousins.

— Regardez-moi ça, soupire sa grand-mère en lui essuyant les joues. Est-ce bien le rôle d'une jeune fille que de se rouler ainsi dans l'herbe avec ces sauvageons ? Tu ne préférerais pas jouer avec la dînette que j'ai achetée juste pour toi ?

Gabrielle regarde son père. Ses yeux disent : « Pourquoi mamie chat veut que j'aille jouer à la dînette ? Moi, ce que j'aime, c'est me rouler dans l'herbe et manger des cerises. » Philippe connaît sa fille. Et il connaît aussi sa belle-mère, un être aimant et généreux mais aux idées plutôt arrêtées. Une fois, elle avait reproché à Sophie, qui venait d'accoucher de Gabrielle, de ne pas l'aider à faire la vaisselle, alors que les trois hommes de la famille (son beau-père était encore en vie) étaient avachis dans le canapé devant un match de football. Philippe s'était aussitôt levé pour suppléer sa femme, mais Denise l'avait invité sèchement à aller se rasseoir. « Si j'ai besoin que vous alliez me couper du bois, je vous ferai signe ! » Il lui avait rétorqué que, chez eux, c'était lui qui lavait la vaisselle, qu'il aimait bien cela, et que de toute manière il fallait que Sophie reste allongée pour se reposer. Denise avait rougi, c'était la première fois qu'il la voyait rougir, elle avait marmonné quelque chose puis était allée s'enfermer dans sa chambre comme une enfant honteuse, atteinte dans son orgueil. Il en était resté bête. Depuis, il se gardait bien de donner son avis, se contentant d'un discret clin d'œil en direction de Sophie ou de Gabrielle, selon que les paroles de Denise s'adressaient à l'une ou à l'autre. Ce clin d'œil signifiait : « Laissons-la parler, notre mamie chat. Nous on sait que les filles, ça peut aussi couper du bois, se rouler dans l'herbe, et même devenir présidente de la République ! »

Gabrielle s'arrache à la serviette de sa grand-mère qui passe et repasse autour de sa bouche, et court dans les bras de son père. « Tu as vu, murmure-t-il à son oreille, mamie chat a attrapé un coup de soleil sur le bout du nez. Tu ne trouves pas qu'elle ressemble à un clown ? » La petite fille éclate de rire. Philippe ne se lassera jamais de ce bruit, ce « hoquet d'étoiles », comme il l'appelle, qui lui remue invariablement le cœur. Se sentant peut-être visée, Denise se tourne vers son gendre et demande avec le plus grand sérieux :

– Et sinon, comment se passe le travail ? Toujours avec vos voitures ?

Philippe est contrôleur qualité dans une usine automobile.

– La routine, répond-il laconiquement.

– Vous avez l'air fatigué. Vous comptez faire ça encore longtemps ?

– Je termine à 17 heures, ce qui me permet de m'occuper de ma fille. Pour l'instant, ça me convient.

– Le soir, Sophie aussi est à la maison, déclare Denise, se lançant dans la coupe méthodique de sa tarte aux pommes maison.

– J'aime lui donner le bain. C'est notre moment à tous les deux.

– Il y a une différence entre aimer et savoir faire.

– Pourquoi, vous trouvez que ma fille sent mauvais ? Tu cocottes, P'tit Loup ?

Il hisse Gabrielle sur ses genoux et se met à la renifler à la manière d'un chien, provoquant chez elle un nouveau *hoquet d'étoiles*.

– Ne soyez pas ridicule, Philippe, je n'ai jamais insinué que ma petite-fille… oh vous me cherchez là ! Ce que je veux dire, c'est que les femmes sont faites pour s'occuper des enfants, pas les hommes. C'est comme ça, c'est la nature.

– La nature, ah oui ?

Philippe sent le regard de Sophie peser sur lui. Quelque chose comme : « S'il te plaît n'embête pas maman, elle est fatiguée. Nous avons passé une si belle journée, ne va pas tout gâcher. »

– Ce n'est pas pour rien si c'est nous qui donnons la vie ! Et qui allaitons !

– J'ai essayé d'allaiter Gabrielle, une fois. Je ne peux nier que ce fut un échec.

– Je sens bien que vous vous moquez, Philippe, mais je vais vous dire : le jour où les hommes sauront s'occuper des enfants aussi bien que les femmes, les poules auront des dents !

– Les poules, ça a pas des dents, papa ? demande Gabrielle à l'oreille de son père.

– Bien sûr que si. Comment feraient-elles pour dévorer les renards, sinon ?

La fin de journée se déroule selon les vœux de Sophie, sans accroc, et la voiture roule désormais sous l'ombre des platanes bordant la départementale. À l'arrière, Gabrielle dort, sa tête blonde posée contre la vitre à demi ouverte.

Philippe et Sophie avaient abandonné l'idée d'avoir un enfant. Trois ans de rendez-vous infructueux chez le médecin, de diagnostics contradictoires, de traitements à base de plantes exotiques, de positions acrobatiques recommandées par Murielle, l'amie sage-femme de Sophie, avaient eu raison de leur enthousiasme. Quelqu'un dans l'Univers avait décidé qu'ils n'auraient pas de bébé. Que ce n'était pas pour eux. Et puis, un jour, Sophie avait remarqué qu'elle avait du retard. De quelques jours seulement, mais tout de même, étrange pour quelqu'un de « réglée comme un coucou suisse », selon sa propre expression. Pour ne pas donner de faux espoirs à Philippe, elle l'avait gardé pour elle. Les quelques jours étaient devenus une semaine, puis deux, puis trois, et, pleine d'un espoir fou, elle s'était résolue à retourner au laboratoire pour faire des analyses. C'était le médecin lui-même qui l'avait appelée, la voix hachée par l'émotion : « Vous êtes enceinte, madame Marlus ! Vous êtes enceinte ! » Sophie avait glissé le long du mur, le combiné entre ses mains, puis elle avait pleuré.

Le soir même, Philippe avait trouvé deux petits chaussons cachés sous sa serviette. Des chaussons vraiment minuscules, tricotés à la main, avec même des petits lacets pour les fermer. Il sortait d'une journée difficile au travail. Trop absorbé par ses problèmes, il n'avait pas vu le sourire suspendu de Sophie, ses yeux brillants, son air rêveur. Il avait retiré la serviette et l'avait posée sur ses genoux. « Qu'est-ce… » Il avait regardé les chaussons, les avait fixés longtemps, comme si… vraiment ? Attends, non, ça ne peut pas être vrai… et puis les larmes de Sophie, et sa tête qui dit « oui », et lui qui bondit de sa chaise, la chaise qui vole dans la cuisine, tout qui vole, la serviette, son cœur, ses lèvres sur celles de Sophie, lèvres humides et heureuses.

— Tu as encore taquiné maman aujourd'hui, dit-elle, un mince sourire en coin.

— Elle me lance de telles perches, c'est difficile de résister.

Sophie secoue la tête, et fait cette moue avec la bouche, il la trouve si belle quand elle pince ainsi ses lèvres, ça lui donne envie de l'embrasser. Si on lui avait dit, plus jeune, qu'il épouserait une femme comme elle. « Arrête de rêver », lui glissait tout le temps Michel, son meilleur ami de l'époque. Et puis il y avait eu cette fête de village à laquelle ils s'étaient retrouvés par hasard. « Si je gagne ce lapin bleu, tu m'accordes une danse ? » Aujourd'hui, le lapin bleu était la peluche préférée de Gabrielle.

La voiture roule doucement, tranquillement, Philippe est heureux. C'est une vieille 4 CV qui pétarade dans les montées, mais il a le sentiment d'être dans un écrin, entouré de joyaux. Le soleil décline à l'horizon, les nuages ressemblent à des bouts de coton trempés dans l'or. Il ne voit pas la voiture arriver. Il ne peut pas la voir, elle a déboulé de derrière un camion pour le doubler. Elle est rouge, il n'oubliera jamais cette voiture rouge, venue déchirer sa vie comme une lame de sang, un soir de printemps 1974.

Il ne peut pas freiner, il se ferait emboutir par la voiture derrière. S'il ne fait rien, c'est la collision. À cette vitesse, ils y restent tous. Alors il braque, violemment, ses deux mains sur le volant, il s'écarte de la voiture rouge qui, elle, ne ralentit pas, qui continue son chemin avec la musique *I Say a Little Prayer* d'Aretha Franklin que vomit l'autoradio, et Philippe, lui, n'a pas le temps de faire une prière, il essaie de se frayer un chemin entre les arbres, mais il y en a trop, et la voiture vient s'encastrer dans un platane qui ne frémit pas. Philippe est sonné, des taches lumineuses dansent devant ses yeux. Derrière lui, Gabrielle hurle, ce qui signifie qu'elle est vivante. C'est sa première information : sa fille est vivante. « Ça va aller, mon amour, papa est là. » Il cligne des yeux pour faire disparaître les taches lumineuses, pour distinguer quelque chose. Dans le rétroviseur, il voit sa fille. Elle est dans son siège, bien attachée. « Sophie, ça va ? » Il tend le bras vers elle, ne la trouve pas, elle n'est pas à sa place, et son cœur non plus, soudain, n'est plus à sa place. « Sophie, tu m'entends ? » Le brouillard étincelant d'étoiles commence à se dissiper, et Philippe distingue une forme, couchée sur le tableau de bord. Il y a un trou dans le pare-brise, du sang, avec sa vue qui revient il remarque qu'il y a beaucoup de sang, c'est la voiture rouge qui s'est éparpillée dans la leur.

« Sophie ? Sophie ? » Derrière, Gabrielle pleure, hurle, se débat. « J'arrive, mon amour, je vais te sortir de là. » Il voit presque clair, maintenant. Il voit que la ceinture de sécurité s'est arrachée, et que sa femme a été projetée dans le pare-brise. Et il aura soudain cette pensée absurde : « Ce n'est pas une voiture de mon usine. »

# Chapitre 2

C'est leur rituel depuis qu'elle a quitté la maison, il y a bientôt vingt ans. Tous les dimanches midi, Gabrielle déjeune avec son père. Créneau réservé dans son agenda, de midi à 16 heures : « Occupée. » Elle le note, pour que son assistante ne soit pas tentée de lui caler un déjeuner professionnel, oui, même le dimanche.

Pendant plusieurs années, elle y est allée seule. Ils déjeunaient en tête à tête, refaisaient le monde, se racontaient leur semaine, même si c'était plus elle qui parlait, car il voulait tout savoir, ne rien manquer de sa vie. Puis David s'était joint à eux, quelques semaines après leur premier rendez-vous. Ç'avait été une grande étape pour Gabrielle. Avant lui, aucun garçon n'avait eu l'honneur d'être invité. Mais David était différent. Et puis, il connaissait déjà son père, ce qui avait facilité les choses. « Je l'aime bien, ton gus, lui avait glissé Philippe en les raccompagnant vers la sortie. Mon petit écrou aurait-il enfin trouvé son raccord ? » Elle avait serré la main de David, très fort. Désormais, elle n'aurait plus peur de se projeter dans l'avenir avec lui. Par cette métaphore, chère à l'âme bricoleuse de son père, il avait gagné le droit de faire sa vie avec elle.

Aujourd'hui, ils sont quatre à traverser le jardinet en direction de la maison. Il y a David, bien sûr, les tempes un peu plus grises qu'il y a quinze ans, mais aussi deux enfants aux boucles blondes, comme l'était Sophie. Philippe est déjà accroupi dans l'encadrement de la porte, les bras grands ouverts, prêt à recevoir sa dose d'amour hebdomadaire. Sasha, dix ans, et Rose, sept ans, courent dans sa direction, se poussent pour arriver en premier, mais ils l'atteignent en même temps et le presque vieil homme tombe à la renverse, emporté par ses petits-enfants. Son père est *presque* vieux. Soixante-treize ans. Elle ne peut se résoudre à penser qu'il est vieux, car s'il est vieux, cela signifie qu'il va bientôt mourir, et cette pensée est intolérable. Alors il est presque vieux, et le restera jusqu'à la fin de sa vie.

— Attention, les enfants, vous allez faire mal à papi !

— Ne t'en fais pas, répond Philippe, ton vieux père n'est pas en sucre.

« Presque vieux », corrige Gabrielle dans sa tête.

David lui tend la main et l'aide à se relever. Ils se font une accolade chaleureuse. Elle les aime tant, tous les deux. C'est grâce à eux si elle en est là aujourd'hui. Si elle est obligée de renseigner ce déjeuner dans son agenda professionnel.

— Papi, tu as des bonbons ? demande Rose.

— Ce n'est ni le bon moment ni la bonne façon de demander, intervient sa mère.

Philippe fait un clin d'œil à ses petits-enfants, puis s'éclipse avec eux à l'intérieur. Avant, ces clins d'œil étaient réservés à Gabrielle. C'était leur code secret, la clé vers leur monde à deux. Aujourd'hui, ce sont ses enfants qui ont pris la place. Et même si c'est son devoir de mère de leur rappeler qu'on dit « merci » et « s'il te plaît », elle sait, au fond d'elle, qu'ils sont volontairement impertinents ; que ce monde-là, dévoilé par un bref clignement de paupière, est en dehors des convenances, des politesses, des règles. Elle y a vécu trop longtemps pour l'oublier.

Rose et Sasha passent devant Gabrielle en courant, les mains chargées de confiseries. Elle sourit et regarde autour d'elle. Depuis quarante ans, rien n'a changé. Ce sont toujours les mêmes murs, les mêmes fenêtres, les mêmes bibelots posés sur leurs vieux meubles en chêne. Seules les photos sont mises à jour régulièrement, mais toujours dans les mêmes cadres, comme une vaine tentative de contenir le temps qui passe. Aujourd'hui, celles de ses enfants prennent tout l'espace. Il y en a une dizaine, qui encadrent un portrait de sa mère en noir et blanc. Gabrielle s'en approche, doucement, effleure du bout de ses doigts le joli front dénué d'ombres. « Comme elle était belle », pense-t-elle, puis elle rejoint son père et son mari dans la cuisine. Ils ont tous les deux le nez penché au-dessus d'une grande marmite, d'où s'échappe un délicieux fumet.

– Qu'est-ce que c'est ? demande-t-elle.

– Du lapin aux champignons, répond Philippe.

– J'étais en train de noter la recette, ajoute David, montrant son téléphone. Apparemment, la clé, c'est le vin blanc.

– Tout à fait, le côte-de-beaune, pour être précis.

Hormis l'électroménager, rien n'a changé non plus dans la cuisine. C'est toujours le même papier peint à fleurs jaunes, la même table sur laquelle ils prenaient leurs repas, et surtout, punaisés au dos de la porte blanche, les mêmes posters du Machu Picchu et de la Polynésie. Elle les regarde quelques instants, sourire aux lèvres. « Vous ne voulez pas virer ces horreurs ? » avait demandé un jour David, sans réaliser qu'il insultait leur mémoire. « Il a peut-être raison, avait répondu Philippe. Peut-être qu'on devrait les jeter… » Puis il avait regardé sa fille, et quelque chose avait rompu, après tant d'années, et David était resté bête d'avoir fait pleurer son beau-père pour deux vieilles affiches pleines de taches.

– Si tu veux nous donner un coup de main, dit Philippe, tu peux mettre la table.

– On déjeune dehors ?

– Bien sûr, avec un temps pareil !

Gabrielle se dirige vers le placard à vaisselle et attrape six assiettes. Mais alors qu'elle veut refermer la porte, celle-ci lui reste dans la main.

– Papa, je crois que ton meuble a un petit problème.

– Pose la porte à côté, je la remettrai, dit-il.

Quelques secondes s'écoulent.

– Je sais que tu es attaché à cette maison, mais…

– Nous en avons déjà parlé, Gabrielle. Je ne veux pas de ton argent. Dans quel monde un père se fait-il entretenir par sa fille ?

– Ce n'est pas la question.

– Non, tu as raison. La question est de savoir si je me sens bien dans cette maison. Et je m'y sens très bien. Elle est vieille et déglinguée, comme moi. Alors on se comprend.

– Écoute, j'ai repéré un charmant appartement pas très loin du nôtre et…

– Gabrielle, j'ai dit non ! J'ai dit non, non, non !

Gabrielle voit alors son père attraper la bouteille de vin blanc à moitié pleine et la jeter à travers la cuisine contre le mur. Au bruit du verre explosant en morceaux succède un long silence. En quarante-six ans, elle ne l'avait jamais vu perdre ses nerfs ainsi.

– Papa, je suis désolée, je ne voulais pas…

Philippe regarde autour de lui, hagard, comme s'il se demandait si c'est bien lui qui avait fait cela.

– Ne t'excuse pas, P'tit Loup, je… je ne sais pas ce qui m'a pris…

Il n'ose pas la regarder. C'est la première fois qu'elle sent ses yeux fuir les siens. Elle a besoin de ce contact, c'est son oxygène. Soudain, elle remarque que ses enfants sont figés dans l'encadrement de la porte.

– Qu'est-ce qu'il s'est passé ici ? demande Sasha.

– Un petit accident, répond David. Ça arrive, non ?

Sasha observe son père d'un air sceptique.

– Un accident, hein ?

– Oui, un accident.

– J'ai du mal à y croire. Sauf si la bouteille s'est téléportée toute seule, mais…

– Bon, et si tu nous aidais à nettoyer, au lieu de jouer les apprentis inspecteurs ? En me donnant le balai et la pelle qui sont derrière toi, par exemple ?

Ils passent à table, mais Gabrielle a la tête ailleurs. Elle regarde son père, qui grimace pour faire rire ses petits-enfants. Que s'est-il passé, plus tôt, dans la cuisine ? Elle n'arrive pas à l'expliquer, à rationaliser, ce qui est très perturbant pour un esprit aussi cartésien que le sien. Elle a simplement la vague intuition que tout cela n'annonce rien de bon pour eux.

Soudain, son téléphone professionnel vibre dans son sac. C'est Alain, le directeur financier et administratif de l'entreprise. D'ordinaire, elle aurait éteint son portable sans état d'âme. Mais elle a besoin de s'échapper, de penser à autre chose. Elle s'éloigne pour répondre.

– Gabrielle ? J'espère que je ne te dérange pas trop.

– Tu ne vas peut-être pas me croire, mais ça me fait du bien de te parler.

– Un problème ?

– Rien de grave, mais…

Elle se tait un instant puis demande :

– Dis-moi, que se passe-t-il ?

– Patrice Sushard, le directeur international de…

– Oui, je sais qui est Patrice Sushard.

– Eh bien, j'ai été informé qu'il convoitait assez ardemment la présidence de la boîte.

Quelques secondes s'écoulent.

– Il est évident que je n'allais pas être la seule à me porter candidate.

– Tu as largement fait tes preuves, et tu mérites ce poste plus que n'importe qui.

– Mais ?

– Mais Sushard a un puissant réseau, et je crois savoir qu'il est très apprécié par plusieurs membres du conseil d'administration.

– Tu peux essayer de te renseigner ?

– Bien sûr.

– Et compte sur moi pour ne pas me laisser faire.

– Je ne me fais aucun souci là-dessus.

Sur ce, ils raccrochent et Gabrielle retourne à table.

– Des soucis, ma puce ? demande Philippe naturellement, comme si l'épisode de la cuisine était loin derrière eux.

Mais il n'est pas loin derrière eux, il est là, tout près, il stagne dans l'air comme une odeur incrustée de brûlé.

— Rien de grave, papa.

Philippe fronce les sourcils.

— Je connais ma fille, on ne me la fait pas !

Elle sourit.

— Je t'en parle plus tard, promis. C'est un truc de boulot.

Il semble normal. Après tout, ce n'était peut-être qu'un simple coup de sang. Ce n'est pas dans ses habitudes, mais elle sait que la maison est un sujet sensible pour lui. Et puis, le 18 mai est toujours une date un peu spéciale. Il est à fleur de peau.

Après le repas, Gabrielle se rend avec Philippe au cimetière, pendant que David emmène les enfants au parc. Aujourd'hui, sa mère aurait eu soixante-treize ans.

— Tu crois qu'elle nous a regardés déjeuner depuis là-haut ? demande-t-elle, debout devant la pierre tombale.

— Je n'en ai aucun doute. Elle ne doit pas perdre une miette de nos instants en famille.

Autour d'eux, un vent tiède fait bruisser les feuilles des arbres, récitant, à la surface du marbre blanc, une poésie d'ombres et de lumières.

— J'aimerais tellement avoir plus de souvenirs d'elle. Autrement que par les photos, ou ce que tu m'en racontes.

— Je suis désolé de ne pas avoir gardé les dessins que tu lui faisais.

Gabrielle pose sa tête sur l'épaule de son père.

— Je t'interdis d'être désolé pour ça, papa. Grâce à eux, maman était en quelque sorte toujours avec nous. Tu sais, chaque samedi, je me réveillais avec la pensée qu'elle était impatiente de recevoir son dessin, et qu'il fallait que je m'applique pour lui montrer que je progressais. J'étais tellement fière d'aller à la poste avec mon vélo, de coller le timbre… et puis je me souviens que tu me prenais dans tes bras pour que je puisse glisser l'enveloppe dans la boîte aux lettres. Les autres enfants devaient attendre Noël pour éprouver cette excitation. Moi, c'était toutes les semaines.

Philippe s'essuie les yeux d'un revers de manche, et embrasse sa fille sur le front.

– Pas un jour ne passe sans que je ne pense à elle. Mais je crois que nous avons fait du bon boulot, tous les deux. Oui, je crois qu'elle doit être sacrément fière, de là-haut.

À leurs pieds, il y a un sac en papier kraft. Philippe se baisse pour le ramasser et en sort une orchidée qu'il tend à sa fille. C'était la fleur préférée de Sophie. Surtout cette variété-ci, la *phalaenopsis*, dont les pétales ressemblaient à des ailes de papillon, disait-elle.

– Tiens, je te laisse lui offrir.

Gabrielle l'attrape délicatement et l'installe à côté d'un gros bouquet de roses, certainement déposé par son oncle un peu plus tôt.

– J'espère qu'elle te plaira, maman, dit-elle, regardant furtivement les deux dates gravées dans le marbre.

« Même pas trente ans », pense-t-elle, comme à chaque fois. Quelle injustice.

Sur le chemin du retour, Gabrielle et Philippe font un détour par le parc où se trouvent Sasha, Rose et David. Ce dernier est assis sur un banc au soleil, un livre dans les mains. Il le referme et se lève en les voyant arriver. Gabrielle se réfugie un instant dans ses bras, puis se dirige vers ses enfants. Ils sont perchés au sommet d'une structure en forme de bateau.

– Ça vous dit de retourner chez papi prendre un goûter ? On peut passer chez Marie acheter des viennoiseries.

– Oh oui ! s'exclame Rose. Moi, je veux un pain au chocolat. Avec beaucoup de chocolat !

– Et moi… des crêpes ! ajoute Sasha.

– Nous verrons ce qu'elle a en rayon, répond leur mère. Allez, en route !

Ils traversent les rues du centre-ville, animées d'une foule qui ne boude pas son plaisir d'être dehors sous ce franc soleil. Marie, la boulangère, est une vieille amie de Philippe et Gabrielle. Ils bavardent quelques instants, mais la queue qui s'étire devant le comptoir les oblige à écourter la discussion. Elle offre deux petits muffins à Rose et Sasha, puis fait mine d'inspecter les pains au chocolat.

— Est-ce que celui-ci te conviendrait ? demande-t-elle à Rose.

— Ça dépend : il a beaucoup de chocolat ?

Marie lui demande de s'approcher.

— Garde-le pour toi, mais c'est mon pain au chocolat secret, avec beaucoup, beaucoup de chocolat.

Les yeux de Rose s'arrondissent de gourmandise.

— Papi, je peux l'avoir s'il te plaît ? demande-t-elle, le nez collé contre la vitrine.

— D'accord, répond Philippe, mais soyons discrets. Je connais des gens qui seraient capables du pire pour goûter le pain au chocolat secret de Marie. D'ailleurs, pour plus de sécurité, je vais le ranger au fond de mon sac, et nous ne le sortirons qu'une fois rentrés à la maison. Est-ce que ça te convient ?

Rose acquiesce, sans doute rassurée par le clin d'œil complice de son grand-père.

— Vous désirez autre chose ? demande Marie après avoir mis le pain au chocolat précieusement de côté.

— Une crêpe…

— Non, deux ! Non, trois ! s'écrie Sasha.

— Alors trois crêpes, une brioche pour quatre personnes et une baguette pas trop cuite, s'il te plaît.

Philippe plonge la main dans la poche intérieure de son blazer. Gabrielle voit ses sourcils se froncer.

— Un problème, papa ?

— Bizarre, je ne trouve pas mon portefeuille.

— Ne t'inquiète pas, David est en train de payer.

Il tapote ses autres poches, regarde autour de lui, se gratte la tête, et une expression de plus en plus perplexe s'imprime sur son visage.

— Je ne comprends pas, il est toujours dans mon blouson.

— Tu es sorti avec ce blazer toute la semaine ?

Philippe fouille un instant dans sa mémoire.

– Je ne sais plus…

– Nous chercherons à la maison. Je suis sûre qu'il ne doit pas être bien loin.

Après la boulangerie, ils passent chez l'épicier se ravitailler en caramel, puis se rendent sans autre détour chez Philippe. À peine entré dans la maison, ce dernier vide les poches de tous ses blousons.

– Je ne le trouve pas !

Dans la cuisine, Gabrielle ouvre le pot de caramel.

– Tu as regardé sur la console dans l'entrée ? demande-t-elle.

À ses pieds, Sasha trépigne.

– J'ai faim, maman ! J'ai faim, j'ai faim, j'ai faim !

– Si tu avais si faim que ça, tu les mangerais froides, tes crêpes !

– Ah bon, et il fondrait comment le caramel ? rétorque son fils.

– Il n'est pas là non plus !

Gabrielle sort les crêpes et les pose sur une assiette en céramique.

– J'arrive, papa, deux minutes, s'il te plaît, j'ai un lion affamé à mes pieds !

Elle ouvre le micro-ondes et, dans la douceur de ce mois de mai et de cette journée en famille, son cœur devient froid : le portefeuille de son père est là, devant ses yeux, dans un bol rempli de petits pois et de croûtons au fromage.

# Chapitre 3

Philippe est figé devant le bureau de Thierry, son supérieur. Il a toqué trois fois, mais la porte reste fermée. Pourtant, il sait qu'il est là, il entend des bruits à l'intérieur. C'est l'une des rares personnes dans l'usine à avoir un bureau. Les autres employés doivent se contenter d'un casier pour ranger leurs affaires.

Enfin, la porte s'ouvre.

— Je t'en prie Philippe, entre.

Il parle sans retirer sa cigarette de sa bouche. Son bureau baigne dans une fumée blanche qui brûle les yeux.

— Assieds-toi, dit-il, lui présentant le fauteuil face à lui.

Philippe obéit. L'assise grince sous ses fesses, il sent un bout de métal s'enfoncer dans sa cuisse droite.

— Qu'est-ce que je peux faire pour toi ?

Sur le mur derrière, il y a des affiches publicitaires de la marque pour laquelle ils travaillent. Il y a aussi un calendrier de pin-up et des photos de son équipe de foot. Rien ne laisse supposer qu'il a une famille. Pourtant, il en a bien une.

— Je souhaiterais revoir mes horaires de travail, annonce Philippe sans préambule.

Thierry tire une bouffée sur sa cigarette.

— Comment ça ?

— J'aimerais réduire ma pause déjeuner pour terminer un peu plus tôt. 16 h 45 au lieu de 17 heures. J'arrive tous les soirs en retard à l'école pour récupérer Gabrielle, et ce n'est plus possible. Je me fais taper sur les doigts par la directrice.

Thierry allume une autre cigarette et fait basculer son fauteuil en arrière.

– Compliqué, tu sais comment fonctionne une usine.

– Mon poste actuel me le permet. Ce n'est pas comme si j'étais sur une chaîne. Je connais mon quota hebdo, il sera fait.

Thierry soupire.

– Tu fais un job de nana, Philippe, dit-il, expulsant de ses narines deux jets de fumée blanche. Les hommes, c'est pas fait pour s'occuper des gosses le soir.

– Ma femme est morte, Thierry, répond Philippe froidement, ses yeux bleus plantés dans ceux de son supérieur.

– Je sais bien, et je ne te dis pas que…

Soudain, il rebascule vers l'avant et se lève d'un petit bond énergique.

– Ça fait trois ans, Philippe, il est temps que tu passes à autre chose ! Trouve-toi une nana… une gentille fille qui prendra soin de Gabrielle. C'est pas une vie, pour un mec, de courir entre l'école maternelle et les cours de danse. Regarde tous les moments que tu loupes avec les collègues !

Comment lui expliquer que ces choses ne l'intéressent pas ? Que ce qu'il veut, lui, c'est s'occuper de sa fille ? Thierry continue de parler, de lui expliquer toutes les activités auxquelles un homme devrait normalement s'adonner, il lui rappelle que le demi n'est qu'à 2 francs 30 chez Gérard, que le jeudi c'est foot et que leur équipe aurait bien besoin d'un attaquant de sa taille, qu'il connaît une fille, Charlotte, « pas un canon de beauté, mais elle cuisine bien », des mots qui passent près de Philippe sans l'effleurer.

– Alors, c'est d'accord ? dit-il, profitant d'un silence-pause-cigarette.

L'enthousiasme que Thierry mettait à lui exposer sa vie de mâle libre et heureux s'évanouit aussitôt, balayé par une expression de fatalité et d'un geste de la main qui signifie : « Après tout, c'est ta vie, libre à toi de la gâcher. »

– Oui, c'est d'accord, tant que le boulot est fait.

Philippe se lève, remercie Thierry puis retourne à son poste de travail.

16 heures et 45 minutes s'affichent sur la grande horloge au bout du hall. Philippe repose ses outils, s'essuie le front et court en direction des vestiaires. Il retire son bleu de travail et passe un gant mouillé sur sa peau. Il n'a pas le temps de prendre une douche, mais il ne veut pas non plus retrouver Gabrielle avec l'odeur d'usine sur lui. L'agent de sécurité fouille son sac et note son nom sur une feuille. « Bonne soirée », dit-il sobrement. « Bonne soirée », répond Philippe, qui s'élance vers sa voiture. Un paquet de barres chocolatées est posé côté passager. Il en sort une, arrache l'emballage avec ses dents, croque un morceau et ferme les yeux. Juste un instant, fermer les yeux et respirer. L'usine, c'est dur. Il n'a pas envie d'y penser, mais son cerveau est encore assourdi et ses muscles tirent. Il y a quelques années, il travaillait sur la grande chaîne. C'était encore plus éprouvant. Il fallait tenir la cadence des voitures qui défilent, toujours, sans s'arrêter. Visser, souder, gainer, percer, tailler… répéter les mêmes gestes, mille fois par jour, concentré au maximum pour ne pas « couler » − c'est-à-dire se laisser déborder par le flot du métal qui avance. Aujourd'hui, il est un peu plus libre et autonome. Ce qui lui permet d'aller chercher sa fille à l'heure.

Il l'aperçoit au bout de la cour de récréation. Repérant son père, Gabrielle lâche la main de Charlotte, sa meilleure amie, et se met à courir. Philippe entend des murmures amusés autour de lui. Il y a aussi Nicole, la mère de Valérie, qui marmonne qu'un homme à la sortie d'une école, ce n'est pas « très naturel ». Pour lui, il n'y a rien de plus naturel au monde. Il se sent à sa place, ici, prêt à recevoir ce torrent blond qui déferle dans sa direction. Voilà, elle est dans ses bras, il respire ses cheveux, son cou, presse contre lui ce corps qu'il prend soin de vêtir et de nourrir, chaque jour, avec le sentiment impérissable d'accomplir quelque chose d'essentiel, une œuvre à la hauteur des sacrifices qu'il consent pour elle. L'usine est loin, désormais.

Il se relève, Gabrielle accrochée à son cou.

– Comment va mon P'tit Loup ? demande-t-il, se dirigeant vers leur voiture garée un peu plus loin.

– Je vais bien, dit-elle.

Mais Philippe note immédiatement que quelque chose cloche.

Il l'installe à l'arrière de la voiture puis prend place au volant.

– Papa, aujourd'hui, j'étais bien embarrassée, dit-elle au bout d'un silence.

Philippe est toujours étonné de son langage, qu'il trouve développé pour une enfant de cinq ans.

– Embarrassée par quoi, mon ange ?

– Eh bien…

Il la voit réfléchir, ses yeux levés vers le ciel.

– Aujourd'hui, à l'école, la maîtresse nous a demandé de faire un dessin pour notre maman, parce que c'est la fête des Mères dimanche. Mais moi, ma maman, elle n'est plus là, je ne sais pas où elle est, alors comment est-ce qu'elle va recevoir mon dessin ?

Le paysage se brouille devant Philippe. Il se frotte les yeux et ouvre la fenêtre. Il ne sait quoi répondre. Ne sait jamais quoi répondre.

– Gabrielle, est-ce que tu veux que nous allions à l'animalerie ? demande-t-il.

C'est leur refuge. Aller voir les petits chiens, les oiseaux, les lapins, quand surgit dans leur monde le souvenir de Sophie.

– Oui, je veux bien, répond-elle d'une voix lointaine.

Philippe se gare devant la boutique. Il détache la ceinture de sa fille, mais elle ne court pas comme d'habitude vers l'entrée, elle tient son dessin dans la main et semble se demander ce qu'elle est censée en faire.

– Est-ce que je peux le regarder ? demande Philippe.

Gabrielle acquiesce, lui tend la feuille pliée en deux.

Philippe l'ouvre. Elle les a représentés tous les deux en train de construire leur cabanon dans le jardin. C'était le week-end dernier, il lui a appris à planter des clous.

– J'aimerais montrer à maman ce qu'on a fait, dit-elle. Pour qu'elle soit fière de nous. C'est une jolie cabane, hein, papa ?

De nouveau, Philippe sent ses yeux le brûler. « Oui, c'est une très jolie cabane, P'tit Loup », murmure-t-il, posant sa large main sur la tête de sa fille et la conduisant à l'intérieur de l'animalerie.

Les odeurs, odeurs de foin, de poils, de litière, odeurs sauvages et familières, et les bruits, les chiots qui jappent, les perroquets qui bavardent, il y a même deux lamas en exposition, et le gigantesque aquarium rempli de poissons multicolores contre lequel Gabrielle aime coller son nez… Ils sont bien, ici, c'est chez eux.

— Oh, papa, c'est quoi ça ? demande-t-elle, les yeux ronds de surprise.

— Des lamas, ma chérie, répond Philippe.

— On peut aller les voir ?

— Oui, bien sûr.

— Dans tes bras alors, j'ai un peu peur.

Philippe sourit et la soulève. Ils s'approchent des deux animaux qui mâchouillent leur foin d'un air tranquille.

— Ils ont vraiment une drôle de tête, dit-elle. Je les aime bien, je crois.

Matthieu, le propriétaire du magasin, s'approche d'eux.

— Malheureusement, ils ne sont pas à vendre, dit-il. Ils viennent d'un endroit très lointain et merveilleux, perché dans les nuages. Je les garde encore quelques jours, puis ils seront envoyés au parc zoologique, où ils auront bien plus d'espace qu'ici.

« Un endroit lointain et merveilleux », murmure Philippe, les yeux rivés sur la grande affiche du Machu Picchu collée sur le mur derrière l'enclos. Puis il sent son regard accroché par autre chose, un autre grand poster, qui surplombe l'aquarium de poissons tropicaux, c'est quelque part en Polynésie, « Pension Bounty, Bora-Bora », lit-il. Tout est bleu, calme, idyllique, et une idée le traverse soudain, un besoin de rêve et d'évasion, l'envie d'offrir cela à sa fille. Il la pose au sol et s'accroupit devant elle.

— Gabrielle, il faut que je te dise un secret. Tu sais garder les secrets, n'est-ce pas ?

Sa fille hoche la tête avec un air de grande concentration.

– Je ne t'ai pas emmenée à l'animalerie par hasard, je voulais te dire autre chose. Tu vois cette image, au-dessus de l'aquarium ? Eh bien… j'ai fait beaucoup de recherches, et j'ai découvert que ta maman était là-bas.

Gabrielle étouffe un cri de surprise entre ses mains.

– C'est vrai ça ?

– Absolument. Je sais de source sûre qu'elle est dans cet endroit magnifique, et qu'elle nage tous les jours avec des dauphins. Et je sais aussi qu'elle a gravi cette montagne magique, ajoute-t-il, pointant son index vers le Machu Picchu. Car il faut passer au-dessus des nuages, au-dessus du ciel, même, pour y accéder.

Gabrielle reste muette un instant, sa petite bouche rose en forme de O, le regard traversé de mille rêves, mille questions.

– Ça veut dire qu'on peut aller la voir ? demande-t-elle, fixant sur lui ses grands yeux verts.

Philippe détourne les siens. Il aimerait tant lui répondre oui. Il aimerait tant pouvoir la jucher sur ses épaules, et courir comme un géant à travers le monde, sauter les rivières, les forêts, les océans, et gravir cette montagne auréolée de brume, et sentir tout à coup la tendresse d'une eau tiède et translucide, l'avant-goût d'un baiser au parfum d'orchidée. Mais la réalité est tout autre.

– Non, ma chérie, nous ne pouvons pas aller la voir. Malheureusement, ce n'est pas un endroit qui se visite.

– Oh, répond Gabrielle, baissant les yeux.

– En revanche, nous pouvons lui envoyer tes dessins. Je suis certain que maman sera ravie de les recevoir.

De nouveau, un changement s'opère sur le visage de Gabrielle, tel un paysage métamorphosé par l'apparition du soleil. Elle attrape son père par la main et le tire vers la sortie.

– Qu'est-ce que tu fais ? demande-t-il.

– Il faut que j'aille finir mon dessin ! Je veux qu'il soit parfait avant de l'envoyer à maman !

– Et les lapins ? Et les cochons d'Inde ?

– Non, non, viens, papa !

Philippe se laisse tirer, doucement, il ne résiste pas à l'enthousiasme de cette petite main qui a attrapé la sienne. Aujourd'hui, c'est sa vie : une tête blonde qui court devant lui, un astre à rattraper, à protéger, à aimer.

\*

Philippe regarde les deux posters, éclairés d'une douce lumière matinale. Matthieu est venu dans la soirée, alors que Gabrielle était déjà couchée. Il est encore très ému par ce geste. Ils ont bavardé une bonne heure, de père à père, autour d'un pichet de vin rouge et d'un plateau de fromages.

— Je suis hyper admiratif de ce que tu fais, lui a confié Matthieu. Tous les samedis, quand je te vois entrer dans mon magasin avec ta fille, je me dis : « Quel type incroyable… » Moi, sans ma femme, je ne sais pas comment je m'en sortirais.

— Et pourtant, tu trouverais les ressources. Si ce n'est pour toi-même, du moins pour tes enfants. C'est Gabrielle qui m'a donné la force d'avancer. De continuer à vivre.

Ça lui avait fait du bien de parler. De se confier à un type de son âge, un jeune père à l'écoute. L'alcool aidant, il lui avait raconté des choses qu'il gardait au fond de lui, dans une petite boîte fermée à double tour. Il avait dit à Matthieu qu'il pleurait presque toutes les nuits, dans son lit, en pensant à sa femme. Qu'il se couchait parfois avec l'envie de disparaître, de tout abandonner, mais que cette envie s'envolait dès qu'il ouvrait la chambre de sa fille au petit matin. Il lui avait confié qu'une fois il avait failli la gifler. Un soir où il était rentré vidé de l'usine, où elle ne voulait rien manger, un soir où il s'était senti si seul, plus seul que jamais, où il avait hurlé le prénom de sa femme dans le jardin, il avait levé la main, et elle l'avait regardé avec des yeux qui disaient : « Papa, qu'est-ce que tu fais ? » et son bras était devenu tout mou, sans vie.

— T'as le droit de craquer, vieux, avait dit Matthieu d'une tape camarade sur l'épaule.

Le pichet exhibait son gros ventre vide entre eux, une autre bouteille bien entamée trônait sur la table. Philippe avait acquiescé sans conviction puis, passant du coq à l'âne, avait demandé :

– Au fait, comment tu connais mon adresse ?

Matthieu avait baissé les yeux, sans retirer sa main.

– Ta femme… Sophie était dans mon fichier client.

« Fichier client », murmure Philippe en repensant à leur discussion. Il attrape le pichet et les deux verres restés sur la table puis les pose dans l'évier. Avec ce qu'il a bu la veille, il pourrait avoir mal à la tête, mais ce n'est pas le cas. Il a simplement la bouche un peu pâteuse. Soudain, un cri résonne dans la maison. Deux syllabes, qui s'accrochent aux commissures de sa bouche et les soulèvent pour former un sourire. Il boit un filet d'eau, puis sort de la cuisine et se rend à l'étage. « Papa, papa, papa ! » répète la voix, et Philippe suit cette voix qui l'appelle, c'est comme une incantation, une formule magique qui réveille son organisme. Il toque.

– Qui est là ? demande la voix.

– Un papa, répond Philippe. Qui êtes-vous ?

– Un p'tit loup.

Il sourit et ouvre la porte. Gabrielle est cachée sous sa couette, on ne voit que le bout de ses chaussettes roses qui dépassent. « Alors ça… c'est étonnant ! s'exclame Philippe. Où peut-elle être bien passée ? » Il fait mine d'ouvrir des tiroirs, de fouiller dans des paniers, de ne pas entendre sa fille qui étouffe ses rires. « Eh bien, il faut croire qu'elle a disparu », dit-il, s'asseyant sur le lit, là où, vu la position des pieds, doivent se trouver ses fesses. Il ne met pas tout son poids, mais juste assez pour l'empêcher, elle, de bouger.

– Papa !

– Tiens, mais d'où vient cette voix ?

– Je suis là, dessous !

– Dessous quoi ?

– Toi !

– Quel toit ? Moi aussi je suis sous le toit.

– Non, toi, papa !

– Quoi moi ?

– Je suis sous toi !

– Ah, d'accord, il fallait le dire plus tôt !

Philippe se relève, tire la couette d'un geste théâtral, puis ils se tombent dans les bras comme s'ils ne s'étaient pas vus depuis des mois. « Ma fille ! » « Mon papa ! » « Ma fille ! » « Mon papa ! » s'écrient-ils à tour de rôle, et ils éclatent de rire, se moquant de leurs exagérations mutuelles.

– Gabrielle, dit Philippe une fois le calme revenu, j'ai une surprise pour toi.

– Oh, j'adore les surprises, c'est quoi ?

– Je ne l'ai pas ici, il faut que tu viennes dans la cuisine.

Les cheveux ébouriffés, Gabrielle saute du lit et court en direction de l'escalier. « J'adore les surprises, j'adore les surprises ! » l'entend chanter Philippe, la suivant d'un même pas énergique. Il la retrouve dans la cuisine, figée silencieusement devant les posters qu'il a épinglés à la porte.

– Ça te plaît ? demande-t-il. Matthieu nous les a offerts, pour que maman soit toujours près de nous.

Gabrielle se tourne vers lui. Elle pleure, mais pas comme une enfant de cinq ans, elle pleure avec une sorte de reconnaissance, de compréhension mature de la situation, Philippe le voit dans ses yeux, il voit l'extrême sensibilité de son regard, son intelligence sans âge, profonde et naturelle, et il pense, frissonnant de la responsabilité qui lui incombe : « Tu vas réaliser de grandes choses, ma fille. »

# Chapitre 4

Sous la lumière des projecteurs qui lui chauffent la peau depuis deux heures, Gabrielle réfléchit à la question : « Quelle est la figure féministe vous ayant le plus inspirée ? » Trois des intervenantes assises à côté d'elle ont déjà donné leur réponse. Victoire de Monceau, présidente de l'association Toutes pour une, a cité Olympe de Gouges. Estelle Cerbois, fondatrice de l'école de la Nouvelle Chance, Simone de Beauvoir, et Marie Boillot, PDG de Netstream, une autre Simone : Simone Veil. « Au taquet les Simone, quand même », pense Gabrielle, à deux doigts du fou rire.

Pour l'éloigner, elle boit une gorgée de la bouteille posée à ses pieds. Comme tous les ans se tient à Polytechnique la table ronde des « Femmes qui changent la France » que Gabrielle a participé à fonder il y a une dizaine d'années. Ça n'a pas toujours été le cas, mais, aujourd'hui, elle se sent comme chez elle dans cet amphithéâtre cerclé de fauteuils rouges. Quand elle y est entrée, au début des années quatre-vingt-dix, il y avait à peine 10 % de filles. Aujourd'hui, ce chiffre a doublé. C'est encore loin d'être suffisant, mais Gabrielle se félicite de voir cette proportion augmenter régulièrement. « Les maths, ce n'est pas réservé aux garçons, clame-t-elle dans les collèges et les lycées, quand elle encourage les jeunes filles à poursuivre leurs rêves. La réussite, l'ambition, la niaque, ce n'est pas réservé aux garçons. » Le discours passe mieux qu'il y a vingt ou même dix ans. Elle le voit dans le regard des élèves, dans les statistiques, dans la façon dont elle-même est considérée au sein de son entreprise où elle a gravi tous les échelons. Bien sûr, le plafond de verre est encore loin d'être brisé, comme l'atteste la dernière étude de l'Insee sur les écarts de rémunération entre hommes et femmes. « Rome ne s'est pas construite en un jour, répond-elle quand on l'interroge sur ces chiffres. Nous sommes assises sur trois millénaires de patriarcat. Il faudra du temps avant de renverser la table. Mais nous y arriverons. »

Soudain, Gabrielle remarque que les regards sont tournés vers elle. Des centaines d'yeux, qui attendent manifestement une réponse de sa part.

— Si tu n'es pas à l'aise avec la question… dit Valentine, la journaliste qui anime la table ronde.

— Pardonnez-moi, j'étais dans mes pensées. D'ailleurs, je vais les partager avec vous, il n'y a pas de raison que je les garde pour moi. Je me disais que j'étais vraiment très heureuse d'être ici. Et très fière. Imaginez un peu que jusqu'en 1972, les femmes n'étaient pas admises à Polytechnique. Et aujourd'hui, nous sommes dans ces mêmes locaux à discuter maternité en entreprise, égalité salariale, parcours de réussite. Moi je trouve ça formidable, pas vous ?

En guise de réponse, un tonnerre d'applaudissements secoue la salle. Elle le laisse s'évacuer doucement, puis embrasse la foule du regard.

— Il y a une autre chose qui me rend fière, et qui me laisse penser que nous allons y arriver. C'est le nombre d'hommes que je vois devant moi. Car je suis absolument convaincue que nous avons besoin d'eux… de vous, messieurs, pour renverser la table. Le féminisme n'est pas qu'une affaire de femmes, c'est une affaire… d'êtres humains, qui luttent ensemble pour un monde meilleur, plus juste et égalitaire.

Gabrielle laisse passer un silence, prend une profonde inspiration, puis fixe son regard sur une personne assise au premier rang, à quelques mètres d'elle.

— Je vous dis tout cela parce que c'est justement un homme, la figure féministe qui m'a le plus inspirée. Et il se trouve avec nous, dans cette salle.

Un murmure de surprise ondule d'un siège à l'autre. Imperturbable, Gabrielle continue de fixer cette personne, avec un sourire qui se réduit doucement, qui devient plus intime, plus secret. Elle lui lance un clin d'œil, puis dit enfin :

– Cette figure, c'est mon père.

Gabrielle et Philippe sont silencieux dans le taxi qui les ramène chez Philippe. Depuis que la nouvelle est tombée, ils sont globalement silencieux, comme si les mots du médecin avaient épuisé les ressources de leur langue. C'était il y a une semaine, jour pour jour, dans le cabinet du professeur Parisis. Des mots – « solutions », « aménagement », « diagnostic » –, l'angoisse qui monte, qui serre la gorge, et puis le verdict qui tombe, telle une bombe sournoise lâchée sur leurs existences : Alzheimer.

– Vous êtes sûr ? a demandé Gabrielle, et cette phrase lui a semblé absurde, mais que dire d'autre ? Et puis son père était muet, alors il fallait bien parler.

– On ne peut jamais être sûr avec cette maladie, mais nous avons croisé les résultats de ses examens et…

Elle s'en doutait. Depuis sa découverte du portefeuille dans l'assiette de petits pois et de croûtons au fromage. Dès le lendemain, elle a appelé Frank, son ami chef de service à la Salpêtrière. C'est lui qui leur a conseillé le professeur Parisis et qui a organisé le rendez-vous. Philippe était contre. Il ne voulait pas y aller. Elle s'est montrée inflexible, comme il lui a appris à l'être. Il a passé une IRM, fait des tests, il s'est énervé en constatant qu'il n'arrivait pas à mémoriser une suite pourtant simple de couleurs, et depuis que le mot a été prononcé par le professeur Parisis, il refuse d'en parler.

– Votre événement était formidable, dit-il, son visage tourné vers la vitre fumée du taxi.

– Merci, papa.

Elle ne le reconnaît plus. Il est devenu sombre et renfrogné. Elle a envie de le secouer, de l'attraper par les épaules et de crier : « Allez, papa, on se réveille ! » Mais le médecin lui a conseillé d'être douce avec lui, alors elle n'en fait rien.

Le taxi s'arrête devant la maison de son père. Avant, elle disait « leur maison ». Elle ne sait plus quand était ce « avant », c'était peut-être hier, ou bien il y a vingt ans. C'est toujours sa maison, bien sûr, elle y a ses souvenirs, ses repères, ses fondations, mais ce n'est plus « chez elle ». Philippe sort de la voiture et ouvre le portillon. La lumière rouge et violette du crépuscule éclaire ses larges mains, et Gabrielle pense à toutes les tendresses qu'elle a reçues de la part de ces mains, tout cet amour qu'elles lui ont prodigué, et elle doit se retenir pour ne pas pleurer. Elle le suit dans la maison, elle ne sait pas pourquoi elle le suit, il faut qu'elle rentre chez elle pour coucher ses enfants. Elle le regarde se diriger vers la cuisine, ouvrir le réfrigérateur, sortir un morceau de saucisson.

— Tu en veux ? demande-t-il.

— Non merci, papa, il faut que je rentre.

Ils doivent parler, il faut qu'ils discutent des prochaines étapes, des dispositions à prendre, mais comment faire ? Comment franchir le fossé qui s'est creusé entre eux depuis l'annonce du diagnostic ? Elle regarde les vieux posters accrochés à la porte et ne peut s'empêcher de sourire. Son père a toujours été si fort pour elle. Jamais il n'a cédé à la fatalité, au désespoir. Il a remué ciel et terre pour adoucir le quotidien et lui offrir une vie heureuse. Pourquoi est-elle incapable d'en faire autant ?

Philippe s'assied à leur vieille table en bois, pose le saucisson dessus, attrape son couteau et se tranche un morceau.

— Tu es sûre que tu n'en veux pas ?

— Merci, papa, mais je vais rentrer.

C'est la seconde fois qu'elle dit cela, mais elle n'a toujours pas bougé. Elle sent qu'elle doit parler, que c'est essentiel. Peut-être que si son père l'aidait un peu… S'il lui offrait un regard, un geste, n'importe quoi pour lui montrer qu'il est prêt, lui aussi. Elle l'observe, tente de dénicher un signe dans les traits figés de son visage. Mais il n'y a rien, il ne lui donnera rien, elle le sait désormais, il faudra qu'elle invente seule cette nouvelle vie qui les attend.

\*

Le taxi dépose Gabrielle devant chez elle une demi-heure plus tard. Dans sa vie de mère et de femme dirigeante, elle est rarement seule. Elle lève les yeux vers le dernier étage de l'immeuble, vers les trois grandes fenêtres éclairées d'une lumière jaune, celle du salon où ses enfants doivent jouer en l'attendant. Ils mènent une vie heureuse, là-haut, tous les quatre. Souvent, les gens s'étonnent. « Mais du coup, David, qu'est-ce que tu fais dans la vie, à part t'occuper de tes enfants ? » Ils ont du mal à concevoir qu'il n'ait pas une autre activité, une « vraie activité professionnelle » comme tout homme devrait avoir pour subvenir aux besoins de sa famille – comme si son salaire de directrice internationale ne suffisait pas à les nourrir. Les premiers temps, Gabrielle avait peur que ces remarques atteignent David ; que son sourire, dont il ne se départissait jamais, ne fût qu'un masque destiné à cacher ses véritables sentiments. Puis un jour, lors d'un dîner un peu officiel, il avait été pris à parti par une connaissance, Christian, un grand type à l'allure militaire, sûr de lui. « Pardonnez-moi, David… c'est bien votre prénom, n'est-ce pas ?… Oui, donc, pardonnez-moi, mais j'ai un peu de mal à comprendre. Ça ne vous pose réellement aucun problème d'être entretenu par votre femme ? Vous ne sentez pas votre… comment dire… votre fierté vous titiller un peu ? Vraiment, vous aimez ça, mettre votre nez dans les couches de vos mioches ? » Gabrielle avait senti le sang bouillir dans ses veines, mais alors qu'elle s'apprêtait à dire ses quatre vérités à ce butor, David avait reposé son verre de vin, s'était essuyé délicatement les lèvres, puis, plantant ses yeux noisette dans ceux de Christian, lui avait administré une leçon qui avait chassé tous les doutes quant à sa capacité à encaisser les critiques.

Gabrielle hésite un instant, puis tourne sur elle-même et marche en direction de la Seine. Elle a besoin de réfléchir, d'organiser ses pensées. Les rues sont animées, remplies d'étudiants et de touristes qui célèbrent ensemble l'arrivée de l'été. Elle s'y sent étrangère. L'air est doux, mais elle a froid. Elle a l'impression que son corps s'émiette, qu'il se disperse dans l'atmosphère. Étrange sensation que cette désunion de l'âme et du corps. Alzheimer : le mot tourne en boucle dans son cerveau. En une semaine, elle a lu tout ce qu'il était possible de lire sur cette maladie. Elle a besoin de comprendre, de connaître, de maîtriser. « Tu ne maîtrises rien du tout », dit-elle, se laissant tomber sur un banc face à la Seine qui scintille. Il n'y a rien à faire contre Alzheimer, il n'existe aucun traitement, aucun espoir. Inexorablement, les souvenirs de son père vont se désagréger et il va sombrer dans la démence. Lui, son petit papa.

Elle sort son téléphone, ouvre son répertoire, fait défiler les noms. Elle a besoin de parler à quelqu'un. Son doigt s'arrête sur celui de Julia, sa meilleure amie. À cette heure-là, elle doit être étendue sur son canapé, un livre dans les mains. Gabrielle hésite, elle n'aime pas déranger les gens avec ses problèmes. Mais Julia, c'est différent. Quand elle était à Polytechnique, les premiers mois, elle passait une heure au téléphone chaque jour avec elle, à lui raconter à quel point c'était affreux, à quel point elle ne se sentait pas la bienvenue. Julia lui en voudrait de ne pas l'appeler alors qu'elle en a besoin. C'est leur pacte : être toujours présentes l'une pour l'autre. Son doigt effleure l'écran, elle pose le téléphone contre son oreille.

– Ma chérie ! Ça fait un bail, comment vas-tu ?

Aussitôt, les digues rompent. La voix de Julia, sa façon de dire « ma chérie » en imitant Cristina Córdula, elle a trop pleuré au son de cette voix, elle n'a pas la force de feindre.

– Rendez-vous au QG ?

– Oui.

Quand elle arrive devant le bar, Julia est déjà là. Leur place au fond du bar est libre, ce sont les mêmes fauteuils depuis vingt-cinq ans. Elles s'asseyent, font un signe au serveur qui leur crie depuis le comptoir : « Comme d'habitude ? » Elles viennent moins souvent qu'à une certaine époque, mais tout le monde les connaît.

– Bon, dis-moi ma belle, qu'est-ce qui se passe ? demande Julia, glissant une main bienveillante sur la sienne.

Elle ne l'a pas encore prononcé — le mot. Elle le pense beaucoup, le lit, l'écrit, mais elle ne sait pas à quoi il ressemble avec le son de sa voix. Même quand elle en parle avec David, elle s'arrange pour l'esquiver.

Le serveur pose le mojito devant Gabrielle. Un grand verre avec son monticule de glace pilée, piqué d'un petit drapeau cubain. Elle l'attrape et boit une gorgée. Elle ferme les yeux, laisse le goût mélangé du citron, de la menthe et du rhum envahir son palais, un monde de souvenirs liquides, les sorties en boîte de nuit, les mariages, les cuites post-ruptures. Des bons et des moins bons souvenirs. La vie, en somme.

— C'est papa, il est… malade.

Julia connaît bien Philippe. C'était la figure paternelle du petit matin, celui qui préparait le citrate de bétaïne, qui allait chercher les croissants pour faire passer la gueule de bois. « Il est tellement cool, ton père, c'est le meilleur au monde. » Combien de fois ne l'a-t-elle entendu dire ça ? Pour elle aussi, ça va être dur.

— Comment ça, malade ? demande-t-elle, dissimulant mal son inquiétude.

Gabrielle boit une nouvelle gorgée, elle veut que le rhum lui monte à la tête, vite et fort. Elle en a besoin pour prononcer le mot.

Soudain, un parfum d'embruns. La douceur du vent tricoté de soleil. Elle et lui sur la plage déserte, les hautes dunes blanches, la pinède qui dessine un arc de cercle comme une barbe souriante. Ils sont au Cap-Ferret, elle prépare son entrée en classe préparatoire. Un matin, mettant de côté ses révisions, elle a accepté de l'accompagner et ils ont marché pendant des heures, les pieds dans l'eau, jusqu'à la plage du Mirador où ils se sont assis pour manger des abricots. Elle ne sait pas pourquoi ce souvenir précis lui revient maintenant, mais elle dit froidement : « Alzheimer, putain », et elle fond en larmes dans les bras de Julia.

Quelques minutes s'écoulent, elles sont accrochées l'une à l'autre, elles ne disent rien. Puis le son des vagues s'amenuise et Gabrielle est charriée vers l'instant présent, hors de son souvenir.

– Ça va aller, ma chérie, dit Julia. Ma grand-mère a eu cette saloperie et elle a pu vivre de nombreuses années presque normalement.

« Elle ment », pense Gabrielle, mais elle décide d'y croire, de s'accrocher à la pensée qu'ils vont encore vivre *de nombreuses années presque normalement.* A-t-elle le choix ?

– Je n'arrive pas à en parler avec lui. Il refuse.

Julia la regarde un instant puis demande :

– Tu es sûre que c'est *lui* qui refuse ?

– On était dans la cuisine, tout à l'heure. Juste lui et moi, et nos vieux meubles qui connaissent tous nos secrets. Eh bien, pour la première fois de ma vie, je m'y suis sentie… étrangère. C'était horrible, Julia, je ne savais pas où me mettre, je ne savais pas quoi faire. Papa était là, en train de couper son saucisson, et moi j'étais debout, je le regardais, et je savais qu'il fallait que je dise quelque chose, mais je n'y arrivais pas, impossible.

– Je comprends que ce soit dur. Quand ma grand-mère a été diagnostiquée, j'ai lu beaucoup de choses sur le sujet, et il n'est pas rare que les personnes atteintes refusent d'admettre leur maladie. La plupart du temps, elles vont encore bien au moment du diagnostic, elles ne veulent pas qu'on leur dise qu'elles vont devenir séniles et oublier tous leurs souvenirs. C'est intolérable pour elles.

Julia réfléchit un instant puis ajoute :

– Pour aborder le sujet, mon père a emmené ma grand-mère quelques jours en vacances, sur la côte basque. Je crois qu'ils avaient besoin de sortir du cadre. De s'accorder un moment à deux, une sorte de respiration avant de plonger.

En rentrant chez elle à pied, Gabrielle médite les paroles de Julia. C'est peut-être ce dont ils ont aussi besoin : sortir du cadre. Elle s'arrête un instant près du pont de l'Archevêché et regarde Notre-Dame. Tous les matins, en ouvrant les rideaux de sa chambre, elle aperçoit les deux tours et elle leur sourit. C'est sans doute absurde de sourire à un édifice de pierres, mais ce n'est pas aux pierres qu'elle sourit, c'est à l'âme de la cathédrale, son âme de guerrière, forte et généreuse. Comme son père, celle-ci a résisté à tant de coups. Des siècles de guerres, de pillages, d'incendies, mais elle est toujours debout, et le monde entier continue d'affluer pour l'admirer. Et lui aussi est toujours debout, malgré une vie d'usine, malgré le décès brutal de sa femme, malgré la maladie qui arrive. Ce sont deux édifices qui défient le temps.

Soudain, Gabrielle se sent portée par une énergie nouvelle. Il n'y a pas de traitement médical contre Alzheimer, mais il y a l'amour. « Alimentez-le de souvenirs, lui a conseillé le professeur Parisis. Les plus anciens peuvent résister, comme un petit noyau irréductible de vie. » Elle regarde Notre-Dame. Sans foi, que reste-t-il ? Des ogives, du bois, bien peu de choses comparé au temps qui détruit et qui ravage. Elle doit avoir foi en son père, en elle-même, en leur histoire.

Elle s'est remise à marcher. Elle longe le quai aux Fleurs, regarde les lumières qui brillent à la surface de la Seine. Elle cherche au fond d'elle la source primordiale de leur amour, le remède à une maladie incurable. Elle n'a pas le droit de se laisser abattre. Pas après tout ce qu'il a fait pour elle.

Tout à coup, Gabrielle s'arrête devant un bâtiment : le vieux marché aux oiseaux de l'île de la Cité. Dans leur animalerie aujourd'hui disparue, il y avait aussi des oiseaux. Comme cela lui arrive parfois, une chaîne de pensées se forme dans son esprit. Cette chaîne de pensées déplie ses mailles, la conduit dans divers endroits de son passé, puis s'arrête. Elle est dans leur cuisine au papier peint décrépi, face à la porte sur laquelle sont punaisés les posters. Elle les visualise parfaitement, à gauche le Machu Picchu dans sa forêt de brume, à droite, le lagon de Bora-Bora, ses palmiers, son soleil.

« Mais bien sûr », dit-elle.

Elle reprend sa marche, enivrée par la pensée qu'Alzheimer n'a pas encore gagné, qu'ils vont se battre. Elle pourrait courir tant elle a envie, besoin de partager son idée avec David. Lorsqu'elle arrive, il est allongé devant la télévision.

— Les enfants sont au lit ? demande-t-elle.

— Oui, ça fait un moment. Il est presque 23 heures.

Elle n'a pas vu le temps passer. Elle s'assied près de lui, le regarde.

— J'ai trouvé ce que je dois faire, pour papa, dit-elle.

David se redresse.

— Je suis fier que tu prennes le problème à bras-le-corps. Raconte-moi.

Elle pourrait hésiter, reculer devant la folie de son idée. Mais son cœur est rempli d'une certitude inébranlable. Elle prend les mains de David dans les siennes et déclare sans flancher :

— Je vais l'emmener au bout du monde.

# Chapitre 5

Philippe range son bleu de travail dans son casier. Il est fourbu, il sent l'huile, le métal, le fer brûlé. Dehors, le ciel est bleu. Dans l'usine, tout est gris. Les voitures défilent du matin au soir, sous forme de carrosseries clouées. Lui, il doit souder les morceaux d'acier les uns aux autres. C'est son poste, depuis huit mois. Chaque soir, quand il sort, il a la sensation que c'est son propre corps qu'on a soudé. Ses articulations sont douloureuses, son crâne résonne, son nez est plein d'odeurs. Il roule fenêtre ouverte, été comme hiver, pour se renouveler. C'est comme ça qu'il voit les choses : le vent entre dans ses poumons, circule dans ses veines, nettoie sa peau et ses organes. Il met de la musique et il pense à sa fille. Travailler à l'usine, c'est dur, mais c'est un peu moins dur quand on sait pourquoi on y travaille. Au bout de la chaîne et de ces journées éreintantes, il y a un salaire qui nourrit sa fille. Il y a le bonheur d'aller la chercher à l'école.

Il se gare devant le collège. Un beau soleil d'automne lui caresse le visage. Il regarde en direction de la grande porte vert amande d'où va bientôt sortir sa fille. Il n'arrive pas à croire qu'elle soit déjà en sixième. Ce n'est encore qu'une enfant, mais dans sa classe il y a des filles avec de la poitrine, et un ou deux garçons qui font presque sa taille. Tout va si vite.

La sonnerie de 17 heures retentit et la porte s'ouvre, dégorgeant son flot d'élèves pressés de rentrer chez eux. Philippe agite le bras en direction de Gabrielle. Elle s'arrête au bord du trottoir et lui fait signe de venir. Elle a une expression étrange sur le visage. Il sort de la voiture, se dirige vers elle, et à mesure qu'il s'approche, elle semble se renfermer sur elle-même, comme si elle cherchait à disparaître ou bien au contraire à s'affirmer, Philippe ne sait pas.

— Salut, P'tit Loup. Tout va bien ?

Elle reste distante, sourcils froncés, les yeux rivés sur le bitume.

— La directrice veut te voir, dit-elle.

C'est la première fois qu'une directrice demande à le voir.

— Il s'est passé quelque chose ?

Gabrielle hausse les épaules et retourne à l'intérieur de l'établissement. Philippe la suit, toujours il la suivra, c'est son destin de père.

Ils s'asseyent sur des chaises dans le couloir, en face du bureau de la directrice.

— Tu es sûre que tu ne veux pas en parler ? demande Philippe.

Gabrielle hausse de nouveau les épaules. Serait-ce le début de l'adolescence ? Après quelques minutes, la porte s'ouvre.

— Bonjour, monsieur Marlus, je vous en prie, entrez. Gabrielle, tu peux venir également.

Ils se lèvent et suivent la femme à l'intérieur.

— Monsieur Marlus, avant toute chose, je tiens à vous rassurer : Gabrielle est une excellente élève. Je n'ai rien à redire sur ses résultats, et, jusqu'à aujourd'hui, je n'avais rien à redire non plus sur son attitude.

Philippe regarde sa fille, qui garde les yeux baissés, encastrés sous ses sourcils blonds légèrement froncés.

— Gabrielle, dit la directrice, est-ce que tu veux raconter toi-même ce qu'il s'est passé ?

— Je suppose que je ne serais pas très objective. Je fais confiance à votre esprit impartial, répond celle-ci.

Philippe continue de regarder sa fille pendant que la directrice expose les faits, à savoir, que Gabrielle aurait tabassé deux garçons de sa classe, et que ceux-ci auraient fini à l'infirmerie.

— Vous voulez dire que ma fille a mis K.-O. deux garçons… toute seule ?

– Oui, c'est cela. Est-ce que, par hasard, vous lui enseignez de votre côté quelques… arts martiaux ?

Philippe a envie de sourire mais parvient à conserver son sérieux.

– De temps en temps, pour nous défouler, nous faisons un peu de boxe.

Mme Lambert pince ses lèvres avec une expression gênée.

– Je ne suis pas très favorable à ce genre d'activités pour les jeunes filles. Elles ont moins de maîtrise que les garçons, et cela occasionne des accidents.

– Est-ce que tu avais une raison particulière de frapper ces deux garçons ? demande Philippe après un silence. Ils t'ont fait quelque chose ?

Gabrielle hausse les épaules.

– La situation serait plus simple si Gabrielle acceptait de nous donner une explication, dit la directrice, mais elle reste muette. Vous comprenez que je suis bien embêtée. Que vont dire les parents de Fabrice et de Raphaël quand ils vont découvrir les visages tuméfiés de leurs fils ?

– Tuméfiés, carrément ? dit Philippe, échouant à ne pas sourire.

– Monsieur Marlus.

– Pardon.

La directrice regarde alternativement le père et la fille, puis pousse une sorte de soupir bienveillant.

– Je connais votre situation. Élever tout seul un enfant, quand on est un homme… (Elle semble gênée, à la recherche des bons mots.) Certains directeurs sont assez insensibles aux situations personnelles des élèves, et se contentent d'appliquer les sanctions prévues par le règlement. Ce n'est pas mon cas.

Philippe la voit regarder la photo de ses propres enfants, posée sur le bureau.

– Pour cette fois, je vais être indulgente. Mais je pense qu'il serait bon que Gabrielle parle à quelqu'un. Quelqu'un qui… qui, peut-être, comprendra mieux les problèmes auxquels elle est confrontée, en tant que… enfin, vous voyez ?

– Oui, une femme, quoi, dit Philippe.

Mme Lambert cligne des yeux en signe d'approbation.

– Bien sûr, tout cela est à décider entre vous. Mais si vous avez besoin d'un contact, ou si je peux aider en quoi que ce soit, n'hésitez pas. Il serait dommage que Gabrielle gâche ses formidables capacités à cause d'un défaut d'orientation.

« Défaut d'orientation », pense Philippe tandis que la directrice les raccompagne jusqu'à la sortie du collège. Est-ce que, vraiment, il a loupé quelque chose ? Sa fille a tout de même cogné deux garçons aujourd'hui. On ne cogne jamais quelqu'un par hasard. Il croyait que tout allait bien, mais peut-être qu'il se leurre. Peut-être qu'il y a certaines choses qu'il ne voit pas parce qu'il est un homme.

– Je vous remercie d'être venu, dit la directrice sur le pas de la porte. Discutez-en ce soir, tous les deux. C'est important.

Philippe lui promet qu'il le fera, puis il prend sa fille par l'épaule et ils marchent vers la voiture. Ils s'installent en silence à l'intérieur, restent immobiles un moment.

– Veux-tu bien me dire ce qu'il s'est passé, maintenant ?

Gabrielle est installée à côté de lui. Depuis qu'elle est au collège, il l'autorise à s'asseoir à l'avant. Son crâne posé sur l'appui-tête, elle regarde le ciel parsemé de nuages.

– Ils l'ont mérité, papa, dit-elle, et Philippe voit ses poings se serrer.

– Tu me racontes ?

Quelques secondes s'écoulent. Philippe a la sensation qu'elle veut le protéger, mais ce n'est pas son rôle, alors il insiste, il ne lâchera pas.

– Ils se sont moqués de moi, dit-elle enfin. De nous.

– Comment ça ?

Elle soupire, semble embarrassée pour eux. Des larmes coulent maintenant le long de ses joues.

– Je racontais à des copines que je faisais des dessins pour maman, et qu'on les envoyait par la poste. Ils se sont mis à rigoler. À dire des choses affreuses.

– Quel genre de choses ?

Il veut les entendre, pour ne pas la laisser seule avec la méchanceté humaine.

– Ils ont dit que j'étais une idiote d'avoir cru que maman était dans un lagon. Ils ont dit qu'elle était dans un trou, au fond de la terre, et que les fourmis lui mangeaient la peau.

Philippe encaisse en silence.

– Ils rigolaient et se tapaient sur l'épaule, ce sont des petits cons qui se prennent pour des terreurs. Ils menacent souvent des gens dans la classe. J'ai toujours trouvé ça détestable, mais jusqu'à présent ils ne m'avaient rien fait…

Soudain, elle se tourne vers lui. La colère luit dans ses yeux.

– Alors je les ai frappés. Pour qu'ils arrêtent de rire. Ils répétaient le mot « fourmis » en faisant une sorte de danse, et ils disaient qu'elle avait des araignées dans la bouche, que j'étais une imbécile, et que toi aussi tu étais un imbécile, et plus ils parlaient, plus j'avais le goût du sang dans la gorge. Je les ai frappés à la pommette. Fort et vite. Des élèves me regardaient, ils étaient silencieux au départ, puis ils se sont mis à m'encourager, mais je ne les écoutais pas vraiment, je repensais à tous les affreux mots qu'ils avaient dits, et j'avais envie qu'ils les regrettent, et qu'ils souffrent, alors j'ai serré mes poings comme tu me l'as appris, j'ai ancré mes pieds dans le sol, et j'ai mis tout mon poids pour les cogner au menton. Et après j'ai arrêté. Ils avaient eu leur compte.

La voiture sent le vieux cuir, l'automne humide qui se cristallise en gouttelettes d'or sur le pare-brise. Philippe a mal au ventre, comme si lui-même avait reçu un coup.

– Je comprends, ma puce, dit-il.

Puis il démarre la voiture et roule sans un mot jusqu'à chez eux. Des larmes forcent pour sortir, il en laisse passer une et retient les autres, puis il se gare sur le bateau, remonte le frein à main, retire la clé. « Viens », dit-il. Sa fille le suit à l'intérieur, mais ils ressortent aussitôt dans le jardin. Il va dans le cabanon, attrape le punching-ball, le suspend à son crochet.

– Enfile tes gants.

Gabrielle obéit.

– Avant du gauche, trois fois, crochet du droit, uppercut, esquive, et tu recommences.

Il va la faire transpirer. La sueur lavera sa colère.

Ils sont allongés sur un tapis de feuilles brunes, à côté du punching-ball qui oscille doucement. Ils regardent le ciel d'automne, sombre et flamboyant.

– Gabrielle, est-ce que tu aimerais frapper légalement sur des garçons ? demande Philippe.

– Comment ça ?

– Tu aimerais que je t'inscrive à un club de boxe ?

– Les filles sont admises ? demande Gabrielle.

– Je ne sais pas. Mais si tu en as envie, on peut toujours aller voir.

– D'accord.

Autour d'eux, le sol continue de se couvrir de feuilles. Les branches décharnées des arbres ressemblent à des doigts crochus de sorcière. Ils restent allongés encore quelques instants, récupérant de leurs efforts, puis se lèvent pour ranger le matériel.

– Il faudrait remettre un coup de vis, et peut-être retaper le toit, dit Gabrielle en inspectant le cabanon.

– Tu as raison. On s'en occupera ce week-end.

Une fois dans la maison, Gabrielle met de l'eau à bouillir, tandis que Philippe retire son tee-shirt mouillé de sueur. Quelque chose stagne entre eux, un non-dit que leur séance de boxe n'a pas réussi à révéler.

– Par rapport à ce qu'a conseillé ta directrice...

Du haut de ses onze ans, Gabrielle l'arrête d'un geste de la main.

– Elle veut mon bien, mais elle se trompe. Je n'ai pas besoin de parler à une inconnue juste parce qu'elle porte des talons et pas toi.

Philippe sourit et l'embrasse sur la tête. Il tire une chaise et se laisse tomber dessus. Le poids de sa journée fait grincer l'assise.

– Tu sais, papa, dit Gabrielle en servant l'eau chaude dans

deux tasses en céramique, je sais bien que maman n'est pas là-bas (elle fait un mouvement de tête en direction des posters). Ça fait longtemps que je le sais. Je ne te l'ai jamais dit parce que je ne voulais pas que tu sois triste, mais maintenant je pense qu'on peut être honnêtes l'un envers l'autre. Tu t'en doutais, je suppose.

Bien sûr qu'il s'en doutait. Une enfant aussi intelligente n'allait pas croire toute sa vie que sa mère décédée recevait effectivement les lettres qu'ils lui envoyaient. Mais il avait toujours pensé pouvoir échapper à cette discussion. Que les choses se feraient naturellement, sans avoir besoin d'en parler. Il hoche la tête, attrapant l'une des deux tasses.

— J'y ai beaucoup réfléchi, tu sais, dit-elle. Et je crois que la vérité n'a pas beaucoup d'importance. Je veux dire, le fait que maman passe *réellement* ses journées sur une plage de sable blanc, à lire mes lettres. C'est un peu comme la religion, tu vois. On ne saura jamais si Dieu existe, puisqu'il n'y a pas de preuve. Mais vouloir prouver l'existence de Dieu, c'est un peu absurde, je trouve. Les gens qui croient en Lui n'ont pas besoin de preuve, puisqu'ils ont la foi. Eh bien moi, c'est pareil. Je crois que maman veille sur nous, où qu'elle soit.

« Onze ans », se dit Philippe, les yeux posés sur sa fille.

— Je pense que ce n'est plus très utile d'envoyer des dessins et des lettres par la poste. En revanche, j'aimerais beaucoup aller au cimetière de temps à temps, peut-être déposer des fleurs sur sa tombe.

Philippe ne peut s'en empêcher : il se lève et la prend dans ses bras, il l'enlace, couvre de baisers son front dont il mesure avec éblouissement l'intelligence, la sensibilité.

— D'accord, ma chérie, nous irons ensemble demain. Et nous achèterons de magnifiques fleurs pour ta maman.

Ils commandent des pizzas qu'ils dévorent devant un dessin animé. Gabrielle s'endort avant la fin, la tête posée sur l'épaule de son père qui n'ose plus bouger, de peur de la réveiller. Il respire ses cheveux, profite de l'avoir contre lui, sa fille qui grandit si vite.

Philippe attend la fin du générique puis éteint la télévision. La respiration de Gabrielle devient le seul bruit perceptible dans le salon. Délicatement, il passe un bras derrière sa tête, l'autre sous ses genoux, puis il la soulève et la porte dans sa chambre. Il y a dix ans, il prenait ce chemin avec Sophie, ils allaient coucher ensemble Gabrielle, à la queue leu leu, d'abord Gabrielle, puis maman, puis papa, et il fallait respecter ce schéma, et si quelque chose les faisait s'en écarter, ils devaient tout recommencer. Philippe sourit à ce souvenir qui lui serre tout de même un peu le cœur. Il dépose Gabrielle sous sa couette, l'embrasse dans les cheveux, puis sort à pas de loup de la chambre et se dirige vers la sienne.

Il regarde son lit, les deux oreillers blancs éclairés de lune. Il ne s'est jamais résolu à retirer celui de Sophie. Il a essayé, une fois, mais la vision de son oreiller seul au milieu du lit avait quelque chose de violent. D'intolérable. Il s'approche d'une commode et attrape un flacon de parfum. *L'Heure bleue*, de Guerlain. Violette, vanille, iris. Comme tous les soirs, il en vaporise quelques gouttes sur l'oreiller de Sophie. Cela fait, il se met au lit, allume sa lampe de chevet et se replonge dans sa lecture du moment, un livre de psychologie intitulé *Dans la tête de votre adolescent — Votre guide de survie indispensable !*

# Chapitre 6

Gabrielle est assise face aux directeurs de zone. Tous le même profil, quatre hommes d'une cinquantaine d'années, plus âgés et plus expérimentés qu'elle, des vieux briscards qui ont commencé sur le terrain et gravi les échelons grâce à leur travail et leur réseau. Ils se connaissent depuis trente ans, François, Thierry, Michel et Paul. Ils ont fait leurs armes ensemble, ils parlent le même langage. Quand elle avait pris le poste, en mars 2015, ils l'avaient regardée comme un ovni. Comment une « petite nénette en talons aiguilles » pouvait-elle devenir directrice internationale ? Succéder au « taulier » Jacques Dunit, parti à la retraite après deux décennies de succès mémorables ? Et puis il y avait eu le scandale de 2017. Les révélations du *Monde* sur les magouilles de l'entreprise pour réduire ses émissions polluantes lors des essais d'homologation. Évidemment, Gabrielle n'était pas au courant. Personne ne l'était, hormis l'ancien PDG, Benoît Hurel, le directeur de la R&D et une poignée d'ingénieurs dans le coup. Et peut-être Jacques, mais personne n'osait le dire. Pendant les quelques mois de crise, Gabrielle avait porté l'entreprise sur ses épaules. En l'absence du PDG qui s'était empressé de démissionner, et avant la nomination du PDG par intérim, elle avait défendu l'entreprise avec autorité devant la presse, les actionnaires, les clients, et l'avait sauvée d'un effondrement pourtant annoncé sur les marchés financiers.

Aujourd'hui, Gabrielle ne marche plus tête basse, dans les grandes empreintes de pas de son prédécesseur. Elle a creusé son propre sillon, semé de décisions fortes, d'empathie, d'une vision qu'elle dessine pour l'entreprise, durable et ambitieuse.

Thierry est debout devant le grand écran du rétroprojecteur. Avant le scandale, il était le plus dur des « quatre Dalton », comme Gabrielle les surnommait en privé. Il était celui qui croyait le moins qu'une femme pût réussir à ce poste, celui qui se moquait le plus ouvertement de ses talons aiguilles et de son rire haut perché, celui qui avait lutté avec le plus d'acharnement pour la pousser à démissionner. Aujourd'hui, il irait au feu pour elle. Il l'admire et la défend avec la même ardeur qu'il mettait autrefois à l'humilier.

Gabrielle regarde les slides défiler, mais son esprit est ailleurs : dans quinze minutes, elle a rendez-vous avec son père au restaurant. Elle a décidé de lui parler de son idée de voyage. Ce ne sera pas chose aisée, car il a toujours refusé de prendre l'avion. « Si l'homme était censé voler, il aurait des ailes », répète-t-il comme une rengaine. Mais cette fois-ci, elle ne compte pas abandonner. Il ne s'agit pas simplement de passer du bon temps dans des endroits agréables, mais de *créer du temps*, un temps nouveau, hors du passé menacé et du futur incertain.

– Nous continuerons cet après-midi, dit-elle. J'ai un rendez-vous qui ne peut pas attendre.

L'intéressé tente de protester, mais elle éteint son ordinateur et le range dans sa sacoche, signifiant que sa décision est prise. C'est ainsi que se passent les choses désormais. Elle dirige son service avec bienveillance et empathie, mais également avec fermeté. Elle a gagné, au cours des années, le droit d'être ferme.

Elle traverse un couloir décoré d'affiches publicitaires de l'entreprise. Certaines datent des années soixante, quand son père a commencé à y travailler. Lorsqu'elle deviendra PDG, si elle le devient, elle mettra à l'honneur ces travailleurs de l'ombre. Elle a déjà en tête son plan de revalorisation salariale, elle veut installer des équipements sportifs dans les usines, allonger le congé paternité, favoriser la mixité. En tant que femme et fille d'un ancien ouvrier, elle est la mieux placée pour offrir une nouvelle dynamique à l'entreprise, ancrée dans son siècle, plus responsable et ouverte aux différences.

Philippe l'attend devant le restaurant. Il a mis la veste bleu marine qu'elle lui a offerte pour la fête des Pères, son pantalon en toile beige, ses chaussures bateau. C'est sa tenue du dimanche. Il s'est fait beau car il déjeune avec sa fille et qu'il ne veut pas qu'elle ait honte de lui. Gabrielle sait qu'il a pensé à tout cela en se préparant. Ce qu'elle ne sait pas, en revanche, c'est s'il a pensé à la maladie. Si, comme elle, il y pense jour et nuit.

– Ça va, P'tit Loup ?

Elle a envie de le serrer dans ses bras, de se blottir contre lui, mais ce serait admettre que quelque chose a changé, alors elle se contente de l'embrasser et de répondre :

– Ça va, papa. Grosse réunion ce matin.

Ils entrent dans le restaurant. Elle a réservé une table au fond, sous la verrière baignée de soleil. C'est *sa* place, elle y déjeune une ou deux fois par semaine avec des clients ou des membres de son équipe. Et parfois avec son père, qui vient dans ses habits du dimanche.

– C'est vraiment joli, ici, dit-il en regardant autour de lui.

– Oui, surtout quand il fait beau. Avec cette lumière.

« On comble, pour éviter de parler d'autre chose… de LA chose. »

Un serveur s'arrête devant eux.

– Qu'est-ce que ce sera aujourd'hui ? demande-t-il.

– Pour moi, un tataki de thon au sésame. Et toi, papa ?

– Une salade César, s'il vous plaît.

Le serveur note la commande sur sa tablette puis file en direction des cuisines. Ils sont de nouveau seuls tous les trois, lui, elle et Alzheimer, présence invisible et vicieuse qui modifie l'atmosphère, la texture de leurs regards, de leurs échanges.

– Les gens t'observent, P'tit Loup. Tu es quelqu'un d'important ici.

Gabrielle sourit, mais soudain, une pensée éclate dans son cerveau : « Un jour, il arrêtera de t'appeler P'tit Loup. P'tit Loup n'existera plus, il n'y aura plus personne pour t'appeler ainsi. » Entraîné par cette pensée, tout le train de ses émotions se met à dérailler, et les larmes affluent, comme l'autre soir avec Julia. Elle se lève avant que son père s'en aperçoive. « Je vais aux toilettes, je reviens », dit-elle.

Elle traverse le restaurant, ferme la porte à clé, s'asperge le visage d'eau puis s'observe dans le miroir. Peut-elle survivre sans lui ? Peut-elle *vivre* sans lui ? Sans ses « Salut, P'tit Loup ! » qu'elle attend chaque soir, avidement, quand elle l'appelle en sortant du travail ? Elle ne trouvera pas la réponse ici, elle le sait. Elle le *sent*. Ils doivent partir.

Il n'a pas bougé. Il regarde par la verrière, fixement, ses mains croisées devant lui sur la table. A-t-il un moment d'absence causé par la maladie ? Elle s'approche doucement et cherche son attention. Il se tourne vers elle.

– Pourquoi tu me regardes comme ça ?

Le rythme cardiaque de Gabrielle ralentit. C'est donc ça qui l'attend ? La suspicion permanente, le cœur qui s'emballe, la peur vissée au ventre ?

– J'avais l'impression que tu avais vu quelque chose, ment-elle.

Elle reprend sa place et boit une gorgée d'eau. « Il faut que tu lui en parles, mais sans lui faire sentir qu'il y a un rapport avec la maladie », pense-t-elle. Elle repose son verre et fait mine de regarder par la verrière, elle aussi.

– Papa, je me disais, commence-t-elle, mais elle est interrompue par le serveur qui pose leurs assiettes sur la table.

Elle attend qu'il s'éloigne, puis reprend :

– J'aimerais beaucoup que nous prenions quelques jours de vacances ensemble. Est-ce que ça te plairait ?

Il pique une feuille de salade au bout de sa fourchette et la glisse dans sa bouche.

– Je ne sais pas, P'tit Loup.

Elle s'attend à ce qu'il ajoute quelque chose, mais il se contente de mâcher en silence.

– Est-ce que tu accepterais de prendre l'avion ? demande-t-elle.

– Si l'homme était censé voler…

– Oui, je sais, il aurait des ailes, dit-elle, agacée.

Il ne s'en offusque pas, et demande pour changer de sujet :

– Comment se passent les négociations pour la direction ?

– Compliqué. Je dois bientôt rencontrer des membres du conseil d'administration.

Il hoche la tête, un bout de salade coincé entre ses dents.

– Tu as raison, il ne faut rien lâcher.

D'ordinaire, il aurait dit cela avec du feu dans la voix, prêt à partir en croisade avec elle. Aujourd'hui, il ne mettrait pas moins d'enthousiasme à faire ses comptes. « Dans le fond, il doit être triste et effrayé, pense Gabrielle. Qui ne le serait pas ? » Elle aimerait tant savoir ce qu'il a dans la tête. Visiter les coulisses de cette pièce qu'il lui joue depuis que le diagnostic est tombé. Mais l'accès lui en est interdit. Pour le moment.

– Et pour le voyage… ? demande-t-elle.

– Reparlons-en plus tard, si tu veux bien.

\*

Ses enfants en pyjama construisent un château Playmobil au milieu du salon, sous une sorte de tente bricolée avec un grand drap rose, trois chaises, le manche du balai et quelques pinces à linge pour faire tenir l'ensemble. De l'autre côté de la pièce, devant une marmite qui exhale des odeurs de basilic et de tomate, David s'égosille sur un tube de Céline Dion, une cuillère en bois en guise de micro. Gabrielle observe la scène depuis l'entrée, ses talons dans la main. C'est cela aussi sa vie. Ce remue-ménage de fausses notes, de chevaliers qui cavalent sous un ciel rose, Gribouille, leur chat persan, qui dort dans son panier. Malgré la peur qui étreint son ventre, elle doit mesurer sa chance.

Elle range ses chaussures et s'avance dans le salon.

— Maman ! s'écrie Rose, sautant sur ses petits pieds et courant à sa rencontre.

Gabrielle s'accroupit et ouvre grand les bras, accueillant dans son giron cette tornade de cheveux mouillés qui sentent la vanille.

— Viens voir, maman, viens voir !

Rose attrape sa mère par la main et la tire vers la tente.

— C'est vous qui avez construit ça ? demande Gabrielle.

— Papa nous a un peu aidés, répond Sasha, concentré sur la mise en place de son pont-levis.

— Assieds-toi là, regarde, il y a une petite place, dit Rose en tapotant un coussin.

Gabrielle s'exécute. Ce matin, elle assistait aux présentations budgétaires de ses quatre directeurs ; quelques heures plus tard, elle est assise en tailleur au milieu de son salon, et elle boit du thé imaginaire en aidant ses enfants à construire un château fort.

— Ah, mais tu es là ? s'exclame David sans lâcher sa cuillère-micro.

— Je ne voulais pas t'interrompre pendant ton show, répond Gabrielle.

— C'est vrai que la foule est en délire, dit-il, pointant du doigt la rangée d'oignons posés sur le plan de travail. Ils vont finir par me faire pleurer, je te jure !

Rose fait signe à sa mère d'approcher.

— Ne lui dis pas, murmure-t-elle, mais je crois que papa est un peu fou…

— Oui, mais c'est pour ça qu'on l'aime, non ?

Rose acquiesce.

— On s'ennuierait s'il n'était pas fou, dit-elle. Comme papi. Il est fou lui aussi !

Ne pas se laisser atteindre. Ne pas penser : « Bientôt, ton papi va *vraiment* devenir fou. Il va se perdre dans sa propre maison, se pisser dessus, oublier nos prénoms. »

— Tu as raison, ma puce. Papi aussi est un peu fou, parfois.

Puis Gabrielle se lève et rejoint son mari dans l'espace cuisine. Se blottit contre lui, ferme les yeux.

– Quelque chose ne va pas ? demande David à voix basse, pour ne pas être entendu des enfants.

– J'ai déjeuné avec papa ce midi. Il est…

Elle cherche le bon mot, mais celui-ci est absent de son vocabulaire. Elle ne sait pas vraiment ce qu'il est, à vrai dire. C'est encore son père, mais en même temps, les contours de sa personnalité ont commencé à s'émousser.

– J'ai essayé de lui parler de mon idée de voyage, dit-elle. C'était comme parler à un mur. Et encore, j'ai connu des murs plus réceptifs.

Heureusement que David est là. Qu'elle a sa famille, ses enfants. Sans eux, elle se laisserait aspirer tout entière par la maladie.

– Mets-toi une seconde à sa place. On vient de t'annoncer que tu es atteinte d'une maladie incurable, qui va effacer tes souvenirs. Est-ce que tu aurais la tête à voyager ? À prendre l'avion, si c'est ta phobie ?

Gabrielle ne répond pas, mais se niche un peu plus fort contre lui. Elle aimerait disparaître un instant dans ses bras, s'anéantir le temps d'un câlin et puis renaître, sereine et libre, sans cet étau qui la serre de partout. David a raison, elle doit être patiente avec son père. Mais en même temps, comme elle a envie de le prendre par les épaules et de le secouer ! De lui dire que le temps est précieux, qu'il mérite de voir autre chose que sa cuisine délabrée et son petit jardin, et puis qu'elle a cette intuition, aussi puissante qu'inexplicable, qu'ils doivent partir, que c'est vital s'ils ne veulent pas se faire bouffer tout crus par la maladie.

– Je vais prendre une douche, dit-elle. Ça va me faire du bien.

Dans la salle de bains, elle met l'eau à couler, s'assied sur le rebord de la baignoire, puis elle laisse l'eau de ses yeux couler aussi. Elle essaie d'imaginer ce que son *vrai père*, celui d'avant, lui dirait. « Suis ton instinct, Gabrielle. Fonce, vole, ignore les rabat-joie et les donneurs de leçons. La vie, c'est un match de boxe, il faut jouer et danser comme Mohamed Ali, et puis frapper comme Mike Tyson. Tu as le droit d'avoir peur, mais la peur ne doit pas t'empêcher d'avancer. » Quelque chose dans ce style, certainement. Elle répondrait : « Oui, mais mon père actuel ne veut pas entendre parler de mon idée. Je sens qu'il est bouleversé et complètement perdu. » Et il dirait : « C'est pour ça qu'il a besoin de toi. Que *j'ai* besoin de toi. Besoin de ta force, de ta détermination, de ton intuition. Souviens-toi de toutes ces fois où je t'ai mis des coups de pied aux fesses. Toi aussi tu avais peur et tu doutais. Mais je ne t'ai jamais lâchée. J'avais trop confiance en toi pour te lâcher. Aujourd'hui, c'est peut-être ton vieux père qui a besoin d'un coup de pied aux fesses. » Gabrielle poursuit ce dialogue imaginaire devant le miroir de la salle de bains, qui reflète un visage de panda délavé. « C'est facile à dire. Toi, tu es borné, et en plus tu es malade maintenant. David dit que je devrais te ménager. » Elle cherche la réponse qu'il pourrait faire. Que le *vrai lui* pourrait faire. « Tu me ménageras quand je n'arriverai plus à manger tout seul. En attendant, j'ai besoin qu'on me secoue le cocotier. Et si tu ne sais pas comment t'y prendre, pense à nos séances de boxe. Avant, avant, crochet et puis… »

« Esquive », murmure Gabrielle qui soudain détourne les yeux car elle a honte de ce qu'elle voit, honte de l'idée qu'elle vient d'avoir pour pousser son père à prendre l'avion et partir en voyage avec elle.

# Chapitre 7

Il voulait juste jeter un coup d'œil, mais cela fait plusieurs minutes qu'il la regarde, adossé contre la porte de sa chambre. Elle fait ses devoirs, assise bien droite dans son fauteuil, un livre et un cahier ouverts devant elle, mâchouillant son stylo quatre couleurs entre deux prises de notes. Il se demande sur quoi elle travaille, à quoi elle pense. Elle pense vite et bien, c'est ce que ses professeurs disent. « Pour une fille, elle a un bel esprit scientifique », s'est étonné le professeur de mathématiques dans son bulletin du premier trimestre. Comme il fallait le renvoyer signé à l'établissement, Philippe n'a pu s'empêcher de commenter : « Je suis un homme, et je n'ai jamais rien compris aux maths. » Il est fier d'elle, mais peu surpris. Il sait, depuis qu'elle est petite, qu'elle a *quelque chose* de plus que les autres. En tout cas, de différent. Au supermarché, elle calcule la monnaie plus vite que la caissière et sa machine. Elle lit Victor Hugo et Tolstoï dans leur version classique, quand ses camarades s'en tiennent à la version abrégée. Si un sujet l'intéresse, elle ne se contente pas d'ouvrir l'encyclopédie, elle va le fouiller, le remuer, l'écosser, elle va arpenter les allées de la bibliothèque jusqu'à trouver un autre mystère qui absorbera à son tour toute son attention. Sa soif de connaissances est inextinguible, et chaque particule de l'Univers semble passée au scanner de son esprit critique.

Soudain, la sonnerie du téléphone retentit. Gabrielle ne bronche pas, trop absorbée par ce qu'elle fait. Philippe quitte son poste d'observation et va décrocher.

– Allô ?

Un silence de quelques secondes s'écoule.

– Allô ? répète-t-il. Il y a quelqu'un ? Si c'est une farce…

– C'est moi, Philippe.

Sensation d'être percuté par un train lancé à pleine vitesse.

– Ne raccroche pas, s'il te plaît, dit la voix.

Cinq ans se sont écoulés depuis leur dernière discussion, mais il n'a toujours pas envie de lui parler.

– Écoute, maman, je…

– Ton père est mort.

Silence entre eux, dans le salon, silence en lui, grand silence qui enveloppe l'Univers.

– Il a fait un arrêt cardiaque.

Père. Mort. Il a souhaité sa mort, plus d'une fois. Acculé dans la niche sous l'escalier, avec la ceinture qui fouettait sa peau. Il retournait gémissant dans sa chambre, hurlait qu'il allait le tuer, hurlait dans sa tête, pour qu'on ne l'entende pas. Et sa mère qui disait : « Ton père sait ce qu'il fait, ce qui est bon pour toi. » Travail d'équipe.

– D'accord.

Il a envie de dire : « C'est bien fait », mais il est mort, à quoi bon en rajouter ?

– Je m'occupe de tout, les formalités, les papiers… mais je voulais savoir…

Elle hésite, il sait ce qu'elle va lui demander.

– Je ne sais pas, maman.

– Je comprends que tu nous en veuilles, mais… enfin… c'est ton père.

Nouveau silence. Il imagine sa mère triturant le fil du téléphone, avec ses ongles corail toujours impeccables, même quand elle le traînait dans le bureau paternel pour dénoncer une bêtise.

– Il sera enterré au petit cimetière près de chez nous, lundi à 15 heures.

– D'accord.

Silence, encore.

– Bon, eh bien… au revoir, Philippe… J'espère te voir là-bas.

– Au revoir, maman.

Il raccroche. Il est resté immobile, mais il a la sensation d'avoir couru un marathon.

– C'était qui ? demande Gabrielle, qui émerge du couloir en s'étirant.

Il ne lui a jamais raconté son histoire. Pour la protéger, il lui a dit que ses grands-parents étaient morts il y a longtemps. Plusieurs fois, ils ont demandé à la rencontrer. « Si vous l'approchez, je vais voir la police et je déballe tout. » Terrible de devoir séparer une petite-fille de ses grands-parents, mais il n'avait pas le choix. Il *savait* ce dont ils étaient capables.

– Le garage, j'ai rendez-vous mardi pour le contrôle technique.

Elle le regarde en silence. Peut-être qu'elle ne le croit pas. Qu'il a le visage cramoisi ou livide, et qu'il est écrit sur son front : « Il s'est passé quelque chose, mais je ne peux pas t'en parler. » Elle doit hésiter à l'interroger, mais, l'analysant en profondeur, le passant au détecteur de son cœur ultrasensible, elle choisit à la place de lui sourire, un sourire empli de tendresse qui signifie : « Je suis là pour toi, si tu as besoin de parler. » Puis elle dit d'un ton léger :

– Si on ne part pas maintenant, on va être en retard.

Philippe regarde la vieille horloge au-dessus du buffet.

– Tu as tout à fait raison ! Ton sac est prêt ?

– Oui.

– Parfait. Alors, en route.

Il conduit en silence vers la salle de boxe. Assise sur le siège passager, Gabrielle est tout aussi silencieuse. « Ton père est mort. » Ça lui fait penser à l'incipit de *L'Étranger* de Camus : « Aujourd'hui, maman est morte. » La phrase sonne creux, mais dans ce creux volète une nuée de pensées insondables. Oui, son père méritait de mourir, de crever (c'est le mot qu'il utilise dans sa tête : crever), mais en même temps… Quoi, en même temps ? C'était un monstre, personne n'est obligé d'éprouver de la tristesse quand un monstre meurt. Il profite d'un feu rouge pour regarder sa fille. Elle a le nez plongé dans un livre, *L'Odyssée*, elle se passionne pour la mythologie grecque en ce moment. Il pense à l'éducation qu'il lui a donnée. Il n'a suivi aucune méthode, sinon s'éloigner le plus possible de celle qu'il avait reçue. Depuis qu'elle est née, c'est son fil rouge : réfléchir à ce que ses parents lui ont imposé, et faire l'inverse. Écouter au lieu de hurler, câliner au lieu de frapper, proposer au lieu de forcer. Autour de lui, les gens s'étonnent. « Tu vas en faire un tyran ! » « Rien de mieux qu'une bonne fessée pour leur remettre les idées en place. » « Un père, c'est fait pour corriger, aligner, dresser. » Il ne sait pas si, la couvrant ainsi d'amour et de tendresse, il va en faire un tyran ou une alcoolique, bien que ces théories le laissent circonspect. Tout ce qu'il sait, c'est qu'il a été très malheureux dans son enfance et que Gabrielle, elle, semble heureuse. Pour lui, c'est à peu près tout ce qui compte.

Ils arrivent devant le complexe. Philippe se gare et l'accompagne à l'intérieur. Ils se séparent à l'entrée des vestiaires, puis se retrouvent en tenue dans le gymnase. C'est une grande salle avec trois rings, un espace de musculation et une vingtaine de punching-balls. Ils s'échauffent ensemble, puis Gabrielle rejoint le petit groupe d'élèves rassemblés autour du coach. C'est la seule fille. Les premières fois, les garçons se moquaient d'elle, n'osaient pas la frapper. Gabrielle ayant répliqué par un crochet du gauche à un grand costaud qui voulait lui toucher les cheveux, les choses avaient rapidement changé.

Philippe l'observe quelques instants puis enfile ses gants et se positionne devant un sac de frappe. Il commence par quelques directs du droit, doucement, pour chauffer son épaule, mais très vite gonfle en lui *l'envie d'en découdre*. Quand il était petit, c'était lui le punching-ball. « On ne frappe pas un enfant », dit-il, avançant légèrement sa jambe droite, et secouant le sac d'un crochet rapide et lourd. Son père est mort, bientôt enterré. Est-ce qu'il doit y aller ? « Rien ne t'y oblige. » Nouveau crochet, puis un autre, puis un autre encore, le sac, retenu au plafond par une grosse chaîne, renvoie un bruit de métal. Des gouttes tombent sur ses épaules. « Salaud », dit-il, puis il s'écroule sur un banc, rincé.

Gabrielle est sur le ring face à un garçon rondouillet, un peu plus grand qu'elle, qui n'arrive pas à la toucher, elle est trop rapide. « Allez, c'est bien, ma fille… voilà, esquive, baisse-toi, recule, et maintenant… » Touché au nez, le garçon recule et fait signe qu'il veut arrêter. Un autre adversaire se présente devant elle, manifestement plus affûté que le précédent. Gabrielle place ses poings devant son visage, son gant gauche légèrement avancé, le droit plus près de la pommette, et se met à tourner autour de lui. Elle attaque la première, mais il esquive le crochet et réplique avec un direct du gauche qui l'atteint à l'épaule. Philippe grimace, mais c'est la loi de ce sport, on frappe et on se fait frapper, toujours dans le respect des règles et de l'adversaire. Le garçon veut profiter de son avantage et tente un autre assaut, mais cette fois-ci Gabrielle se dégage bien et parvient à le toucher au ventre. Après plusieurs semaines avec eux, elle n'est plus considérée comme une étrangère. Ils ne disent plus : « Pas mal pour une fille » ou « Tu veux vraiment que je mette toute ma puissance ? » Ils boxent, tout simplement. Le garçon encaisse le coup sans broncher, il doit avoir deux ou trois ans de plus qu'elle, c'est un ado avec des épaules et des biceps déjà dessinés. Philippe connaît sa fille, il voit qu'elle fatigue. Il a envie de se lever pour demander l'arrêt du combat, mais elle lui en voudrait. Il regarde l'horloge au-dessus du ring. Encore deux minutes avant la fin. « Allez, tiens bon, ne baisse pas ta garde ! » pense-t-il. Trop tard, le gant noir du garçon lui percute la pommette et elle tombe en arrière, sans un bruit. Philippe sourit : elle est en train de gagner leur respect.

Dans la voiture, Gabrielle tient un bloc de glace contre sa joue.

– J'ai été mauvaise, je me suis laissé surprendre.

– Je t'ai trouvée fantastique, répond Philippe. Ce garçon était bien plus âgé que toi, et tu lui as tenu tête.

– Tu parles, dit-elle, le combat n'a même pas duré une minute.

– C'est une belle qualité, l'exigence, mais il faut savoir reconnaître lorsqu'on tombe sur plus fort que soi. Tu auras beaucoup de combats à mener dans ta vie. Tu en gagneras certains, tu en perdras d'autres. Dans tous les cas, il faut que tu sois fière de ce que tu accomplis, de l'énergie que tu mets dans ta préparation.

Gabrielle hausse les épaules.

– J'ai perdu parce que j'étais inattentive. Il faut être attentive, patiente et rusée. Comme Ulysse.

– C'est le livre que tu lis ? *L'Odyssée* ?

– Oui.

– De quoi ça parle ?

Philippe n'a pas honte d'être moins cultivé que sa fille. Il lui enseigne d'autres choses, des leçons qu'on ne trouve pas dans les livres.

– D'un homme qui voyage pour rentrer chez lui. Un héros qui vit toutes sortes d'aventures, au gré des humeurs des dieux. Je pense que ça te plairait, Ulysse te ressemble un peu.

– Tu me le prêteras ?

– Oui, mais avant il faut que tu lises *L'Iliade*. C'est le livre qui précède *L'Odyssée*.

– D'accord, je le commencerai ce soir.

Comme chaque samedi après la séance de boxe, Philippe se gare sur le parking du cimetière. Il fait froid, l'hiver est bien implanté au cœur de ce mois de février. Ils sortent de la voiture et traversent en silence les allées désertes. Tout semble figé, pétrifié par la brise blanche et cotonneuse qui souffle entre les tombes. Ils s'arrêtent devant celle de Sophie, l'une des rares qui soient fleuries en cette saison. Suivant les conseils de la fleuriste, ils l'ont décorée au début de l'hiver d'un camélia aux pétales rose fuchsia, qui tient sa promesse de resplendir même par des températures glaciales. Ils regardent la plante, silencieux.

– J'ai eu la meilleure note en mathématiques, la semaine dernière, commence Gabrielle. Et aussi en français, et en histoire. Ce n'est pas pour me vanter, mais l'école, c'est assez simple pour moi. En fait, il suffit d'être un peu curieux. Je ne comprends pas les autres élèves qui ne sont pas curieux. Je te jure, il y en a… on se demande ce qu'ils font là. En général, les mauvais élèves ont tendance à se moquer des bons, et à les ennuyer un peu. Mais moi, comme je fais de la boxe, on me laisse tranquille.

Philippe sourit et passe un bras autour de Gabrielle, derrière ses épaules couvertes d'une fine pellicule de neige. Il se rappelle le jour où on a enterré Sophie. La foule immense réunie, les tenues noires et sobres, le soleil qui brillait comme un ultime au revoir à celle qui l'aimait tant, qui aimait tant tourner son visage hâlé vers lui, et rester ainsi, souriante et belle, ses paupières blondes frissonnant de plaisir. Il se rappelle l'incommensurable sentiment de solitude qu'il avait éprouvé, malgré la densité de visages compatissants autour de lui. Quand ils avaient commencé à descendre le cercueil, il avait eu envie de plonger avec. Il s'était demandé comment il allait survivre sans elle, sans son rire, sa joie, sa lumière qui inondait leur foyer, sans ses baisers au goût de pamplemousse. Et puis, le soir venu, il avait mis sa fille au lit. Seul. Elle avait demandé : « Elle est où, maman ? » Et il avait dû puiser en lui, chercher une sorte de force enfouie pour ne pas fondre en larmes, et cette force ne l'avait jamais quitté. C'est ainsi qu'il avait survécu : pour elle, avec elle, grâce à elle.

Quand ils arrivent chez eux, ils aperçoivent un camion de déménagement garé devant la maison voisine. Curieux, Philippe et Gabrielle s'approchent du portail. Ils n'avaient quasiment aucune relation avec leurs anciens voisins, un couple sans enfant qui vivait comme des reclus. Cette fois, ils se demandent sur qui ils vont tomber. Tout ce que souhaite Philippe, c'est que ce ne soient pas des fêtards qui l'obligent à appeler la police tous les week-ends. De la maison émergent soudain un homme de taille moyenne avec une moustache noire taillée en rectangle, une femme, plutôt grande et élégante, et un garçon qui doit avoir l'âge de Gabrielle. Philippe n'a pas le temps d'esquisser un mouvement que l'homme est déjà sur lui, sa main blanche et poilue tendue vers la sienne.

– Enchanté ! Francis, et voici ma tribu, Hortense et Benjamin. Vous habitez à côté ?

– Absolument. Vous avez besoin d'un coup de main ?

– C'est adorable, mais on a embauché deux grands costauds qui ont l'air de très bien s'en sortir. Vous êtes ici depuis longtemps ?

– Une quinzaine d'années.

– Avec votre femme ?

Un court silence.

– Ma femme est décédée.

Nouveau silence. Philippe regarde Hortense, qui lui sourit d'un air sincèrement navré, ses yeux aux nuances fauves fixés sur lui. Il réalise qu'elle est belle. Que c'est peut-être… sans doute même, l'une des plus belles femmes qu'il ait jamais rencontrées. Elle n'a pas encore parlé, il serait curieux d'entendre le son de sa voix.

– Je… je suis désolé, dit Francis, frottant sa moustache avec embarras.

– Vous ne pouviez pas savoir.

Hortense avance de quelques pas, sourire mystérieux et avenant aux lèvres. Philippe est troublé par la clarté de son regard qui se déploie sous deux auvents de cils noirs, courbés vers le ciel. Elle se tourne vers son mari et demande :

– Lorsque nous serons installés, que penserais-tu d'inviter Philippe et…

– Gabrielle, complète Philippe.

– Philippe et Gabrielle à dîner ?

– Excellente idée ! s'exclame Francis, sortant aussitôt un petit agenda de sa poche arrière. Que diriez-vous du 12 ? C'est dans une semaine. Ou du 13 ? Ah non, pas le 13, il y a les Verts qui jouent… Mmm, le 14 ?

– Je…

– Ou alors, encore mieux, donne-moi ton numéro… Tu permets que je te tutoie ?

– Oui, pas de problème.

– Super.

Il regarde sa femme :

– Chérie, tu as un stylo ?

Francis note le numéro que lui dicte Philippe, puis referme l'agenda et le glisse à nouveau dans sa poche.

Bon, à la prochaine, alors ?

– Oui, à la prochaine, répond Philippe, jetant un dernier regard à Hortense avant de s'éloigner.

Leur salon baigne dans un reste de lumière diurne, humide et froide.

– P'tit Loup, tu veux bien aller nous chercher deux ou trois bûches ? On va faire un feu.

Silencieuse, Gabrielle s'exécute. Elle revient quelques instants plus tard, pose le tas de bûches devant la cheminée, s'agenouille et regarde son père.

– Tu ne trouves pas qu'ils étaient un peu… étranges ? demande-t-elle.

– Qui ? Les voisins ?

– Oui.

Philippe hausse les épaules. Il pense à Hortense, à ses yeux, son grain de beauté près de la bouche. Il s'en veut de penser à elle dans ce salon, devant cette cheminée que Sophie lui a fait construire quand ils ont emménagé. Il a la sensation de la tromper.

– Pas plus que ça, même si Francis est bien trop bavard à mon goût. Qu'est-ce qui te fait penser ça ?

Gabrielle pose quelques bûches dans la cheminée, puis ajoute du petit bois d'allumage ainsi que du papier journal. En silence, elle craque une allumette et la jette dans le foyer.

– Je ne sais pas. Le garçon peut-être. J'essayais de communiquer avec lui, mais il avait l'air… absent.

Philippe tente de se rappeler son visage, mais il l'a déjà oublié. Il ne pense qu'à *elle*, il voit ses cheveux noirs qui dansent dans les flammes. Gabrielle vient s'asseoir près de lui, face au feu qui crépite. Il se demande comment elle accueillerait la nouvelle s'il rencontrait une femme. C'est la première fois qu'il songe à cela, qu'il en ressent le besoin. « Et toi, m'en voudrais-tu ? » pense-t-il, levant les yeux vers la photo de Sophie. Au fond de son cœur, Philippe connaît déjà la réponse.

\*

Les champs qui défilent autour de lui sont couverts d'une fine couche de neige qui brille tel un tapis de quartz au soleil. Philippe roule seul sur la départementale qui mène au village de ses parents. Jusqu'au dernier instant, il a hésité. Il s'est rendu à l'usine, comme tous les matins. Il a enfilé son bleu de travail et ses gants, a discuté quelques minutes avec les collègues, puis a rejoint son poste de travail. Il a essayé de se concentrer sur les tâches qu'il devait accomplir, mais son cœur n'était pas tranquille. Finalement, vers 11 heures, il est monté voir son supérieur.

– Thierry, je vais devoir m'absenter cet après-midi.

– Tu as fait la demande d'un congé ?

– Non, je viens de prendre la décision.

– Dans ce cas, je suis désolé, mais…

– Mon père est mort, je vais l'enterrer.

Silence embarrassé de Thierry, tape compatissante sur l'épaule.

– Bien sûr, oui… prends le temps qu'il faudra…

Il a déjeuné à la cantine avec les collègues, puis il est parti.

Une main sur le volant, l'autre sur le rebord de la vitre ouverte, Philippe se demande encore ce qui le pousse à assister à cet enterrement, à rendre hommage à un homme qui ne lui aura apporté que du malheur et de la souffrance. « Pour tourner la page », dit-il à son reflet dans le rétroviseur.

Il arrive dans le village où habitent ses parents. Où habitait son père. Cela fait une éternité qu'il n'a pas mis les pieds ici. Ce sont toujours les mêmes rues, où flottent ses souvenirs. Certains terribles, d'autres plus doux, comme lorsqu'il passe devant son école primaire et qu'il croit voir le visage bienveillant de M. Chomut, son maître du CP au CM1, émerger par-dessus la palissade. Sur le chemin qui le menait du purgatoire à l'enfer, et de l'enfer au purgatoire, il y avait quelques oasis cachées. Des lieux de repos et d'amour qui lui donnaient la force d'avancer, de continuer à vivre.

Les murs du cimetière se dessinent sur sa droite, hauts et blancs, enfoncés dans leur tapis de neige. Il y a une petite foule rassemblée devant l'entrée, une vingtaine de personnes tout au plus. Philippe se gare et éteint le moteur. Le silence pèse de tout son poids sur lui. Des années de violence, de délation, de chantage. Mais il les a surmontées. Il est devenu un homme respectable et aimant, et c'est ce qu'il a envie de dire, ce qu'il a envie de crier à l'homme qu'on va mettre sous terre, à sa mère droite et digne dans son tailleur noir, à toutes les personnes attroupées qui ont fermé les yeux sur ce qu'il se passait au 76, rue des Lilas.

Le corbillard s'arrête devant l'entrée du cimetière. Quatre hommes de belle stature en sortent et ouvrent le coffre où se trouve le cercueil. « Tu répétais que j'étais nul, que je ne ferais rien de bien de ma vie. Figure-toi que j'ai fait un truc formidable : j'ai élevé une étoile. Tu y crois, toi ? Et elle brille de plus en plus fort, tu sais pourquoi ? Parce que je l'arrose d'amour. Un enfant, ça s'arrose avec de l'amour, pas avec des coups. Mais ça, tu ne l'as jamais compris. Toi, tout ce que tu voulais, c'était me dresser et relâcher la pression après ta journée de boulot. Tu avais l'impression d'être fort quand tu me tabassais, mais en fait tu étais lâche, car il faut être un putain de lâche pour frapper un enfant. » Ses yeux brûlent, mais il n'a pas envie de pleurer, pas pour lui. Il enfile une paire de lunettes de soleil, au cas où, puis sort de la voiture.

– Bonjour, maman.

Elle se retourne, faisant tomber son chapeau.

– Mon fils !

Dans un film à l'eau de rose, il la prendrait dans ses bras et tout serait pardonné. Il imagine la scène un instant et, un court instant également, il est tenté d'y céder. Il fait si froid et son père est mort. Mais non, pas ici, pas maintenant. Il ramasse son chapeau et le lui tend froidement. C'est dur. Il faut en finir.

Les porteurs ont juché le cercueil sur leurs épaules. La foule s'ébranle, silencieuse. Philippe ne ressent pas d'émotion particulière. La colère mêlée de tristesse qu'il a éprouvée tout le chemin s'étiole. À quoi bon en vouloir à une boîte ? Parfois, il jette des coups d'œil à sa mère. Elle marche tête baissée, sans pleurer. Peut-être qu'elle est un peu soulagée, elle aussi. Que devient-on quand on a été l'assistante du diable, et que le diable est mort ?

Les quatre hommes s'arrêtent au milieu d'une allée et posent le cercueil au sol, devant un trou peu profond. La foule se rassemble en demi-cercle, silencieuse. L'un des hommes demande à sa mère si elle ou une autre personne souhaite dire quelque chose. Elle fait signe que non. Elle est seule, au sommet de l'arc de cercle, seule devant le cercueil qu'elle effleure du bout des doigts. Tout à coup, elle lève la tête et le regarde, et elle se met à pleurer. Aujourd'hui, elle a besoin de lui. Elle cherche sa présence, son soutien. Mais était-elle là quand *lui* avait besoin d'elle ? Quand il disait : « Maman, j'ai peur, ne dis rien à papa » et qu'elle répondait : « Il sait ce qui est bon, n'aie pas peur. »

Les porteurs font coulisser le cercueil au fond du trou. Des gens s'approchent, jettent des fleurs, disent quelques mots à sa mère. Philippe reste à l'écart, puis s'approche lentement, tendant son cou au-dessus du cercueil au fond de la fosse. « J'aurais pu t'aimer, tu sais. J'ai essayé de t'aimer. Beaucoup, longtemps. Mais… » Il inhale une gorgée d'air froid, hausse les épaules, puis pivote sur lui-même et s'éloigne. Derrière lui, des petits pieds trottinent, leur bruit résonne entre les murs du cimetière. Il s'arrête, se retourne, c'est *elle*. Elle le fixe de ses yeux clairs, sous la tulle de son chapeau noir.

– Philippe, je…

« C'est trop tard, maman », pense-t-il, mais il n'a pas la force de la congédier. Il n'a plus qu'elle. Elle reste un instant immobile puis s'approche, du feu brille dans ses yeux, elle s'approche et lui attrape les mains, fébrile.

– Écoute-moi, dit-elle.

Il n'a pas envie de l'écouter. Mais elle lui tient les mains, elle lui tient les yeux, elle tient son être, avec ses ongles.

— Écoute-moi, répète-t-elle, et il sent ses mains trembler dans les siennes, il sent son regard de mère peser en lui de partout. Je suis désolée, dit-elle, appuyant sur chaque mot, comme si, véritablement, elle essayait de les enfoncer dans son âme. Je n'ai aucune excuse, mais je suis vieille maintenant, et je ne veux pas partir sans te l'avoir dit. J'étais sous son emprise, tu comprends ? J'avais peur, moi aussi. Mais c'était injuste pour toi, je le sais aujourd'hui, et peut-être que je le savais aussi à l'époque, mais… Oh s'il te plaît, Philippe, dis-moi que tu me pardonnes ! Je t'en supplie, mon fils, je t'en supplie, il n'est plus là maintenant, nous n'avons plus à avoir peur !

Et si ce n'était pas du cinéma ? Si elle était véritablement, sincèrement, désolée ? « N'as-tu les ressources en toi pour lui pardonner ? pense Philippe. N'as-tu suffisamment cheminé dans ton existence pour lui faire don de ce pardon ? » Elle lui semble si petite tout à coup. Il est incapable de pardonner à son ancienne mère, mais cette mère-là, cette vieille dame qui vient d'enterrer son mari ?

Des flocons commencent à tomber du ciel, couvrant sa pelisse noire d'éclats scintillants. Philippe se sent étonnamment léger. Peut-être qu'elle s'en veut, en effet. Et peut-être aussi qu'il devrait lui pardonner. Non parce qu'*elle* le mérite, mais parce que *lui-même* le mérite, parce qu'il mérite de vivre sans colère, sans rancœur, dans le calme de sa conscience apaisée.

— Peut-être, maman, peut-être…

Puis il retire doucement ses mains, son regard, et, avec le sentiment agréable d'être en paix avec lui-même, s'en va retrouver sa fille.

# Chapitre 8

Dans le taxi qui la conduit chez son père, Gabrielle affronte ses doutes. Plusieurs fois, elle sent ses lèvres s'ouvrir, prêtes à demander au chauffeur de faire demi-tour, mais à chaque fois quelque chose la retient de parler, une sorte de conviction, profonde et irraisonnée, qu'elle doit aller au bout de son idée ; que si elle s'arrête maintenant, elle le regrettera bien plus que ce qu'elle s'apprête à faire.

Leur avion décolle dans cinq heures. Sachant qu'ils doivent arriver deux heures plus tôt et que, depuis le domicile de son père, il faut environ une heure pour rallier l'aéroport, il lui reste deux heures pour le motiver à partir et préparer sa valise. Durant ces deux heures, il faudra qu'elle soit déterminée, rusée et opiniâtre. Insensible, presque. Il faudra qu'elle ait en tête son objectif, et uniquement son objectif. « Tu es dans une situation exceptionnelle, qui exige une attitude exceptionnelle », dit-elle. Elle lève les yeux et regarde le ciel à travers la vitre. Elle se rappelle quand ils s'allongeaient tous les deux dans le jardin, transpirants et essoufflés, après leurs séances de boxe. Quand un avion passait au-dessus d'eux, ils essayaient de deviner où il allait. Depuis, elle a beaucoup voyagé. Lui, jamais. Il est resté dans sa petite maison, se contentant de posters, de livres et de films pour s'évader. Mais aujourd'hui, ces substituts ne suffisent plus. La vie leur impose autre chose.

Le taxi la dépose devant la maison aux volets bleus. Un souvenir la traverse. Elle est jeune adolescente, elle rentre du collège. Il fait chaud, c'est la fin des cours. La porte et les fenêtres sont grandes ouvertes, son père jardine dans le potager. Une belle lumière d'été, chaude et ocre, resplendit sur son visage de quadragénaire musclé, en pleine possession de ses moyens. Elle se rappelle, avec une précision troublante, son sourire, ses mains terreuses, l'odeur d'herbe coupée qui flottait dans l'air. Trente ans se sont écoulés depuis. Près de dix mille jours, qui flottent en images vaporeuses autour d'elle.

Elle sonne. Elle pourrait entrer sans sonner, elle a les clés de la maison. Mais ce n'est plus chez elle, c'est chez son père. Elle doit respecter l'œuvre du temps. Le taxi attend plus bas dans la rue. Sa valise est dans le coffre. Elle hésite. Il est encore temps de faire demi-tour. De filer avant que son père n'apparaisse. Trop tard, il est là, dans son jogging d'intérieur bleu marine, avec ses Crocs noirs et sa casquette.

– Ça alors, dit-il, quelle surprise ! Je ne m'attendais pas du tout à te voir !

C'est maintenant que tout se joue. Gabrielle serre le ventre, telle une comédienne dont c'est la première sur scène.

– Comment ça, surpris ? Enfin, papa, tu sais bien que c'est aujourd'hui.

Il la regarde, sourcils froncés. Elle a honte, mais elle ne peut plus reculer. Ce n'est plus une scène, c'est une prison, elle est prisonnière de cette pièce qu'elle a montée et qu'elle est en train de jouer.

– Qu'est-ce qui est aujourd'hui ? demande Philippe.

– Eh bien, on part en voyage ! Tu sais, celui qu'on a planifié ensemble.

Mensonge. Elle essaie d'insérer ce mensonge dans la tête de son père. Mais il ne faut pas qu'elle y pense, elle doit rester dans son rôle, car c'est un rôle de circonstance, ce n'est pas la *vraie Gabrielle* qui s'exprime. Quand ils seront dans l'avion, elle mettra tout cela de côté. Elle rangera ces quelques minutes de son existence dans une boîte bien scellée qu'elle enverra dans les tréfonds de sa conscience.

— Mais nous n'avons rien planif…

Le doute, sur son visage. Gabrielle détourne les yeux, prend une inspiration, le regarde de nouveau. Il a l'air terrifié, et c'est à cause d'elle. En instillant ce mensonge dans son cerveau, elle le fait douter.

— J'ai oublié, c'est ça ?

« Non, tu n'as rien oublié, c'est moi qui te manipule, je suis désolée, mon papa, mon petit papa chéri, pardonne-moi de te faire souffrir. » Voilà ce qu'elle aimerait lui dire, ce qu'elle lui dirait si elle n'était pas déjà engagée, tout entière, dans le courant de sa décision.

— Ce n'est pas grave, papa. Viens, allons à l'intérieur.

Elle glisse son bras sous le sien et le conduit dans la cuisine. Elle a la sensation qu'il a pris dix ans en quelques secondes, *à cause d'elle.*

— Comment ai-je pu oublier ? Je… (Il tourne la tête vers son calendrier, accroché au mur.) Je ne l'ai même pas noté ! Normalement, je note tout, au cas où. C'est grave, mon Dieu, la maladie… elle est en train de me rendre fou, ça y est ! Je pensais que j'aurais plus de temps, mais…

C'est la première fois qu'il lui en parle. Gabrielle aurait aimé que ce soit dans d'autres circonstances.

— Ça arrive d'oublier les choses, dit-elle. C'est pour ça aussi que nous partons. Pour que tu n'oublies jamais les choses essentielles.

Les yeux de Philippe errent dans la cuisine, cherchant certainement un point d'ancrage, quelque chose de stable et de rassurant auquel s'accrocher.

— Je n'arrive pas à me souvenir, P'tit Loup. J'essaie de me souvenir, je te jure, mais… est-ce que j'ai oublié d'autres choses importantes ? C'est possible !

Il s'accoude à l'évier, fait couler de l'eau froide puis, penchant sa tête sous le robinet, s'asperge le visage. Il se redresse, la regarde. Ses cheveux gris et blancs sont collés sur son front, au-dessus de ses yeux qui continuent d'exprimer la même angoisse. Pendant une seconde, Gabrielle sent ses muscles mollir. Comme le général à l'orée de la bataille qui, jetant un œil sur ses troupes, réalise que la moitié va mourir. Vraiment mourir, pas comme les figurines de plomb dont il s'est servi pour élaborer sa stratégie. Sa bouche s'ouvre, elle va tout avouer et fondre en larmes. Au même instant, cependant, ses yeux tombent sur les posters accrochés dans la cuisine. Elle les fixe en silence et les battements de son cœur ralentissent. Ils doivent s'échapper, ils n'ont pas le choix.

Philippe s'est assis, les coudes posés sur la table de la cuisine et le visage enfoui dans ses mains.

– Papa… dit Gabrielle.

Il ne bouge pas. Tout est immobile dans la maison, comme asséché par la lumière diurne qui entre par les fenêtres.

– Tu as dû oublier, car nous en avons parlé il y a longtemps.

– Ne me cherche pas d'excuses, P'tit Loup. Je perds la tête, c'est tout.

Gabrielle regarde sa montre. Ils ont encore du temps, mais elle doit passer à l'étape suivante ; elle doit revenir à son plan, avec la froide détermination dont elle est capable.

– Est-ce que tu veux toujours partir ? demande-t-elle.

Philippe lève la tête.

– Tu devais te faire une joie, pas vrai ? Je suis sûr que ça fait des semaines que tu y penses.

Puis il ajoute, une grimace lui tordant le visage :

– Et moi, j'ai tout gâché !

Il a les larmes au bord des yeux. Enfant, elle entendait parfois le bruit de ses sanglots, cachée derrière la porte de sa chambre. Elle n'avait jamais osé entrer.

– Tu n'as rien gâché, papa, je t'assure. Nous avons encore largement le temps d'attraper notre avion.

Il lui semblait tellement gigantesque dans cette cuisine. Tellement fort et invincible. Et, aujourd'hui, ces larmes… ces vieilles mains qu'elle a envie d'attraper, de poser contre sa joue…

– Pars avec David et les enfants, dit-il. Ce sont eux qui devraient explorer le monde, pas ton vieux père bientôt sénile…

Elle doit bifurquer. Changer d'angle, d'attitude, d'approche.

– Toutes les réservations sont à ton nom, dit-elle. Soit nous partons ensemble, soit je reste ici.

Argument économique. Il a derrière lui une vie d'ouvrier mal payé, pour qui chaque centime compte. Philippe soupire.

– Je me suis engagé à t'accompagner, n'est-ce pas ? dit-il.

Dernier effort. Bientôt, elle n'aura plus à mentir.

– Tu avais l'air… très enthousiaste.

Un silence s'écoule, rythmé par le tic-tac de l'horloge au-dessus de la porte.

– Je ne comprends pas pourquoi tu te donnes tant de mal pour moi. Je suis pourtant la dernière personne qu'on aimerait emmener en voyage, non ?

Enfin, elle va pouvoir être sincère.

– Parce que… parce que je crois que nous en avons besoin, toi et moi. Nous avons besoin d'aller là-bas (elle regarde les posters accrochés à la porte) pour trouver des réponses. Ici les choses sont trop petites, trop habituelles. Le passé nous étouffe, papa.

Philippe esquisse un sourire, mystérieux.

– Et puis, ajoute-t-elle enhardie par ce sourire, j'ai envie que nous vivions une grande aventure ! Rien que tous les deux, comme avant. Je m'occuperai bien de toi, je te le promets !

Gabrielle sent les barrières tomber devant elle, et un sentiment de joie pure, enfantine, l'envahir. Pendant un instant, elle en oublierait presque les raisons de ce voyage. Quelque chose la ramène cependant à la réalité. Le doute, l'espace d'un instant, quand le regard de son père s'échappe et se voile ; on dirait qu'il y a quelqu'un dans ses yeux, une présence, blanche comme un nuage, une dame au sourire de monstre. C'est ainsi qu'elle la nommera à présent, « la Dame »… Elle a l'impression qu'elle lui sourit et ça lui mord le cœur, et puis elle disparaît tout à coup, alors Gabrielle prend la main de son père et lui dit :

– Viens, allons faire ta valise !

Elle l'entraîne dans l'escalier jusqu'à la chambre. *Elle* rôde dans la maison, il faut s'échapper. Vite.

— Je ne sais pas ce que je dois prendre, dit Philippe, figé devant sa commode.

Il n'a jamais quitté la France. Quand ils partaient en vacances à Arcachon ou dans le Midi, il mettait ses affaires en vrac dans le coffre sans se soucier de l'aspect pratique des choses.

— Des maillots de bain, deux ou trois shorts, un pantalon et un pull bien chaud. S'il faut, nous ferons du shopping sur place.

Ça y est, le voyage prend forme. Des semaines de réflexion, de doutes, d'angoisses, conclues par cette ultime manipulation qui pèsera lourd dans le sac de ses mauvaises actions. Mais Gabrielle a décidé de ne plus s'en vouloir. Est-ce que la Dame s'en veut, *elle*, de tout foutre en l'air ?

Plongeant ses mains dans les tiroirs de vêtements, elle remonte des trésors : le tee-shirt qu'il avait fait coudre à l'occasion de son concours de calcul mental, ses marcels de boxeur, son bleu de travail. Il a tant donné pour elle ! Plus le temps passe, plus elle mesure le courage qu'il lui a fallu pour embrasser cette vie à deux, en un temps où rien n'était fait pour aider un homme à être père. C'est pour cela aussi qu'elle veut partir. Pour une fois dans sa vie, elle veut qu'il soit celui qu'on serve, qu'on gâte et qu'on respecte. Gabrielle range le bleu de travail, ferme la valise et déclare, les larmes aux yeux :

— Je vais te combler, papa, et tu n'auras rien à y redire. Tu vas me laisser faire ça pour toi, car j'en ai besoin. C'est peut-être égoïste, je m'en moque. Tu ne me demanderas pas combien coûtent telle et telle activité, si tu peux porter toi-même tes valises, pourquoi j'ai choisi cet hôtel et pas un autre. Je veux simplement qu'on profite à fond, d'accord ?

Depuis que la Dame lui a souri, les choses lui paraissent encore plus claires, plus limpides. Ils doivent partir pour nourrir son esprit d'images, d'odeurs, d'expériences. Alzheimer se repaît des naufrages tristes et silencieux, alors ils la brûleront sous un soleil de joie.

Philippe regarde sa fille.

— Es-tu aussi inflexible avec tes collaborateurs et tes clients ? demande-t-il.

— Aucun n'est aussi têtu que toi.

Il sourit.

— Les chats ne font pas des chiens.

— Tout à fait. Tu sais donc que je ne lâcherai rien. Pas cette fois. Alors, marché conclu ?

Il sourit et serre la main qu'elle lui tend.

— Marché conclu.

# Chapitre 9

Aujourd'hui, des cadres du siège viennent visiter l'usine. Ils sont une dizaine, de tranches d'âge variées. Le plus jeune doit avoir à peine trente ans, le plus âgé à peu près le double. Ils se ressemblent, ils ont le même costume, la même façon de s'exprimer. Certains de ses collègues les détestent. Ce n'est pas son cas. Chacun sa place, et la sienne est ici, dans cette combinaison bleue, prêt à décrire à ces messieurs son métier si on le lui demande. Il n'est pas jaloux de leurs belles montres ou des sacoches en cuir qui pendent au bout de leurs bras. La plupart doivent avoir des vies professionnelles intenses et passer peu de temps avec leur famille. Lui, dans une heure, il va retrouver sa fille et profiter de la soirée avec elle. Aucun salaire au monde ne peut acheter ce bonheur-là.

Les dix hommes déambulent entre les machines et les ouvriers, guidés par Thierry, qui a aussi mis un costume-cravate pour l'occasion. C'est toujours une expérience stressante pour lui. Il veut faire bonne figure, espérant sans l'avouer ouvertement qu'on lui proposera un jour de venir travailler au siège social. En général, il est au courant de la visite deux ou trois jours en amont, et c'est alors le branle-bas de combat : « Chiottes, cantine, lignes de prod, je veux que tout soit nickel, vous m'entendez, NI-CKEL ! Et s'il prenait à l'un de vous l'envie de mal se comporter, je vous assure que… » Il a mis un costume, donc, mais il ne leur ressemble pas. Quelque chose diffère, dans la manière de se comporter, de s'exprimer, dans la façon même d'habiter son costume.

Thierry semble perdu dans le sien, tandis que, chez les autres, c'est comme une seconde peau.

– Tu crois que le boss se pisse dessus ? goguenarde Jean-Claude à son oreille.

– À sa place, on ne ferait certainement pas les malins non plus.

– Tu parles ! C'est pas des pingouins avec de la laque dans les cheveux qui vont m'impressionner !

Philippe sourit.

– Il y en a un qui s'approche de nous, dit-il calmement.

– Oh putain ! s'exclame Jean-Claude, retournant en courant à son poste.

Personne ne vient dans leur direction, mais Philippe ne veut pas d'ennuis. Ce n'est peut-être pas le métier de ses rêves, mais il lui permet de payer les factures. C'est bien l'essentiel.

*

17 heures, Philippe s'installe au volant de sa voiture. Depuis que Gabrielle est au collège, les journées sont moins folles. Il attrape la bouteille d'eau posée sur le siège passager, boit une gorgée, puis démarre. Les jours rallongent, mais l'hiver s'agrippe au ciel. Blanc, sans neige.

Philippe roule tranquillement en direction du collège, lorsqu'il aperçoit une voiture arrêtée sur le bas-côté. Devant le capot d'où s'échappe de la fumée, un homme se tient la tête dans les mains. Philippe le reconnaît : c'est le plus jeune des cols blancs qui ont visité l'usine.

– Un problème ? demande-t-il en baissant sa vitre.

Question rhétorique : un capot qui fume est rarement bon signe.

– Plusieurs, même, répond le jeune homme. J'ai mon avion pour Barcelone dans une heure et demie et ma voiture m'a lâché !

– Vous voulez que j'y jette un œil ? demande Philippe.

– Avec plaisir, je n'y connais rien !

La réponse fait sourire Philippe. « Bizarre d'être cadre dans une entreprise automobile sans rien connaître aux voitures. Enfin, il a sûrement d'autres compétences. »

– Je suis désolé, mais vous ne repartirez pas aujourd'hui avec, dit Philippe après une brève inspection.

– C'est bien ma veine ! Figurez-vous que je travaille pour l'entreprise qui fabrique cette voiture, en plus !

– Moi aussi.

L'homme le regarde soudainement avec intérêt.

– Vraiment ?

– Absolument, je vous ai aperçu dans l'usine tout à l'heure.

– J'ai honte de ne pouvoir dire de même.

Philippe sourit.

– Nous sommes nombreux. Et puis, on se ressemble avec nos bleus de travail.

Quelques secondes passent. Puisqu'ils travaillent pour la même entreprise, ils sont moins libres de leurs propos.

– Vous me disiez que vous aviez un avion à prendre ? reprend Philippe.

– Oui, soupire le jeune homme, pour un congrès qui commence ce soir.

– Je peux vous conduire à l'aéroport, si vous le souhaitez. Nous devons juste passer prendre ma fille au collège avant, mais nous serons largement à l'heure.

Gêné, le trentenaire déboutonne et reboutonne sa veste de costume.

– Écoutez, je… je ne voudrais pas…

– Ça me fait plaisir, je vous assure.

– Je ne connais même pas votre prénom.

– Philippe.

– Enchanté, Philippe, moi c'est Thomas. Si on apprend au siège que j'ai abusé de…

– Vous n'abusez de rien du tout, l'interrompt Philippe, puisque c'est moi qui propose. Allez, montez ! J'insiste.

Thomas regarde en direction de la route, certainement dans l'attente d'une autre solution miracle. Mais aucune ne semble poindre à l'horizon.

— Bon, c'est d'accord. Merci infiniment, Philippe, je vous dois une fière chandelle.

Il récupère ses affaires, puis s'installe côté passager.

— Désolé pour le bazar, dit Philippe, essayant tant bien que mal de ranger l'habitacle.

— Vous plaisantez ! Ce serait mal venu de me plaindre.

Philippe sourit et enclenche le moteur.

— J'appellerai les collègues pour qu'ils viennent chercher votre voiture, dit-il. D'ici deux jours, elle sera comme neuve.

Ils roulent en silence dans les allées du bois qui sépare la zone industrielle du centre-ville où étudie Gabrielle.

— Vous allez souvent chercher votre fille à l'école ? demande Thomas.

— Tous les jours. Ma femme est décédée quand elle était petite, alors je m'en occupe à plein temps.

Thomas ne devait pas s'attendre à une telle réponse.

— Vous êtes courageux, finit-il par dire.

Ce n'est pas la première fois que Philippe entend ce terme. Il se demande si l'on dirait de même d'une mère célibataire. « Certainement pas, conclut-il. On considère que c'est un exploit parce que je suis un homme. »

— Je prends beaucoup de plaisir à le faire. Et puis, je n'ai pas vraiment le choix. Et vous, ajoute-t-il, vous avez une famille ?

— J'ai une femme, mais nous n'avons pas encore d'enfant. Nous essayons, mais disons que c'est… compliqué.

Derrière le costume, Philippe commence à distinguer l'homme.

— Pour nous aussi, ça a été compliqué, dit-il. Plusieurs années d'essais ratés, de doutes, de déceptions. Et puis, alors qu'on commençait à se faire une raison… le petit miracle.

Quelques secondes s'écoulent, comme les gouttes de pluie qui se mettent à tomber sur le pare-brise.

– J'imagine l'effet que nous faisons lorsque nous débarquons tous ainsi dans votre usine. Vous devez vous dire : « Tiens, voilà la mafia du siège ! »

Philippe regarde Thomas en coin, étonné de cette franchise. Est-ce un piège ? Un moyen de tester sa fidélité à l'entreprise ? Mais le jeune homme a l'air sincère.

– C'est toujours un peu stressant, répond-il. Surtout pour Thierry. Il veut faire bonne impression. Pour nous autres, ouvriers…

Il hausse les épaules et tourne à droite pour sortir du bois.

– Votre métier… est-ce que vous le considérez comme difficile ? demande Thomas. Mes questions doivent vous sembler idiotes, mais, pour être honnête, j'ai rarement l'occasion de discuter avec les personnes qui construisent nos voitures.

– Disons qu'il faut tenir la cadence. C'est plus simple quand on est jeune, même s'il y a des jeunes qui ne tiennent pas deux jours. Faire la même chose toute la journée, suivre le rythme, rester concentré… Sans compter les odeurs, les bruits, les chefs pas toujours compréhensibles. C'est difficile de le comprendre tant qu'on ne l'a pas vécu.

– J'imagine…

– Mais je ne m'en plains pas, ajoute Philippe après un silence. J'ai un salaire qui me permet de subvenir aux besoins de ma fille et aux miens, et des horaires qui m'offrent du temps avec elle. Et puis, je n'ai pas fait d'études, alors difficile de viser mieux. Quand je suis à mon poste, je pense à elle. Je m'imagine ce qu'elle fera plus tard. Ça passe le temps.

– Comment s'appelle-t-elle, votre fille ?

– Gabrielle.

Il prononce ces trois syllabes en chantant, presque. Sonorités divines qui avivent en lui la joie d'exister.

– Elle doit être fière de vous, avance Thomas.

Puis il demande, pour faire la conversation :

– Les choses se passent bien pour elle, à l'école ?

– C'est une enfant aux capacités assez exceptionnelles, répond Philippe non sans fierté. Notamment en mathématiques.

Malheureusement, je ne sais pas si l'école lui permettra de développer son potentiel. Ce sont plutôt les garçons qu'on pousse vers les études scientifiques.

– Vous avez raison. D'ailleurs, je crois que nous n'avons aucune femme ingénieure dans l'entreprise.

Philippe s'engage dans la rue menant au collège. Gabrielle attend, assise sur une barrière. Voyant la voiture arriver, elle se lève et se dirige côté passager. La présence de Thomas fige sa main sur la poignée. Elle le salue puis s'installe à l'arrière.

Philippe redémarre.

– Nous rendons service à Thomas, qui doit se rendre à l'aéroport, dit-il, regardant sa fille dans le rétroviseur.

L'intéressé se tourne vers elle.

– Enchanté, Gabrielle. Je suis désolé de ce dérangement, mais ton papa m'a gentiment proposé de me sauver la vie. Si tu veux, je peux aller à l'arrière.

– Non, non, restez devant ! J'aurai plus de place ici pour faire mes devoirs.

– Oh, nous allons te laisser travailler tranquillement alors, répond Thomas.

Quelques minutes s'écoulent. Seul s'entend le bruit du stylo griffonnant le papier.

– Qu'est-ce que vous savez des fonctions, en mathématiques ? demande soudain Gabrielle.

– Malheureusement, moi, pas grand-chose, répond Philippe.

– Une fonction, c'est un procédé qui, à tout nombre réel x, associe un seul nombre réel y, répond Thomas. Si je m'en souviens bien, ce n'est pas enseigné avant la troisième ou la seconde.

– Je suis tombée dessus dans un livre, à la bibliothèque, et ça m'a beaucoup intriguée. Ça permettait de construire une courbe sur un graphique. Vous avez fait beaucoup de mathématiques pendant vos études ?

– Oh oui ! s'exclame Thomas dans un éclat de rire. À Polytechnique, on fait beaucoup, beaucoup de mathématiques.

– Polytechnique ? Qu'est-ce que c'est ?

– Une grande école, pour former les ingénieurs.

– Oh. Et c'est pour les filles aussi ?

– Le concours est ouvert à tout le monde. Mais je t'avouerai qu'il y a peu de filles.

– Pourquoi ? demande Gabrielle.

– Je ne sais pas. Sans doute sont-elles moins encouragées à suivre cette voie.

– Moi, j'aime beaucoup les mathématiques. Alors peut-être que je ferai Polytechnique.

Philippe sourit. Depuis que Gabrielle et Thomas ont commencé à parler, il n'arrête pas de sourire. Il est si fier d'elle, de son intelligence.

– C'est un concours très dur, tu sais. Il faut beaucoup travailler pour y entrer.

– Les mathématiques, ce n'est pas vraiment du travail pour moi. C'est plus… une sorte de jeu, dit-elle.

Thomas se tourne vers elle.

– Gabrielle, dit-il, c'est une discussion importante que nous avons là. Si tu veux entrer à Polytechnique, il va falloir que tu sois la meilleure, chaque année, dans ta classe. Ce n'est pas un petit objectif, tu comprends ?

Dans le rétroviseur, Philippe la voit hocher la tête.

– Je suis déjà la première de ma classe.

– J'ai connu des gens qui étaient les meilleurs au collège, mais qui sont tombés dans la facilité par la suite. Ton effort devra être soutenu et régulier jusqu'au bac. L'intelligence ne suffit pas pour entrer à Polytechnique.

Gabrielle plonge le nez dans son cahier, mais le relève aussitôt.

– D'accord, alors je vais beaucoup travailler.

– Le rendez-vous est pris, je compte sur toi.

Quelques secondes s'égrènent à nouveau.

– Et après Polytechnique, qu'est-ce qu'on devient ? demande-t-elle.

– À peu près tout ce qu'on veut. C'est l'avantage.

Elle émet un petit son d'approbation, puis Philippe la voit poser son front contre la vitre. Polytechnique… sa fille… un lointain rêve, oui. Mais, avant tout, il veut qu'elle soit heureuse.

Environ une heure plus tard, la voiture se gare devant l'aéroport. Avant de partir, Thomas sort une carte d'un étui et la tend à Philippe.

– Merci infiniment. Et si je peux faire quoi que ce soit pour vous à l'avenir…

Philippe range précieusement la carte dans son portefeuille. C'est comme un joker dans le jeu de son existence.

– Je vous en prie. Je n'allais pas vous laisser en plan au milieu de nulle part.

Les deux hommes se serrent la main, puis Thomas ouvre la portière, attrape sa valise et file à grandes enjambées à l'intérieur du bâtiment. Philippe et Gabrielle restent silencieux quelques instants. Un avion passe au-dessus de leur tête, avec un bruit qui fait trembler le sol.

– Ça doit faire drôle d'être dans les nuages… comme un oiseau, dit Gabrielle.

– Si l'homme était censé voler, il aurait des ailes, répond Philippe laconiquement.

Il ne comprend pas cette frénésie de l'altitude qui touche aujourd'hui l'espèce humaine. La simple pensée d'être prisonnier là-haut, dans une boîte en métal, lui glace le sang. Pour ne pas s'attarder et donner des idées à sa fille, il s'empresse de redémarrer, savourant l'agréable sensation de rouler sur la terre ferme.

Lorsqu'ils arrivent enfin chez eux, il est plus de 20 heures. Philippe retire son manteau et ses chaussures, se dirige vers la cuisine et ouvre le réfrigérateur. La vision des étagères désertes lui arrache un soupir. Il referme le réfrigérateur, attrape un paquet de pâtes dans un placard, met l'eau à bouillir. Derrière lui, il entend Gabrielle poser les assiettes sur la table.

– La prof de maths veut m'inscrire à un concours de calcul mental, mais je ne suis pas sûre d'avoir envie.

Philippe pivote et la regarde.

– Pourquoi ?

Elle hausse les épaules.

– Il y a un autre garçon dans la classe, très motivé, et qui est bon aussi en maths.

– Vous ne pouvez pas y aller tous les deux ?

– Non, c'est un seul élève par classe. Par école, même.

– Qui est le meilleur en calcul mental entre ce garçon et toi ?

– Moi, répond Gabrielle.

– Alors c'est toi qui devrais y aller.

Philippe vide les pâtes dans une passoire puis remplit deux assiettes.

– Il y a du beurre et de la sauce tomate dans le frigo si tu veux, dit-il.

Gabrielle se lève, mais se fige aussitôt : un cri, ou plutôt un hurlement, vient de retentir derrière la cloison. D'autres suivent, un charabia d'insultes et de menaces qui les tétanisent. Le silence finit par revenir, Gabrielle se rassied lentement.

– Peut-être… peut-être qu'il faudrait aller voir, dit-elle.

Philippe sent son cœur tambouriner entre ses côtes.

Il a peur.

L'enfant en lui a peur.

Une voix, soudain. Celle de sa fille qui lui touche doucement l'épaule.

– Où étais-tu parti ?

Loin. Très loin. Dans un endroit où il ne veut plus jamais aller.

– Pardon, je…

Changer de sujet, vite.

– Ton concours de calcul mental est prévu pour quand ? demande-t-il.

– Samedi 12. Matin.

– Je pense que tu devrais t'inscrire, dit-il.

Elle ne répond pas.

Nouveau silence, puis :

– Benjamin a quelques difficultés à l'école. Je pense que je devrais l'aider.

Philippe baisse les yeux vers son assiette. Il *sait* ce qu'il se passe là-bas. Il sait aussi qu'il faudrait faire quelque chose. À l'époque, personne n'a rien fait pour lui et il détestait ses voisins, il les haïssait, et aujourd'hui, c'est lui le voisin lâche qui détourne le regard.

– Et si tu lui proposais de venir à la maison ?

La protéger, elle, ici.

L'éloigner de *là-bas*.

– Oui, c'est une bonne idée.

Ils terminent le repas en silence, puis elle monte se coucher. Il la borde dans son lit, elle a douze ans, mais il continue de la border, ils en ont besoin.

– Bonne nuit, ma chérie.

– Bonne nuit, papa.

Il ferme la porte et retourne à la cuisine. La pièce est plongée dans le silence. Philippe reste immobile quelques instants, puis s'approche du mur qui les sépare des voisins. Il colle son oreille et écoute. Il faisait pareil quand il était petit, enfermé dans sa chambre. C'est toujours le même bruit : celui de son cœur qui bat et résonne dans la cloison.

\*

Hortense est venue avec son fils. Pourquoi est-elle venue ? Qu'attend-elle ? Elle est belle. Entrelacs de cheveux noirs et de courbes félines. Ils s'installent dans le salon, pendant que les enfants vont à l'étage. En quelques jours, l'hiver a cédé le pas au printemps. Les portes-fenêtres du salon sont grandes ouvertes. Tel un peintre, le soleil applique sur le visage d'Hortense ses reflets d'or et de mauve.

– C'est gentil à Gabrielle d'aider Benjamin, dit-elle en posant sa tasse de café devant elle.

Où est le mari ? Parti se saouler avec les copains ?

– Je peux vous assurer qu'elle le fait avec plaisir, répond Philippe. C'est une enfant très généreuse.

Hortense sourit et passe une mèche de cheveux derrière son oreille. Philippe suit le mouvement des yeux, et son cœur suit la même courbe, la même envolée puis la chute en épingle : il y a dix ans, Sophie était assise à la même place qu'Hortense, et elle aimait aussi passer le doigt dans ses cheveux. Il ne sait pas ce qu'il doit penser. Ce qu'il doit ressentir. C'est une femme mariée, et sa tasse de café est posée sur un meuble que Sophie a peint. Tout l'encourage à maintenir avec elle une relation froide et distante. Tout, sauf sa troublante beauté.

– Vous habitez ici depuis longtemps ? demande-t-elle.

– Une quinzaine d'années. C'est Sophie qui avait eu le coup de cœur, à l'époque.

Besoin de la faire venir, de l'avoir près de lui.

– Elle doit terriblement vous manquer…

– Oui, pas un jour ne passe sans que nous ne pensions à elle.

Hortense le regarde un instant puis détourne les yeux. À quoi pense-t-elle ? Est-ce qu'elle réfléchit à sa propre situation ? Se dit-elle : « Moi, mon mari est vivant, mais je préférerais qu'il soit mort » ?

– Vous vous plaisez ici ? demande-t-il.

Il ne supporte pas les silences entre eux. Il a besoin qu'ils parlent, pour fermer la porte à ses pensées.

– C'est une ville agréable, répond-elle.

Leur discussion est superficielle. Philippe sait qu'ils n'ont pas le choix. Entre leurs maisons, il n'y a qu'un maigre mur. Alors, pour compenser, ils doivent rester à la surface. Autrement, il faudra qu'il lui demande comment elle s'est fait cette contusion au genou. Peut-être que c'était un accident. Qu'elle a tapé le rebord de sa table basse, ou qu'elle est tombée par inattention dans l'escalier. Mais peut-être aussi que c'était *autre chose*.

– Oui, c'est plutôt calme.

Tout à coup, elle lève les yeux vers lui. De quelle couleur sont-ils ? Noisette, mais très clairs, presque jaunes. « C'est de l'ambre », pense Philippe. Un monde est prisonnier de cet ambre immobile, quelqu'un crie et veut s'échapper. Deux mains plaquées contre la pupille, *aide-moi, je t'en supplie.* Et ce sourire de façade prêt à accueillir le refus. Philippe détourne les yeux, lâchement.

– Mon mari est parti acheter une hache, dit-elle.

*Shining* est sorti l'année précédente au cinéma. Jack Nicholson avec sa hache, son épouse terrifiée dans la salle de bains. Est-ce qu'elle lui lance un appel ?

– Il veut abattre le pin au fond du jardin, ajoute-t-elle. Le pauvre est plein de chenilles.

Pourquoi lui parle-t-elle de ça, sinon pour lui demander de l'aide ? « Mon mari est parti acheter une hache. » Silence. « Il veut abattre le pin au fond du jardin. » Si ce n'était pas un appel à l'aide, elle n'aurait pas marqué ce silence pour lui laisser le temps de réfléchir. Et elle n'aurait pas commencé par cette histoire de hache. Elle aurait simplement dit : « Nous allons devoir abattre le pin au fond du jardin. » Cependant, ces intuitions sont-elles suffisantes pour agir ? N'est-il pas induit en erreur par ses propres terreurs ? Après tout, sans doute Francis est-il *réellement* parti acheter de quoi abattre son arbre. Qui est-il pour s'immiscer dans la vie d'une famille ? Gabrielle et Benjamin font leur entrée dans le salon, le dispensant de trouver une réponse immédiate à ses questions.

– Nous avons conclu un accord, dit sa fille avec solennité. Je m'engage à participer au concours de calcul mental, et en retour, Benjamin va tout faire pour dépasser la moyenne à notre prochain devoir de maths.

– Cela me semble un excellent accord, répond Hortense, les regardant à tour de rôle, puis fixant ses yeux sur Gabrielle : Tu n'avais pas l'intention d'y aller ?

– Je deviens nerveuse quand je dois prendre la parole en public. Ce n'est pas le genre d'expériences que j'apprécie.

– Eh bien, je te trouve très courageuse d'affronter tes peurs. Ce n'est pas donné à tout le monde.

À qui fait-elle référence ? À lui, peut-être. Ou bien à elle-même. Philippe pense soudain à sa mère, aux mots qu'elle a prononcés le jour de l'enterrement : « Il n'est plus là maintenant, nous n'avons plus à avoir peur. » Hortense est-elle, comme sa mère, complice par nécessité ? Il n'avait jamais vu les choses sous cet angle. Celle de la nécessité vitale. « Non, rien ne justifie ce qu'elle a fait, décide-t-il. Et Hortense n'est pas ce genre de femme, décide-t-il également. Mais toi, quel genre d'homme es-tu ? »

\*

Ils ont passé une semaine à s'entraîner. Tous les soirs, dans la cuisine, lui avec sa calculette, elle avec son cerveau.

– 12 × 15 ?

– 180.

– 278 + 188 - 302 ?

– 164.

Philippe savait que sa fille était douée, mais pas au point de répondre, en quelques secondes à peine, à toutes ses questions, pourtant de plus en plus ardues au fil des séances. Pour l'occasion, il est passé voir une couturière en centre-ville et lui a demandé de confectionner un tee-shirt personnalisé : « Gabrielle, ma reine des maths ! » Il l'arbore fièrement, assis dans les gradins.

D'autres parents sont agglutinés autour de lui, ainsi que des professeurs et des élèves venus soutenir leurs camarades. Il se demande s'il y a des amis de Gabrielle. Hortense avait dit qu'elle passerait peut-être avec Benjamin, mais il ne les voit pas. Elle a sans doute eu un empêchement. Depuis leur visite la semaine dernière, Philippe n'a pas eu de nouvelles. Il l'a simplement aperçue, un matin, en train de fumer sur le perron de sa maison. Il ignorait qu'elle fumait.

Une estrade a été installée au milieu du gymnase, avec quatre pupitres munis de micros. Philippe cherche sa fille des yeux, mais elle doit être dans les vestiaires avec les autres participants. Il s'attendrait presque à la voir sortir avec ses gants de boxe. Une dizaine de minutes plus tard, le directeur de l'organisation saute d'un pas leste sur l'estrade. Après une courte introduction et quelques formalités d'usage, il explique le déroulement du concours : il y aura un premier tour, avec seize candidats répartis en quatre groupes. Les deux meilleurs de chaque groupe seront sélectionnés pour le tour suivant, et répartis dans deux nouveaux quatuors. La finale opposera les deux meilleurs élèves, issus de ces demi-finales.

Soudain, les lumières se tamisent, et une musique entraînante accompagne l'arrivée des candidats dans la salle du gymnase. Philippe tend le cou pour apercevoir sa fille. Son cœur tambourine comme s'il allait lui-même participer au concours. Elle est bien là, entourée des autres candidats. Elles ne sont que deux filles pour quatorze garçons. Il la voit balayer les tribunes du regard, tripotant son tee-shirt blanc des doigts, comme chaque fois qu'elle est stressée. Philippe agite les bras pour capter son attention. Elle le regarde. « Ça va aller, ma fille, j'ai confiance en toi. L'important, c'est de s'amuser et de participer. Je suis déjà tellement fier de toi. » C'est ce qu'il lui dit, silencieusement, d'un clignement de son œil bleu.

Les quatre premiers candidats montent sur l'estrade. « Allez, Sylvain, éclate-les ! » hurle un homme derrière lui. Philippe sursaute et regarde l'intéressé. Son maillot de foot du Paris-Saint-Germain épouse les contours d'un ventre arrondi, qu'il nourrit présentement de bière et de chips. C'est une jeune femme qui pose les questions. Elle s'appelle Murielle et est comédienne de profession. « 28 que multiplie 32 », demande-t-elle, sourire aux lèvres. Tous les candidats trouvent le bon résultat, sauf un garçon aux petites lunettes rondes qui est éliminé. La lutte fait rage entre les candidats restants, obligeant Murielle à raccourcir le temps de réflexion. La suivante à craquer est finalement Anaïs, laissant à Gabrielle les clés de l'honneur féminin.

Le deuxième groupe d'élèves se présente sur scène. Gabrielle est parmi eux. « Allez ma fille… allez… » murmure Philippe, se tapant le genou. Elle ne le regarde pas. Ses yeux sont fixés devant elle, dans une expression d'intense concentration. Après quelques secondes de silence, l'animatrice pose la première question : « 39 moins 7, le tout multiplié par 14. » Gabrielle est la première à lever son ardoise, tournée de sorte que les autres candidats ne voient pas la réponse. Lorsque l'animatrice donne le signal, chacun expose son résultat. Philippe, qui a apporté sa calculette, soupire de soulagement : c'est correct. Trois rounds de questions plus tard, Gabrielle se qualifie brillamment pour le second tour. Elle y retrouve Sylvain, qui continue de recevoir les encouragements bruyants de son père. L'animatrice attend que le silence revienne dans les gradins, puis pose la première question : « 264 multipliés par 33. » Les candidats calculent la réponse dans leur tête, Philippe sur sa machine. Les ardoises se lèvent, affichant le même nombre : 8 712. « Ils m'impressionnent, ces gamins », dit une dame près de lui. Philippe se tourne vers elle et acquiesce d'un hochement de tête. Lui aussi, il est bluffé. L'animatrice les félicite puis enchaîne par deux questions qui éliminent tour à tour Thomas, petit prodige qui a trois ans de moins que les autres, puis Sylvain, au grand dam de son père qui s'écrie : « C'est pas grave, mon fils, tu éclateras tout l'année prochaine ! » Philippe exulte en silence.

En finale, Gabrielle est opposée à Fabien, un grand garçon très maigre, perdu dans une chemise en vichy bleue et blanche. Murielle commence à poser les questions. Les deux candidats se rendent coup pour coup, à une vitesse et avec une justesse équivalentes. « C'est de la boxe, pense Philippe. La boxe de l'esprit. » De temps en temps, entre deux calculs, Gabrielle lui jette un coup d'œil. Elle se ressource, amasse de l'énergie et de la confiance. La dixième question provoque un remous d'admiration dans les gradins. C'était un calcul complexe à trois décimales, que les deux candidats ont résolu avec brio. Philippe sent son rythme cardiaque qui accélère, car le moment de vérité approche. Les questions sont de plus en plus ardues, et le temps pour y répondre toujours aussi court. Les conditions pour que l'un des finalistes craque sont réunies. « Pas mal pour une fille », entend-il quelque part devant lui. Cette remarque l'exaspère et le fait sourire à la fois. Cessera-t-on un jour de s'étonner qu'une fille puisse être douée en maths ?

À l'issue de la quinzième question, Murielle est rejointe sur l'estrade par l'organisateur du concours, qui lui murmure quelque chose à l'oreille. Elle le laisse redescendre, puis se tourne vers les deux candidats. « Puisque nous ne parvenons pas à vous départager, nous avons décidé de modifier les règles. Le premier qui répond à la prochaine question remporte le concours. C'est donc une épreuve de vitesse. » Philippe regarde sa fille, dont les yeux sont rivés avec concentration sur son ardoise, comme si rien n'avait changé pour elle. Il aimerait entrer dans sa tête, savoir ce qu'elle pense et ressent. Elle est certainement moins nerveuse que lui.

Murielle laisse passer quelques secondes puis demande : « Combien font... 12,3 multipliés par 4,2, le tout divisé par 1,8 ? » Philippe tente de trouver le résultat sur sa calculette, mais ses doigts n'arrivent plus à taper correctement. Les 2 deviennent des 3, les 8 des 9, et il finit par jeter la machine dans son sac pour se concentrer sur le spectacle qui se déroule en contrebas. « Lève ton ardoise, P'tit Loup... lève ton ardoise... » Soudain, Gabrielle exauce son vœu. Mais une fraction de seconde trop tard, juste après Fabien qui a hurlé : « J'ai fini ! J'ai trouvé ! » Murielle s'approche de son ardoise. « 28,7... Bravo, Fabien, c'est correct ! Tu es donc le grand gagnant du concours ! » Philippe observe Gabrielle, son ardoise affichant le même résultat entre les mains. Il a envie de courir vers elle, de la prendre dans ses bras pour la consoler. Mais elle n'a pas besoin de lui. Elle s'approche de Fabien dignement, et tend sa main pour le féliciter. « C'est bien, ma fille, pense Philippe. C'est dans la défaite qu'on reconnaît les champions. »

Sur le chemin du retour, Gabrielle est silencieuse. Elle tient contre elle la coupe réservée au finaliste, dans laquelle elle pioche de temps en temps un bonbon en forme de crocodile.

– P'tit Loup, dit Philippe, je suis très fier de toi.

Elle sourit vaguement, les yeux tournés vers le ciel.

– Je crois que je suis encore plus fier que si tu avais gagné.

– J'aurais préféré gagner, dit-elle.

– Bien sûr. Mais on apprend souvent plus dans la défaite. Et puis, ça s'est vraiment joué à rien. Tu as été épatante.

– Épatante, mais insuffisante.

Philippe sourit. Il entend souvent dire que les garçons ont un esprit de compétition plus affûté que celui des filles. Que cela est dû à leur nature, à leurs hormones qui les poussent à combattre et être les meilleurs. Profitant d'un feu rouge pour observer Gabrielle, il échafaude en lui-même une théorie : « Ces idées ont dû être inventées par des hommes orgueilleux, confrontés à des femmes plus douées qu'eux. »

– Fabien était très fort, dit Gabrielle au bout d'un moment.

– C'était un magnifique duel, en effet. Tu pourras peut-être reconcourir l'année prochaine pour prendre ta revanche ?

– J'y compte bien.

Il l'embrasse dans les cheveux, puis allume l'autoradio. C'est un morceau des Beatles, le groupe préféré de Sophie. Elle n'est pas physiquement avec eux, mais il sent sa présence, son amour les envelopper et les protéger.

Une fois chez eux, Gabrielle pose sa coupe sur la table de la cuisine.

– Ça peut être pratique pour mettre les olives, dit-elle.

– Non, non, on va te construire une jolie étagère et l'exposer dans le salon, à sa juste place. Ce n'est pas tous les jours que ma fille rapporte une coupe à la maison !

Tout à coup, Gabrielle explose de rire.

– Qu'y a-t-il de si drôle ? demande Philippe.

– Ils… ils se sont trompés dans l'orthographe de mon prénom… peine-t-elle à articuler. Regarde !

Philippe s'avance et plisse les yeux.

– Gabriel. Non, mais… c'est scandaleux !

– Et après, on dit que les filles sont moins fortes en science ! Si ça se trouve, c'était Renée Descartes et Albertine Einstein, qu'est-ce qu'on en sait ?

— Pas faux !

Il se met à rire aussi, mais au même moment une série de cris résonne de l'autre côté de la cloison, les plongeant dans le silence. Gabrielle le regarde et c'est comme si sa conscience elle-même le regardait. Philippe a deux grandes peurs dans la vie : l'avion et les adultes qui crient. « Ta fille a affronté les siennes en participant à ce concours, n'es-tu pas capable de faire de même ? » Cette pensée change tout. Elle lui donne la force d'agir. Il n'est plus un enfant, il est un homme d'un mètre quatre-vingt-sept et quatre-vingt-dix kilos qui pratique la boxe depuis vingt ans. Et cet homme ne restera pas les bras croisés en attendant que ça passe.

Il se lève.

— Papa ? Qu'est-ce que tu fais ?

Il fait ce qu'il aurait dû faire la dernière fois. Il sort de la cuisine, traverse le salon, ouvre la porte. Dehors, l'air est tiède, alourdi par le soleil qui a chauffé toute la journée. La main de Gabrielle attrape la sienne. Il s'arrête, regarde sa fille. Courageuse et belle, comme sa mère.

— Rentre à la maison, ma chérie, dit-il.

— Mais papa…

Pas de clin d'œil cette fois, mais un regard qui lui fait hocher la tête. Elle comprend.

Il arrive devant la porte. Derrière, les cris. Cris d'homme, de femme et d'enfant. Il les connaît, ce sont les mêmes, partout les mêmes. Il toque. Les cris cessent. Son cœur bat. Il n'a plus peur, il est là où il doit être. La porte s'ouvre, visage fumant de l'homme dépossédé de lui-même.

— Ce n'est pas le bon moment, dit Francis.

— Au contraire, je crois que c'est exactement le bon moment, répond Philippe.

# Chapitre 10

Ils sont en chemin, enfin. Gabrielle pose sa main sur celle de son père, énorme et rêche.

— Tu te souviens, j'ai participé à une compétition de calcul mental ici, dit-elle alors qu'ils passent devant un gymnase reconverti en bowling.

Philippe hoche la tête, sans un mot.

Elle se demande s'il se souvient vraiment. Elle a le doute, maintenant. Toujours, elle l'aura.

— Tu avais été jusqu'en finale, si je ne m'abuse, dit-il.

Gabrielle sourit et lui presse tendrement la main. Que ne ferait-elle pour lui ? Il mérite tant… tant d'amour, de temps, de sacrifices. Pendant le trajet, elle réfléchit à leur histoire. Elle a l'indéfinissable impression de dire adieu à quelque chose. « Quand nous reviendrons, plus rien ne sera pareil », pense-t-elle sans pouvoir donner de contours précis à cette idée.

Le taxi les dépose devant l'entrée du terminal. Autour d'eux, des gens s'agitent et parlent dans plusieurs langues. Un avion passe au-dessus de leur tête, laissant dans le ciel une longue traînée blanche.

— Je ne sais pas si c'est une bonne idée, P'tit Loup, dit Philippe.

— Tout va bien se passer, papa. Fais-moi confiance, c'est mon univers ici.

Ils posent leurs valises sur un trolley puis entrent dans le hall. Son père collé contre elle, Gabrielle se dirige vers un panneau lumineux où sont indiqués les comptoirs d'enregistrement.

« 32-34 », dit-elle, tournant la tête d'un côté, puis de l'autre. « C'est là-bas. » Elle veut l'inclure dans la démarche pour qu'il se sente concerné, investi dans cette aventure. S'il se contente de la suivre, mutique et effrayé, ça ne fonctionnera pas. Ils passent devant un groupe de voyageurs portant de gros sacs à dos. « Sans doute des routards qui vont sillonner l'Amérique latine », dit-elle. Philippe hoche la tête. Elle les enregistre, lui glissant avec une sorte de pudeur : « On est en business class, tu verras, on sera bien. »

Elle récupère leurs cartes d'embarquement, puis le guide vers la zone de contrôle des passeports et des valises.

– P'tit Loup, dit Philippe, est-ce que ces contrôles sont vraiment… sécuritaires ? On a vu ce qu'il s'est passé avec les tours, à New York.

– Bien sûr, papa. Et plus encore depuis le 11-Septembre.

– Oui, enfin, il y a aussi eu le Paris-Rio, et puis le crash en Malaisie…

S'attendant à ces questions, elle a préparé des chiffres.

– Chaque année quatre mille personnes meurent en voiture rien qu'en France. Dans le monde entier, moins de six cents personnes décèdent en avion. Tu seras bien plus en sécurité dans les airs.

Cet argument semble le faire réfléchir. Ils marchent jusqu'aux cabines de contrôle des passeports, où une douanière leur fait signe d'avancer. Gabrielle présente le sien, noirci de ses voyages dans le monde, puis celui de son père, vierge de tout tampon. « Bon voyage », leur souhaite la jeune femme en leur rendant les documents.

Ils continuent jusqu'à la zone de contrôle des bagages.

– Vide tes poches et mets tout dans un bac. Il faut également que tu retires ta ceinture.

– Ma ceinture ? Mais je vais perdre mon pantalon.

– Tu le retiendras. C'est juste le temps de passer ce portique.

Philippe hausse les épaules et s'exécute.

– Ta montre aussi, dit-elle.

Il la regarde, sourcils froncés.

– J'y tiens beaucoup, dit-il. C'est ta mère qui me l'a offerte.

– Je sais, papa. Ne t'inquiète pas, tu vas la récupérer.

Il la retire délicatement, laissant apparaître une marque blanche sur son poignet, puis passe après Gabrielle sous le portique. Celui-ci émet une sonnerie stridente.

– Monsieur, veuillez me suivre, dit un agent de sécurité.

Philippe regarde sa fille, paniqué.

– Ça va aller, ne t'inquiète pas. Est-ce que tu as laissé des choses dans tes poches ?

Il les retourne, pour montrer qu'elles sont vides.

– Monsieur, je vais vous demander d'écarter les bras, s'il vous plaît.

– Ce sont les procédures normales, ne t'inquiète pas, dit Gabrielle avant de s'adresser à l'agent : C'est la première fois qu'il prend l'avion.

L'homme exprime un air de surprise. Quelque chose comme : « À son âge ? »

– Je ne vais pas vous embêter longtemps. Mais ça vous montre qu'on fait bien notre travail et qu'on assure votre sécurité, dit-il avec pédagogie.

Philippe écarte les bras et l'agent passe son détecteur de métal. Celui-ci se met à biper au niveau de son poignet droit.

– Mon père s'est fait opérer il y a quelques années, explique Gabrielle. Il a gardé sa plaque en métal.

– Pas de soucis, fait l'agent, vous pouvez y aller.

Gabrielle aide son père à rassembler ses affaires puis le mène vers les boutiques en *duty free*.

– Il te reste du parfum ?

– Je crois, oui.

– Il est moins cher ici, tu sais. Et puis, c'est toujours bien d'avoir des réserves.

Ils ressortent avec un flacon de *Vétiver* et une crème de jour hydratante. Gabrielle entraîne ensuite son père dans une boutique de prêt-à-porter, où elle insiste pour lui acheter un gilet en laine qui « ne sera pas de trop quand on sera à trois mille mètres d'altitude ! » ainsi que quelques shorts et polos en vue de la Polynésie.

— P'tit Loup, ce n'est vraiment pas nécessaire…

— Nous avons fait ta valise ensemble, papa, et je te confirme que ça l'est.

Elle a envie de lui faire plaisir. Qu'il se sente beau, dans de beaux vêtements, lui qui a passé la moitié de sa vie dans un bleu de travail. Il aime répéter qu'il « ne sera jamais Clint Eastwood » et qu'un « jean est un jean », mais elle sait aussi que, quand il met ses habits du dimanche, il ne manque jamais de lui demander, sourire en coin : « Alors, élégant, ton vieux père ? »

Leur vol est annoncé, portes d'embarquement 12 et 13. Gabrielle présente leurs passeports et cartes d'embarquement, puis s'engouffre avec son père dans la passerelle qui mène à l'avion. Derrière elle, accroché à son bras, elle le sent ralentir. Elle veut le forcer à avancer, mais il finit par s'immobiliser, le nez collé aux parois de verre donnant sur l'appareil.

— Je ne peux pas, P'tit Loup, dit-il.

Pas ça. Pas maintenant.

— Papa, je t'ai déjà expliqué que ça ne craignait absolument rien.

— Et s'il y a une tempête ?

— Nous serons en sécurité dans l'avion.

— J'ai peur.

Elle s'impatiente. S'en veut d'être impatiente. C'est un presque vieil homme à l'aube d'une maladie incurable, qui n'a jamais pris l'avion de sa vie. Si elle ne veut pas que leur aventure tourne à la bérézina, elle va devoir faire preuve d'empathie et de patience.

— Je comprends que tu aies peur, et je te remercie d'exprimer tes sentiments. Mais comme je te l'ai dit, il n'y a aucun moyen de transport plus sûr que l'avion. Et puis, si tu le souhaites, j'ai des cachets aux plantes pour dormir. Tu fermes les yeux à Paris et les rouvres au Pérou.

– L'homme n'est pas fait pour voler, P'tit Loup.

Toujours la même rengaine. Alors que Gabrielle lutte pour ne pas craquer, une hôtesse vient à leur rencontre.

– Bonjour, madame, monsieur, dit-elle avec un sourire très doux et des gestes qui diffusent autour d'elle un agréable parfum. Puis-je faire quelque chose pour vous ?

Gabrielle trouve qu'elle ressemble à sa mère. La comparaison avec la photo posée sur le meuble du salon est même troublante. Est-ce le regard ? Les pommettes ? Les longs cheveux blonds remontés en chignon ? Elle ne saurait dire exactement, mais elle y voit une sorte de présage. Le signe positif qu'ils doivent prendre cet avion et entamer leur voyage.

– C'est la première fois que mon père monte dans un avion, et il n'est pas très rassuré, dit-elle.

L'hôtesse se tourne vers Philippe.

– Monsieur, je m'appelle Meredith, et c'est moi qui m'occuperai de vous pendant ce vol. Aimeriez-vous que je vous accompagne à votre place, et que je vous explique le fonctionnement d'un avion ? Vous comprendrez alors que vous êtes en parfaite sécurité avec nous.

Philippe la regarde. Est-ce qu'il trouve aussi qu'elle ressemble à sa mère ? Le fait est qu'il semble en confiance, et qu'il accepte de la suivre.

Meredith les aide à ranger leurs sacs dans les compartiments. Leurs sièges sont larges, confortables.

– Ça va, tu es bien installé ? demande-t-elle.

Il regarde par le hublot, ses mains cramponnées aux accoudoirs. Une larme coule sur sa joue droite.

– Papa ? Mais… pourquoi tu pleures ?

– Je suis désolé, P'tit Loup, dit-il.

– Désolé de quoi, papa ?

– D'avoir oublié que nous partions. De t'imposer tout ce stress, ma phobie de l'avion. Et je suis aussi désolé de ce qui va bientôt m'arriver. Je n'ai pas envie de t'oublier, P'tit Loup.

Elle pose sa main sur la sienne. Se retient, elle aussi, de pleurer.

– Alzheimer n'a pas encore gagné, papa. On va se battre.

Avec amour, au bout du monde et de leur histoire qui se déploiera là-bas, en haut du Machu Picchu et dans les fonds bleutés de Polynésie.

Meredith s'accroupit devant Philippe.

– Tenez, dit-elle, je vous ai apporté un fascicule qui explique le fonctionnement d'un avion.

Elle l'ouvre à la première page.

– Vous voyez, lorsque l'avion accélère, au moment du décollage, l'air qui passe au-dessus des ailes va plus vite que celui qui passe en dessous. Une force, qu'on appelle « portance », est créée et aspire naturellement l'avion vers le haut. Plus la différence de vitesse est importante, plus cette force est puissante. C'est de la simple physique !

Gabrielle observe l'hôtesse. Est-ce que sa mère ressemblait à cela quand elle parlait ? Avait-elle la même voix ? Elle aimerait tant se souvenir de sa voix.

– Je vais vous faire une confidence : je suis devenue hôtesse de l'air car j'avais peur de l'avion. Aujourd'hui, je m'y sens bien plus en sécurité que chez moi, dans mon petit appartement parisien !

Elle se relève pour aider un passager à s'installer de l'autre côté du couloir. Puis elle se tourne de nouveau vers eux :

– Puis-je vous apporter quelque chose à boire ? Du champagne, peut-être ? En général, ça aide à se détendre.

– Je préférerais… un verre de whisky, si vous avez, répond Philippe. Avec de la glace.

– Bien sûr, monsieur. Et vous, madame ?

– Un jus d'orange, s'il vous plaît.

– Je vous apporte cela tout de suite.

Après une trentaine de minutes, les portes de l'avion se ferment et Meredith se place au milieu du couloir pour rappeler les consignes de sécurité. Au moment où elle explique comment placer le masque à oxygène sur sa bouche, Gabrielle sent la main de son père attraper son poignet.

— Je croyais que c'était sans risque ? dit-il.

— C'est pour te protéger, même s'il arrive quelque chose. J'ai pris beaucoup, beaucoup de fois l'avion, et je ne les ai jamais vus.

Quelques secondes s'écoulent, puis Philippe se penche vers elle et murmure :

— Je ne me sens pas très bien, j'aimerais sortir.

— Ce n'est pas possible, papa, nous allons décoller.

L'avion roule doucement sur le tarmac, provoquant des vibrations dans la cabine. Meredith disparaît derrière le rideau.

— Est-ce qu'on peut demander au pilote de s'arrêter ?

— Non, on ne peut pas, papa.

— P'tit Loup, je… mais sa voix est éteinte par un vrombissement, l'ultime poussée de l'appareil qui s'envole tout à coup dans les airs.

Philippe ferme sa main et serre, Gabrielle se retient de hurler. Cela dure quelques secondes, puis il ouvre les yeux et regarde par le hublot.

— C'est beau, murmure-t-il.

— Papa…

— Oui P'tit Loup ?

— Tu me broies le poignet.

Il relâche sa tenaille, puis ils se regardent et se mettent à rire.

— Désolé, ma fille.

— Bientôt, dit Gabrielle, tu ne sentiras même plus que nous sommes dans les airs.

Philippe sourit, le nez collé contre la vitre. En quelques secondes, tout est devenu calme et léger.

— Ça me rappelle ce parc que nous visitions autrefois, quand tu étais petite. Tu sais, celui avec les villages miniatures. C'est pareil. C'est la même sensation d'être… gigantesque.

Gabrielle s'approche de lui, tout près, pour respirer son parfum. Elle connaît ces paysages par cœur, mais c'est comme si elle les voyait pour la première fois.

Lost in memory

— Est-ce que tu es heureux d'être là ? s'aventure-t-elle à demander.

— Je crois… je crois qu'il aurait été dommage que je manque ça, en effet.

Soudain, un bruit violent les fait sursauter. Les doigts de Philippe se resserrent sur le poignet de sa fille.

— Désolé, mon sac n'était pas bien rangé. Je voulais juste prendre quelques documents, dit un homme debout dans le couloir.

Il parle un français très fluide, mais avec un accent qui trahit ses origines sud-américaines. Gabrielle l'observe rapidement, et conclut qu'il est le portrait craché d'Indiana Jones. Ou plutôt du père d'Indiana Jones : Henry Jones Senior, car il doit avoir dans les soixante-cinq ans. En tout cas, il est habillé comme on l'attendrait d'un baroudeur archéologue, avec chapeau et blouson en cuir, pantalon cargo et une grosse montre qui doit certainement faire office de boussole.

— Pas de soucis. Vous avez besoin d'aide ? demande Gabrielle.

— Vous êtes gentille, mais ça ira, dit l'homme, posant un dossier sur sa tablette puis remettant son sac dans le compartiment au-dessus de lui. *Me llamo Oscar. Oscar Martinez. Encantado.*

Gabrielle serre la main qu'il lui tend.

— Enchantée, Oscar. Moi, c'est Gabrielle, et voici mon père, Philippe.

L'homme se rassied.

— Encore désolé pour ce… *como se dice…* bordel ? Ce sont des documents très importants.

Gabrielle a la sensation qu'il veut lui en dire plus, mais qu'il attend qu'elle lui pose la question.

— Ils sont liés à votre activité professionnelle ? demande-t-elle.

— Absolument. Je suis *profesor de historia antigua y moderna a l'universidad de Lima.* J'étais invité à un colloque à Paris pour parler d'une découverte potentiellement… révolutionnaire.

Nouveau silence. « Il aime vraiment être relancé », pense Gabrielle, amusée par le personnage.

– Avez-vous le droit d'en dire plus ?

– Tout dépend à qui, répond-il, la regardant d'un air complice.

– Eh bien, je suis directrice internationale d'une entreprise automobile. Est-ce que je fais partie de votre liste rouge ?

Il l'observe quelques instants puis déclare :

– À l'énergie que vous dégagez, je crois que je peux vous faire confiance.

– L'énergie que je dégage ? demande Gabrielle, surprise.

– *Por supuesto* ! Chaque humain dégage une certaine énergie. Heureusement, sinon nous ne serions que… *como se dice*… un tas de matière, *no* ?

– Oui, c'est possible, je ne sais pas, répond Gabrielle.

– Il y a une belle énergie qui se dégage de vous. C'est agréable à sentir. Et de votre papa, aussi, mais qui lutte contre une force obscure. Il semble être en souffrance.

« Comment sait-il ça ? » pense Gabrielle, stupéfaite.

– Bon, voilà, j'ai une théorie, dit Oscar, ouvrant sa pochette et baissant subitement la voix. Comme vous le savez peut-être, les Incas n'avaient pas d'alphabet. Contrairement à la quasi-totalité des glorieuses civilisations qui ont peuplé la Terre, ils n'avaient aucun recours à l'écriture. Étonnant, n'est-ce pas ?

– En effet ! dit Gabrielle. Figurez-vous que je l'ignorais.

– Comme quoi, on ne finit jamais d'apprendre des choses ! Eh bien, ma théorie, c'est qu'ils avaient un autre système de communication… leurs murs ! Avez-vous déjà vu un mur inca, madame Gabrielle ?

– Non, pas encore.

– Alors il vous faudra faire preuve d'imagination. Imaginez des blocs de pierre. Énormes, jusqu'à cent tonnes. Imaginez ces blocs parfaitement agencés, les uns à côté des autres, et les uns sur les autres, sans mortier, par la simple force de la disposition. Imaginez maintenant des villes entières, des forteresses bâties dans les nuages, quinze mille kilomètres de routes pavées entre l'Équateur et le Chili. Et imaginez enfin que tout cela a été érigé sans l'aide de la roue, mètre par mètre, taillé puis porté par les ouvriers les plus astucieux du monde. *Señora* Gabrielle, je suis convaincu qu'il y a un langage caché dans ces murs. Dans l'agencement des pierres, l'organisation des villes et des bâtiments incas.

Oscar se tait un instant, puis il se penche vers elle et, cette fois, chuchote :

— Cela va peut-être vous sembler présomptueux, mais j'aimerais être le Champollion de la civilisation inca.

Gabrielle fait une moue admirative, et se tourne vers Philippe, qui semble chercher quelque chose du regard.

— Je ne sais pas pour toi, papa, mais cela m'a donné encore plus envie de découvrir la Vallée sacrée !

— Est-ce qu'il y a des toilettes ici ? demande Philippe en guise de réponse.

— Oui, juste à côté du rideau de séparation, là-bas.

Il retire sa ceinture, puis se lève prudemment, semblant tester son équilibre en altitude.

— *Su padre…* il est malade, n'est-ce pas ? demande Oscar.

Gabrielle hoche la tête.

— Comment le savez-vous ?

— Son énergie. Il y a un mauvais esprit en lui.

— Malheureusement, ce n'est pas un mauvais esprit, dit-elle. C'est Alzheimer, une maladie scientifiquement reconnue.

Oscar effleure les amulettes qui pendent à son cou.

— Vous, les Occidentaux, pensez que la seule manière de guérir le corps et la tête, c'est avec les médicaments. Mais, *dime*, Gabrielle, pourquoi faites-vous ce voyage ?

Gabrielle ouvre la bouche, prête à répondre aux élucubrations de ce chercheur de mystères. Mais aucune réponse digne de raison ne lui vient. En effet, ce n'est pas la science qui lui a fait traîner son père dans cet avion.

— Vous cherchez *autre chose*, dit Oscar, lui tendant une carte qu'il a sortie de son portefeuille.

Par politesse, Gabrielle la prend.

— Qu'est-ce que c'est ? demande-t-elle.

— Les coordonnées d'un ami. Vous pouvez l'appeler le samedi, entre 10 heures et 14 heures, si vous êtes à Cuzco à ce moment-là. Vous allez bien à Cuzco, n'est-ce pas ?

— Oui, répond Gabrielle, se gardant bien de dire qu'ils y resteront justement entre le vendredi et le dimanche, avant de partir pour la Vallée sacrée et le Machu Picchu.

— Paco est un peu… particulier, mais je suis persuadé qu'il peut vous aider. En outre, c'est certainement le meilleur guide de tout le Pérou.

Gabrielle range la carte dans son sac. Elle devait justement chercher un guide, une fois sur place. C'est toujours mieux de passer par une connaissance, même récente.

Après le déjeuner, elle aide son père à lancer un film sur son écran puis se plonge dans la lecture du *Routard*. Arrivée aux pages sur le Machu Picchu, elle ferme un instant les yeux. Une étrange angoisse vient de lui serrer le ventre. Elle en rêve. Depuis des semaines, des années. Depuis que son père lui a dit, quand elle avait cinq ans, que sa maman l'avait escaladé pour atteindre son paradis de bleu et de soleil. Elle se l'est imaginé sous toutes les coutures, dans tous les tissus que son imagination a brodés pour elle, sans jamais oser y mettre les pieds. Désormais, c'est imminent. Elle espère y trouver quelque chose, mais quoi ? Et si elle ne trouve rien ? Rien d'autre que le réel, la maladie dans sa longue robe blanche, filet de brume au-dessus de la forêt amazonienne ? « Il faut suivre les signes », décide-t-elle, à contre-courant de toute sa formation académique. Il y en a eu deux, déjà, depuis qu'ils sont partis : l'hôtesse de l'air qui ressemble à sa mère, puis Oscar, avec ses histoires d'énergie et d'esprits. « Il a tout de suite vu que papa était malade, ça ne peut pas être un hasard. » Elle a du mal à se convaincre elle-même. C'est une femme de science. Croire lui demande un effort considérable. Cependant, n'est-ce pas la seule arme dont elle dispose face à la maladie ?

— Gabrielle, dit soudain Philippe, je crois que j'ai oublié d'arrêter l'eau.

– Quelle eau, papa ?

– L'eau du bain. Avec les canards.

*Elle* est là, dans l'avion. *Elle* voyage avec eux.

–J'ai fait le tour de la maison avant de partir, et tous les robinets étaient fermés. Et puis j'ai coupé l'eau, donc il n'y a aucun risque, ne t'inquiète pas.

– Oui, mais quand nous avons...

Il se tait et la regarde. Quelque chose doit lui sembler incohérent quelque part. Vexé, il détourne les yeux.

– Papa...

–J'aimerais un cachet pour dormir, P'tit Loup.

– Tu peux tout me dire, tu sais. Je suis là pour toi.

Il hausse les épaules et lui prend la main.

« Sa parole se libérera là-bas », espère Gabrielle, regardant la nuit qui tombe à travers le hublot.

# Chapitre 11

Philippe regarde Francis dans les yeux. Face à lui, il n'y a qu'un homme. À qui il doit rendre dix centimètres et quinze bons kilos. Les cris ont un visage, et ce visage ne l'impressionne pas.

– Qu'est-ce que tu veux, Philippe ?

– Je me demandais si tu aurais une clé à molette à me prêter. J'ai un problème dans ma salle de bains.

Francis l'observe un moment, suspicieux.

– Je vais te chercher ça, ne bouge pas.

Philippe le regarde s'éloigner. Puis il entre. On n'entre pas chez les gens sans s'y être fait inviter, mais quelque chose le pousse dans le dos. Une force très puissante, qui s'est éveillée en lui. L'entrée est silencieuse, faiblement éclairée. Des photos de la famille décorent les murs. Tout le monde sourit. Philippe se dirige vers la porte qui donne sur le salon, il connaît, il est déjà venu. Elle est fermée. Sa main attrape la poignée puis la descend lentement.

Sur le canapé, deux silhouettes prostrées le regardent. Il reste un instant figé puis avance dans leur direction. Hortense a la pommette droite tuméfiée. Benjamin se tient le poignet.

– Il faut mettre de la glace, dit Philippe. Pour éviter que ça gonfle.

Silence. Francis va bientôt revenir et il faudra dire ou faire quelque chose. Philippe ignore quoi. Il improvisera.

– Vous ne devriez pas être ici, dit Hortense.

Elle le vouvoie. Il tutoie Francis, mais il la vouvoie, c'est comme ça. Besoin de cette distance. Elle insiste :

– Vous feriez mieux de partir, Philippe.

Elle dit cela sans conviction. Il comprend. La honte, la peur, oui, il comprend. Mais il ne partira pas. Il ne sera pas ce voisin qui ferme les yeux. Au même instant, la luminosité se modifie et des pas font couiner le parquet.

– Qui t'a autorisé à entrer ?

– Ma conscience, Francis.

– Eh bien, tu peux lui dire que vous n'avez rien à faire ici, l'un comme l'autre.

Philippe regarde Hortense, figée sur le canapé avec son fils dans les bras.

– Je suis désolé, Francis, mais ça ne va pas être possible.

« Que va-t-il faire ? pense Philippe. C'est facile de frapper une femme et un enfant. Mais un homme adulte, boxeur de surcroît ? »

– Est-ce qu'il faut que j'appelle la police, Philippe ?

– Je t'en prie, j'aurai moi aussi deux mots à leur dire.

Francis serre les mâchoires. Son visage est rouge, comme si sa peau était gorgée de sang. Soudain, il fond sur lui, brandissant d'un air menaçant sa clé à molette. Mais Philippe ne bouge pas. Il a juste serré les poings, au cas où.

– Je ne suis pas là pour me battre, Francis, dit-il. Il y a eu assez de violence dans cette maison.

– Sors de chez moi.

– D'accord, mais tu m'accompagnes.

Francis semble surpris de la réponse.

– Je te l'ai dit, je ne suis pas là pour te causer des ennuis, enchaîne Philippe. Je veux simplement discuter. Viens, allons boire un verre chez moi. J'ai un très bon whisky japonais.

Quelques secondes s'écoulent. Le visage de Francis dégonfle, devient moins rouge. Philippe connaît cela. Cet instant où la raison revient ; où l'homme regarde autour de lui, presque surpris des dégâts qu'il a causés.

– D'accord, dit-il, abaissant son outil.

Gabrielle est assise à table, les mains croisées sous son menton.

– Ma puce, veux-tu bien monter dans ta chambre, s'il te plaît ? Francis et moi devons causer.

Gabrielle le regarde, puis elle regarde Francis. Philippe veut lui montrer qu'il ne condamne pas. Que la violence n'est pas une fatalité. Lui-même veut y croire. Elle s'exécute.

– Merci, P'tit Loup, dit-il en l'embrassant sur la tête. Je t'en prie, Francis, assieds-toi.

L'intéressé regarde autour de lui, d'un air qui semble dire : « Qu'est-ce que je fous ici, moi ? » Finalement, ils s'asseyent en même temps, autour d'une bouteille de Hibiki. Ils boivent une première gorgée en silence.

– Je t'aime bien, Philippe, commence Francis. Mais débarquer comme ça chez moi…

Philippe croit voir les points de suspension flotter entre eux – colère, orgueil, blessure.

– Tu veux que je te dise la seule chose que je regrette ? dit-il.

Francis hausse les épaules.

– Je regrette de ne pas être venu plus tôt.

Silence.

– Si c'est pour m'humilier que tu m'as fait v…

– C'est tout le contraire, Francis. Si j'avais voulu t'humilier, je t'aurais donné une raclée devant ta femme et ton fils.

Il le voit jeter un œil vers ses biceps, ses mains de boxeur et d'ouvrier.

– Non, si je t'ai fait venir, c'est pour te dire que ce n'est pas encore trop tard.

Francis baisse les yeux. Les relève.

– C'est pour leur bien, dit-il.

Philippe boit une gorgée.

– Mmmm… non, je ne crois pas. Les coups n'ont jamais fait de bien à personne.

Il remonte la manche de sa chemise et montre une cicatrice sur son avant-bras, au niveau des veines qui descendent vers la main.

— J'avais seize ans. Un soir où mes parents n'étaient pas là, j'ai pris un couteau et je me suis allongé dans la baignoire.

Francis regarde la cicatrice sans dire un mot.

— Tu vois, mon père me battait. Ceinture, poings, parfois même avec le tisonnier de la cheminée. Ma mère ne me battait pas, mais elle ne faisait rien non plus pour me protéger. Parfois, en effet, je me disais que c'était pour mon bien. J'essayais d'y voir une sorte de vertu, quelque chose qui me rendrait plus fort, qui m'armerait pour la vie. D'autres fois, j'avais envie de tuer mon père. Il est mort récemment, et j'ai hésité à aller à son enterrement. Tu te rends compte ? Un fils qui hésite à aller à l'enterrement de son père. Finalement, j'y suis allé. Et tu sais ce que je lui ai dit ? Je lui ai dit que j'avais essayé de l'aimer. De toutes mes forces. Que, pendant longtemps, j'avais essayé de lui trouver des excuses. Parce que, tu vois, Francis, je ne pouvais pas croire qu'il faisait tout ça par simple nécessité de se défouler. Ou pire, pour le plaisir de me voir souffrir. C'est intolérable comme pensée pour celui qui s'est fait tabasser, tous les jours, pendant quinze ans.

Philippe prend une respiration et sert un fond de whisky dans leurs deux verres.

— Dans quatre ans maximum, ton fils fera ta taille. Peut-être plus. (Philippe fait non de la tête, comme s'il se parlait à lui-même, à l'adolescent qu'il était.) Il n'acceptera plus. Il dira non. Ou il ne dira rien du tout et, comme moi, il cherchera un coin tranquille avec un couteau. Ou bien encore, peut-être qu'il ne fera rien, mais qu'il ne viendra pas à ton enterrement.

Nouveau silence, puis :

— Quant à ta femme… Aujourd'hui, elle reste pour protéger son fils. Mais demain ? Est-ce cela, la vie que tu souhaites leur offrir, Francis ? Une vie de terreur, de haine enfouie, de bleus et de coups ?

Face à lui, un homme, et bientôt un enfant. Sûrement battu, lui aussi. Son regard tombe dans le fond de whisky qu'il vide d'un trait. Les commissures de sa bouche tombent, une larme tombe, ça tombe, tout tombe.

– J'ai tellement de colère… Je… Il faut que ça sorte, je ne contrôle rien…

– Bien sûr, je comprends. La colère, oui… Pourquoi crois-tu que j'ai commencé la boxe ? Un punching-ball ne va jamais te détester de l'avoir frappé.

Francis acquiesce, tête basse.

Maintenant. Main sur l'épaule, capter son regard, lui dire :

– Tu es un homme bien, Francis. Et quand tu étais un enfant, tu n'étais pas méchant ni malveillant. Et ton fils ne mérite pas d'être frappé ou insulté. Et toi non plus, tu ne le méritais pas. Personne au monde ne le mérite.

Se lever. Dire :

– Suis-moi.

Aller dans le jardin, sortir les gants de boxe.

– Enfile-les.

Francis hésite. L'homme violent qui le menaçait avec sa clé à molette est parti. Il faut faire venir un autre homme.

– Allez, mets les gants. C'est pour éviter de se blesser. Ce n'est pas ce qu'on cherche ici.

Francis obéit.

– Position de garde, un gant près de la pommette, voilà très bien, l'autre légèrement devant. Maintenant, donne-moi un coup avec ton poing gauche.

Francis hésite.

– N'aie pas peur. Je t'autorise à me donner un coup. Je suis préparé à le recevoir.

Francis allonge son bras. Philippe esquive.

– Encore, plus vite ! Voilà, c'est super ! Maintenant, bouge tes jambes, sautille d'arrière en avant, tourne, excellent !

Philippe lève les yeux : sa fille les regarde depuis sa chambre. C'est pour elle aussi qu'il fait ça. Pour qu'elle n'entende plus les cris à travers la cloison.

Dans son lit, Philippe n'arrive pas à dormir. Il réfléchit à ce qu'il vient de se passer. Il est fier de lui. Aujourd'hui, pour la première fois de sa vie, il a parlé de son enfance. Il l'a fait pour Francis, pour l'aider dans son cheminement. Mais aussi un peu pour lui. Pour continuer à avancer.

Les parents de Francis sont morts, mais sa mère à lui est vivante. Que doit-il faire ? Ce n'était pas elle, le bourreau. Mais elle est loin d'être innocente. Peut-être avait-elle réellement peur, comme elle l'a clamé lors de l'enterrement ? Philippe ne sait plus, trop d'années ont passé. Il ne sait plus, et il est fatigué d'essayer de se souvenir. Est-ce qu'elle souriait quand il se faisait tabasser ? « Non, elle ne souriait pas », dit-il, bras croisés, adossé à la tête de lit. C'était une époque où la majorité des enfants subissaient des violences, même à l'école. Peut-être que, comme Francis aujourd'hui, elle ne voyait pas d'autre façon de l'élever ? Frapper était la norme. Comme il l'a longtemps fait avec son père, Philippe lui cherche des excuses. C'est un peu plus simple, car elle n'a jamais levé le tisonnier sur lui.

Aujourd'hui, c'est une vieille dame qui vit seule. Sa mère. « Maman », dit-il à voix haute, et une brume chaude envahit ses yeux. Des images remontent, enfouies. Il se souvient de son odeur, de ses bras. Il ne sait pas si c'est son imagination qui se réfugie dans la représentation d'une mère tendre et réconfortante, ou si ces scènes ont vraiment eu lieu. « J'ai un cancer, Philippe, je vais bientôt mourir. » Elle l'a appelé, l'autre jour. Elle a demandé à voir sa petite-fille une dernière fois. Il a répondu : « Je vais réfléchir. » Il a le droit d'être en colère contre elle, mais il a aussi le droit de faire preuve d'humanité et de clémence. Pour prendre une décision, il essaie de se projeter. Si elle meurt sans qu'il ait accédé à sa demande, le regrettera-t-il ? « Personne ne pourra te le reprocher », dit-il. Mais personne ne lui reprocherait non plus l'inverse. La vie est une suite de décisions, a-t-il coutume de penser. Et celle-ci est importante.

« Tu le regretteras, c'est sûr », dit-il. Maintenant que sa décision est prise, comment faire ? Tout avouer à Gabrielle ? Il réfléchit une minute puis bouge la tête de gauche à droite. Il lui a dit que ses grands-parents étaient morts, elle ne comprendrait pas ce mensonge. Ou alors, il faudrait qu'il lui explique tout : les coups, la violence, le chantage. Il faudrait qu'il la prenne par la main et qu'il l'entraîne là-bas, au 76, rue des Lilas, portail bleu, BX blanche garée devant. C'est hors de question. Il veut la protéger de cet endroit, des mauvais esprits qui habitent encore là-bas. Soudain, une idée lui vient. Sa mère ne sera peut-être pas d'accord, mais il ne lui laissera pas le choix. « Ce sont mes conditions si tu veux revoir ta petite-fille », lui dira-t-il. Il fait ça pour elle. Pas pour Gabrielle. Ni pour lui. Ou peut-être un peu pour lui. Il ne sait pas.

*

À 15 heures précises, la sonnette retentit.

— Je m'en occupe ! dit-il, courant à travers le salon.

Il ne veut pas que ce soit Gabrielle qui ouvre. Il doit être présent lors du premier regard. Un faux mouvement, une seconde d'inattention, et tout le monde chute dans le précipice. Il ouvre. Sa mère est là, debout devant lui, pimpante et fatiguée. Immédiatement, il sait qu'il a pris la bonne décision.

— Bonjour, maman, dit-il à voix basse. Tu te souviens de ce qu'on s'est dit, n'est-ce pas ?

Elle hoche la tête. Elle s'en moque. Tout ce qu'elle veut, c'est voir sa petite-fille. Ils traversent la maison jusqu'au jardin. Elle regarde autour d'elle, curieuse, les yeux brillants.

— Gabrielle, voici l'amie de la famille dont je t'ai parlé.

L'intéressée décolle les yeux de son livre et regarde la vieille dame. Quelques secondes s'écoulent, puis elle saute avec enthousiasme sur ses pieds et court à sa rencontre.

— Je suis très heureuse de vous rencontrer, madame, dit-elle, tendant poliment sa main.

Philippe regarde cette main, tendue vers son passé, vers sa mère qui la saisit et la serre, et l'embrasse, furtivement.

— Bonjour, Gabrielle. Moi aussi je suis très heureuse de te rencontrer. Et tu peux m'appeler Corinne.

— Vous habitez aux États-Unis, c'est ça ?

Court silence. Puis :

– Oui.

– Je rêve d'aller là-bas ! J'ai dévoré tous les romans de Mark Twain.

Silence.

– Si nous allions nous asseoir ? propose Philippe. J'ai acheté quelques biscuits à grignoter.

Le ciel de cet après-midi d'avril est d'un blanc laiteux. Comme le chapeau que sa mère porte sur la tête.

– Est-ce que vous avez bien connu mes grands-parents ? demande soudain Gabrielle. Papa n'est pas très loquace à leur sujet.

Philippe baisse les yeux, puis les remonte vers sa mère.

– Nous étions de bons amis, répond-elle.

– Papa m'a dit que mon grand-père était comptable dans une banque. Il devait aimer les mathématiques ?

– Oui, il avait un don naturel pour le calcul.

– Comme moi ! s'exclame Gabrielle, croquant un morceau de sablé. Tu vois, papa, il faut croire que ça a sauté une génération ! dit-elle, amusée.

Son père était doué en calcul, en effet. Quand il le battait, il aimait beaucoup compter à rebours : « 10… 9… 8… » et puis repartir dans l'autre sens.

– Je suis triste de ne pas les avoir connus. Connaissant mon papa, ils auraient certainement fait de formidables grands-parents.

Philippe regarde sa mère en coin. « Tu crois ça, maman, toi ? » Mais, aujourd'hui, il n'est pas là pour la juger. Son père est mort d'une attaque au cœur, sans avoir connu sa petite-fille. Il a payé sa dette. Quant à elle, il lui offre avec miséricorde ce dernier souvenir. « Ne le gâche pas en lui rappelant le passé », pense-t-il, détournant les yeux.

– Corinne, à quoi ça ressemble, la vie aux États-Unis ? demande Gabrielle, les yeux brillants d'intérêt.

Les parents de Philippe y étaient allés une fois, au milieu des années cinquante. C'était leur rêve : l'Ouest américain, la Pan Am,

Hollywood. Ils avaient laissé Philippe chez ses grands-parents, qui eux aussi fermaient les yeux. Mais au moins, pendant deux semaines, il avait échappé aux coups. Durant ce séjour, il avait beaucoup imaginé que leur vol de retour se crashait. C'est à ce moment-là qu'il avait développé sa phobie de l'avion.

– Oh, tu sais, à mon âge, je ne sors pas beaucoup de chez moi, dit-elle, avant d'ajouter, devant l'air déçu de sa petite-fille : Mais j'aime bien aller me balader de temps en temps vers Santa Monica. Prendre une glace et regarder le soleil se coucher sur l'océan Pacifique. Les vagues prennent une couleur… caramel.

Philippe songe que c'est peut-être une scène qu'elle a réellement vécue avec son père. Il les imagine lovés l'un contre l'autre, cheveux au vent, avec des tee-shirts brandés « *I love USA* » pendant que lui-même pansait ses plaies en espérant ne jamais les revoir.

Ayant capté l'attention de sa petite-fille, Corinne poursuit son rêve américain. Elle lui parle des studios d'Hollywood, du Grand Canyon, de Las Vegas, tous ces endroits qu'elle a visités il y a une trentaine d'années, et qui ont certainement beaucoup changé, mais ça, Gabrielle n'en sait rien. Puisqu'elle ne peut être sa grand-mère, elle sera l'amie du bout du monde, celle qui, peut-être, plus tard, lui donnera l'envie de voyager. Philippe ne veut pas que sa fille soit comme lui, terrifiée à l'idée de prendre l'avion. Il accepte ce compromis.

En fin d'après-midi, il accompagne sa mère jusqu'à l'arrêt de bus près de chez eux.

– Tu es sûre que tu ne veux pas que je te ramène en voiture ? dit-il.

– Non, ne t'inquiète pas. Avec le bus et le train, dans une heure je suis chez moi. J'ai déjà reçu tellement de ta part aujourd'hui…

Ils s'asseyent sous l'abri, identiquement, jambes croisées. Quelques secondes passent, puis Corinne se tourne vers son fils :

– Ce que je t'ai dit à l'enterrement de ton père… je le pensais vraiment.

Philippe hoche la tête, les yeux fixés au sol.

– Il y a quelques jours, j'en ai parlé. Pour la première fois. À un inconnu, presque, mon voisin. Lui aussi, il a morflé.

Nouveau silence. Il a envie de lui demander pourquoi elle a fait tout ça, mais aucune réponse ne le satisfera jamais.

– J'aurais aimé que les choses soient différentes, dit-elle.

– Tu aurais pu les rendre différentes.

Sa voix s'est faite plus dure, plus coupante. Il a en lui un océan de rancœur, qu'une vie de larmes ne suffirait à tarir. Il lève la tête, la regarde en coin. La lumière souligne les rides de son visage, ses cernes creusés de mauve. Il aimerait avoir la force de lui pardonner. De la prendre dans ses bras, et dire quelque chose comme : « Ma petite maman… » Blessure de l'enfant qui n'a jamais dit, jamais pensé : « Ma petite maman. » Elle est là, à côté de lui, mais elle n'a jamais existé. Pourquoi ?

– Pourquoi ?

Le mot est sorti tout seul, sans colère, voix blanche.

Besoin d'une réponse.

Il pensait que non, mais il avait tort.

Corinne baisse les yeux, regarde le bout de ses ongles manucurés.

– Je… Quand tu es né, ton père m'a reproché de trop m'occuper de toi. Il a dit que si je ne m'intéressais plus à lui, il me quitterait. C'était lui qui ramenait les sous à la maison, alors… Et puis les choses se sont enchaînées, parfois elles arrivent et on ne sait pas pourquoi, et on se dit que ce n'est pas forcément bien, mais on est pris dedans, tu comprends ?

Non, il ne comprend pas. « Dis quelque chose qui pourrait m'aider à te pardonner. Ce que tu me dis là, c'est de la merde, maman », pense-t-il.

– J'ai essayé de te protéger, parfois… Je lui disais que c'était moi qui avais fini le pot de confiture, que… Enfin, j'ai essayé…

Philippe écoute. S'accroche à ses mots, essaie de s'y hisser pour comprendre quelque chose.

– Pourquoi tu me livrais à lui ? Pourquoi tu caftais ? Une maman… ça ne devrait pas faire ça.

Il voit l'ombre de son chapeau acquiescer sur le bitume.

– Ton père… il voyait tout… Alors je préférais lui dire les choses moi-même, quand il n'était pas trop…

Soudain, Philippe se lève. Il ne voit rien, ses yeux sont remplis d'eau. Il passe sa main dessus. Des larmes coulent dans sa bouche. Goût de salé.

– Tu aurais dû m'emmener ! Me prendre dans tes bras ! Hortense, elle prend Benjamin dans ses bras, je l'ai vue ! Et toi, tes bras ? Tes mains ? Est-ce qu'elles m'ont aimé, ces mains ? Est-ce qu'elles sont venues dans mes cheveux pour les coiffer et les décoiffer, pour caresser ma tête ? Est-ce que ta bouche a embrassé ma tête ? Je n'ai aucun souvenir de ça, alors quoi, un esprit malin les a effacés ? Une maman, c'est… Tu aurais dû… C'était un salopard, d'accord, mais on aurait pu fuir, tous les deux ! Ou bien ne pas fuir, mais résister ! Au lieu de ça, tu as… collaboré avec lui !

Sa mère a connu la guerre. Elle a vu les Allemands entrer dans Paris. Le mot est dur. Elle se lève, prenant appui sur sa canne. Lui attrape les mains.

– Pardonne-moi, mon fils ! J'avais peur ! Il était immense, charismatique, et… et je l'aimais, et…

– Tu l'aimais ? éructe Philippe, retirant ses mains.

Puis, à mi-voix, comme un murmure :

– Tu l'aimais…

Au bout de la rue, sous le ciel pâle, une forme rectangulaire et blanche. Elle vient chercher sa mère.

– Je l'aimais, mais je t'aimais aussi… Je t'aime, mon fils…

Il ne veut pas la regarder. Il ne veut plus. Quelque chose est devenu clair en lui. Le bus s'arrête devant eux, ouvre ses portes.

– Au revoir, maman.

Elle le regarde, implorante, puis monte dans le véhicule. Les portes se referment, aspirant dans leur vacarme pneumatique une volée de mots qu'il n'entendra jamais. Il la regarde s'asseoir. Son chapeau blanc dépasse du dossier. C'est la dernière image que Philippe aura de sa mère : un chapeau blanc qui disparaît au loin, comme dans une fin de film hollywoodien.

# Chapitre 12

— Comment ça, notre vol est annulé ? demande Gabrielle à l'hôtesse dans un espagnol parfait.

— Il y a actuellement une tempête entre Lima et Cuzco, et tous nos avions sont cloués au sol. Mais vous pouvez dès maintenant réserver votre place pour un vol demain.

Gabrielle regarde son père, dépitée.

— Il y a un problème ? demande-t-il, ne parlant pas un mot d'espagnol.

Elle lui explique la situation, puis se tourne de nouveau vers l'hôtesse.

— Sur quels vols reste-t-il de la place ?

— 9 h 50, 12 h 20, 14 h 20 et 18 h 5.

Gabrielle fait la traduction à son père.

— Qu'est-ce que tu en penses ? Je réserve celui de 14 h 20 ? Ça nous laissera le temps de faire un petit tour Plaza de Armas dans la matinée.

Philippe acquiesce. Il aurait certainement également acquiescé si elle lui avait proposé de se jeter depuis une falaise dans l'océan Pacifique. Elle confirme le vol et réserve dans la foulée une chambre dans un hôtel du quartier de Miraflores. L'hôtesse les aide à récupérer leurs bagages, puis les accompagne vers le comptoir des Green Taxis.

— Ne sautez jamais dans un taxi dans la rue, dit-elle. Demandez toujours à l'hôtel de vous en commander un. Et si vous n'avez pas le choix, privilégiez cette compagnie.

– Lima est une ville dangereuse ?

– Disons qu'il faut être prudent. Plus qu'à Cuzco, en tout cas. *Adiós Señora*, je vous laisse entre les mains de Roberto, qui va vous conduire à votre hôtel.

L'intéressé est un vieil homme. En France, il serait certainement à la retraite, mais ici, au Pérou, il doit encore travailler pour subvenir à ses besoins.

Dehors, le temps est brumeux.

– *Garúa*, dit Roberto, montrant le ciel.

– Qu'est-ce que ça veut dire ? demande Gabrielle.

– C'est la brume. La brume de Lima, en hiver.

Roberto démarre. Il est à peine 18 heures, mais il fait déjà nuit. Une nuit inquiétante, sans étoile, avec cette brume jaunie par les lampadaires qui bordent la route. Gabrielle regarde Lima à travers la vitre du taxi. Succession hétéroclite de buildings modernes, de taudis faits de tôle et de zinc, de larges avenues où circulent dans un certain chaos voitures, bus et les fameux combis aux couleurs flashy. Roberto conduit sans GPS, le nez collé à son volant. « Il doit connaître cette ville comme sa poche », pense Gabrielle, qui suit tout de même le trajet sur son téléphone. Soudain, elle reçoit un message : « *Ola Señora*, j'espère que vous êtes bien arrivés. N'hésitez pas à me contacter si vous décidez de rester un peu plus longtemps à Lima. Je me ferai un plaisir de vous faire découvrir ma ville. Amicalement, Oscar. » Puisque le destin, sous forme d'une tempête, leur impose finalement de passer une soirée et une matinée ici, elle l'appellera peut-être.

Le taxi s'engage sur l'autoroute. La conduite de Roberto est erratique, et, à chaque virage, Gabrielle craint qu'il ne les envoie voler dans le Pacifique. Roberto traverse sans coup férir les trois voies qui les séparent de la sortie, puis s'engage dans une avenue très calme, ourlée d'immeubles modernes et de commerces aux devantures éclairées. Gabrielle sent son rythme cardiaque redescendre. Quelques minutes plus tard, ils atteignent enfin l'hôtel. Son père s'est endormi, elle doit le secouer doucement pour le réveiller. Il ouvre les yeux et regarde autour de lui. Elle lui rappelle où ils sont, ce qui, à son grand soulagement, ne semble pas l'étonner plus que cela. Elle paie Roberto en ajoutant un pourboire, puis ils suivent le bagagiste vers la réception.

Gabrielle et Philippe prennent possession de leurs chambres puis descendent au restaurant. Ce dernier baigne dans une ambiance paisible et feutrée. Les serveurs volent d'une table à l'autre sur le sol carrelé couvert de motifs en rosaces.

– Tu as une préférence ? demande-t-elle. Pourquoi pas la petite table au fond, là-bas, près de la banquette ?

– Si tu veux, P'tit Loup.

Un serveur prend leurs numéros de chambre et les y accompagne.

– Nous avons rendez-vous avez Oscar demain à 10 heures, Plaza de Armas, dit-elle. Je l'ai appelé quand j'étais dans la chambre. Génial d'explorer la vieille ville avec un professeur d'histoire péruvien, non ?

– Certainement, P'tit Loup.

Philippe bâille, son regard sans expression planté dans celui de sa fille.

« C'est la fatigue, se convainc Gabrielle. Demain matin, ça ira mieux. »

Elle aimerait qu'il regarde autour de lui, émerveillé. Qu'il se pourlèche les babines en parcourant le menu des yeux, qu'il esquisse un sourire à l'idée d'être avec sa fille au Pérou, qu'il bouge les épaules au son de la musique locale que diffuse l'enceinte au-dessus d'eux… Bref, qu'il soit ce père démonstratif et joyeux qu'elle a toujours connu. Elle refuse de croire qu'Alzheimer l'a déjà transformé. Le professeur Parisis l'a prévenue, pourtant. Il lui a dit que la maladie pouvait engendrer des changements d'humeur et de comportement. Qu'elle pouvait rendre plus nerveux, plus agressif, ou au contraire étrangement apathique. « Mais pas aussi tôt ! rétorque intérieurement Gabrielle au professeur. Ces changements n'auront pas lieu avant plusieurs années ! Plusieurs mois, peut-être, mais pas aujourd'hui, alors que le diagnostic vient de tomber ! Non, décide-t-elle, aujourd'hui, c'est la fatigue du voyage qui le rend absent. » Pour ne plus y penser, elle commande une assiette de fruits à partager et deux pisco sour, que le serveur leur apporte dans la minute.

Philippe en boit une gorgée et ses joues très blanches retrouvent des couleurs. « Il ira mieux demain, après une bonne nuit de sommeil », veut se convaincre Gabrielle.

\*

Du fait du décalage horaire, Gabrielle et Philippe sont réveillés aux aurores. Ils prennent un petit déjeuner à l'hôtel, puis, en attendant de rejoindre Oscar dans le centre de Lima, partent se balader sur les hauteurs de Miraflores, falaises aménagées en jardins et restaurants qui surplombent le Pacifique. La *garúa* s'est évacuée, laissant place à un horizon clair et lumineux vers lequel s'envolent quelques deltaplanes aux ailes chamarrées. Ils s'asseyent sur un banc, les doigts plongés dans un sachet de churros chauds et croustillants. En contrebas, des surfeurs sont avalés par une vague, provoquant les rires de Philippe.

– Eh bien, dit-il, je n'aimerais pas être à leur place !

Il est mieux ce matin. Ses yeux ont retrouvé leur pétulance.

– Lorsque nous serons en Polynésie, tu pourras t'y essayer si tu veux.

– Au surf ?

– Oui.

– Ma chérie, tu crois que je suis un petit jeunot de cinquante ans ou quoi ?

Elle sourit, pose sa tête sur son épaule.

– Viens, prenons une photo, dit-elle en sortant son téléphone. Je l'enverrai à David et aux enfants.

– Tu as pu appeler les petits ce matin ?

– Oui, dès que je me suis réveillée. Ils étaient au parc. Je n'ai pas l'air de trop leur manquer.

– Il faut dire qu'ils ont la chance d'avoir un formidable papa.

— Ça, c'est sûr. Comme le mien.

Gabrielle ferme les yeux. Elle veut graver cet instant dans sa mémoire — le goût de la friture trempée dans le sucre, la douceur du soleil sur sa peau, la voix et le parfum de son père, univers de sensations combinées dans un seul et même instant, unique, celui qu'elle est en train de vivre et dont elle essaie d'apprécier chaque nuance.

Il faudra parler d'Alzheimer, elle le sait. C'est aussi pour cela qu'ils sont ici. Là-bas, ils n'y arrivaient pas. Trop de fleurs jaunes sur le mur de la cuisine, trop de cicatrices heureuses sur la table à manger, trop d'eux-mêmes, de vie, d'amour. Il fallait partir. Ils l'ont fait. Ils n'ont plus d'excuses, désormais. Durant ce séjour, entre le Machu Picchu et le lagon de Bora-Bora, ils devront s'asseoir à une table, face à face, et discuter aide à domicile, accueil de jour, traitements médicamenteux. « Mais pas tout de suite », murmure Gabrielle, arrachée à ses pensées par la sonnerie de son téléphone. C'est Alain, son allié directeur financier. Il sait qu'elle est en vacances. S'il l'appelle, c'est que ce doit être important.

— Excuse-moi, papa.

Elle s'éloigne et décroche. Revient quelques minutes plus tard, la mine sombre.

— Que se passe-t-il, P'tit Loup ?

— Il semblerait que Fontenelle, un membre influent du conseil d'administration, soit un proche de Sushard, ce que j'ignorais.

— Est-ce qu'il faut que tu rentres ? Tu devrais peut-être aller voir ce Fontenelle en personne, et lui exposer ta vision pour l'entreprise ?

— Non, papa, pour rien au monde je ne mettrais un terme à notre voyage. Et puis, fin juillet ? Fontenelle doit sûrement aussi être en vacances. Le vote n'aura pas lieu avant l'année prochaine, j'ai encore beaucoup de temps pour faire pencher la balance en ma faveur.

— En tout cas, moi, je suis convaincu que tu ferais une formidable dirigeante, dit Philippe, prenant ses mains dans les siennes.

— Merci, papa.

Il a retrouvé sa joie de vivre, son panache.

C'est la nouvelle la plus importante de cette journée.

« Je vous attendrai ici », dit le chauffeur du taxi commandé par l'hôtel. Il s'est garé dans une ruelle à quelques encablures de la Plaza de Armas, en face d'une boutique qui vend du matériel électronique. Gabrielle enregistre ces informations pour le retrouver facilement.

Ils sont légèrement en avance, mais Oscar est déjà arrivé et les attend sur le parvis de la cathédrale.

— Bonjour, mes amis ! s'exclame-t-il, ouvrant grand les bras.

Il a changé de style vestimentaire, et arbore un costume trois pièces à motifs prince-de-galles, une chemise blanche au col échancré, ainsi qu'un panama qui ombrage son visage souriant.

— Bonjour, Oscar ! Merci infiniment de prendre de votre temps pour nous faire visiter votre ville.

— *De nada Señora !* C'est un vrai plaisir pour moi. Vous savez, je crois qu'il n'y a pas de hasard dans l'Univers. Notre rencontre dans l'avion, puis votre vol pour Cuzco annulé… Il était écrit quelque part, peut-être sur une pierre inca, qui sait, que nous devions nous retrouver aujourd'hui devant cette belle cathédrale. D'ailleurs, dit-il en se tournant vers elle, savez-vous qu'elle a été érigée sur les ruines du palais du prince Sinchi Puma, descendant de Sinchi Roca, lui-même fils aîné de Manco Cápac, mythique fondateur de l'Empire inca ? C'est Pizarro qui a posé la première pierre de ce qui était alors une église dédiée à Notre-Dame de l'Assomption. Je vous proposerais bien d'entrer, mais il y a actuellement une cérémonie, et l'endroit est fermé au public.

Il retire son chapeau, s'éponge le front, murmure quelque chose en espagnol, puis pivote sur sa gauche et leur fait signe de le suivre.

— *Palacio Arzobispal*, dit-il, planté devant une façade baroque ornée de balcons en bois sculpté. Vous voyez ces balcons ? C'est un élément architectural typique de Lima. Les hommes qui ont imaginé ces bâtiments étaient sévillans, et ils ont donc apporté dans leur valise la mode arabe de l'époque. En quelque sorte, les balcons de Lima sont les lointains cousins des moucharabiehs du Caire ou de Damas. Magnifique, cette place, n'est-ce pas ? Digne d'une carte postale.

Gabrielle acquiesce, tout en prenant des photos à envoyer à sa famille.

– C'est un aspect de Lima. Un parmi des milliers d'autres. Venez, suivez-moi !

Oscar traverse la place à grandes enjambées, puis s'engouffre dans un passage. En quelques mètres à peine, le paysage s'est métamorphosé, laissant place à des trottoirs jonchés de détritus, des bars tape-à-l'œil où sont attablés des Liméniens en costume, des façades bleues et roses décrépies, le tout baignant dans une odeur âcre de macération.

– Voilà, c'est aussi Lima. Pittoresque, archaïque, bariolée, miséreuse, crade, clinquante ! Moi, je vais vous le dire, je suis fiancé avec Lima. Oh bien sûr, je pourrais vous la montrer sous son jour le plus beau. Je pourrais vous faire visiter *la Casa de la Literatura peruana, el Museo de Sitio Bodega, el Palacio de Torre Tagle*, et vous faire croire que cette ville est ainsi au réveil après une nuit de noces festives à boire du pisco ou de la *chicha de jora* ! Mais, Gabrielle, Philippe, ce serait vous mentir. Ma fiancée au réveil a les yeux gonflés de brume, elle klaxonne à toute heure, ses cheveux sentent les ordures qui s'amoncellent, car le système de collecte est sous la responsabilité de quarante-neuf municipalités qui ne savent pas discuter entre elles… Voilà Lima ! Ma fiancée, ma pute, mon amour !

Soudain, Oscar tourne sur lui-même, s'enfonce dans une rue pavée, puis ressort de l'autre côté et s'arrête sous un balcon en bois.

– Deux siècles, dit-il, désignant l'ouvrage avec respect. En bois de cèdre, importé du Nicaragua. Modèle imaginé à Séville dans l'atelier de maître Santiago de Olivares y Girondo. Et pourtant, vous ne ferez pas plus liménien.

– Comment cela ? demande Gabrielle après un silence.

– Très bonne question ! Eh bien, car ce n'est pas tant le modèle original qui compte, ni les brillants cerveaux espagnols qui ont présidé à sa construction, que les mains, *Señora* ! *Las manos* des charpentiers, des ébénistes, des artisans de Lima qui ont accroché ces balcons aux murs ! Regarde ! Tu vois ces écailles de serpent ? Ces crocs de puma incrustés dans les pilastres et linteaux ? Et puis ce bec de condor, là, léché par les rayons du soleil ? C'est toute la mythologie des ouvriers andins qui est dissimulée dans ces balcons. Il n'y a rien de tel dans tout le royaume andalou, vous pouvez me croire !

L'enthousiasme d'Oscar l'oblige à retirer son chapeau pour s'essuyer le front.

– À quelle heure est votre avion ? demande-t-il soudain, consultant sa montre.

– 14 h 20.

Il fait un rapide calcul dans sa tête.

– Pour être tranquilles, il faut que vous partiez d'ici à 11 h 45 maximum, ce qui nous laisse encore trente-cinq minutes ensemble. Aimeriez-vous boire un verre et vous détendre dans la plus typique des brasseries de Lima ?

– Avec plaisir ! Je dois avouer que cette balade m'a donné soif. Qu'en penses-tu, papa ?

– J'en pense que je ne dirais pas non à une *cerveza* bien fraîche ! s'exclame Philippe. C'est comme ça qu'on dit, n'est-ce pas ?

– Absolument, mes félicitations, *Señor* Philippe ! Avec une prononciation proche de la perfection en plus !

Roberto les conduit devant un établissement aux murs jaune pâle, situé à l'angle de deux rues plutôt calmes. « Je vous en prie, mes amis, entrez ! Asseyez-vous, je m'occupe de tout ! »

Gabrielle et Philippe s'installent à la table qu'il leur présente, ronde, en bois, posée sur du carrelage qui doit avoir cent ans d'âge. Ils le regardent s'éloigner vers le comptoir, discuter avec un serveur en uniforme et nœud papillon, lui taper trois fois sur l'épaule avec des éclats de rire, puis revenir les bras chargés d'un grand plateau, comme s'il travaillait lui-même dans l'établissement.

— *Señora* Gabrielle, *Señor* Philippe, je vous présente *el Cordano* ! dit-il, s'asseyant à table avec eux. Un lieu absolument mythique ici, à Lima, et même dans tout le Pérou. Figurez-vous qu'il a été fondé en 1905 et que, depuis, presque rien n'a changé. Dans ses pièces à l'abri des regards se sont prises les décisions les plus importantes du dernier siècle pour notre pays. Il n'est d'ailleurs pas rare d'y voir entrer notre président, venu déguster quelques *frijoles* ou *calamares salteados* ! Il faut dire que nous sommes juste à côté du *Palacio del Gobierno*, alors il aurait tort de s'en priver. Comme il est encore un peu tôt, j'ai privilégié des sandwichs. Ils ressemblent à vos fameux jambon-beurre parisiens, mais ici on les appelle *butifarras*. C'est de la baguette, comme chez vous, avec du jambon de chez nous, le tout accompagné d'une délicieuse sauce créole dont vous me direz des nouvelles. J'ai également pris l'initiative de commander des pisco sour, car ce sont tout simplement les meilleurs de tout le pays. *Aprovecha*, mes amis !

— Merci beaucoup, Oscar, c'est adorable ! Il faut impérativement que tu reviennes à Paris, pour que je puisse te rendre la pareille.

— *Señora* Gabrielle, c'est un vrai plaisir, et un honneur pour moi, de vous faire découvrir les délices gustatifs de ma ville. Mais croquez donc dans votre *butifarra*, et dites-moi ce que vous en pensez.

Gabrielle s'exécute, laissant toutes les saveurs du sandwich envahir ses papilles.

— C'est absolument succulent, dit-elle. En particulier le jambon, l'un des meilleurs qu'il m'ait été donné de goûter !

— En effet, Oscar, c'est simple mais délicieux, ajoute Philippe, les yeux levés vers les nombreuses photographies accrochées aux murs. Qui sont tous ces gens ?

— D'anciens présidents, pour la plupart. La légende veut que plusieurs gouvernements se soient faits et défaits derrière les murs du *Cordano*. Difficile de démêler le vrai du faux, mais, en tout cas, il n'est pas rare d'y voir entrer ou sortir des officiels accompagnés de leurs gardes du corps…

Gabrielle observe son père. Leur balade matinale sur les hauteurs de Miraflores a couvert ses joues d'un léger hâle, et son regard est clair et lucide. Elle le trouve beau.

Ils quittent Oscar devant le taxi qui, à leur grand soulagement, n'a pas bougé d'emplacement.

– Merci pour tout, cher Oscar, dit Gabrielle. Comme vous l'avez si justement dit, le destin a voulu que nous ne prenions pas notre avion pour pouvoir vivre cette matinée.

– C'était un bonheur plus que partagé, *Señora* Gabrielle *y Señor* Philippe. J'ai la profonde conviction qu'il faut être attentifs aux signes, aux petits clins d'œil que l'Univers nous envoie. À ce propos, faites-moi plaisir : demain, quand vous serez à Cuzco, appelez mon ami Paco. Et n'oubliez pas, entre 10 heures et 14 heures, c'est le seul moment dans la semaine où il allume son téléphone. Il répondra à coup sûr. Vous dites que vous appelez de ma part, bien sûr.

– Je le ferai, Oscar. De toute façon, il nous faut un guide pour nous accompagner jusqu'au Machu Picchu.

– Avec Paco, vous aurez le meilleur.

Après une longue accolade, Gabrielle et Philippe s'engouffrent dans la voiture, qui démarre aussitôt en direction de l'aéroport. Ils restent silencieux un moment, comme si chacun devait intégrer le fait que le reste du voyage se déroulerait sans Oscar. Ils n'ont passé qu'une matinée avec lui, mais certaines personnalités ont cette capacité extraordinaire à dilater le temps.

– Quand nous étions dans l'avion, Oscar m'a confié que Paco était un peu « spécial », dit enfin Gabrielle. Venant de lui, je me demande bien sur qui nous allons tomber !

Philippe sourit, ses yeux tournés vers la ville qui défile derrière la vitre.

– P'tit Loup, je… je voulais te remercier. Pour m'avoir un peu chahuté et forcé à prendre cet avion. Je suis très heureux de faire ce voyage avec toi. Et je me sens bien, mes idées sont claires.

Gabrielle se mord les lèvres. Derrière ces mots, il y a eu tant de nuits blanches, tant de débats avec elle-même, tant de remises en question. Bien sûr, ils viennent d'arriver, et rien ne garantit que la suite du voyage sera aussi sereine. Mais, face à Alzheimer, elle a la sensation d'avoir gagné le premier round. Il faut en profiter, car elle le sait : la Dame et son sourire de monstre n'ont pas dit leur dernier mot.

# Chapitre 13

Elle est plantée devant lui, en larmes.

— Que se passe-t-il, P'tit Loup ? dit Philippe, posant son café et son journal sur la table.

— Papa, je… Oh, j'ai honte…

Elle enfouit son visage dans ses mains.

Il se lève, la prend dans ses bras.

Il croit savoir, mais demande quand même :

— Raconte-moi. De quoi tu as honte ?

Il redoutait ce moment. Ce moment où le père veuf est mis face à ses responsabilités de mère, car normalement ce sont les mères qui s'occupent de ce genre de choses. C'est peut-être autre chose, mais son instinct lui envoie un signal d'alarme très fort.

— J'ai… il y a du sang sur mon matelas…

C'est bien cela. Sa petite fille est en train de devenir une femme. Il n'est pas prêt, mais il doit être à la hauteur. Il se rappelle, quand Sophie avait ses règles. La douleur, les crampes, les serviettes hygiéniques. Monde inconnu dans lequel il va devoir entrer.

— Il n'y a pas à avoir honte, ma chérie. Toutes les jeunes filles passent par là. Tu as sûrement des copines qui…

Il n'arrive pas à prononcer les mots.

— Oui, bien sûr, il y en a qui ont déjà leurs règles, mais… je me sens… Tu ne peux pas comprendre !

Elle s'échappe de ses bras, puis Philippe entend une porte claquer à l'étage. Il reste quelques instants immobile, se demandant ce qu'il est censé faire. « Comme nous aurions besoin de toi », dit-il, regardant la photo de Sophie. Puis il avale une gorgée de café et monte à l'étage. Il toque.

– Est-ce que je peux entrer, P'tit Loup ?

– Oui.

Elle a roulé ses draps rouge et blanc au pied de son lit, et s'est assise sur le matelas à nu.

– Tu as raison, Gabrielle, je ne peux pas comprendre. Et crois-moi, je préférerais que ta maman soit encore là pour en discuter avec toi. Malheureusement, nous ne sommes que tous les deux, alors il va falloir se débrouiller. Est-ce que tu sais… ce que tes copines utilisent, lorsqu'elles ont leurs…

Non, décidément, le mot refuse de sortir.

– Oui, je suppose.

– Nous pouvons aller t'en acheter ensemble ce matin. Ou bien, si tu préfères, tu m'entoures les produits que tu veux dans le catalogue du supermarché, et j'y vais tout seul.

Elle hausse les épaules, serre ses genoux contre sa poitrine. Il y a quelque temps, il a remarqué qu'elle n'était plus complètement plate. Il n'ose pas regarder ni en parler, mais il voit bien que sa fille est en train de changer. « Est-ce qu'il faut que je lui achète aussi des soutiens-gorge ? se demande-t-il. Première étape, les serviettes hygiéniques. Une chose à la fois. »

– Je n'ai pas très envie de sortir, répond Gabrielle.

– Très bien, je vais m'en occuper alors.

Il se lève et va chercher le catalogue qui est dans la cuisine.

– Voilà, ma chérie, dis-moi ce que tu veux.

Gabrielle attrape la revue et se met à la feuilleter.

– Je crois que Fanny et Laura ont cette marque-là.

Il entoure les produits avec un stylo.

– C'est parfait, je m'en occupe tout de suite. En attendant, repose-toi.

Il attrape la boule de draps, fait un détour par le lave-linge, s'habille rapidement, puis sort en hâte de chez lui. Il veut profiter de l'heure matinale pour être tranquille au supermarché.

Le Prisunic vient d'ouvrir. Philippe se sent en territoire hostile, étranger. Comme lorsqu'il était allé acheter des couches seul, la première fois, après le décès de Sophie. À l'entrée du rayon puériculture, sur de gros panneaux rose et blanc, l'enseigne souhaitait « la bienvenue aux mamans ». Ces panneaux l'avaient blessé. Il en avait parlé à la directrice du magasin, qui avait haussé les épaules :

— On s'adresse à la clientèle. Je peux vous dire que je vois rarement des hommes avec des Pampers dans leur Caddie.

— C'est peut-être aussi qu'ils ne se sentent pas les bienvenus.

— Ou qu'ils n'en ont rien à faire.

Il n'avait pas insisté. Aujourd'hui, c'est la même sensation. La sensation *qu'on ne veut pas de lui ici*. Il sort le catalogue et cherche les produits que Gabrielle a sélectionnés. Évidemment, ils n'y sont pas. Il soupire, regarde autour de lui, attrape une boîte au hasard.

— Besoin d'un coup de main ? demande une voix derrière lui.

Philippe se retourne. C'est Hortense, ses cheveux noirs, son grain de beauté près de la bouche. Elle ne s'est pas maquillée, il la trouve encore plus belle comme ça.

— Je... C'est pour Gabrielle, elle...

Mots qui refusent de sortir, encore et toujours.

— Je comprends, dit-elle. Est-ce que je peux voir votre catalogue ?

Il le lui tend, elle se rapproche, son parfum l'envahit, son corps l'envahit, à distance.

— Voilà, ça ira très bien, dit-elle en attrapant deux boîtes sur l'étagère. Et si elle a besoin de parler... de se confier à une oreille féminine, dites-lui que je suis là. Elle peut venir me voir à tout moment.

— Merci, Hortense, c'est adorable. Je dois avouer que ce n'est pas évident pour moi, tous ces changements. Je n'ai pas forcément l'expérience, ni les bons mots.

— C'est tout à fait normal. Et pourtant, Dieu sait que vous êtes un père exceptionnel !

Il rougit, détourne les yeux. Sa présence le trouble. Il n'est pas lui-même quand elle lui parle. Cela fait un peu plus de deux ans qu'ils sont voisins, et Philippe ne saurait toujours pas évaluer leur relation. En apparence, ce sont des rapports tout ce qu'il y a de plus habituels entre deux voisins. Ils se saluent par-dessus la palissade, s'invitent de temps à autre pour boire un café, se rendent des petits services, et rien n'a jamais débordé de ce cadre de sympathie formelle et imposée. Pourtant, lorsqu'ils se regardent, Philippe a la sensation qu'il se passe quelque chose. Qu'ils sont à la frontière de ce cadre, et qu'un effleurement suffirait à les faire basculer. Impossible, évidemment. Mais n'est-ce pas le rôle de l'imagination ? Jouer avec les choses impossibles, et les tordre, et les assouplir, et les soumettre aux désirs les plus enfouis et inavouables ?

\*

À la télévision, les images de l'usine de Tchernobyl tournent en boucle.

– Tu crois qu'on va être contaminés ? demande Gabrielle, portant à sa bouche une cuillerée de soupe de légumes.

– Aucune idée, P'tit Loup. Mais ça m'étonnerait que le nuage s'arrête aux frontières.

Il avale à son tour une gorgée puis demande :

– Tu n'as pas eu trop mal au ventre aujourd'hui ?

– Non. Moins qu'en début de semaine, en tout cas.

Nouveau silence, sous la lumière chevrotante du vieux plafonnier.

– Des copains organisent une fête samedi soir, est-ce que je peux y aller ? demande Gabrielle.

– Pourquoi samedi soir ? répond Philippe. D'habitude, tes fêtes d'anniversaire ont lieu l'après-midi.

Gabrielle hausse les épaules.

– Qu'est-ce que j'en sais, moi ? Alors, je peux y aller ?

Cela fait quelques semaines qu'il la trouve différente. Pas complètement changée (apparemment, selon le livre qu'il a lu sur le sujet, certains adolescents deviennent de véritables monstres), mais… oui, différente. Par exemple, l'autre jour, elle qui ne s'était jamais intéressée à la mode lui a fait acheter un blouson en jean dernier cri, pour « ne pas se retrouver larguée dans la cour d'école ». Elle lui parle parfois avec une certaine impatience, ou en haussant les sourcils, d'un air de dire : « Tu n'es vraiment pas dans le coup ! » Elle est même revenue avec une note moyenne, ce qui ne lui était jamais arrivé. Bien sûr, elle reste une élève brillante, mais, dans son carnet de mi-année, certains de ses professeurs ont noté une « tendance nouvelle au bavardage ». C'est à tout cela que Philippe pense, cherchant une réponse à sa requête. Ainsi qu'aux mots d'un éminent psychologue qui, dans son livre de chevet, conseillait d'agir « dès les premiers signaux » et « d'imposer son autorité, avant que l'adolescent rebelle n'impose la sienne ». Peut-être était-ce le moment d'imposer son autorité ?

– Je suis désolé, P'tit Loup, mais tu es encore un peu jeune pour sortir un samedi soir.

Gabrielle lève les yeux de son assiette, le regarde. Il ne l'a jamais vue le regarder ainsi. Aussi fixement, comme une lionne prête à bondir.

– Toutes mes copines y vont, dit-elle.

– Tes copines font bien ce qu'elles veulent.

Lui-même ne se reconnaît pas. Dans cette rigidité, cette absence de compromis. Mais il a peur. Peur que les choses lui échappent, que Gabrielle grandisse trop vite, qu'elle soit aspirée dans la nuit, embrigadée dans des jeux d'alcool et de sexe. Et puis il y a autre chose… un sentiment bizarre, au fond de lui…

– Tu n'as pas confiance en moi ? demande-t-elle.

– Ce sont les autres qui ne m'inspirent pas confiance.

– Je serai avec mes copines. Et je sais dire non.

– Désolé, P'tit Loup.

Quelques secondes s'écoulent. Tout à coup, Gabrielle se lève, faisant tomber sa chaise en arrière.

– Maman m'aurait laissé y aller, dit-elle.

Pourquoi invoque-t-elle sa mère ? Philippe est désarmé.

– Je ne pense pas, non.

Propos qu'il regrette aussitôt. Il est en colère. Contre lui-même, contre le destin qui leur a arraché Sophie.

– Gab… Att… attends, reviens !

Bruits de pas qui courent dans l'escalier, porte qui claque, silence, Tchernobyl. Et maintenant ? C'est la première fois que la communication entre eux est ainsi brisée. Il se sent responsable, mais en même temps, qu'était-il censé faire ? Autoriser une jeune ado à faire la fête un samedi soir ? « Et pourquoi pas ? se dit-il. N'est-ce pas la raison pour laquelle tu l'as éduquée dans l'amour et la bienveillance ? Pour pouvoir lui faire confiance le moment venu ?… Pour l'autoriser à te tenir tête ? » Philippe est perdu. Dans sa relation avec Gabrielle, mais avec lui-même, surtout, avec l'adolescent qu'il a été, et à qui on a nié le droit de s'affirmer et de se révolter. Quand il avait treize ou quatorze ans, environ l'âge de Gabrielle, il avait demandé à son père s'il pouvait aller danser chez *Gégène*, une guinguette des bords de Marne, avec sa bande de copains. « Non. » Sans le regarder, cigare cubain dans la bouche. Il n'avait pas osé protester, de peur de prendre une raclée. Est-ce la raison pour laquelle il a dit non aujourd'hui ? Par jalousie envers sa propre fille ?

Philippe enfile ses gants et installe son punching-ball dans le jardin. Besoin de frapper, d'expulser. Sur le sac, à environ un mètre quatre-vingts, il visualise son père. Visage carré, sourcils en forme d'accent circonflexe, regard glaçant. « Moi aussi, j'aurais voulu faire la fête avec les copains », dit-il. Il donne un coup, sans force, sans énergie. Se laisse tomber au pied du sac. À quoi bon ? Il est mort et enterré. Philippe retire ses gants, tourne son visage vers le soleil qui brille agréablement en cette fin avril. Était-ce vraiment le sentiment qu'il a éprouvé ? Peut-on être jaloux de son propre enfant ? Cet enfant qu'on aime plus que tout, pour qui on serait prêt à tous les sacrifices, toutes les folies ? Philippe creuse en lui pour trouver une réponse.

Y en a-t-il une ? Abandonnant ses gants sur la pelouse, il se lève, rentre chez lui, monte l'escalier. Toque à la porte de sa fille. Son père entrait dans sa chambre sans toquer.

– P'tit Loup, je peux entrer ?

Il veut respecter sa fille autant que lui-même n'a pas été respecté.

– Oui, papa.

Il entre. Elle pleure sur son lit, le visage enfoui dans ses mains. Pourquoi pleure-t-elle ? Qu'y a-t-il dans ces larmes, quels sentiments ?

– Gabrielle, je…

Beaucoup de difficultés à trouver ses mots en ce moment.

– Pardon, papa. C'est juste… Pour cette soirée, ma copine Anna va acheter une robe avec sa maman, et moi…

Philippe s'assied à côté d'elle.

– Aimerais-tu que nous allions acheter une robe ensemble ? dit-il.

Elle cesse de pleurer, et le regarde, et pleure à nouveau. Il la prend dans ses bras. Réparer le lien, être fidèle à ses intuitions plutôt qu'aux propos d'un expert qui n'a peut-être jamais changé une couche.

– Benjamin va aussi à la fête, et sa mère a proposé de nous emmener. Nous avons déjà convenu de rentrer tôt, 23 heures maximum.

Enfant merveilleuse, qui fixe elle-même le cadre.

– Cette organisation me semble parfaite. Je dirai à Hortense que c'est moi qui irai vous chercher. Maintenant, ne reste plus qu'à te trouver une robe. On se prépare ?

Environ une heure plus tard, Gabrielle et Philippe pénètrent dans le centre commercial flambant neuf à l'entrée de la ville. Philippe regarde autour de lui, s'amusant des tendances en vogue : couleurs flashy, piercings, blousons en jean ou encore vestes à épaulettes *oversize*… Une bande de jeunes, tous ambassadeurs de cette mode, se dirigent vers une salle d'arcade, laissant dans leur sillage une traînée de fumée blanche. Philippe se frotte les yeux. Il déteste la cigarette, et s'est promis d'être intransigeant s'il prenait à Gabrielle l'envie d'essayer.

Ils entrent dans une boutique où ils sont accueillis par une vendeuse d'une vingtaine d'années aux cheveux roses, portant une mini-jupe en cuir noire et un pull en fourrure bariolé.

– Bonjour, je peux vous aider ? demande-t-elle sans prendre la peine de jeter son chewing-gum.

– Nous cherchons une robe pour ma fille, dit Philippe.

– Une robe, oui d'accord. Quel style ?

Philippe se tourne vers Gabrielle, qui hausse les épaules. La vendeuse sourit devant cet étrange duo manifestement peu habitué à faire les boutiques.

– Venez avec moi, nous allons faire quelques essayages.

Ils la suivent vers les cabines au fond du magasin.

– Monsieur, vous pouvez vous asseoir ici, dit-elle en lui présentant un fauteuil.

Elle s'éloigne quelques instants, puis revient avec plusieurs robes qu'elle fait passer à Gabrielle, installée dans sa cabine.

– C'est sympa d'accompagner votre fille, dit-elle à Philippe tandis que Gabrielle essaie la première tenue.

– Je suppose que si ma femme était encore là, elle y serait allée à ma place, répond Philippe.

Le regard de la vendeuse change.

– Vous vous occupez seul de votre fille ?

– Oui.

– Vous êtes courageux. Connaissant mon père, je pense qu'il en aurait été incapable. D'ailleurs, même avec l'aide de ma mère, il en a été incapable. Tellement incapable qu'il s'est barré à l'autre bout de la France.

Elle éclate une bulle avec son chewing-gum.

– Donc votre mère s'est occupée seule de vous ?

– Et de mes deux sœurs.

– Trois enfants… Elle a plus de mérite que moi !

La vendeuse réfléchit un instant puis déclare :

– Non, ce n'est pas pareil. C'est une femme, pas un homme.

– Et ? demande Philippe.

– Et les femmes savent mieux s'occuper des enfants.

Cette remarque lui fait penser à sa belle-mère et le fait sourire.

– Ça a été prouvé ? dit-il.

– De quoi ?

– Que les femmes sont plus aptes à s'occuper des enfants ?

Elle semble surprise de la question.

– J'en sais rien, mais c'est évident, non ? Quand on voit le nombre de pères qui n'en ont rien à foutre. Et puis, il faut être un peu calme pour s'occuper d'un enfant, un peu doux. Les hommes sont des brutes. Avec leurs grosses mains, là…

Elle se met à imiter un homme essayant de changer une couche, ce qui fait rire Philippe.

– Vous savez, j'ai beaucoup changé les couches de ma fille, et pourtant je n'ai pas des petites mains, regardez.

– Oui bah, vous devez être… comment on dit déjà… l'exception qui confirme la règle, c'est ça ?

Soudain, la porte de la cabine s'ouvre, et Gabrielle émerge en robe à paillettes argentées couvrant à peine la moitié de ses cuisses. C'est la première fois qu'il les voit ainsi, ses cuisses, qu'il les voit dans leur nudité de jeune fille de treize ans.

– Trop courte, déclare Philippe. Suivante.

Gabrielle retourne dans sa cabine, et ressort quelques instants plus tard avec une robe plus longue, mais très échancrée au niveau de la poitrine.

– Tu ne mets pas de soutif ? demande la vendeuse à Gabrielle.

– Non, pas encore.

– Tu devrais, sinon plus tard, ils vont tomber. Bouge pas, je vais t'en chercher un.

Philippe croise le regard de sa fille et sourit avec gêne. La vendeuse revient et tend un modèle à Gabrielle, qui retourne aussitôt dans sa cabine.

– Tout va bien, là-dedans ?

– Oui, je… je n'arrive pas à le mettre.

– Attends, j'arrive.

Philippe la voit entrer puis ressortir.

– Je lui ai montré comment l'accrocher toute seule, comme ça vous n'aurez pas à vous en soucier, dit-elle à mi-voix, accompagnant ses propos d'un clin d'œil.

Gabrielle sort à son tour de la cabine, avec sa robe rouge dont le décolleté laisse entrevoir la dentelle du soutien-gorge. « Suivante ! » a envie de crier Philippe, mais il veut la laisser formuler sa propre opinion.

– Je ne me sens pas très à l'aise, déclare-t-elle en s'observant dans le miroir.

Très bien, il n'aura pas à jouer les rabat-joie.

Nouvel aller-retour dans la cabine, puis le silence, un échange de regards et de sourires.

– Elle me plaît bien, celle-ci… je crois.

– À moi aussi, dit Philippe.

C'est une petite robe noire, toute simple, serrée à la taille par une ceinture en soie bleue. Philippe est ému. Il lui semble que ce n'est pas n'importe quel vêtement. Que cette petite robe révèle et annonce quelque chose. La fin d'une époque et le début d'une autre. Sorte d'ultime chrysalide de laquelle Gabrielle sortira transformée, irréversiblement, avec des ailes immenses couvrant l'ombre de son enfance évanouie…

\*

Sensation qui se confirme une semaine plus tard, quand elle descend les marches de l'escalier dans ses chaussures à talons, première fois qu'elle en porte, s'arrête à mi-chemin, fait une pose genre star de cinéma, puis éclate de rire dans sa petite robe noire, et que Philippe dit : « Ne bouge pas ! Surtout ne bouge pas ! » et qu'il court chercher son appareil photo, et que ses yeux brûlent car il la trouve belle, féminine, lumineuse.

– Excusez-moi, madame, mais qu'avez-vous fait de ma petite fille ? demande-t-il.

– Oh, mon papounet, dit-elle, je serai toujours ta petite fille !

Elle se jette dans ses bras, mais s'en libère aussitôt pour ne pas abîmer sa coiffure qui exhale une odeur poudrée de laque. Philippe sent son cœur lourd et léger à la fois. « Imagine un peu ce que ce sera le jour où tu la conduiras à l'autel », pense-t-il en l'aidant à enfiler son blouson. Ils sortent et se dirigent vers la maison des voisins, qui s'affairent eux-mêmes autour de la voiture.

– Gabrielle, tu es… sublime ! s'exclame Hortense.

– Merci ! C'est papa qui m'a aidée à choisir cette robe.

– Il a très bon goût.

Hortense se tourne vers Philippe qui la regarde. Toujours ces yeux d'ambre qui le troublent.

– Merci beaucoup de les emmener, dit-il pour normaliser les choses. Comme promis, je me chargerai d'aller les chercher.

– Aucun problème. Son père n'étant pas là, j'avais promis à Benjamin qu'il pourrait compter sur moi. Mais si nous pouvons nous relayer, c'est encore mieux !

Philippe les regarde entrer tous les trois dans la voiture.

– Amuse-toi bien, ma chérie, dit-il à travers la vitre que Gabrielle vient d'ouvrir.

Il est à deux doigts d'ajouter : « Sois prudente », mais il lui fait confiance.

Grand silence dans la maison. Philippe allume la télévision. C'est le « Journal de 20 heures », sur TF1. Tchernobyl, encore. Il zappe, mais les mêmes images défilent sur Antenne 2, et, sur la 3, ce sont de stupides jeux qu'il n'a aucune envie de regarder. Il éteint, attrape un vinyle des Bee Gees, le pose sur sa platine. Il faut qu'il s'occupe. S'il pense à Gabrielle, à leurs samedis soir au bowling ou au cinéma, il va sombrer dans la mélancolie. Il décide de se préparer à manger. Quelque chose de goûtu, d'un peu plus sophistiqué qu'un malheureux plat de pâtes au beurre et au fromage. Il ouvre ses placards puis le frigo. Clairement, ce ne sont pas les réserves d'un restaurant trois étoiles. Finalement, il sort sa bouteille d'huile d'olive, une gousse d'ail et trois tomates, et pose le tout à côté de la moitié d'un pain de campagne. « Au menu, bruschettas à l'italienne ! » déclare-t-il, s'autorisant un pas de danse à la Travolta. Ce n'est pas parce qu'il est seul qu'il doit se laisser abattre. Il augmente le volume de la musique, puis se lance dans la préparation des bruschettas. « Et pourquoi pas au barbeuc ? » dit-il, la main sur la poignée du four. Il pose les tranches de pain recouvertes d'huile d'olive sur une assiette et les emporte dehors. « Je déclare la saison ouverte ! » D'un geste théâtral, il retire la bâche de protection du barbecue. « Comment vas-tu, mon vieil ami, après ta longue hibernation ? » Il l'examine quelques instants, lui refait une beauté, puis le charge de bois sec et de papier journal. Il craque une allumette et la jette dans la cuve. Le feu prend rapidement, et, pour ne pas l'éteindre, il verse doucement le charbon de bois par-dessus.

Une trentaine de minutes plus tard, Philippe s'attable sous le cerisier en fleurs du jardin. C'est Sophie qui avait choisi cet arbre, pour fêter la naissance de Gabrielle. Un vent tiède fait bruisser les branches, des pétales rose clair tombent sur la table. Onze ans qu'elle est partie. Il aimerait se souvenir d'elle avec précision, de l'odeur de sa peau, du son de sa voix, de toutes ces choses immobiles ou en mouvement qui constituaient son être, et dont il était viscéralement amoureux. Mais le temps les émousse, les couvre d'une brume qui ne fait que blanchir et s'épaissir, livrant à sa mémoire un paysage de plus en plus abstrait, éloigné de sa pureté originelle.

Tintement strident de la sonnette. Philippe pose sa tartine dans l'assiette et se lève en direction du salon. Il écarte les rideaux qui donnent sur la rue. C'est *elle*, souriante, une bouteille de vin à la main.

— Je me suis dit que ce serait plus sympa d'attendre ensemble ! Francis n'est pas là et…

Suspension soumise au destin.

— Bien sûr, très bonne idée, entrez ! J'ai justement préparé des bruschettas, et il y en a beaucoup trop pour un seul homme.

Elle ouvre le portillon, remonte la petite allée, lui tend la bouteille.

– Il n'y a pas de raison que nos enfants soient les seuls à s'amuser, non ?

Elle a les lèvres rouges, les cils immenses et noirs. Est-ce qu'elle s'est maquillée pour lui ? Il la fait entrer, referme la porte.

– Je me suis installé dans le jardin. Comme il fait plutôt bon…

– Excellente idée !

Il attrape une assiette, deux verres à pied et un tire-bouchon, puis l'invite à le suivre.

– Je n'avais jamais vu votre cerisier en fleurs, dit-elle. Il est sublime !

« Oui, c'est ma femme qui l'a choisi », devrait-il dire, mais il ne dit rien, il pose en silence l'assiette et les verres sur la table, puis il ouvre la bouteille de vin.

– J'avais également apporté de quoi grignoter, dit Hortense, sortant deux paquets de biscuits de son sac, mais vos tartines ont l'air infiniment meilleures.

Philippe sourit.

– Je ne voulais pas me laisser abattre. Être seul un samedi soir… ça peut donner le bourdon.

– Vous n'êtes pas seul.

Ils se regardent, détournent les yeux.

Philippe attrape un verre et commence à verser le vin.

– Vous m'arrêtez ? dit-il.

Elle attend le dernier moment. Elle veut boire avec lui.

Ils trinquent à la santé de leurs enfants, sous le ciel qui s'assombrit, avec les pétales qui tombent en pluie rose sur la table.

– Vous voulez rentrer ? demande-t-il.

– Vous n'avez pas de bougies ?

Il se lève. Sophie aimait beaucoup dîner à la lumière des bougies. À leur mariage, il y en avait des centaines, dispersées dans la salle de bal. Il en trouve dans un tiroir. Les apporte sur la table, tapote ses poches à la recherche de son paquet d'allumettes.

– Je m'en occupe, dit Hortense, sortant un briquet de son sac.

Elle les allume, une par une, et son visage se révèle, telle une photo à l'argentique sortie de son bain. Un instant, Philippe croit voir celui de Sophie, mais l'illusion se dissipe. Il boit une gorgée. Elle aussi.

Ils discutent quelques minutes de leurs enfants, car c'est ce qui les réunit ici. Sans eux, ils n'auraient aucune raison d'être attablés ensemble ce soir. Puis ils parlent de Tchernobyl, un sujet qui obsède apparemment Francis, travaillant lui-même dans l'industrie pharmaceutique. À son nom, un silence se fait. « Que dirait-il s'il nous surprenait tous les deux à l'instant ? » pense Philippe, remplissant le verre qu'Hortense lui tend, pourtant encore à moitié plein.

— Je… je ne vous ai jamais remercié, dit-elle soudain, levant les yeux vers lui.

Philippe soutient son regard, laissant son cœur tambouriner à souhait. C'est l'effet que lui font ses yeux, jaunes, noirs, améthyste, il ne sait pas.

— Quand vous avez parlé à Francis, que vous lui avez dit d'arrêter de… enfin, vous savez. Vous avez changé notre vie, à mon fils et moi-même.

Il s'en souvient, oui. Depuis, ils n'ont plus entendu un seul cri derrière le mur mitoyen.

— Je suis heureux d'avoir pu vous aider. Je sais ce que c'est d'être… enfin, je comprenais votre situation, et je sentais que je devais agir.

Elle boit une gorgée, sans le quitter des yeux.

— La plupart des gens n'auraient rien fait.

— Certainement. Malgré tout, je crois que chacun porte en soi une petite révolte. Les conditions étaient réunies pour que la mienne s'exprime.

— Vous avez lu Camus ? demande-t-elle.

— Qui ça ?

Elle sourit.

Entre eux, la bouteille absorbe et disperse le reflet des flammes. Philippe regarde sa montre : 22 heures. Il reste encore un peu de temps.

– Je dois avoir de la mousse au chocolat dans le frigo. Ça vous dit ?

– Avec plaisir.

Il se lève et emporte avec lui les assiettes vides qu'il pose dans l'évier. La tête lui tourne légèrement ; impossible de prendre le volant dans ces conditions. Hortense le rejoint. Il fait sombre, les lumières sont éteintes. Il pourrait les allumer, mais le monde reprendrait sa vérité. Doux mensonge de la nuit.

– J'ai envie de danser, dit-elle.

Sa voix émerge d'une confusion de cheveux et de lueurs, d'un rêve crépusculaire qui fait cogner ses veines.

– Je suis un très mauvais danseur.

Elle attrape sa main.

– Viens.

Elle a trop bu. Lui aussi. *Staying Alive*, oui rester vivant, être vivant, avec elle, une éternité qu'il n'a pas dansé, qu'il n'a pas eu un corps de femme contre le sien, qu'il n'a pas autant désiré un corps de femme, les lèvres, les hanches, les seins qui se dessinent derrière le tissu. Il regarde son canapé, ils ont fait l'amour dans ce canapé avec Sophie, de nombreuses fois, et peut-être que c'est dans ce canapé qu'ils ont conçu Gabrielle. Et maintenant, il y a un autre corps collé au sien, ce corps s'est rapproché, deux mains ont agrippé son dos, des ongles pointus qui descendent et remontent le long de ses omoplates, épousant la tectonique de ses muscles de boxeur. Pas ici, pas chez lui. Chez eux. « Non, arrête ! » Cri silencieux, prière vaine et illusoire. Besoin d'être homme, et plus seulement père. Hortense, son corps, son parfum, ses lèvres brûlantes soudain sur les siennes, le goût de ses lèvres, sa langue, éruption de formes, nuit brisée de formes et de regrets. Trop tard. Elle l'entraîne dans la nuit noire, il l'entraîne dans la nuit noire, leurs corps enlacés tombent sur le canapé, corps de Sophie, d'Hortense, corps de souvenirs et de vie, mélange ignoble, délicieux, larmes qui coulent sur ses joues, *elle sait*, les embrasse, embrasse ses joues, ses paupières, son menton, son torse, son ventre, il gémit, *attends… attends…*

– Attends… tu es mariée…

Au creux de l'oreille :

– Je ne l'aime pas… je ne l'ai jamais aimé… j'ai envie de toi.

– S'il l'apprend…

Mots hachés de soupirs, de baisers.

– Il n'apprendra rien… Nous allons déménager… Il a été muté, encore…

Il prend le visage d'Hortense dans ses mains, la regarde, elle pleure aussi. Il embrasse ses larmes. Comme elle est belle.

– Il n'y aura pas d'autres fois, dit-elle. C'est la seule… nous avons le droit…

Elle sort un préservatif de son sac. Elle a tout prévu. Il refuse de la juger. Elle est libre. Libre de son corps, de ses envies. Et lui aussi est libre. « Pardonne-moi, mon amour », pense-t-il, puis il fait basculer Hortense sur la banquette. Il remonte sa jupe, fait glisser sa culotte en dentelle le long de ses jambes. Toucher à nouveau une femme, embrasser ses cuisses, son ventre, enfiler la capote puis entrer en elle, doucement. Entrer en elle et en lui-même, en quelque sorte, vers un lointain monde enfoui, monde de sensations oubliées, retrouvées, différentes. Philippe ferme les yeux, va et vient entre les cuisses d'Hortense, sent ce monde englouti qui l'appelle, il accélère, il y est presque, il est à l'extrémité de la vague qui va le déposer là-bas, dans ce pays d'orchidées et de vanille, heure bleue de son existence avant la nuit, l'éclat de sang rouge sur le pare-brise. Il jouit, trois fois, s'agrippant à Hortense qui accueille sur sa poitrine son visage et ses larmes. Il est avec elle mais il est seul. Il sera toujours seul.

# Chapitre 14

Après un vol court mais agité, durant lequel elle a bien cru que l'avion allait s'empaler dans l'une des falaises de la cordillère, ils atterrissent enfin à Cuzco.

L'aéroport grouille de randonneurs prêts à traverser la Vallée sacrée à pied. Dans une autre vie, Gabrielle aurait adoré partager une telle aventure avec son père. Dîner chez l'habitant, dormir à la belle étoile entre deux sites incas, crapahuter sur les traces d'Hiram Bingham, l'homme qui a découvert le Machu Picchu. Mais dans la vraie vie, son père a soixante-treize ans et est atteint d'Alzheimer. Ils se contenteront donc des hôtels qu'elle a réservés. Le premier a d'ailleurs envoyé un chauffeur pour les récupérer. Parmi la foule d'émissaires agglutinés dans le hall, il est celui qui lève son panneau le plus haut : « JW Marriott El Convento Cusco ».

— Bonjour, dit Gabrielle, je crois que c'est nous que vous attendez.

— Madame Gabrielle Cochar et monsieur Philippe Marlus ? demande le chauffeur en anglais.

— Absolument.

— *Welcome to Cuzco !* Je m'appelle José, et c'est moi qui aurai le plaisir de vous conduire jusqu'à votre hôtel aujourd'hui.

Il attrape leurs valises, les pose sur un chariot, puis les invite à le suivre. Dehors, le temps est sec et lumineux.

— J'ai du mal à respirer, dit Philippe.

— C'est l'altitude, papa. J'ai lu qu'il fallait mâcher des feuilles de coca. Il y en aura certainement à l'hôtel.

José démarre et s'engage dans une avenue bordée de petits immeubles colorés. Lorsque l'un de ces immeubles ne leur bouche pas la vue, ils aperçoivent au loin les montagnes, couleur terre de Sienne. Gabrielle repense à leur trajet pour arriver au Hilton. La *garúa*, les zigzags de Roberto sur l'autoroute, l'océan Pacifique baigné de ténèbres. Dans cette avenue bien éclairée, conduite par un homme dans la force de l'âge, elle se sent en sécurité.

Au bout d'une quinzaine de minutes, les rues commencent à se border de commerces, et les maisons prennent un aspect pittoresque : façades blanches chaussées de murets en pierre, balcons en bois ouvragés, fleurs roses et jaunes dégringolant des fenêtres. Bâti sur les fondations d'un couvent du XVI$^e$ siècle, l'hôtel se fond parfaitement dans le paysage.

Tout en procédant au check-in, Gabrielle observe du coin de l'œil son père, figé devant une œuvre en forme de disque constituée de lamelles d'or en suspension. Il sirote un cocktail de bienvenue, une boisson douce et sucrée qu'elle a avalée d'une traite, assoiffée. Elle a toujours du mal à croire qu'ils sont ici ensemble. Sans doute conservera-t-elle cette incrédulité jusqu'à la fin de leur voyage.

Ils récupèrent leurs deux chambres communicantes.

— Tu as remarqué qu'elles sont alimentées en oxygène ? demande Gabrielle, passant la tête par la porte.

— Ah, c'est donc ça ! J'avais l'impression de mieux respirer ici.

— Qu'est-ce que tu préfères ? demande-t-elle. Aller te détendre au spa tout de suite, apparemment il est super, ou visiter Cuzco ?

— Je n'ai jamais mis les pieds dans un spa, ni à Cuzco. Dans tous les cas, ce sera une découverte.

Il a retrouvé son esprit facétieux, amateur de bons mots.

— Dans ce cas, je propose que nous allions nous balader, et que nous profitions de la piscine en fin de journée.

— Ça me va, P'tit Loup.

Une fois prêts à sortir, ils s'arrêtent à la réception, où Gabrielle se fait expliquer sur un plan les points d'intérêt de la ville.

— C'est une ville très sécuritaire, conclut le jeune homme accoudé à son comptoir. Tant que vous restez dans cette zone touristique (qu'il entoure d'un trait bleu), vous ne craignez rien. Soyez simplement attentifs à vos effets personnels. Il peut arriver que des pickpockets échappent à la vigilance des policiers.

Gabrielle le remercie, glisse le plan dans une poche de son pantalon, puis entraîne son père rue Santa Catalina Ancha, en direction de la Plaza de Armas et sa fameuse cathédrale. Ils s'asseyent sur les marches, et Gabrielle ouvre son *Routard*.

— « C'est ici que bat le cœur de la ville. La place s'étend exactement sur l'espace cérémoniel inca, Huaccapayta, une esplanade de quatre mille mètres carrés, deux fois plus grande qu'à présent... » Tiens, je ne le savais pas, mais c'est ici que fut exécuté Pizarro. Et c'est aussi ici que fut écartelé l'Inca Tupac Amaru II en 1780. Dis donc, c'est pire que la place de Grève, cette Plaza de Armas !

— Je suis sûr qu'Oscar nous aurait conté cette ville avec beaucoup de poésie, dit Philippe, s'essuyant le front.

— Demain, à 10 heures, j'appelle son ami Paco. En attendant, allons t'acheter un chapeau, le soleil tape ici.

Ils descendent les marches de la cathédrale, puis se dirigent vers le sud, en direction de l'autre église de la place : la Iglesia de la Compañía de Jesús, bâtie au XVIIe sur les fondations d'un ancien palais inca — toujours selon le *Routard*. Tout autour, des étals ont été installés, et des habitants de la région vendent leurs productions artisanales. Gabrielle s'approche d'une vieille dame qui expose des figurines assez amusantes, représentant des petits hommes moustachus, le dos et les bras chargés d'objets. Son visage ridé, bruni par le soleil, émerge d'un empilement de tissus colorés aux motifs fleuris.

— Pardonnez-moi, madame, mais que représentent ces figurines ? demande Gabrielle en espagnol.

La vieille dame lève ses yeux, deux minces fentes surmontant des pommettes proéminentes. Puis elle se tourne, et appelle un jeune homme qui vient en trottinant à leur rencontre.

– Bonjour *Señora, Señor*. Excusez ma grand-mère, mais elle ne parle pas espagnol. Simplement quechua. Dites-moi, comment puis-je vous aider ?

– Je me demandais si ces figurines avaient une signification particulière. J'aimerais en rapporter une à mes enfants. Enfin, deux, sinon ça va être la guerre.

– Eh bien, ici, on les appelle Ekeko. Dans les sociétés précolombiennes de l'Altiplano, Ekeko était le dieu de l'abondance et de la prospérité. Il porte sur son dos tout ce qui contribue à sa survie et à son bien-être : tissus, argent, petit cœur pour les âmes romantiques, ou bien même une voiture ou des jeux vidéo… Attention, pour qu'il conserve ses pouvoirs, il ne faut ni le casser ni le vendre. Et vous pouvez lui glisser de temps en temps une goutte de pisco dans la bouche, il adore ça !

– Amusante, cette histoire. Tiens, que porte-t-il, celui-ci ?

– Des Post-it, j'ai l'impression. L'artisan qui l'a créé devait avoir des troubles de la mémoire.

Gabrielle le regarde quelques instants, puis se tourne vers son père.

– Il est fait pour moi celui-ci, non ? dit-il.

« Et maintenant, il se moque de toi… prends ça dans la tête, Alzheimer ! » pense Gabrielle. Ils achètent trois figurines, puis continuent leur tour des échoppes, repartant finalement avec une paire de boucles d'oreilles en jade, un chapeau en feutre style borsalino, ainsi qu'un sachet de feuilles de coca.

Ils visitent le musée du Machu Picchu puis retournent à l'hôtel, non sans s'être arrêtés au préalable dans quelques échoppes spécialisées dans l'alpaga.

Philippe observe les pulls posés sur son lit.

– Tu sais, P'tit Loup, je n'avais pas besoin de tout ça…

– Nous sommes à trois mille mètres d'altitude, papa. La nuit, les températures dégringolent très vite. Il faut te couvrir, je n'ai aucune envie que tu tombes malade.

– C'est beaucoup d'argent.

Gabrielle soupire.

– La qualité se paie.

– Quand même.

Silence, puis :

– Qu'est-ce que tu veux entendre ? Que tu ne mérites rien de tout cela ? Que tu t'es défoncé toute ta vie pour moi, mais que je n'ai pas le droit de t'acheter trois pulls ? Que le confort est réservé aux autres ? C'est ça que tu veux entendre ?

Philippe baisse les yeux. Comprenant qu'elle est peut-être allée un peu loin, Gabrielle s'assied près de lui sur le lit.

– Nous passons de bons moments, non ?

Il acquiesce.

– Je suis désolé, mais quand je vois tous ces gens pauvres ici…

– Il y a des gens pauvres partout, papa. Et puis, si personne n'achète des vêtements en alpaga, qui va payer l'éleveur qui s'occupe des troupeaux ?

De nouveau, il hoche la tête.

– Je n'avais pas vu les choses comme ça.

– Ce que je nous offre là, ces pulls, ce voyage… cet argent, je l'ai gagné à la sueur de mon front. Et du tien. Nous n'avons rien volé à personne, papa. Je vais dire une banalité, mais la vie est courte. Et elle peut être rude, et injuste, et tout peut s'arrêter d'une seconde à l'autre. Tu le sais mieux que moi. Alors parfois, il faut simplement savoir… se faire plaisir.

– C'est dur, pour moi, de me dire que je n'ai pas pu t'offrir ce confort, dit Philippe après un silence.

– Tu m'as offert tout ce dont une petite fille qui a perdu sa maman pouvait rêver. Tu m'as aimée pour deux. Est-ce que tu te rends compte de ce que ça signifie ? Il y a des pères qui aiment pour zéro. Ils ont des enfants, mais ne s'y intéressent pas. Ils les négligent, comptent sur leur femme pour s'en occuper, et même parfois mettent carrément les voiles. Alors que toi… toi, tu as été mon père, et ma mère, et puis tous les frères et toutes les sœurs que je n'ai pas eus. Tu m'as offert la première danse à mon mariage. Ma première boîte de tampons. Mon premier vélo. Tu as été mon

Père Noël, ma petite souris, mon confident, mon meilleur ami, mon partenaire de boxe, mon prince charmant, mon pilote, mon héros, ma bonne fée…

La voix de Gabrielle se brise au fil de l'énumération, et ses mots terminent dans un sanglot. Elle se blottit contre lui.

— J'ai peur, papa… tellement peur que tu m'oublies.

Voilà, elle l'a dit. Elle ose en parler, enfin. Il a fallu parcourir dix mille kilomètres en avion, survoler une cordillère et s'engueuler pour trois pulls en alpaga. Mais elle l'a dit.

Une larme vient mouiller son front.

— Je ne t'oublierai pas, P'tit Loup. Jamais. Le cœur n'oublie pas. La tête peut-être, elle peut devenir un peu folle. Mais le cœur ? Oh bon sang, non, P'tit Loup, lui, c'est un costaud. Et puis, la maladie n'a pas encore gagné. On va se battre, pas vrai ?

C'est la première fois qu'il tient un tel discours, empreint d'optimisme. Il le fait pour elle, pour la protéger. Peut-être un peu pour lui aussi. Quoi qu'il en soit, ces mots font du bien à Gabrielle. Elle avait besoin de les entendre, besoin de sentir qu'il était avec elle pour combattre Alzheimer. Seule, elle n'a aucune chance de l'emporter.

*

Gabrielle et Paco se sont donné rendez-vous à 11 h 30 devant le marché San Pedro. Conformément aux conseils d'Oscar, elle l'a appelé à 10 heures précises, après un copieux petit déjeuner qu'ils ont pris en visio avec David et les enfants. Après une nuit agitée, pleine de pensées et de bouffées d'angoisse, elle avait besoin de voir sa famille. En quittant l'hôtel pour retrouver Paco, elle se sent revigorée.

Le marché bourdonne d'une activité frénétique, alimentée autant par les touristes qui affluent en masse depuis la Plaza de Armas que par les locaux qui viennent y faire leurs courses. Soudain, un homme s'arrête devant eux. Petit. Gabrielle estime qu'il ne doit pas mesurer plus d'un mètre soixante. Il porte un pantalon kaki, un marcel bleu turquoise très près du corps, une casquette des Yankees, un gros *backpack* qui semble vide sur le dos, et une dizaine de colliers autour du cou avec toutes sortes d'amulettes. Il les regarde du fond de ses yeux noirs, puis déclare, les pointant alternativement du doigt : « Gabrielle. Philippe. »

– Vous devez être Paco, dit Gabrielle, tendant la main.

Il l'attrape et l'étreint vigoureusement.

– *Encantado Señora.* Oui, c'est bien moi, Paco, le seul et l'unique.

Il salue Philippe, le fixant quelques instants avec curiosité, puis les fait entrer dans le marché.

– Désolé si mon espagnol n'est pas parfait, dit-il. Je l'ai appris sur le tard. Ma langue natale, c'est le quechua.

– Le mien non plus n'est pas parfait, répond Gabrielle. Comme ça, nous sommes à égalité.

Il acquiesce puis tourne sur lui-même avant de s'exclamer :

– *Mercado de San Pedro !* Je viens y faire mes courses tous les samedis. Savez-vous que la charpente est l'œuvre de Gustave Eiffel ?

Il avance en silence entre les étals.

– Oscar m'a parlé de vous. Il a dit que vous appelleriez. J'étais sceptique, car souvent les Occidentaux disent des choses pour faire plaisir, et, au final, ne font rien du tout.

– J'accorde de l'importance à ma parole.

– Moi aussi, mAma Gabrielle. Ne vous offensez pas si je vous appelle mAma, cela signifie « madame » en quechua.

– Cela ne m'offense pas du tout. À vrai dire, je trouve cela plutôt mignon. Oscar et vous êtes amis de longue date ?

– Très longue date. Il est beaucoup venu chez moi, et je suis beaucoup allé chez lui. Puisque vous êtes ses amis, vous êtes aussi mes amis.

Il s'arrête devant un étal où sont empilées des pommes de terre de tailles et couleurs diverses.

– Les Espagnols sont venus pour notre or. Celui qui brille et qui sert à décorer les maisons et les humains. Mais voici notre véritable trésor, dit Paco. La *papa*. Saviez-vous qu'il en existe plus de quatre mille variétés ? Chacune parfaitement unique, cultivée à l'altitude et au climat qui lui correspondent le mieux. Les Espagnols s'enorgueillissent de leurs *patatas bravas*, mais, avant de venir chez nous, ils n'avaient jamais vu la couleur ni la forme d'une pomme de terre.

Paco passe sa commande au primeur, puis reprend :

— Nos ancêtres les Incas cultivaient de nombreuses variétés, que des agriculteurs andins essaient aujourd'hui de ressusciter. Julio Hancco, un ami à moi, possède sur ses terres près de trois cents variétés de *papas*. Normalement, elles ont toutes déjà un nom. Mais si ce n'est pas le cas, car c'est une pomme de terre ressuscitée, alors Julio se charge de lui en trouver un.

Il range les sachets de pommes de terre dans son sac, puis continue son chemin et ses récits entre les étals. Il leur parle du maïs, cultivé également par ses ancêtres, du quinoa invincible, résistant aussi bien à la sécheresse qu'au gel, des fruits que l'on trouve au marché et qui symbolisent les différents environnements du Pérou : fruits de la côte (fraises, *lucumas*), fruits des Andes (grenadilles, figues), fruits d'Amazonie (papayes, mangues, citrons)… Ayant rempli son sac de victuailles et d'herbes en tout genre, il s'arrête devant une gargote tenue par un ami à lui. Ils discutent quelques instants en quechua, puis Paco se tourne vers eux :

— Avez-vous faim ?

Gabrielle fait la traduction à son père.

— Oui, répond-elle, on s'arrêterait bien manger un bout.

— Vous n'êtes pas végétariens ?

— Ni l'un ni l'autre.

— Parfait, alors asseyez-vous ici.

Paco, lui, reste debout. Il sort son téléphone et passe trois appels, tous en quechua.

— Désolé, dit-il. J'ai quelques affaires à régler.

— Vous ne l'utilisez vraiment que le samedi, entre 10 heures et 14 heures ? demande Gabrielle.

— Absolument. Pour ma tranquillité d'esprit, et aussi parce que je n'ai pas de réseau là où j'habite.

— Où habitez-vous, si je peux me permettre ?

— Dans la forêt.

— Seul ?

— Oui, même si des gens viennent me voir de temps à autre, pour faire appel à mes services.

— De guide ?

Il la regarde avec une ébauche de sourire.

— En quelque sorte.

Tout à coup, un bruit aigu perce le calme relatif de la gargote.

— On dirait un animal qu'on égorge, dit Gabrielle.

— C'en est un, répond Paco. Un *cuy*.

— Un *cuy* ?

— Un cochon d'Inde. On les appelle comme ça ici.

— Et c'est… c'est ce que nous allons manger ? demande Gabrielle.

— Oui. Ça vous dérange ?

— Eh bien, c'est juste que… Enfin, c'est une sorte d'animal domestique en France. Un peu comme le chat ou le chien.

— Il y a aussi du chien rôti, mais c'est moins bon.

Gabrielle grimace, sans savoir si Paco plaisante.

— Si vous préférez, on peut aller ailleurs. Mais j'ai entendu dire que vous mangiez du lapin en France. Vous savez que ça a presque le même goût ?

Gabrielle se tourne vers Philippe, qui hausse les épaules.

— On n'a pas traversé une partie du monde pour manger une salade César, dit-il. Quoique… s'empresse-t-il d'ajouter en découvrant l'assiette que l'on pose devant lui.

C'est un cochon d'Inde entier, les pattes, la tête, les oreilles, agrémenté de pommes de terre, d'oignons et de tomates coupées en dés.

— Avez-vous visité la cathédrale ? demande Paco en plantant sa fourchette dans son *cuy*.

— Oui, nous y sommes entrés.

— Vous n'avez sans doute pas fait attention, mais l'un des tableaux, datant de la période coloniale, dépeint le Christ et ses apôtres qui se délectent d'un plat de *cuy* rôti. Ça vous montre un peu l'importance culinaire de l'animal ici. D'ailleurs, un fameux dicton inca dit : « Élève des cochons d'Inde et mange à ta faim. »

Gabrielle observe son *cuy* un instant, puis se résout à en couper un morceau. Elle le porte à sa bouche et trouve cela finalement délicieux.

– En effet, dit-elle, ça ressemble à du lapin.

En même temps que le *cuy*, le serveur a posé trois Inca Kola sur la table.

– C'est notre boisson nationale, précise Paco. Ici, il est plus consommé que le Coca-Cola. C'est peu dire !

Ils mangent en silence quelques instants, puis Paco s'essuie la bouche, boit une gorgée d'Inca Kola, regarde Gabrielle et demande :

– Pourquoi êtes-vous ici ?

Gabrielle lève les yeux de son *cuy.*

– Eh bien… nous sommes en voyage.

– Quel voyage ?

Il la scrute, des profondeurs de son œil sombre, vert et ramifié comme un morceau de jungle.

– Si vous n'êtes pas honnête avec vous-même, dit-il, je ne pourrai pas vous aider.

Gabrielle songe qu'elle ne lui a jamais demandé son aide. Mais que c'est peut-être ce qu'elle attend. Qu'elle l'a appelé pour cette raison précise. Elle sent bien qu'elle a devant elle un être spécial avec qui elle doit jouer cartes sur table.

– Mon père est malade, dit-elle. C'est moi qui l'ai convaincu de faire ce voyage.

– Tu n'as pas répondu à ma question.

Le passage du vouvoiement au tutoiement s'est accompagné d'un infime changement dans sa physionomie. Gabrielle n'aurait su dire exactement lequel, mais il lui semble soudain à la fois plus abrupt et plus avenant.

– Je suis venue chercher… du temps.

Elle allait répondre « de l'espoir », mais contre Alzheimer, il n'y a pas d'espoir. Au bout du compte, ils ne peuvent pas gagner. Tout ce qu'ils peuvent faire, c'est repousser la maladie dans ses cordes, le plus longtemps possible.

— Le temps, la denrée la plus précieuse… après les *papas*, bien sûr, ajoute-t-il, un sourire malicieux aux lèvres.

Puis, reprenant son sérieux :

— Ton père est malade, en effet. Un mauvais esprit l'habite.

Ses propos lui rappellent ceux d'Oscar, dans l'avion. « Pas étonnant qu'ils soient meilleurs amis », pense-t-elle.

— Pourquoi êtes-vous venus ici, au Pérou ? demande-t-il.

— Il a vu le Machu Picchu en photo tous les jours pendant la moitié de sa vie. J'avais envie qu'il le découvre en vrai, avant qu'il soit trop tard.

Paco boit une gorgée d'Inca Kola.

— Cela fait donc longtemps que le Machu Picchu attend Philippe.

— Je ne sais pas s'il l'attend, mais disons que le lieu est lié à notre histoire. Quand j'étais petite, il me racontait que maman l'avait escaladé, et qu'en haut il y avait un grand lagon de fleurs roses et blanches, et qu'elle se reposait là-bas en nous attendant.

Paco fait signe à son ami de lui apporter une autre bouteille d'Inca Kola, puis roule une cigarette.

— Tu as été honnête avec moi. Je sens beaucoup d'amour entre vous deux, mais également des non-dits qui alourdissent vos cœurs. Les mauvais esprits aiment les non-dits. C'est leur nourriture.

Elle détourne les yeux, gênée. Au fond d'elle, elle sait qu'il a raison. Qu'ils ont besoin de lui, pour *gagner du temps*.

— Accepterais-tu d'être notre guide, jusqu'au Machu Picchu ? demande-t-elle.

Il tire une bouffée de sa cigarette, puis répond :

— Avec plaisir. Mais jusqu'où accepteras-tu d'être guidée, mAma Gabrielle ?

# Chapitre 15

Philippe et Gabrielle sont silencieux dans la voiture qui les mène au lycée.

– Imagine, si je ne l'ai pas ?

– Tu l'auras, ma chérie. Et si ce n'est pas le cas, tu iras ailleurs.

– Oui, mais je veux vraiment aller à Louis-le-Grand. C'est la voie royale pour intégrer Polytechnique.

– Ce sont les seuls à demander une mention Très Bien ?

– Oui. Enfin, je crois, je n'ai discuté qu'avec eux.

– S'ils te refusent à cause d'une stupide mention, c'est qu'ils ne te méritent pas. Je suis sûr que les autres classes préparatoires se battront pour t'avoir.

Devant le lycée, c'est l'attroupement.

– Si tu préfères, je peux t'attendre dans la voiture.

– Non, j'ai envie que tu viennes avec moi.

Ils sortent du véhicule et se dirigent vers les grandes portes sur lesquelles sont affichés les résultats. Voyant Gabrielle approcher, trois jeunes filles accourent à leur rencontre. Philippe les connaît, ce sont les meilleures amies de sa fille depuis le lycée : Julia, Émilie et Chloé.

– Bonjour, monsieur Marlus, dit cette dernière, un joli brin de femme avec des cheveux roux exubérants et des lunettes de soleil à paillettes. Puis, se tournant vers son amie : Gab, tu as vu ?

Les mains de Philippe deviennent moites.

– Non, je n'ai pas encore regardé.

Julia s'avance, dans son legging noir épousant ses longues jambes fuselées.

– Gab, dit-elle, tu as eu 19,6 de moyenne. J'ai demandé à M. Chantenne, tu es dans les dix meilleurs élèves de toute la France.

Philippe regarde sa fille, qui semble ne pas y croire.

– Quoi, vous êtes sûres ?

– Puisqu'on te le dit ! Tout le lycée ne parle que de ça !

– Oh… mon Dieu…

Elle se tourne vers son père, les yeux humides, cherchant ses mots et sa respiration.

– Tu crois que ça suffira à Louis-le-Grand ? demande Philippe, lui lançant un clin d'œil.

Un sourire immense vient alors fissurer le plâtre du visage figé, incrédule, de Gabrielle. Elle pousse un cri de joie, puis se met à sauter et tournoyer sur elle-même, suivie dans sa chorégraphie par ses trois amies. C'est une scène que Philippe décide de garder dans sa mémoire : l'image de ces quatre filles dansant sous le soleil, célébrant l'extraordinaire réussite de Gabrielle. 19,6. Presque 20. Il a envie de pleurer. D'ailleurs, il pleure, regardant le ciel. « Tu te rends compte ? Notre bébé, dans les meilleurs élèves de France ! » Sophie aurait organisé une grande fête pour marquer le coup. C'était la reine pour organiser des fêtes. Pour les deux ans de Gabrielle, elle avait décoré le jardin en pays des Merveilles, avec des cascades de chocolat, une grosse bouée en forme de château et un ciel de ballons verts et bleus. C'est ce qu'elle aurait aimé qu'il fasse : une fête. Une fête magnifique, en l'honneur de leur fille.

– P'tit Loup, dit Philippe, si tu le souhaites, ce soir, tu peux inviter tes amis à la maison.

Gabrielle le regarde, semblant ne pas comprendre.

– Tu veux dire que je peux organiser une fête ?

– Non, c'est moi qui l'organise. Et toutes tes connaissances sont les bienvenues.

– Monsieur Marlus, annonce solennellement Julia, vous êtes le père le plus cool du monde.

– On en reparle quand je vous passerai ma playlist des années soixante-dix.

– Mais ça déchire, les années soixante-dix ! Les Bee Gees, Earth, Wind and Fire, Eagles… Bon sang, ça, c'était de la musique !

– Est-ce que tu vas inviter Stéphane ? lance Chloé, donnant à Gabrielle un coup de coude complice.

– Qui est Stéphane ? demande Philippe.

– Un garçon de notre classe. Pas très brillant, mais disons qu'il a d'autres atouts…

Les quatre filles pouffent de rire, donnant envie à Philippe de disparaître sous terre.

– Bon, dit-il pour changer de sujet, puisque je me suis engagé à organiser une fête, il vaudrait mieux que je m'y mette.

– Hors de question que tu t'occupes de tout tout seul ! intervient Gabrielle. Les filles, ça vous dit qu'on aide papa à préparer la soirée ? Courses, invitations, déco… on peut se répartir le travail. Et s'amuser en même temps !

– Avec plaisir, répond Chloé. Et puis, monsieur Marlus, je rêve depuis très longtemps de découvrir l'intérieur de votre voiture.

– Ah bon ? s'étonne Philippe. Elle n'a pourtant rien d'extraordinaire.

– Vous plaisantez ? C'est un mythe ici. Un fantasme, même, pour de nombreuses lycéennes fatiguées par la puérilité de leurs camarades masculins.

– Ce qu'il ne faut pas entendre… Allez, en route !

Philippe n'avait jamais connu sa voiture si animée. Excitées tant par leurs résultats positifs au bac (« Un petit miracle, en ce qui me concerne », répète Chloé en boucle) que par la perspective de la soirée à venir, les quatre filles remplissent ses oreilles de mots, de rires, de cris. Elles commentent les résultats des uns et des autres, s'étonnent qu'untel n'ait eu que la mention Assez Bien, et qu'un autre soit au rattrapage.

– Et Matthieu, on en parle ? s'exclame tout à coup Émilie.

– Quoi, Matthieu ? demande Gabrielle.

– Mention Très Bien. Mention… (elle marque un silence) Très… (silence) Bien.

– Moi, ça ne m'étonne pas plus que ça, dit Julia. Il a dû mettre un petit coup de boost pendant ses révisions, et comme c'est un mec intelligent…

– C'est quand même hyper injuste, s'agace Chloé. Le type ne glande rien de toute l'année, et il termine avec mention Très Bien au bac.

– On ne peut pas dire que tu te sois tuée au travail non plus, remarque Julia.

– Tout à fait, et j'ai eu la note que je méritais : un joli 10, tout rond. En gymnastique, je serais sortie sous les ovations du public. Mais lui… ! Ah je peux te dire qu'on va l'entendre fanfaronner, avec son 16 je-sais-plus-combien.

– C'est toujours moins bien que notre Gabrielle nationale, remarque Julia.

– Personne n'est aussi bien que notre Gabrielle nationale, ajoute Émilie.

« Pour une fois que ce n'est pas moi qui le dis », pense Philippe, s'engageant sur le parking du supermarché.

À peine arrivées, les quatre filles se dirigent vers le rayon des bouteilles d'alcool.

– Ce n'est pas tout à fait ce que j'avais en tête, marmonne Philippe.

– Et qu'est-ce que vous aviez en tête, monsieur Marlus ? demande Chloé. On n'a plus treize ans, c'est fini les boums avec les Haribo. Même si on va quand même acheter des Haribo.

Est-ce que sa fille boit aussi ? Il la regarde et, pour toute réponse, elle hausse les épaules. « Ne joue pas les rabat-joie », s'ordonne-t-il, s'aventurant même à ajouter une bouteille de cidre dans le Caddie.

À la caisse, le montant lui donne un vertige. Deux mille francs. Il n'avait jamais vu un tel chiffre s'afficher sur la machine.

— Vous embêtez pas, dit Chloé, sortant une carte bleue de son sac. Mon père est blindé. C'est ses stock-options, il était tout guilleret l'autre soir.

Philippe n'a pas le temps de réagir qu'elle tend sa carte à la caissière.

— Mon père est blindé et c'est un con, ajoute-t-elle. Ne culpabilisez pas.

Philippe ne culpabilise pas. Il a juste honte. Honte d'avoir cette pensée : « Est-ce si mal de la laisser payer, si son père est vraiment blindé ? » Pour lui, c'est une somme énorme, qui creuserait un trou, un canyon, même, dans son budget mensuel. Pour l'autre, ce n'est sans doute rien du tout. À peine une petite éraflure, effaçable d'un coup de chiffon – ou d'un coup en Bourse. Donc il ne dit rien. Pas même « Merci » ou « Tu es sûre ? Attends, laisse-moi au moins payer la moitié. » Non, rien du tout. Est-ce que ces deux mille francs valent un tel silence ? Il ne sait pas. Il lève les yeux du sol et regarde Gabrielle, qui lui fait un clin d'œil, merveilleuse enfant.

*

Chloé et Julia ont fait passer le mot dans l'école. « 20 heures, fête chez Gabrielle, vous êtes tous les bienvenus. » Elles ont commencé par les gens « populaires », ce qui a permis de créer un « effet d'entraînement » parmi les « classes inférieures ».

— Ah, parce qu'il y a des classes supérieures et des classes inférieures dans votre lycée ? demande Philippe, faisant une pause dans son activité de gonflage de ballons.

— Évidemment, monsieur Marlus, répond Chloé. Comme dans tous les lycées du monde.

— Tu peux m'appeler Philippe, tu sais.

Elle prend un air minaudeur et flatté.

— D'accord… Philippe !

— Et vous, alors, vous appartenez à quelle classe ?

Chloé et Julia se regardent.

– Je dirais que nous sommes dans le haut du panier. Pas complètement au sommet de la pyramide, mais pas très loin.

– Ah d'accord, dit Philippe. Et à quoi reconnaît-on ceux qui sont au sommet de la pyramide ?

– Eh bien, ils ont une certaine attitude, comme une sorte de… détachement, d'indifférence. Et puis, ils sont toujours bien habillés. Et ils ne traînent qu'entre eux.

– Ils se sont autoproclamés « gens populaires » de l'école ?

– Oh non. Ils n'en ont pas besoin. C'est quelque chose qui s'impose assez rapidement, et de manière tout à fait naturelle. Par exemple, Katia. Vous voyez Katia, là-bas ? La fille blonde, avec le legging en cuir et le crop top rouge ?

– Celle qui examine d'un air un peu étonné ma maison ?

– Oui, elle. Katia est tout en haut de la pyramide, et cet air étonné que vous décrivez, c'est l'une des particularités des gens populaires.

– Tu m'en diras tant. Pour être populaire, il faut donc avoir un air étonné ? Comme ça ?

Philippe se met à imiter Katia, provoquant les éclats de rire des deux filles.

– Je vois qu'on ne s'ennuie pas ici, dit Gabrielle, les rejoignant en compagnie d'Émilie, un verre à la main.

Coup d'œil vers le verre. Est-ce qu'il y a de l'alcool ? Elle a le droit de boire, elle a fêté ses dix-huit ans il y a deux mois. Ils sont allés au restaurant, avec Denise, Richard, Louise et leurs deux enfants, Paul et Arnaud, les cousins de Gabrielle. Ce petit morceau de famille, c'est tout ce qui leur reste. Ils la voient quelques fois par an, pour Noël ou les anniversaires. Sans Sophie, tout est différent.

– Philippe était en train de faire une imitation extra-or-di-naire de Katia, dit Chloé, allumant une cigarette.

Est-ce que sa fille a déjà fumé ?

– J'avais peur que tu t'ennuies, mais j'ai l'impression que tu as trouvé ton public, dit Gabrielle.

Elle lui paraît si grande, si loin de l'enfance, avec ce verre dans la main et ses cheveux remontés en chignon, entourée de ses amis qui fument et qui dansent. Dix-huit ans. Majeure et vaccinée, comme on dit. Il la revoit, dans ce jardin, une dizaine d'années plus tôt, quand ils jouaient ensemble aux Barbies ou aux Playmobil. Toujours ce sentiment que le temps a pris un TGV ; un Concorde, même, avec sa vitesse de croisière supersonique. « En parlant de vitesse supersonique », pense Philippe en voyant fondre sur sa fille un jeune homme au brushing parfait et au regard trouble.

— Salut ma belle, dit le garçon en passant un bras autour du cou de Gabrielle. Extra, ta fête !

« Soit il ne t'a pas remarqué, soit il est d'une confiance à toute épreuve », se dit Philippe.

— Merci, Stéphane, répond Gabrielle, rougissante.

« Alors, c'est lui, le fameux Stéphane… »

— Très cool ton daron de t'avoir laissé la maison.

— Il est là le daron, répond Philippe.

Stéphane tourne ses yeux embués vers lui et prend un air étonné. Le fameux air étonné dont Julia lui avait parlé, et que Philippe trouve tout à coup absolument ridicule.

— Ah, vous êtes là.

Pas un « bonjour », un « enchanté », un « ravi de vous rencontrer ». Juste : « Ah, vous êtes là. » Sans retirer son bras de l'épaule de sa fille.

*Retire ton bras.*

— Oui, je suis là. J'ai le droit, non ? C'est tout de même chez moi ici.

Stéphane le regarde, ahuri. Puis il retire son bras, enfin, et retourne auprès de son groupe d'amis — les gens bien habillés qui regardent les choses d'un air étonné.

— Papa, tu m'as mis la honte, dit Gabrielle, enfouissant son visage dans ses mains.

— Moi ? Mais tu as vu comme il m'a parlé ?

— Elle a le béguin, monsieur Marlus, dit Émilie. Il faut la comprendre.

— Le béguin ? Pour lui ? s'étouffe Philippe.

Il aurait beaucoup de choses à dire, mais ces choses rentreraient dans leurs oreilles pour en ressortir aussitôt. À la place, il leur souhaite une bonne soirée et monte lire dans sa chambre.

Évidemment, il est incapable de lire. Il a vu comment Stéphane a regardé sa fille. C'étaient les yeux du *prédateur*. « En plus, il doit se croire tout permis, depuis son soi-disant sommet de la pyramide », pense Philippe. Les mots défilent devant ses yeux, tels des objets séparés qu'aucune logique ne relie. N'y tenant plus, il pose son livre et descend au salon, transformé en piste de danse. « Toi qui voulais organiser une fête bon enfant, tu vas te retrouver avec les flics à ta porte. Au moins, ça fera peut-être partir tout le monde. » Il fait mine de se servir un verre, tout en cherchant Gabrielle des yeux. Elle danse avec ses amies. Et Stéphane n'a pas l'air dans les parages. Philippe remonte rapidement, avant qu'elle ne le voie. « Elle a dix-huit ans, elle sort avec qui elle veut, ses affaires ne te regardent pas », pense-t-il. Mais tout de même, Stéphane... Il fait une moue dépitée et replonge dans son livre.

Au bout d'un moment, un bruit lui fait lever les yeux. Ça vient de l'étage, quelque chose est tombé. Il se lève et sort de la chambre. En bas, la fête continue de battre son plein. Il avance dans le couloir, lentement. La porte de la chambre de Gabrielle est fermée. Il pose son oreille contre le bois, froid et noir. « Stéphane... arrête... » C'est la voix de sa fille. Philippe attrape la poignée mais la porte est verrouillée. Il recule, dépossédé de lui-même, contracte son épaule pour en faire un bélier, puis lance son corps vers l'avant. Les gonds explosent. Il est dans la chambre, éclairée d'une faible lumière. Il tourne la tête, aperçoit sa fille acculée dans un coin, sous le corps de Stéphane, avec son blouson noir qui luit dans la pénombre et ses cheveux ébouriffés en deux grandes cornes, comme le diable. Il va devenir fou. Il va le tuer. *Je vais te tuer.* Il le pense si fort que les larmes lui montent aux yeux. « Papa ! » Sa voix, elle entre en lui, comme de l'eau dans un conduit électrique. Il disjoncte, s'avance vers Stéphane, l'attrape par le col, le plaque contre le mur, le soulève, le gus doit peser quatre-vingts kilos, mais il le soulève, ses forces décuplées par la rage. L'autre se débat, alors il le relâche. Puis il serre le poing, et envoie toute sa masse dans l'estomac de Stéphane qui vomit du liquide. « Ça va, papa, il a compris. » Non, il n'a rien compris. Il a touché Gabrielle sans qu'elle n'y ait consenti. Il va mourir. L'autre est à terre, son bras en protection devant son visage. Il a envie de cogner. De cogner aveuglément, avec ses poings, ses pieds, d'attraper tout ce qui se trouve dans cette chambre pour lui *fracasser la gueule*. Mais soudain, la taille de Stéphane se réduit. Il devient un enfant terrifié, recroquevillé en petite boule d'impuissance. Philippe recule, horrifié de ce que lui-même est en train de devenir, cette reproduction de son père alcoolique, fou de violence. « Va-t'en… barre-toi », murmure-t-il, laissant l'agresseur se carapater hors de la chambre.

— Je suis désolée, papa, bredouille Gabrielle.

Il la regarde, n'osant pas s'approcher.

— Désolée de quoi, ma puce ?

— Je n'ai pas réussi à me défendre, il avait trop de force.

Quelques secondes s'écoulent. Que peut-il répondre ?

— Tu es blessée ? demande-t-il.

— Non. Juste un peu au cœur.

Elle vient dans ses bras et Philippe l'enveloppe de son amour, cet amour qui pourrait le mener au meurtre s'il n'y prenait suffisamment garde. Il doit faire attention à ses gènes. Ce ne sont pas ceux d'un enfant de chœur.

\*

Ils ont décidé ça ensemble, sur un coup de tête. Le lendemain de la soirée, tous les deux encore un peu étourdis. Dans leur jardin jonché de bouteilles, sous les lambeaux de guirlandes pendant des arbres, ils ont réalisé qu'ils devaient partir. Peu importe où, mais ils avaient besoin de vacances, d'air frais, d'un paysage neuf à contempler avant la rentrée de septembre à Louis-le-Grand. Philippe en a parlé à ses collègues, et l'un d'eux lui a mis à disposition son appartement de vacances, au Cap-Ferret.

C'est la première fois qu'ils vont dans la région. Sur la route, ils sont passés devant de grands domaines viticoles, s'arrêtant parfois pour contempler les châteaux et les prendre en photo. Ils n'ont pas reparlé de l'incident avec Stéphane. Philippe n'y arrive pas, et il suppose que sa fille non plus. Il faudra bien, pourtant. Mais pas tout de suite, la plaie est encore à vif.

– Voilà, je crois qu'on est arrivés, dit-il, se garant devant une sorte de baraquement en lisière de pinède.

Ils sortent de la voiture et respirent à pleins poumons l'air marin qu'une brise tiède pousse vers eux.

– Je vais être bien ici pour travailler, dit Gabrielle.

Elle a apporté une valise pleine de livres, suivant les recommandations fournies par Louis-le-Grand pour la rentrée. Deux mille francs de culture que Philippe a pu payer grâce à la générosité involontaire du père de Chloé.

– Oui ma puce, on va être bien, répond-il.

Ils sortent les bagages du coffre et les montent dans l'appartement, situé au premier étage. C'est petit mais propre, avec une terrasse qui donne sur la pinède. Ils n'avaient pas quitté leur maison depuis… Philippe cherche vainement dans sa mémoire : cela fait trop longtemps. Il range ses affaires dans sa chambre, et lorsqu'il ressort, il trouve Gabrielle allongée dans une chaise longue, un livre à la main.

– Qu'est-ce que c'est ? demande-t-il.

– Platon, répond-elle sans lever les yeux de son livre.

– Ça parle de quoi ?

– De la vie, de la mort… de la justice… de la vérité…

– C'est un roman ?

– Presque. Platon est un philosophe grec, disciple de Socrate. C'est le fondateur de la philosophie occidentale.

– Je n'ai pas étudié la philosophie à l'école.

Gabrielle pose son livre et le regarde.

– Étymologiquement, philosophie signifie « amour de la sagesse ». Le terme vient du grec *philosophia*. *Philos*, amour, et *sophia*, sagesse. Pour Platon, les philosophes sont ceux qui ont réussi à se souvenir.

– Se souvenir de quoi ?

– Des réalités intangibles que l'âme connaissait avant d'être prisonnière de son corps.

Il s'assied à côté d'elle.

– Réalités intangibles ?

– Eh bien, Platon considère que derrière toute chose, il y a une sorte de modèle universel. C'est ce qu'il appelle les « Idées ». Par exemple, l'Idée de chaise. Il y a des chaises bleues ou rouges, en bois ou en métal, mais toutes ne sont que des réplicas d'une seule et même Idée. De chaise, tu m'as comprise.

– Pas vraiment, non.

Même si c'était le cas, il ne le lui dirait pas. Il aime trop l'entendre parler, écouter toutes ces choses intelligentes sortir de sa bouche.

– Pour illustrer son propos, Platon utilise la métaphore d'une caverne. Presque tous les êtres humains du monde vivent dans une caverne, enchaînés face à un mur sur lequel sont projetées des ombres. Les ombres, c'est ce que nous prenons pour la réalité.

– Donc, nous vivons dans une illusion.

– Exactement. Mais grâce à la philosophie, et aux mathématiques, nous avons la possibilité de nous libérer de ces chaînes et de quitter la caverne.

– Pour aller découvrir les fameuses Idées.

– Parfaitement. Idées que nous aurions en nous, du fait de l'immortalité de notre âme, mais que nous avons oubliées. Apprendre, c'est donc se souvenir, en quelque sorte. Et c'est aussi se libérer de notre corps qui nous attache au monde sensible, celui des illusions.

– Je crois que j'ai compris, dit Philippe. Et qu'est-ce que tu en penses, toi, de tout ça ?

Gabrielle le regarde, étonnée.

— C'est drôle, notre professeur de philosophie ne nous a jamais posé cette question. Eh bien… (Elle lève les yeux, comme elle le fait chaque fois qu'elle se met à réfléchir intensément.) Je crois que ça dit quelque chose sur notre monde. Les gens sont devenus accros à la télé, et les écrans sont en quelque sorte des cavernes modernes. Quand on regarde un film, on a l'impression de voir quelque chose de réel, alors que c'est une fiction.

— Oui, mais en entrant dans le cinéma, on sait que ce qu'on va voir n'est pas vrai. Alors que, si j'ai bien compris ce que tu m'as dit, les prisonniers dans la caverne n'ont aucune conscience qu'il existe une autre réalité.

— Oui, tu as raison. Mon exemple n'était donc pas tout à fait applicable.

— C'est ce genre de choses que tu vas étudier à Louis-le-Grand ?

— Entre autres. Mais il y aura surtout beaucoup de mathématiques et de physique.

— Est-ce que tu ne m'as pas dit que, selon Platon, les mathématiques étaient un moyen de sortir de la caverne ?

— Oui, c'est vrai.

— Alors la boucle est bouclée, je crois. En sortant de Louis-le-Grand, tu pourras également sortir de la caverne. J'espère que tu auras la gentillesse d'emmener ton vieux père avec toi.

— Évidemment. Mais il te faudra des lunettes de soleil, car, selon Platon, la Vérité brûle les yeux.

— En parlant de soleil, dit Philippe, tu aimerais qu'on aille se balader en bord de mer ? La lumière est en train de décliner.

— Demain, papa. Je voudrais avancer un peu dans mes devoirs. Apparemment, il y a des tests dès le premier jour. Je n'ai pas envie d'être larguée.

— Comme tu veux, ma puce.

Philippe l'embrasse sur le front et se lève.

— Je vais faire des courses, tu as besoin de quelque chose ?

— Des piles, si tu en trouves. Ma calculette est en rade.

— Je ne savais pas que tu en avais besoin.

Elle sourit, replongeant aussitôt dans son livre.

6 h 50. Philippe s'est réveillé naturellement, les paupières chauffées par la lumière du jour. Il passe devant la chambre de Gabrielle qui dort encore, et se dirige vers la cuisine américaine pour se préparer un café. À travers la vitre de la porte-fenêtre, il observe la pinède, ses arbres qui semblent coupés en deux par l'éclat du soleil rasant. Il avait oublié le bonheur simple de ne pas être chez lui. De se réveiller dans un environnement nouveau, mettant en appétit l'âme et le corps – deux choses parfaitement distinctes, si l'on se fiait à Platon.

Il s'habille, attrape ses affaires, puis ferme doucement la porte derrière lui. Il n'y a pas un bruit, hormis les cigales qui s'échauffent la voix pour la journée. L'odeur des pins lui semble encore plus présente, encore plus délicieuse que la veille. En allant faire les courses, il est passé par la plage. Il y avait un monde terrible, et il s'est promis de revenir au petit matin. Il prend le même chemin : d'abord le bitume, puis le caillebotis qui monte entre les dunes. Aujourd'hui, il est seul. Il regarde ses pieds s'enfoncer dans le sable froid, couleur de lune. Il pourrait hurler, personne ne l'entendrait. Mais il n'a pas envie de hurler, il aime ce silence, le bruit du ressac qui se prolonge en écho entre les dunes. Enfin, il arrive au sommet, et il le voit, bleu et blanc, soulevé par la force phénoménale du vent : l'océan. Il pense à sa mère, aux histoires qu'elle a racontées à Gabrielle. Ce n'est pas le Pacifique, mais l'image projetée est similaire. Il descend la dune en direction de la plage. Le paysage est comme un calque de lui-même, en plus pâle, plus gris, plus éthéré. Soudain, un fil de soie se détache de sa couture et embrase l'air d'une poussière d'or. Philippe regarde le soleil, plissant les yeux. Il pense à Sophie, elle qui aimait tant la nature, les grands espaces. Elle devrait être là, avec lui. Ils devraient marcher main dans la main, et parler de Gabrielle, s'émerveiller ensemble de ses prodigieuses capacités. Elle l'a mise au monde après un accouchement de plusieurs heures, mais n'aura profité de sa fille que deux petites années, à peine le temps de l'entendre prononcer ses premiers mots. Ce genre de choses ne devrait pas être autorisé. « Par Dieu, l'Univers, appelez-le comme vous voulez, pense Philippe, mais il devrait y avoir une règle empêchant les mères de mourir jeunes. »

Il s'assied sur la plage un instant puis se remet à marcher, espérant pouvoir rejoindre le bassin par la pointe sud de la presqu'île. Très vite, il réalise que c'est un vœu pieux, à moins d'y consacrer toute la matinée. Il remonte donc les dunes sur sa gauche, traverse le chemin de l'Abécédaire, puis suit la rue des Mouettes jusqu'à la place du Marché. Il achète des viennoiseries pour le petit déjeuner puis retourne à l'appartement. Gabrielle est déjà au travail.

— Je me suis baladé près de l'océan, c'était magique, dit-il.

— Oh, tu aurais dû me réveiller !

— Je n'ai pas osé, je suis parti très tôt.

— Ce soir, tu m'emmènes avec toi.

— Avec plaisir.

Elle plonge un croissant dans sa tasse de café.

— Quand je pense à l'océan, je pense surtout à ce qu'il y a de l'autre côté, tous ces pays à découvrir. Le Canada, les États-Unis, le Brésil… Je veux un métier qui me permette de voyager.

— Je suis désolé de ne pas t'avoir offert cette chance, dit Philippe.

— Tu ne pouvais pas TOUT me donner, papa. Il n'y a que les dieux qui donnent tout, et encore, avec des contreparties. Et puis, qui sait, un jour, ce sera peut-être moi qui t'emmènerai en voyage. Ce serait un juste retour des choses.

— Personne au monde ne me fera monter dans un avion, P'tit Loup. Même pas toi.

Gabrielle regarde le ciel et sourit mystérieusement.

— C'est ce qu'on verra…

## Chapitre 16

Gabrielle et Philippe attendent l'arrivée de Paco devant leur hôtel. En ce dimanche matin, le soleil brille agréablement, et la coca qu'ils mâchent depuis la veille, suivant les conseils de leur guide (souffler sur trois feuilles puis les chiquer, pour respecter l'harmonie des mondes incas), leur permet de moins souffrir du manque d'oxygène. Les rues sont animées d'une douce rumeur et, depuis leur balade la veille avec Paco, la ville leur semble déjà différente. Il les a conduits dans les lieux les plus vastes et touristiques, comme dans de minuscules ruelles aux trésors insoupçonnés. Des murs incas, extraordinaires, soutenant des bâtiments coloniaux aux élégants balcons en bois sculpté. La rancœur est tenace, chez Paco, envers ce peuple qui a décimé le sien. D'ailleurs, il refuserait de jouer les guides pour des Espagnols, quand bien même ces derniers lui proposeraient une montagne d'or (« volé chez nous, bien sûr »). Il leur a parlé de la Cuzco de l'époque, avant l'arrivée des conquistadors. Leur a montré l'emplacement des anciennes places de la Tristesse et de la Joie, ainsi que les ruines du temple du Soleil. Il s'est arrêté de longues minutes devant une énorme pierre à douze angles, chef-d'œuvre d'ingéniosité inca : « Pour tailler des blocs de cette taille, mes ancêtres faisaient des incisions dans la roche, y glissaient des bâtons remplis d'eau, et en hiver, le gel faisait tout éclater. Même à Rome il n'y a pas de telles pierres. » Il a évoqué la mythologie inca, l'histoire de Manco Capac sommé par Ticci Viracocha, Soleil créateur, roi de la foudre et des tempêtes, de trouver un lieu pour fonder son empire : Cuzco,

« nombril du monde » en quechua. En une après-midi, Gabrielle a la sensation d'en avoir plus appris sur le Pérou que si elle y était restée trois mois seule, sans Paco.

— En parlant du loup, dit-elle, le voyant s'arrêter devant eux au volant d'une Jeep vert fluo.

— *Ola amigos !* s'écrie-t-il en coupant le moteur.

Il descend en sautant par-dessus la portière, attrape leurs valises et les cale à l'arrière. Il a les cheveux en bataille et des cernes sous les yeux. Gabrielle se demande où il a dormi.

— Nous avons beaucoup de route ? demande-t-elle après l'avoir salué.

— Une quinzaine de minutes jusqu'à Sacsayhuamán. Après, c'est un peu plus long.

Gabrielle regarde l'engin qui est censé les mener à travers la Vallée sacrée. « Si on tombe en panne, espérons qu'il y ait un dieu inca assez sympa pour nous remorquer », pense-t-elle. Philippe et elle grimpent sur la banquette passager, derrière Paco qui a de nouveau sauté par-dessus la portière pour atteindre son siège.

— La poignée est cassée, dit-il. Ça maintient en forme.

Il démarre le moteur. La Jeep pétarade puis se lance dans les ruelles labyrinthiques de la ville. Il y a longtemps, au Cap-Ferret, son père avait loué une décapotable pour sillonner la presqu'île. Elle a gardé ces sensations en mémoire, sensations uniques de liberté et de vitesse, liées au ciel par le vent et le soleil, et à la terre par le cahotement des roues sur l'asphalte. Elle regarde son père, souriant et détendu. On dit que les voyages forment la jeunesse. Peut-être aident-ils aussi à la retrouver, espère Gabrielle.

Lorsqu'ils arrivent à Sacsayhuamán, un soleil radieux illumine les gigantesques murs de pierre et les pelouses verdoyantes où paissent brebis et lamas. Il n'y a pas âme qui vive, hormis un jeune couple qui marche derrière un guide péruvien. Paco le salue de loin, puis invite Gabrielle et Philippe à le suivre.

— Sacsayhuamán, dit-il solennellement. Les historiens ne sont pas tout à fait sûrs, mais ils pensent qu'il s'agissait d'une forteresse pour défendre Cuzco. Sa construction a été entreprise par Tupac Yupanqui, et achevée par Huayna Capac. Selon les estimations, il aurait fallu une cinquantaine d'années et environ dix mille ouvriers pour l'ériger entièrement. Les Incas trouvaient la main-d'œuvre chez les populations qu'ils avaient conquises, et qu'ils déplaçaient de force.

« Ils ne valaient donc pas mieux que les Espagnols », pense Gabrielle, se gardant bien de lui faire part de son opinion.

– Oscar nous a dit qu'on ne savait toujours pas comment ils avaient pu transporter ces énormes pierres.

Paco sourit mystérieusement.

– Pachamama, répond-il.

– Pachamama ?

– Oui, la Terre Mère. Elle les a aidés, bien sûr. Leur a donné la force de soulever les pierres.

Gabrielle ne sait pas si Paco y croit sérieusement, mais il n'ajoute rien et s'assied sur un gros bloc, leur faisant signe de l'imiter.

– Mes ancêtres se sont installés à Cuzco aux alentours de 1200, mais ce n'est qu'à partir du xvᵉ siècle qu'ils se sont lancés dans la conquête de l'Amérique latine. À la fin de ce même siècle, ils possédaient déjà un gigantesque empire, qu'on appelle Tahuantinsuyu, et qui s'étendait le long de la cordillère. Une communauté de familles, nommée *ayllu*, visait à exploiter cette variété de paysages, qui allait du sommet enneigé des Andes aux tentacules de la forêt amazonienne, en passant par les flots magiques du Titicaca. Les *ayllus* étaient réunis par la parenté, la terre et les rites.

Il boit une gorgée de sa gourde, puis se tourne vers la forteresse.

– Sacsayhuamán avait un rôle militaire, mais aussi religieux. La religion occupait une place très importante chez les Incas. Au-delà des réponses qu'elle pouvait apporter, dans un monde privé de science, il fallait un récit puissant afin que les peuples de l'Empire se sentent citoyens d'une même société.

– J'ai également lu que les Incas étaient en quelque sorte les rois de l'astronomie, c'est vrai ? demande Gabrielle.

– Absolument ! Mes ancêtres avaient des connaissances à ce propos tout à fait étonnantes. Celles-ci les aidaient notamment à repérer les solstices et les changements de saison, afin d'identifier le meilleur moment pour semer et récolter. La cosmologie inca était constituée de trois mondes : le monde inférieur (*Urin Pacha*), symbolisé par le serpent, le monde de la terre (*Kay Pacha*), symbolisé par le puma, et le monde du ciel (*Hanan Pacha)*, symbolisé par le condor. Ces trois mondes étaient étroitement liés, les hommes passant du premier au dernier au cours de leur existence. D'ailleurs, le plan de la ville de Cuzco est calqué sur celui des constellations qu'ils avaient au-dessus d'eux.

Paco se tait un instant, puis ajoute, mystérieux :

– Il ne faut jamais sous-estimer les esprits, mAma Gabrielle.

Puis il se lève et reprend sa visite du site, évoquant avec dégoût la conquête espagnole de 1532, facilitée par la variole qui avait emporté l'empereur lui-même, Huayna Capac. Soudain, il s'enflamme : « Mais alors que tout semblait perdu, en 1536 un groupe de résistants parvient à s'emparer de Sacsayhuamán ! » Sa voix retombe aussitôt : « Malheureusement, à cause d'un rempart un peu moins haut que les autres, les Espagnols ont pu s'introduire à l'intérieur et reprendre le contrôle de la forteresse. » Il s'arrête près d'une énorme pierre, pose sa main dessus et ferme les yeux. « Allez-y, dit-il. Sentez son pouvoir, son magnétisme. »

Gabrielle et Philippe l'imitent. Elle ne sent rien de spécial, sinon la chaleur de la pierre éclairée par le soleil. « Nos ancêtres sont là, à l'intérieur. Leur esprit, leur génie bâtisseur. » Il se tourne vers eux et s'exclame, enthousiaste : « Les pierres les plus lourdes pèsent deux cents tonnes. Acheminées sans la roue, imaginez ! Les dieux, bien sûr, les ont aidés. Quand les Espagnols sont arrivés, il y avait des places magnifiques, des tours creusées d'argent, les murs étaient ornés de tapisseries... et puis il y avait de l'or. Partout, à rendre fous Pizarro et sa bande. » Il émet un grommellement, effleurant un autre pan de mur du bout des doigts. « Atahualpa avait négocié sa liberté contre un monceau d'or de trois mètres. L'Inca a tenu parole, pas l'Espagnol. Pizarro a récupéré l'or, puis baptisé et exécuté Atahualpa. » Il regarde un instant le ciel, ses lèvres remuant des mots que Gabrielle ne comprend pas, puis reprend sa visite.

– Et maintenant, direction Moray, puis les salines de Maras ! s'exclame le guide une heure plus tard, remontant dans sa Jeep.

– Tu habites loin d'ici ? demande Gabrielle, remarquant un sac de couchage à ses pieds.

– Entre Ollantaytambo et Agua Calientes.

– Dans la forêt, c'est ça ?

Il acquiesce.

– Pourquoi n'habites-tu pas en ville ?

– Ce serait incompatible avec mes activités et les êtres que je fréquente.

– Les êtres ?

– Oui, les esprits.

– Oh, dit-elle. Et comment fait-on pour communiquer avec des esprits ?

– Il faut devenir chaman. C'est un long apprentissage, qui d'ailleurs ne s'arrête jamais.

– Et, grâce à cet apprentissage, tu es capable d'entrer en communication avec les esprits ?

– Absolument. À l'instar de la trilogie inca, nous, les chamans d'Amazonie, considérons qu'il y a trois mondes : le monde des humains et des animaux, le monde des végétaux et, enfin, le monde des esprits. Chaque être humain, végétal ou animal a son équivalent dans le monde des esprits. C'est avec cet équivalent-esprit que le chaman doit entrer en contact pour guérir son patient.

– De quels genres de maladies sont atteints tes patients ?

– Toutes les maladies, physiques comme psychologiques. Le chaman communique avec ces trois mondes grâce à un langage commun. Ce sont des chants, qu'on appelle *Icaros*. Les *Icaros* sont inspirés par des plantes, que le chaman doit diéter. « Diéter », cela veut dire boire la préparation à base de plantes, au début d'une période de diète qui va de cinq jours à cinq ans. Il faut environ quinze années de diète à un chaman pour terminer son apprentissage.

— Et une fois que tu es entré en contact avec les esprits, que se passe-t-il ? demande Gabrielle.

— Les esprits envoient des messages à travers les visions. Plus le chaman aura suivi une discipline assidue et rigoureuse, plus il sera capable de comprendre ces messages et d'identifier d'où vient le mal. Il faut donc qu'il suive un régime sec à base de plantes et qu'il vive dans un endroit reculé.

— Ce qui explique pourquoi tu vis seul dans la forêt.

— Ce n'est pas pour rien que je suis le meilleur chaman de toute l'Amazonie. C'est marqué sur TripAdvisor.

Gabrielle ne sait pas s'il plaisante mais ne peut s'empêcher de rire.

— Et ce que tu fais… ça guérit vraiment les gens ?

— Parfois. Il faut d'abord que j'arrive à entrer en contact avec l'esprit qui fait souffrir le malade. Et une fois ce contact établi, que je parvienne à l'aspirer hors du corps. Il arrive que ça ne fonctionne pas, car le malade n'est pas *réellement* prêt à être guéri. Ou parce que le mal est trop puissant. Je suis chaman, pas magicien.

Gabrielle fait le compte-rendu de leur discussion à son père, qui prend une moue intriguée.

— Je me demande bien ce que Platon penserait de tout ça. Sortir un bout d'âme du corps, en chantant et buvant des plantes hallucinogènes…

— Si ça se trouve, dit Gabrielle, il a peut-être inventé le mythe de la caverne en étant lui-même sous l'emprise de certains produits.

Philippe éclate à son tour de rire. Il est beau quand il rit.

« Il n'y a pas un mauvais esprit en lui, pense Gabrielle. Il y a Alzheimer, une maladie scientifiquement reconnue. » Cependant, n'a-t-elle pas lu que la forêt amazonienne regorgeait de plantes miraculeuses, pour lesquelles les laboratoires pharmaceutiques se livraient une guerre acharnée ? Si la science ne peut aujourd'hui sauver son père, la jungle le pourrait-elle ? « Tu délires, ma fille », murmure-t-elle, le regard tourné vers le paysage somptueux qui se déplie autour d'eux, paysage de montagnes et de *puna*, sec et escarpé, avec ses maisons d'adobe, ses lamas, son peuple aux sourires radieux et aux tenues colorées.

Paco ne s'attarde pas sur le site de Moray, où ils ont le malheur d'arriver en même temps qu'une dizaine de cars remplis de touristes. « Je suis allergique à la foule », marmonne le guide, faisant vrombir le moteur de sa Jeep.

Le chemin s'étire en virages sinueux qui ne font pas ralentir le pilote, et Gabrielle finit par vomir son *cuy* sur le bord de la route. Lorsqu'elle lève les yeux, soulagée, un spectacle fabuleux s'offre à elle, telle une gigantesque mosaïque de quartz et d'opales, fragmentée de blancheur.

– L'endroit est moins connu que le Machu Picchu ou les lignes de Nazca, mais je crois que c'est mon préféré, dit Paco.

Il gare sa Jeep en haut du site, puis tous les trois descendent à pied vers les salines. De part et d'autre de la route, des locaux vendent leurs produits : sachets de sel, évidemment, mais également de quoi grignoter pendant la visite (bananes séchées, maïs, barres de quinoa, etc.) ainsi que des bibelots que Gabrielle a déjà vus à Lima et Cuzco, tels ces petits lamas habillés en poncho. Ils achètent du sel et un sac de bananes séchées, puis continuent leur marche vers la première rigole.

– Le site compte plus de trois mille cinq cents bassins, explique Paco, dont les plus grands ne dépassent pas vingt mètres carrés. Autour des IIe et IIIe siècles avant Jésus-Christ, ils approvisionnaient en sel tout le Pérou. Ce n'est plus le cas aujourd'hui, bien sûr, avec l'industrialisation et l'extraction du sel de mer, mais les bassins continuent d'être exploités par des familles péruviennes regroupées en coopératives.

Ils avancent le long des salines, Paco s'arrêtant parfois pour saluer des connaissances qui travaillent ici. Il leur parle en quechua, plus rarement en espagnol.

– Juanita a eu cent ans cette année, dit Paco, montrant une vieille dame courbée en deux.

Gabrielle fait des yeux ronds incrédules.

– Cent ans ? Et elle travaille encore ?

Le guide se tourne vers Juanita et lui demande quelque chose. Quand elle parle, son visage s'illumine d'une forêt de rides.

– Elle dit que si elle arrête de travailler, elle meurt.

Gabrielle fait la traduction à son père qui murmure, moitié admiratif, moitié déprimé :

– Elle a vingt-sept ans de plus que moi…

– Pour les gens ici, dit Paco, le travail n'a pas le même sens que chez vous. Chez vous, c'est une corvée. Ici, c'est le sens même de la vie. Les gens travaillent pour réaliser les desseins de Pachamama et nourrir leur famille.

Ils descendent, en équilibre sur les rigoles.

– Les terrasses ont commencé à être exploitées depuis plus d'un millier d'années, explique Paco, soit bien avant la formation de l'Empire. Les Incas appelaient les salines « *Kachi Rapay* ». Ils s'en sont occupés jusqu'à l'arrivée des conquistadors.

– Et sait-on d'où vient le sel ?

– Il y a aujourd'hui deux théories. Certains pensent que le sel est naturellement présent dans la roche. D'autres qu'il s'agit d'un gigantesque amas d'eau salée prisonnière de la roche, qui s'échappe au fil des siècles par une petite faille.

Gabrielle observe son père, tourné vers Juanita. Elle se demande à quoi il pense. S'il trouve que le destin est injuste d'offrir la pleine santé à une dame de cent ans, quand lui-même est atteint d'une maladie qui l'empêchera sans aucun doute d'atteindre cet âge. C'est ce qu'elle-même pense, en tout cas.

Ils reprennent la route en direction d'Ollantaytambo, leur dernier arrêt dans la Vallée sacrée, et ultime étape avant Aguas Calientes et le Machu Picchu. La campagne aux alentours se déploie, parée d'or et d'ocre ; des odeurs de terre, de fumier, d'herbe coupée embaument l'air. Le maïs et les *papas* que les agriculteurs ont récoltés sèchent devant les fermes d'adobe.

– Il y a longtemps, dans l'esprit des hommes, la Vallée sacrée était le reflet terrestre de la Voie lactée, dit Paco.

Puis, de but en blanc :

– Ça vous dérange si je mets la radio ?

– Pas du tout, répond Gabrielle.

Il trifouille l'appareil jusqu'à trouver sa station préférée.

– Radio Oxygeno, dit-il, du rock péruvien comme on l'aime !

Ils atteignent Ollantaytambo. Les pavés sur la route obligent Paco à ralentir au volant de sa Jeep.

– Je vivais ici quand j'étais petit, dit-il. D'ailleurs, ma famille y habite toujours. Comme vous devez vous en douter, le village a bien changé en l'espace de quelques années. Aujourd'hui, c'est devenu le point de passage incontournable des voyageurs qui veulent visiter le Machu Picchu.

Il traverse bon an mal la place du marché, puis s'engouffre dans une impasse tout juste assez large pour laisser passer sa Jeep. Au fond se trouve un petit parking à l'abri des regards. Il se gare, puis les invite à déjeuner chez un ami à lui. Ce dernier habite au pied de la forteresse, juste derrière le canal d'irrigation qui en fait le tour.

Le ventre repu de *papas*, ils enjambent le canal puis le remontent sur une centaine de mètres, laissant derrière eux l'entrée principale du site où s'agglutinent les touristes. Ils s'arrêtent devant une roche qui forme une sorte d'angle, sous laquelle Paco les invite à passer. Gabrielle reste immobile.

– On ne va tout de même pas frauder ! dit-elle.

– Il y a deux choses dans ma vie que je ne paierai jamais, dit Paco. L'air que je respire, et l'entrée pour cette forteresse. J'y ai passé toute mon enfance, gratuitement, avant que le gouvernement décide d'installer ces murs pour faire payer les touristes. C'est chez moi ici. Ces pierres, ce sont mes fauteuils. Tu ne paierais pas pour t'asseoir sur le fauteuil qui est dans ton salon, n'est-ce pas ?

– Tu n'as pas une réduction, en tant que local ?

– Si, mais ils demandent ma carte d'identité à l'entrée.

– Et ?

— J'ai perdu la mienne. En plus, les gardiens prétendent qu'ils ne me connaissent pas, alors que nous étions à l'école ensemble. Qu'ils aillent au diable.

Il baisse la tête et passe dans l'ouverture.

— Bien sûr, dit-il, vous êtes libres de payer l'entrée, comme tout le monde. Mais vous manqueriez quelque chose de bien intéressant.

Gabrielle regarde son père, qui hausse les épaules, amusé.

— Ça nous fera des aventures à raconter, dit-il, suivant Paco dans l'excavation.

Gabrielle soupire et passe à son tour. Le mur de pisé qui enserre l'édifice s'interrompt, dévoilant un bosquet de faux-poivriers qu'ils franchissent aisément.

— Regardez, vous voyez ? demande Paco, pointant du doigt une excroissance dans la roche.

— On dirait une tête de panthère, dit Philippe.

— De puma, corrige Paco. Rappelez-vous, les trois mondes incas, symbolisés par le condor, le puma et le serpent. C'est de toute évidence un ancien autel dédié au félin.

Les deux hommes se sont compris, l'un parlant en français, l'autre en espagnol.

Sans un mot, ils poursuivent leur balade à travers les pierres, croisant des touristes qui, eux, sont entrés par la grande porte.

— Après avoir perdu Sacsayhuamán, Manco Capac a remporté ici une ultime victoire, explique Paco. La dernière avant sa fuite à Vilcabamba.

Ils commencent à monter les terrasses, chauffées par un soleil de plomb qui les oblige à s'arrêter régulièrement pour s'hydrater. Au bout d'une trentaine de minutes, ils parviennent au sommet, surplombant les terrasses verdoyantes, les champs de maïs, les montagnes qui trempent leurs orteils rocheux dans l'eau du fleuve Urubamba.

— Comment vous sentez-vous ? demande Paco.

— Moi, plutôt bien, répond Gabrielle.

— Et toi, Philippe ?

– Comme si j'avais vingt ans de moins, répond ce dernier avec un sourire.

– C'est l'air de la Vallée sacrée. Mes ancêtres avaient des poumons de géants.

Puis, leur montrant les linteaux montés par ces mêmes ancêtres :

– Les pierres qui ont servi à construire l'édifice proviennent d'une carrière située sur la montagne d'en face. Pour traverser le fleuve, ils devaient en combler une première moitié, transporter les blocs jusqu'au milieu, puis combler la seconde tout en détournant le courant sur la moitié libérée. Malgré tout, de nombreuses pierres trop lourdes n'ont pas pu être transportées. On peut les voir tout là-bas, gisant près du fleuve. On les appelle les « pierres fatiguées ».

Paco lève son regard vers le ciel.

– Il va être l'heure de descendre, dit-il. Votre train pour le Machu Picchu part bientôt.

– Tu arrives à connaître l'heure en regardant le ciel ?

Il acquiesce.

– Sauf quand c'est nuageux, là il ne faut pas compter sur moi pour être à l'heure. C'est comme si ma montre n'avait plus de pile, en quelque sorte.

Ils rient de bon cœur, puis entament leur descente sous l'œil du dieu Viracocha, sculpté dans la montagne. En bas, ils passent devant les gardiens qui font un petit geste de salut à Paco. « Hypocrites… » marmonne-t-il. Gabrielle se demande s'il n'en rajoute pas un peu. Ils récupèrent leurs valises dans la Jeep, puis marchent jusqu'à la gare avec l'aide du guide.

– Je vous rejoindrai à l'arrêt du car qui monte au Machu Picchu, demain matin, à 7 heures précises, dit Paco.

Il leur fait une accolade, puis Gabrielle le regarde s'éloigner, ses mains plongées dans les poches de son pantalon trop grand pour lui.

– Sacré personnage, dit-elle.

– Oui, et je crois que nous ne sommes pas au bout de nos surprises, ajoute Philippe.

Le train est déjà à quai. Ils présentent leurs billets, puis une contrôleuse les conduit jusqu'à leurs places. L'intérieur ressemble à un wagon Pullman des années vingt, avec boiseries, lampes à lumière tamisée et salon de thé. C'était le voyage dont Gabrielle rêvait : traverser la jungle amazonienne dans une reproduction de l'Orient-Express.

Dans moins de deux heures, ils seront au pied du Machu Picchu. Depuis qu'elle est en âge de voyager seule, elle y pense. Elle y a pensé quand elle a choisi de visiter à la place les pyramides d'Égypte, les temples d'Angkor, la Grande Muraille de Chine. Elle y a pensé mais, chaque fois, elle s'est inventé une excuse pour aller ailleurs. Aujourd'hui, elle ne peut plus se dérober. Elle va grimper sur cet édifice mythique aux côtés de son père, et peut-être qu'en haut il n'y aura rien, aucune réponse, aucune clé pour repousser Alzheimer. Mais peut-être aussi que cela n'a pas d'importance, car ce qui compte est ailleurs. Dans ce voyage qu'ils ont entrepris et qui semble le faire rajeunir, comme il l'a dit lui-même.

Le train se met en route dans la nuit qui tombe sur la forêt amazonienne. À travers les vitres du train, ils voient défiler, couvertes d'encre et de lune, les montagnes aux formes mystérieuses. Bientôt, on leur apporte à dîner : coquilles Saint-Jacques, pouces-pieds, gésiers et raviolis fourrés aux pétoncles. Un festin que son père dévore avec appétit, ses yeux volant entre le paysage, les boiseries du train et puis ses yeux à elle, qui s'emplissent de cet instant qu'elle aimerait figer, intact, dans sa mémoire. Soudain, la porte s'ouvre, et un groupe de musiciens fait son apparition. Ils s'installent puis se mettent à jouer, reprenant le tube *Hey Jude* des Beatles.

– Tout va bien, papa ? demande Gabrielle.

Il semble troublé. Est-ce qu'il pleure ?

– Oui, c'est… Nous nous sommes mariés sur cette chanson, avec ta mère.

Elle sourit, lui prend la main.

– Elle est un peu avec nous, n'est-ce pas ?

Il acquiesce.

– Merci, P'tit Loup, dit-il, de me faire ressentir tout ça. C'est si beau, si… vrai.

C'est aussi ce qu'elle ressent, cette vérité de l'instant. Sans qu'elle sache pourquoi, mais c'est souvent comme ça avec elle, elle pense au mensonge qu'elle lui a servi pour le faire venir ici. Ce n'est pas compatible avec ce qu'ils sont en train de vivre.

– Papa, il faut que je t'avoue quelque chose.

– Je t'écoute, P'tit Loup.

Elle prend une respiration.

– Tu sais, quand je suis venue te chercher à la maison, avec le taxi. Je t'ai dit que nous avions planifié ce voyage ensemble. (Il hoche la tête.) Eh bien… j'ai menti.

Il fronce les sourcils.

– Comment ça ?

– J'ai tout inventé, pour te faire monter dans l'avion. C'était la seule solution que je voyais, car, à chaque fois que je voulais t'en parler, tu te murais dans le silence.

Il la regarde avec sévérité quelques instants, puis explose de rire.

– Alors là, franchement, ma fille, tu m'épates ! Je ne t'aurais jamais crue capable d'un tel stratagème ! C'est très malin ! Un peu cruel… mais malin !

– Tu ne m'en veux pas, alors ?

– T'en vouloir ? Honnêtement, c'est un juste retour des choses. Si tu savais ce que j'ai inventé, quand tu étais petite, pour te faire aller au lit ou manger ta soupe. Ah je peux te dire, elles avaient bon dos, tes peluches ! Non seulement je ne t'en veux pas, mais en plus, je trouve ça très drôle. Bien joué !

Après le dessert, ils sont invités à se diriger vers la voiture-bar où des cocktails les attendent. Sur le côté droit du train, dans le sens de la marche, une porte coulissante mène à l'extérieur, vers une sorte de balcon. Il fait frais, mais le spectacle est saisissant.

– Sasha et Rose auraient été éblouis, dit Philippe. Je te parie qu'ils auraient cherché la figure de Mufasa, dans ce grand… bazar d'étoiles.

Gabrielle sourit. Ses enfants lui manquent. Elle les appellera demain, depuis le Machu Picchu. Elle leur a promis.

Le train s'arrête à Aguas Calientes, sorte de village-attraction où se mêlent boutiques attrape-touristes, fast-foods à la péruvienne et bouis-bouis familiaux qui ont l'air de vouloir résister à la transformation inévitable de leur ville, la seule permettant un accès direct au Machu Picchu.

Ils marchent une dizaine de minutes le long de la voie ferrée, puis traversent un pont en bois sous lequel mugit un torrent révélé en contrebas par la lumière de la lune, ronde et blanche. Le bruit des flots, qui résonne entre les flancs des montagnes, est apaisant. Leur hôtel est juste là, de l'autre côté. Pour atteindre la réception, ils traversent un parc à la végétation luxuriante, éclairé par des lanternes cachées çà et là dans les arbres. Ils s'enregistrent puis rejoignent aussitôt leur bungalow, sorte de lodge pour Robinsons de luxe avec vue sur la forêt. Ils vont se coucher tôt, pour être en forme de bonne heure.

— Bonne nuit, papa, dit Gabrielle à travers la porte qui sépare leurs chambres.

— Bonne nuit, P'tit Loup.

Elle se glisse dans ses draps, espérant s'endormir plus rapidement que la veille. Malheureusement, à peine la lumière éteinte, son cerveau se met à penser. D'abord à sa famille. Elle se dit qu'un jour elle reviendra ici avec eux. Aujourd'hui, elle ne pouvait pas, ce n'était pas le sens de l'Histoire. De *leur* histoire. Il fallait qu'elle fasse le voyage seule avec son père. Son père. Le Machu Picchu. Les mille neuf cents marches de la Montaña qu'ils sont censés gravir pour avoir le meilleur point de vue. Nouvel enchaînement de pensées. N'est-ce pas trop ? Il a beau répéter que c'est sa tête qui est malade et pas son cœur, il a tout de même soixante-treize ans. Elle a chaud, elle retire son drap. Quelle heure est-il ? « Non, ne regarde pas l'heure. » Elle ferme les yeux, s'allonge sur le ventre et enfouit sa tête sous l'oreiller.

Soudain, un bruit sourd, venu, semble-t-il, de la chambre à côté. Elle se redresse.

– Papa ?

Pas de réponse. Elle se lève et s'approche de la porte. Hésite. Est-ce que le bruit venait bien de sa chambre ? Elle dormait à moitié, peut-être a-t-elle mal jugé. Par acquit de conscience, elle ouvre. La pièce est plongée dans l'obscurité, mais elle distingue le lit, dans un filet de lune. Elle plisse les yeux : il est vide.

– Papa ?

Elle entre dans la chambre, regarde autour d'elle et constate que la porte du bungalow est ouverte. Son père est parti. En pleine nuit. Seul, dans la jungle de lucioles et d'étoiles.

# Chapitre 17

Philippe toque à la porte.

– Gabrielle ?

Pas de réponse. Il entre. Elle s'est endormie sur son bureau, la tête dans son livre de maths, un coude dans son assiette de pâtes. Il avance à pas de loup et tire délicatement l'assiette vers lui. Gabrielle lève la tête en sursaut.

– Pardon, ma chérie, je ne voulais pas te réveiller.

Elle le regarde avec des yeux exorbités. Ils paraissent énormes au milieu de son visage amaigri. Il lui prépare chaque soir de bons petits plats, mais le stress lui coupe l'appétit.

– Quelle heure est-il ? demande-t-elle.

– 22 h 30.

– Oh la la, j'ai beaucoup trop dormi !

– Ton épreuve est demain, ma puce. Je pense que ce qu'il te faut, c'est une bonne nuit de sommeil. Tu es prête.

– Mais imagine…

Elle ouvre son livre au hasard et se met à tourner frénétiquement les pages, à la recherche d'un sujet qu'elle maîtriserait moins bien que les autres.

Philippe sourit.

– Tu es prête, je te dis.

Deux ans qu'il l'accompagne dans cette épreuve. Qu'il l'amène chaque matin à la gare, et va la chercher le soir. Qu'il lui prépare son petit déjeuner et son dîner. Sa chambre est devenue un sanctuaire. Quand elle n'est pas à Louis-le-Grand, elle est ici, à bûcher. Elle fait des mathématiques, de la physique, un peu d'anglais et de philosophie. Elle nage dans des sphères inaccessibles au commun des mortels. Demain, elle passe l'épreuve de mathématiques. La plus importante. Elle veut Polytechnique. Les autres écoles, aussi prestigieuses soient-elles, ne l'intéressent pas. Si elle échoue, Philippe a peur qu'elle s'écroule. Elle a trop travaillé pour ça. Des journées harassantes, qui commencent à 6 heures du matin, car évidemment il faut prendre la voiture, puis le RER, puis le métro, et être à 8 heures dans la salle de classe, et qui s'achèvent à 1 ou 2 heures du matin. Elle est sous vitamine C. Une dose de cheval, que son organisme ne supporterait pas à long terme. Mais c'est bientôt terminé. Encore l'épreuve de maths et celle d'anglais, et la prépa sera de l'histoire ancienne. Sauf si elle échoue au concours d'entrée à Polytechnique, et qu'elle décide de faire une troisième année. Mais Philippe préfère ne pas y penser.

— J'ai peur, papa.

Il la prend dans ses bras.

— C'est normal, ma puce. Tu as beaucoup travaillé pour ce concours.

— J'ai l'impression que… que tout se mélange dans ma tête…

— C'est pour ça que tu dois dormir. La nuit va remettre chaque chose à sa place.

— Et si j'oublie tout demain, face à ma feuille ?

— Je n'y crois pas une seconde. Rappelle-toi ce que ce bon vieux Platon disait : tu as tout cela en toi, au fond de ton âme.

Il la force à se coucher, elle ne résiste pas et glisse sous sa couette qu'il remonte vers son menton, bien emmitouflée, comme quand elle était petite et qu'il l'embrassait sur le bout du nez avant de dormir.

— Je viendrai te réveiller demain matin, dit-il. Dors bien, ma chérie.

Philippe ferme la porte derrière lui, il a tant de fois fermé cette porte, mais c'est peut-être l'une des dernières si elle est admise à Polytechnique ou dans une autre grande école. Il redescend à la cuisine avec le plateau de Gabrielle. C'est sa mission : l'aider à réaliser ses rêves, à devenir qui elle veut être. Bientôt, elle volera de ses propres ailes. Elle vivra loin d'ici, elle aura de l'argent, des projets passionnants. C'est ce qu'il souhaite pour elle, de tout son cœur. Et en même temps… Il s'effondre sur une chaise et soupire. Il n'arrive pas à imaginer la vie sans elle, dans cette grande maison. Il n'arrive pas à se dire qu'il dînera seul à table tous les soirs, qu'il ne l'entendra plus mâcher ses céréales le matin, que, la nuit, son lit sera vide. Il lève ses yeux embués vers les posters épinglés sur la porte. Repense à tous ces samedis après-midi passés à arpenter Paris, aux dessins qu'elle faisait pour sa mère, puis au chemin vers la poste, à la joie folle de glisser l'enveloppe dans la boîte aux lettres. Il a l'impression que c'était hier.

Philippe essuie ses yeux. « Quoi ? Tu préférerais avoir une fille dont l'unique ambition serait de ne pas quitter son lit le matin ? Et puis, elle viendra te voir ! Tous les dimanches. Voilà, c'est décidé, tous les dimanches vous déjeunerez et referez le monde ensemble. » Il se lève vers l'évier et se met à faire la vaisselle. Il ira la voir, aussi. Ce n'est pas comme si elle partait à l'autre bout de la France, ou pire, à l'autre bout du monde. Il essuie les assiettes, les range dans le placard, éteint la lumière et monte se coucher. Même si ce n'est pas lui qui passe l'épreuve demain, il a besoin d'être en forme. À l'étage, il vérifie sous la porte de sa fille que la lumière est bien éteinte. Elle aurait été capable de se relever pour étudier. Il asperge quelques notes de parfums sur l'oreiller de Sophie, puis se met au lit. Elle est là, avec lui. Tout le temps.

\*

Dans la voiture, Gabrielle est silencieuse. Ils sont partis aux aurores, pour ne prendre aucun risque. La route peut être embouteillée le matin. Elle relit ses fiches, des centaines de fiches, rangées dans un petit classeur. Philippe n'ose pas l'interrompre. Il ne l'a jamais vue aussi nerveuse. Elle a de l'eczéma sur les mains et le cuir chevelu. Il l'admire, mais trouve ce système de classes préparatoires inhumain. L'autre jour, il a appris qu'un élève d'un établissement voisin s'était suicidé. Il n'est pas surpris, tant ces jeunes sont mis à l'épreuve.

Ils arrivent devant le centre d'examen désert. Philippe se gare, ils ont une heure d'avance. Il attrape le thermos de café et le tend à Gabrielle. Celle-ci boit trois gorgées, le lui rend.

— Tu veux que je t'aide ? demande-t-il.

Question rhétorique. Il est incapable de l'aider.

— Oui, répond-elle à sa grande surprise. Aide-moi à me concentrer. À faire le vide autour de moi.

S'ils étaient chez eux, il sortirait le punching-ball. Mais ici, dans cette voiture ? Il doit inventer quelque chose.

— Ferme les yeux, dit-il.

Elle obéit. Ses paupières tremblent. Une larme coule le long de sa joue. Elle est épuisée. Il lui demande d'imaginer les deux posters dans la cuisine. D'imaginer la forêt verdoyante, la citadelle, le ciel bleu du Machu Picchu. Il l'emmène avec lui en pensée. Tout est calme et serein, des oiseaux chantent entre les lianes. Ça fait longtemps qu'ils ne sont pas allés là-bas. Plusieurs années. Quand Gabrielle était petite, ils y allaient souvent, et ils rencontraient des créatures merveilleuses, des Indiens aux visages peints, la silhouette de Sophie, gracieuse, magnifique, dansant avec légèreté sur les murs de pierre. Ils gravissent la montagne, main dans la main, jusqu'aux nuages, qui ont un parfum d'anis et de bergamote, le soleil est couché mais il fait encore jour — c'est l'heure bleue, l'heure suspendue. Ils continuent de monter, ils marchent sur les nuages, tout devient de plus en plus brillant, de plus en plus éclatant. Maintenant, ils baignent dans un lagon qui ressemble à une émeraude liquide. Sophie est là, avec eux. Ils s'allongent tous les trois sur le sable, doux et tiède comme de la farine. « Nos yeux sont fermés, nos corps ancrés dans le sol, maman te tient la main droite, moi la gauche, et nous nous laissons bercer, doucement, par le rythme de l'île… » Il se tait un instant et regarde sa fille, qui est en train de s'endormir. « C'est le moment de remettre de l'essence », pense Philippe. Il serre sa main un peu plus fort, une légère pression du pouce sur la paume. « Maintenant, tu te lèves. Au loin, tu entends des bruits, comme une clameur. Tu te diriges vers elle. Ton corps se réveille. À chaque pas, tu gagnes en énergie, en volonté. C'est un ring, au milieu de la jungle. *Rumble in the Jungle.* » Ils ont la cassette du combat. Ali contre Foreman, Kinshasa, cent mille spectateurs. Désormais, c'est elle sur le ring. Devant elle, des équations à résoudre, des intégrales, des vecteurs. « Tu attrapes ton stylo. Ton esprit est affûté par deux ans de préparation. Rien ne peut t'arrêter. Aucun problème, aucun piège. Tu es plus rapide, plus maligne, plus forte que les gens qui ont imaginé les sujets. Ouvre les yeux. »

Il a réussi. C'est un nouveau regard, déterminé.

Des étudiants sont arrivés devant le centre d'examen. Les portes vont bientôt s'ouvrir. Gabrielle prend une longue inspiration, puis attrape le sac à ses pieds.

– Merci, papa.

Elle l'embrasse sur la joue et sort de la voiture. Philippe la regarde s'éloigner, avec ses cheveux blonds qui rebondissent sur ses épaules. Lorsqu'elle se retourne, il lui lance un clin d'œil. Elle sourit, nourrie de son énergie, de son amour. « Vas-y, ma fille, tu es la meilleure. » Il doit faire quelques courses, puis il reviendra la chercher. Depuis lundi, il est son chauffeur, son cuisinier, son coach mental. Il a posé sa semaine en congés payés. Sans négociation auprès de son chef.

Trois semaines plus tard, Philippe reçoit un courrier dans sa boîte aux lettres. Il sait ce que c'est. Gabrielle est dans le jardin en train de réviser pour ses oraux, bien qu'elle ne soit pas sûre d'y être admise. Ils passent une si belle journée qu'il hésite à cacher la lettre. À la garder secrètement pour lui jusqu'au lendemain. Évidemment, il n'en fait rien.

– Tu veux l'ouvrir ou je le fais ? demande-t-il.

Gabrielle lève ses yeux vers lui, puis les baisse vers l'enveloppe.

– Fais-le.

Il décachète l'enveloppe, en sort la lettre.

— Tu peux continuer à réviser, dit-il.

Gabrielle lui arrache le papier des mains, le lit plusieurs fois comme pour vérifier qu'elle n'est pas victime d'une hallucination, puis se jette dans ses bras. Corps épuisé, amaigri, qu'il prendra soin de remplumer. Maintenant, ce sont les épreuves orales : analyse de documents scientifiques option mathématiques, français, sport et langue vivante. Elles commencent dans dix jours sur le campus de Palaiseau, et s'enchaînent sur une seule journée. Les modalités sont expliquées dans un document joint à la lettre.

— Ce soir, je t'emmène au restaurant, dit Philippe.

— Non, nous irons au restaurant si je passe. On ne va pas au restaurant après avoir remporté la demi-finale.

Philippe ne pensait pas que ce serait aussi dur, ces deux ans de classe préparatoire. En plus de la complexité terrible du programme, elle a dû faire face au sexisme de ses camarades masculins, et même de certains professeurs. Des blagues, des remarques, des gestes déplacés. Le sentiment de ne pas être à sa place, dans ce milieu composé à 90 % d'hommes. Elle lui a raconté. Sans doute pas tout. Sans doute qu'elle a laissé des choses de côté, mais il en a entendu assez pour comprendre. À Polytechnique, si elle parvient à y entrer, ce sera la même chose, certainement. Et partout où elle ira, dans la recherche, en entreprise, dans l'armée, ce sera pareil. Elle devra se faire une place, prouver sa légitimité. Mais elle est forte, elle y arrivera. Philippe n'a aucun doute là-dessus.

Les dix jours passent comme un éclair, rythmés par les révisions de Gabrielle. Pour retrouver de la condition physique, ils vont courir en bord de Marne et boxent dans le jardin. Chaque journée se ressemble, commence et se termine à la même heure, immuable répétition avant la traversée de la région parisienne pour l'ultime défi. C'est un vendredi. Il fait beau et chaud, mais la météo annonce un risque d'orage en soirée. Philippe conduit vitres ouvertes, avec une cassette de U2 qui tourne en boucle dans la voiture. Le premier oral, celui de français, est prévu à 9 heures.

Ils sont partis avec beaucoup d'avance, encore une fois, pour éviter les embouteillages, et arrivent un peu avant 8 heures.

– Tu veux attendre ici ou marcher un peu ?

– Je veux bien prendre l'air, répond Gabrielle.

Ils sortent de la voiture et se dirigent vers une sorte de grande esplanade qui fait face au bâtiment principal. Gabrielle s'arrête et le regarde, ses pouces glissés sous les sangles de son sac à dos. Philippe se demande à quoi elle pense. Avant qu'elle ne décide de l'intégrer, cette école était pour lui un mythe lointain. Un nom synonyme d'intelligence, de succès, d'argent. Les grands patrons de son entreprise étaient pour la plupart passés par Polytechnique. Aujourd'hui, il va y entrer aux côtés de sa fille.

Dans le hall, ils sont accueillis par des étudiants qui portent le tee-shirt de l'école. Ils cochent le nom de Gabrielle sur une feuille, puis l'un d'eux lui demande de le suivre. Une dernière étreinte, quelques mots d'encouragement, quoi qu'il arrive il est tellement fier d'elle, déjà. Laissé seul, il décide d'explorer le campus, en commençant par le musée de l'École qui regorge d'inventions étonnantes. Puis il passe à la bibliothèque, devant les salles de classe, et s'autorise même à s'asseoir dans l'auditorium. Il y reste un moment, imaginant le tableau couvert d'équations, avec un professeur ressemblant à Albert Einstein. Il regarde sa montre : 9 h 30. Elle doit être au cœur de la bataille. Il sort de l'auditorium et colle son oreille contre la porte d'une salle d'examen. Il entend des voix, mais impossible de dire si sa fille est de l'autre côté. Comme il aimerait être une petite souris, cachée dans son sac ! Il termine sa visite puis sort du bâtiment, et se dirige vers la table de pique-nique où ils se sont donné rendez-vous. Il sort un livre de son sac et l'ouvre à la page qui est cornée. C'est *Crime et Châtiment* de Dostoïevski. Gabrielle le lui a mis dans les mains.

Elle s'assied devant lui, exhalant un soupir.

– Ça s'est plutôt bien passé, dit-elle. C'était un extrait de *L'Étranger* de Camus. Je ne crois pas avoir dit trop de bêtises. Et dans trente minutes, j'enchaîne !

— Tu veux que je t'apporte un café ?

— Oui, je veux bien, merci.

Il se lève et marche vers la cafétéria. La jeune fille qui est derrière le comptoir lui sourit. Elle porte un polo avec le blason de l'école et son prénom brodé : Lucie.

— Ma fille passe ses oraux aujourd'hui, dit Philippe non sans fierté.

— Vous lui souhaiterez bonne chance de ma part. Ça manque de filles ici.

Il passe commande de deux cafés et quelques viennoiseries, puis demande, curieux :

— Vous vous plaisez dans cette école ?

— Oh, je ne suis pas étudiante ! Je travaille à la cafétéria à plein temps. Ne soyez pas embarrassé, même avec la meilleure volonté du monde, je n'aurais jamais pu y entrer. D'ailleurs, j'étais nulle en maths !

— Ça nous fait un point commun.

— Votre fille doit être sacrément intelligente pour passer les oraux ici. Ce serait bien qu'elle réussisse à intégrer l'école. Il faut plus de femmes au pouvoir, vous ne trouvez pas ? Moi, je suis sûre qu'il y aurait moins de guerres.

— J'en suis également persuadé, répond Philippe.

Il attrape le sac qu'elle lui tend et se tourne pour partir, mais Lucie le retient :

— Attendez ! Quand elle passera son épreuve de sciences, si elle tombe sur un grand professeur au crâne chauve et qui porte des lunettes, dites-lui qu'il aime beaucoup l'Histoire. Qu'elle n'hésite pas à ajouter des petites anecdotes sur les mathématiciens, les théorèmes, tout ça. Je suis sûre que ça peut lui rapporter quelques points.

— Merci beaucoup du conseil, je ne manquerai pas de lui dire.

Il pose le café et les viennoiseries sur la table de pique-nique, et rend compte de sa discussion avec Lucie.

— J'essaierai de l'avoir en tête, dit-elle en souriant. En tout cas, si j'intègre Polytechnique grâce à Lucie, je promets de devenir sa meilleure cliente à la cafèt' !

Quelques semaines plus tard, c'est la première pensée qui vient à Philippe quand ils apprennent, par le biais d'un courrier, que Gabrielle est admise à Polytechnique. Elle est bien tombée sur le professeur dont Lucie parlait, un grand type chauve avec des lunettes carrées, et elle lui a raconté une histoire sur le nombre *pi* qui, apparemment, l'a fait sourire. Évidemment, ce n'est qu'une anecdote. Mais qu'elle est belle, cette anecdote, trouve Philippe.

Le soir, il l'emmène au restaurant à Paris. Il aurait voulu un trois étoiles au Guide Michelin, quelque chose d'exceptionnel, à la hauteur de l'exploit qu'elle a réalisé. Les prix affichés l'ont forcé à revoir ses ambitions. Finalement, ils dînent dans un restaurant italien à Saint-Germain-des-Prés. Des pizzas, comme un clin d'œil à leur tradition du vendredi soir. Depuis qu'ils l'avaient instaurée, le jour où ils avaient fêté les six ans de Gabrielle, ils n'y avaient dérogé que trois ou quatre fois. Ça va lui manquer. Beaucoup de choses vont lui manquer, mais il refuse d'y penser, de sombrer dans la nostalgie ou la mélancolie. Sa fille va réaliser son rêve d'intégrer la plus prestigieuse école d'ingénieurs après des années de travail acharné. C'est tout ce qui compte. « Et puis, elle viendra te voir, souvent », se convainc-t-il. Il refuse de croire qu'elle sera comme ces étudiants ingrats qui oublient leur famille sitôt qu'ils ont mis les voiles.

— Pour les vacances, je pensais réserver un gîte dans le sud de la France, ou quelque chose comme ça, dit-il. Qu'en penses-tu ?

Gabrielle plonge les yeux dans son assiette.

— Je ne t'en ai pas parlé, car ce n'était pas encore sûr, mais normalement je pars en Grèce avec Julia, Émilie et Chloé.

Silence. Gêné. Comme si une petite faille s'était tout à coup ouverte entre eux. Ils ont passé toutes leurs vacances ensemble jusqu'à présent.

— Oh, c'est super ! Où ça, en Grèce ?

– Sur l'île de Naxos. La famille de Chloé a une maison là-bas.

« Il n'y aurait pas une chambre pour ton vieux père ? » a-t-il envie de demander. À la place, il esquisse un sourire et lui passe commande d'une bouteille d'ouzo.

Après avoir dîné, ils déambulent dans Saint-Germain, puis sur les quais de Seine jusqu'à Notre-Dame. Ils achètent des glaces chez Amorino, puis traversent le Pont-Neuf vers l'île de la Cité. Ils descendent un escalier à fleur de Seine, qui débouche sur un petit parc. Au bout de la jetée, il y a un saule pleureur. Un arbre magnifique qui laisse deviner, entre ses fines branches, le pont des Arts et, derrière lui, le pont du Carrousel. Ils s'asseyent là, adossés à l'arbre, et dégustent en silence leurs glaces. Le soleil s'est couché, mais il ne fait pas encore totalement nuit. Quelque chose a changé aujourd'hui, ils le savent. C'est la fin d'une époque et le début d'une autre. Alors ils profitent, serrés l'un contre l'autre, l'une pensant à l'avenir et l'autre au passé, mais unis dans un même présent aux parfums de chocolat et de vanille Bourbon.

\*

Gabrielle rentre de Grèce transformée. Philippe est venu la chercher à l'aéroport. Elle a le visage bronzé, une couronne de fleurs dans les cheveux et des petites lunettes de soleil rondes, à la mode hippie. Elle rayonne, et il se dit qu'avec son teint gris, il doit disparaître dans sa lumière. Elle l'embrasse sur la joue, ses lèvres sont tièdes. Il sourit, il n'a pas envie de paraître maussade.

– Alors, c'était bien ?

Il sait que c'était bien, il a reçu quatre cartes postales.

– Extraordinaire ! Le soleil et la mer, la mer d'un bleu, oh ! Et ce ciel, je te jure, papa, tu n'as jamais vu un tel ciel, et puis la maison de Chloé, j'avais une grande chambre pour moi toute seule, qui donnait directement sur la piscine !

Ils marchent vers la voiture. L'entendre parler, la voir, toucher ses mains, ses épaules, tout cela lui fait un bien fou. Elle a repris plusieurs kilos, ses yeux sont baignés de soleil.

– J'ai bien reçu toutes les cartes, dit-il. Merci d'avoir pensé à moi.

Elle le regarde, amusée.

– Je pense toujours à toi.

Il cligne des yeux. Un rien semble pouvoir le faire pleurer.

Ils arrivent chez eux. Elle pose sa valise dans le salon.

– Je ne dois pas traîner pour laver mes affaires, je pars dans trois jours !

Les digues cèdent. « Oh mon petit papa ! » Elle court vers lui, le prend dans ses bras.

– Je viendrai tous les week-ends, d'accord ? J'ai pris cette décision quand j'étais en Grèce. Je partirai du campus dès que j'aurai terminé mes cours le vendredi soir, et je viendrai à la maison.

Il la regarde, éperdu.

– C'est vrai ?

– Oui, je te le promets. Il n'y a rien à faire à Polytechnique le week-end de toute manière.

C'est comme un poids qui tombe de sa poitrine. Un poids énorme, qui l'a empêché de respirer tout l'été.

– Allez, allez, dit-elle, passant une main dans ses cheveux. Tu aurais dû me dire que ça te tracassait à ce point de me voir partir.

Il hausse les épaules.

– Je n'avais pas envie de t'embêter. Ni de gâcher ton bonheur.

– Et maintenant, tu es rassuré ?

– Beaucoup.

Ils dînent dans le jardin, sous un cerisier d'étoiles. Gabrielle ne cesse de sourire, il se demande si elle ne lui cache pas quelque chose. Un garçon rencontré en Grèce, par exemple ? Elle a vingt ans, cela n'aurait rien d'étonnant. Et puis, il faudra qu'il s'y fasse, de toute manière : un jour, elle va rencontrer un homme, et peut-être se marier avec lui, avoir des enfants. Et ce sera *lui*, l'homme de sa vie. C'est ce qu'il lui souhaite, en tout cas. Connaître le bonheur d'une rencontre qui change l'existence.

Le jour du départ arrive. Trop vite. Trop tôt. La voiture est chargée de valises. Heureusement, sa chambre n'est pas défigurée. Elle y a laissé la plupart de ses affaires. En la déposant sur le campus, Philippe a le ventre serré. Il prend sur lui pour ne pas pleurer. Il l'aide à s'installer, à déballer ses affaires. « Elle revient vendredi », pense-t-il en boucle. Gabrielle est également silencieuse. Elle a sa propre chambre, dans un appartement pour trois personnes. Ses colocataires ne sont pas encore arrivés. Elle pose quelques photos sur une étagère au-dessus de son lit.

— Tu sais, dit-elle, pour moi aussi, ça fait bizarre.

— Tu vas vivre des choses merveilleuses.

— Et je te les raconterai chaque week-end.

Elle le ménage tant. Il a envie de lui dire de vivre sa vie. De ne pas faire les choses en fonction de lui. Mais c'est au-dessus de ses forces. Soudain, ils entendent du bruit dans la cuisine. Un jeune homme d'origine asiatique est planté au milieu, deux grosses valises à ses pieds.

— *Hi*, dit-il.

Il s'appelle Aito, et arrive de Tokyo. Il ne parle pas français. C'est le monde dans lequel elle baigne désormais. Elle commence à discuter avec lui, et Philippe ne comprend pas un mot de ce qu'ils racontent. Il décide qu'il est temps pour lui de s'éclipser. Il doit lui lâcher la main, comme il l'a lâchée à son entrée en maternelle, puis en CP, puis en sixième. Devenir parent, c'est apprendre à donner la main, puis à la lâcher.

Il l'embrasse sur le front, sans effusion. Il n'a pas envie de l'embarrasser devant Aito, qui a traversé la planète tout seul pour étudier ici. Dans la voiture, Philippe reste quelques minutes immobile, les mains sur le volant. Il a l'impression d'avoir un trou dans le ventre. Ce soir, il dînera seul. Comme tous les soirs de la semaine, jusqu'à vendredi. Il allume son autoradio, s'essuie les yeux et démarre. Peut-être qu'il appellera un ami pour aller au cinéma. Ou peut-être qu'il n'a pas envie de sortir. Qu'il a envie de se calfeutrer chez lui, sous un épais tas de couvertures et de plaids, avec un thé et un bon film à la télévision.

Quand il arrive chez lui, il monte dans la chambre de sa fille. Ce n'est pas une bonne idée, mais il le fait quand même, mécaniquement, irrésistiblement. La porte est ouverte. La pièce est vide. Il effleure le bureau des doigts et sa poitrine craque, lentement, se fissure, gorgée d'eau. Il regarde les murs, les touche, les embrasse. Sous son pouce, il sent tout à coup un petit trou, et il est aspiré dans ce trou, sa conscience tout entière submergée par un souvenir merveilleux. Gabrielle n'est pas encore née. Il est avec Sophie, elle est enceinte, ils fixent une étagère au mur. Elle veut que la chambre de sa fille soit parfaite. C'est son obsession : accueillir son bébé dans un cocon de beige et de rose, de coussins moelleux et de mobiles en forme d'animaux. Cette étagère, c'est la dernière touche. Juste à côté de la table à langer, pour poser les couches, le liniment, les lingettes. Ils la fixent, mais, sous le poids des produits, elle craque, creusant un trou dans le mur. « Non ! Non, non, non ! » Il se souvient de ses larmes, de sa colère, et puis de leur fou rire, car ils avaient fini par en rire, de ce gros trou horrible au milieu du mur. Où est passé ce temps-là ? Cette époque ? Il aura beau la chercher, il ne la retrouvera pas. Ce n'est pas comme une chaussette égarée quelque part entre le bac à linge sale et le tambour de la machine. Le temps perdu ne se retrouve pas. Philippe est effaré par cette pensée. Cette pensée dont chaque humain a la vague intuition, mais qui le percute, lui, pour la première fois : le passé est mort et ne peut être ressuscité. Plus jamais il ne verra sa femme, plus jamais il n'entendra son rire, ses soupirs, ses bruits de pas dans l'escalier pour monter voir Gabrielle, endormie dans son petit lit. Ces moments sont définitivement et irrémédiablement perdus. Son père refusait qu'il pleure. « T'es un garçon ou une femmelette ? » disait-il, le toisant de son regard autoritaire et froid. Depuis, Philippe a appris à pleurer. Il s'est offert ce droit, cette liberté. Aujourd'hui, dans la chambre silencieuse de sa fille, il laisse couler ses larmes. Pluie nostalgique au goût de sel.

# Chapitre 18

Gabrielle sort en trombe du bungalow. « Papa !... Papa !... Putain, merde ! » Elle s'attrape la tête, essaie d'organiser ses idées. Peut-être a-t-elle manqué quelque chose ? Une piste ? Un indice ? Elle retourne dans la chambre, cherche, fouille dans les valises, attrape ses draps et les jette au sol, s'assied sur le lit, se met à pleurer, se redresse et court dehors. « Pourquoi est-ce que tu te mets dans des états pareils ? Allez, calme-toi, c'est un adulte, pas un enfant perdu au bout du monde. » Quoique, est-ce encore bien un adulte ? Et si la Dame avait décidé de donner son premier coup ce soir ? Un uppercut au menton, en représailles des derniers jours merveilleux qu'ils ont vécus ? Elle avance dans les jardins, sous l'ombre frémissante des palmiers, continue d'appeler son père qui ne répond pas. Elle a enfilé ses chaussures à la va-vite et manque plusieurs fois de trébucher. Elle s'arrête et s'accroupit pour nouer ses lacets. « Réfléchis, réfléchis, réfléchis... » Au loin, elle distingue les lumières de la réception. Quelqu'un de l'hôtel l'a peut-être aperçu ? Elle se redresse et décide de tenter sa chance. La jeune fille derrière son comptoir passe quelques appels avec son talkie-walkie, puis remue la tête de droite à gauche. « *Disculpe Señora...* » Gabrielle la remercie, hésite à lui demander d'appeler la police, trop tard, trop tard, pense-t-elle, le mal est fait, mais quel mal ? Elle est perdue, désorientée. « Peut-être a-t-il carrément quitté l'hôtel ? » En cinq minutes à peine, elle est dans la rue qu'ils ont remontée plus tôt en sortant du train. Elle court jusqu'à la gare, court dans la nuit qui stagne, fraîche et inquiétante, avec cette sensation, plus que jamais, qu'elle est au bout du monde, aux confins mêmes de la civilisation, et que si elle va trop loin, elle va changer de paradigme et de siècle. Elle arrive en face de la gare, qui ressemble à une carcasse de métal luisante. Nulle trace de son père. À peine quelques touristes, sacs sur le dos, qui cherchent leur chemin. Elle leur demande s'ils n'ont pas croisé un vieil homme (elle hésite à ajouter « presque », mais elle ne veut pas brouiller le message) en pyjama. « *No, sorry.* » Elle tourne à droite, s'enfonçant dans un dédale de ruelles mal éclairées. Si elle était dans un film, elle se ferait certainement alpaguer par des types à l'air louche, cigarette au bec et couteau à la ceinture. Mais elle n'est pas dans un film, et personne ne vient l'alpaguer. Si encore il avait pris son téléphone. « Bien sûr, et pourquoi pas des fusées de détresse tant qu'on y est ! » Elle pénètre de plus en plus profondément dans le labyrinthe de la nuit, hagarde, le flash de son smartphone braqué devant elle, perçant à peine le rideau de brume exhalé par la forêt. Soudain, en lisière de ce flash, elle distingue une forme, recroquevillée sur les marches d'une boutique. Elle plisse les yeux.

– Papa ?

La forme bouge, semble lever la tête.

– P'tit Loup ?

Estomac qui se desserre, jambes qui courent vers lui.

– Mais… qu'est-ce que tu fais ici, mon papa ?

Il la regarde. Dans ses yeux flotte une vague terreur.

– J'étais dans mon salon, je voulais aller aux toilettes, et puis…

*Elle* est là. Ou tout au moins, *elle* était là. *Elle* a profité de la brume pour revenir, sorcière d'étoiles et d'oubli.

– Quel salon, papa ?

– Eh bien… celui, tu sais…

Il cherche vainement, tente de recoller les morceaux éparpillés.

– Ça va aller, dit-elle.

Elle l'aide à se relever. Il tremble.

– Qu'est-ce que je fais ici ? dit-il.

– Tu as eu une absence.

Il se prend la tête dans les mains.

— Ça y est, je deviens fou !

— Tu ne deviens pas fou, papa, tu es malade.

Il se met à pleuvoir dans la brume. De l'eau grise et froide, qui clapote sur les toits en taule. C'est la première fois qu'elle le dit avec autant de franchise, sans utiliser de métaphore ou de pincettes.

— J'ai peur, P'tit Loup.

Elle le sait. Elle le voit. Elle aussi, elle a peur.

— C'est normal. Mais Paco va nous aider, tu vas voir.

Pourquoi a-t-elle dit cela ? Pourquoi tout miser sur un improbable miracle, au lieu d'affronter avec courage et dignité la réalité ? « Parce que tu es lâche, pense Gabrielle. *Elle* te rend lâche et illusoire. » Elle passe un bras sous celui de son père, et ils rentrent à l'hôtel, silencieux. Elle l'aide à se recoucher. Il est pâle, les yeux cernés. Elle a l'impression qu'il a pris dix ans en une heure.

— Bonne nuit, papa.

Elle glisse sous sa propre couette et attrape son téléphone, posé sur la table de chevet. Il est 1 heure du matin, soit 18 heures à Paris. Elle appelle David, lui raconte, en larmes, ce qu'il s'est passé. Il reste sans voix un moment, puis tente de la rassurer : « C'était dans son sommeil… il n'était pas vraiment conscient… » Elle n'y croit guère, mais peu importe, elle a besoin d'entendre sa voix. C'est son refuge, elle y puise son énergie. Avant, c'était son père, son refuge. Il y a bien longtemps, dans un autre monde.

Son réveil est une lame aiguisée qui transperce les strates de sa conscience. Elle soulève une paupière, très lourde, regarde son téléphone. C'est l'heure. L'heure de rencontrer le Machu Picchu. Elle s'étire, se lève. Elle n'a pas dû dormir plus de deux heures. Après l'escapade nocturne de son père, elle n'arrivait pas à trouver le sommeil. Elle s'est demandé s'il ne valait pas mieux tout arrêter et rentrer. Elle a peur qu'il fasse d'autres crises. Que son état se dégrade brutalement, jusqu'à ce qu'ils ne puissent plus rien maîtriser. Puis elle a pensé à l'hôtesse de l'air, à Paco, aux Beatles, à tous ces signes qui ont émaillé leur voyage depuis qu'ils sont partis. La véritable imprudence ne serait-elle pas de les ignorer ?

Elle s'habille puis ouvre la porte qui sépare leurs chambres. Il est là, dans son lit. Elle a peur de le réveiller. Peur de voir deux yeux étrangers se poser sur elle. C'est la plus grande peur de sa vie. Elle s'approche doucement, pose une main sur son épaule.

– Papa ? C'est l'heure… nous allons visiter le Machu Picchu aujourd'hui, tu te souviens ?

Il remue quelques instants sous sa couette, puis ouvre les yeux. Pendant un instant, un court instant de terreur absolue, elle croit que ce n'est pas lui. Puis il dit d'une voix pâteuse et ensommeillée : « P'tit Loup ? » et la Terre se remet à tourner.

Elle s'assied au bord du lit.

– Comment tu te sens, ce matin ?

– Normal. Ce qui est plutôt une bonne chose, non ?

Elle sourit, passe une main dans ses cheveux, songe qu'il devait faire de même quand elle était petite.

– J'ai merdé cette nuit, pas vrai ?

– Tu n'as pas « merdé », papa. Tu as…

Elle ne trouve pas les mots. Peut-être qu'il n'y en a pas. Peut-être que ce qu'ils vivent est hors de tout langage, hors de toute nécessité d'expliquer ou de comprendre.

– Est-ce que tu penses être capable de le faire ? Nous pouvons rester ici nous reposer, si tu préfères. Ou bien, je peux même acheter un billet de retour, et dans vingt-quatre heures maximum, nous sommes en France.

Elle se doit de lui présenter toutes les options.

– Ce serait dommage d'être arrivés jusque-là pour abandonner, non ? Et puis, je me sens bien ce matin.

C'est ce qu'elle veut entendre. Elle le veut tant qu'elle est prête à tordre la réalité, à la déformer selon son désir, fou, qu'il aille effectivement bien.

– D'accord, alors je te laisse t'habiller et toquer à la porte quand tu es prêt.

Elle l'embrasse et retourne dans sa chambre. Dehors, il pleut. C'est à peine si elle distingue les montagnes, pourtant à quelques dizaines de mètres devant elle. S'ils ne gravissent pas le Machu Picchu aujourd'hui, jamais ils ne le feront. Et s'ils ne prennent pas leur avion pour la Polynésie, s'ils ne poursuivent pas leur odyssée, alors que leur restera-t-il ? Autant jeter l'éponge et autoriser Alzheimer à les tabasser, sans riposter. Ce voyage, c'est leur riposte. Ce sont des paysages, des souvenirs, des rires à lui balancer dans la gueule. Ils prendront des coups, mais ils en donneront aussi.

Paco les attend devant l'arrêt de bus. Il a enfilé un imperméable qui descend jusqu'aux genoux.

– *Ola Señora* Gabrielle, *Señor* Philippe. Est-ce que vous êtes en forme ? Il va falloir grimper aujourd'hui.

– Oui, nous sommes prêts, répond Gabrielle, décidant, pour le moment, de garder pour elle leur aventure nocturne.

Il tourne ses yeux sombres vers Philippe et esquisse une moue indéchiffrable. Est-ce qu'il sait ? A-t-il deviné ?

– Philippe est fatigué aujourd'hui, dit-il.

– C'est l'altitude, répond Gabrielle. Et depuis que nous sommes arrivés, nous n'avons pas arrêté.

Il hoche la tête, silencieusement.

Le car arrive enfin et s'arrête devant eux. La file de touristes s'ébroue, monte calmement à l'intérieur. Paco glisse quelques mots au chauffeur qui s'esclaffe de bon cœur, puis il les accompagne vers le fond, où il reste de la place.

– Machu Picchu, cela signifie « vieille montagne » en quechua, dit Paco. La route que nous allons emprunter est celle d'Hiram Bingham, l'homme occidental qui a fait connaître le site aux autres peuples. Tout le monde pense que c'est lui qui l'a découvert, mais c'est faux. D'ailleurs, lui-même l'a admis. Lors de sa première visite, il a vu sur le pan d'un mur l'inscription « Lizárraga, 1902 ». En fait, c'est un Péruvien, Agustín Lizárraga, qui a découvert les ruines en cherchant des terres arables. Mais n'ayant pas conscience de ce qu'il avait trouvé, il n'a pas jugé utile d'en informer les autorités.

Le car s'est mis en route, longeant les sinuosités brumeuses du canyon d'Urubamba. Paco continue de leur parler du site, des hypothèses quant à son rôle de l'époque, des différentes zones qu'ils vont y trouver. Puis il se tait, tout à coup, et dit : « Regardez ! » Le car a commencé son ascension dans les montagnes. Il s'élève dans une forêt de brume et de lianes, cahotant, grinçant, s'arrêtant parfois à court de souffle, reculant de quelques mètres, et puis redémarrant à pleine puissance, et soudain, au détour d'une épingle boueuse, un rayon de soleil vient transpercer la brume, l'effilochant telle de la dentelle, et ils aperçoivent le canyon en contrebas, la jungle, les montagnes… le vide. Gabrielle attrape la main de son père. Ils sont silencieux, mais elle entend sa voix. Celle qui lui contait, chaque soir, ces paysages magiques, le trajet extraordinaire pour retrouver sa mère disparue. « Il faut prendre une voiture pour y aller. Un 4 x 4 d'enfer, dont les grosses roues s'enfonceront parfois dans la boue, et dont les phares puissants éclaireront jusqu'aux profondeurs de la jungle. » Elle s'en souvient comme si c'était hier, comme si elle était de nouveau cette petite fille allongée sur ses genoux, impatiente d'embrasser sa mère en pensée. Est-ce qu'elle est là-haut ? Est-ce qu'elle les attend ? La petite fille en elle espère de tout son cœur. La femme qu'elle est devenue n'a pas la force de briser ses espoirs.

Ils arrivent devant l'entrée du site. Gabrielle ne lâche pas la main de son père. Paco parle, mais elle ne l'entend pas. Son cœur bat trop fort, il empêche les autres sons d'arriver à ses oreilles. Ils y sont enfin, quarante ans plus tard. « En haut de la montagne magique, tout en haut, par-delà les nuages, elle nous attend. » Pour les touristes qui piétinent autour d'eux, c'est un lieu célèbre et fabuleux. L'une des sept merveilles du monde moderne. Pour elle, pour son père, c'est autre chose. C'est comme une veine de leur propre histoire, cognant au cœur de la grande Histoire universelle.

Ils suivent Paco vers un escalier menant à une sorte de sas, où ils doivent présenter leurs billets et ouvrir leurs sacs à dos. « *Vamos vamos* », dit l'un des gardes qui voient la queue s'allonger derrière eux. Ils traversent un passage abrité, puis longent la montagne, suivant un chemin qui ne doit pas faire plus de deux mètres de large. Sur leur droite, l'Amazonie, accrochée aux falaises. Le paysage baigne dans la brume. Il pleut quelques gouttes.

– C'est l'empereur Pachacútec qui est à l'origine de la construction du Machu Picchu, dit Paco. Au temps de sa splendeur, environ mille deux cents personnes y vivaient et l'entouraient comme une cour royale. C'était un peu le Versailles inca, si vous voulez. L'organisation de la cité était formidable, avec des greniers, des aqueducs, un calendrier solaire, et puis aussi tout un système de terrasses et de canalisations pour contrôler les pluies qui tombaient régulièrement sur la région.

Après une courte marche, ils arrivent devant un mur en pierres. Ils suivent Paco, qui a tourné à droite pour descendre un escalier. Sa silhouette s'auréole d'un nappage laiteux. Il ressemble à ces elfes de forêt que l'on imagine gambadant, insaisissables et féeriques, dans quelque montagne mystérieuse. La pluie tombe de plus en plus fort, noyant sa voix qui dit soudainement : « Machu Picchu. » Gabrielle s'arrête, regarde, cherche. Elle ne voit rien.

– Où ça ? demande Philippe.

– Là-bas, derrière les terrasses, répond Paco en tendant le doigt.

Lui-même sait qu'on ne voit rien. Il réfléchit un instant.

– Vous avez réservé la Montaña ? demande-t-il.

– Oui. Tu es sûr que nous verrons mieux de là-haut ? Si le site est dans la brume, ça ne sert peut-être pas à grand-chose.

Paco regarde le ciel.

– Le vent va se lever. Ce sera une révélation.

Il se tourne vers eux.

– Si vous ne le sentez pas, nous pouvons rester en bas. C'est vous qui décidez.

Gabrielle regarde son père, emmitouflé sous la capuche de son K-Way, son vieux K-Way bleu et rouge qu'il mettait déjà pour venir la chercher à l'école. Elle lève la tête vers le chemin qu'ils doivent emprunter, et, quelque part dans la brume, distingue quelque chose. Comme une touche d'espoir, très vive, sur un tableau lavé de gris. Elle s'approche, attirée par cette couleur tel un voyageur glacé et épuisé par une source de chaleur. C'est une fleur. Une orchidée *phalaenopsis* aux pétales d'un rose éclatant. C'est l'ultime signe qu'elle cherchait. Sa mère est là, elle leur montre le chemin.

– Papa, regarde, dit-elle.

Il s'approche.

– Oh la jolie fleur ! s'exclame-t-il.

Son cœur se fige. Non, il ne peut avoir oublié. Il ne peut avoir oublié que c'étaient les fleurs préférées de sa mère.

– Tu penses à la même chose que moi ? demande-t-elle.

Elle l'observe, cherche quelque chose dans ses yeux, la trace d'une émotion, d'un souvenir. Mais il n'y a rien. Simplement une sorte de joie, naïve et enfantine, de regarder une belle fleur. Elle insiste :

– Tu crois que c'est elle qui l'a plantée pour nous ?

– Sans aucun doute.

Sait-il de quoi elle parle ou bien fait-il semblant ? Gabrielle a lu que les malades d'Alzheimer, notamment les premiers temps, n'hésitaient pas à mentir pour tromper leur monde – et se tromper eux-mêmes. Mais elle n'a pas le courage d'investiguer. Elle sait que c'est un signe. Ils *doivent* grimper.

Paco avance devant eux, leste et bondissant, en grand habitué des efforts en altitude. Gabrielle et Philippe essaient tant bien que mal de suivre l'allure. Après plusieurs virages, ils atteignent une sorte de plateforme, censée être un premier point de vue sur le Machu Picchu. Celui-ci est toujours plongé dans la brume.

Ils s'arrêtent une minute, puis reprennent l'ascension. Paco est à quelques mètres devant eux, secouant les arbres pour faire tomber la pluie, testant le chemin, prodiguant conseils et informations en leur imposant de boire de l'eau. Il a apporté de petites bananes qui viennent de son jardin. « C'est du carburant pour monter », dit-il. Lui-même n'en mange pas. « Il ne ressent aucune fatigue. C'est un peu son chemin pour aller au boulot », se dit Gabrielle, amusée.

Parfois, le chemin est large et dégagé, d'autres fois, c'est un lacet de quelques centimètres qui s'enfonce dans la jungle. Entre les feuillages, épais et perlés de gouttelettes, Gabrielle réalise que le ciel est devenu bleu. Ils sont en train de s'extraire de la brume. De passer au-dessus des nuages.

– Tu te souviens quand tu me racontais cette aventure ? Tu me disais que des créatures magiques l'empruntaient, pour déposer mes dessins chez maman.

Philippe sourit.

– Si un jour j'oublie ça, alors ce sera vraiment la fin, dit-il.

Gabrielle s'accroche à lui, l'aide à monter, ou peut-être que c'est lui qui l'aide, ils s'agrippent l'un à l'autre, s'encouragent, se tirent, ne font qu'un derrière leur farfadet à la capuche pointue et à l'agilité époustouflante. À la sortie d'un taillis, ils sont aveuglés par le soleil. Ils s'arrêtent pour retirer leurs vêtements de pluie. En quelques minutes, la température a pris plusieurs degrés. Gabrielle jette un regard en contrebas : le Machu Picchu, lui, est toujours invisible.

– Dans trente minutes, dit Paco, les yeux dirigés vers l'un des versants de la montagne. Le vent va chasser tout ça. Il faut monter.

Alors ils le suivent, marche après marche, sous le soleil qui frappe désormais de ses puissants rayons, à travers la jungle, la roche, à travers leurs souvenirs qui défilent. Gabrielle se force à y penser. Elle veut ressentir quelque chose, comme si le temps l'attrapait et la tirait en arrière. Oui, elle veut être tirée loin en arrière, jusqu'au début de sa vie, quand sa mère était encore vivante, elle veut être choquée, secouée, happée par ce lieu réel et imaginaire, et elle veut emmener son père avec elle, au fond de ce tunnel de temps et d'orchidées.

Soudain, Philippe s'arrête.

— Je ne peux plus, P'tit Loup, dit-il. Continue sans moi.

Elle le regarde et constate qu'il est vieux. Elle voit tout, ses rides, sa cage thoracique en manque d'air, les veines bleues sur le dos de ses mains. Ils ne sont pas en train de remonter le temps, ils vont dans l'autre sens, cette montée va le tuer.

— Assieds-toi, papa.

Paco sort une bouteille d'eau et la tend à Philippe.

— Il y a un point de vue, à environ deux cents mètres. Philippe, si tu en as la force, nous pouvons nous arrêter là. Le paysage sera déjà superbe.

Gabrielle traduit à son père qui hausse les épaules.

— Je n'ai plus de force, P'tit Loup.

— C'est pour ça que Paco nous propose de nous arrêter.

— Non, je veux dire… je n'ai plus de force, dans mon corps… Ça y est, je suis au bout du chemin.

— Ne dis pas de bêtises, papa, tu as encore beaucoup d'années à vivre, avec une belle vie, tes petits-enfants et…

— Je pensais que je pourrais le faire. Que mon cerveau était malade, d'accord, mais que mon cœur, mes muscles…

Il tapote ses cuisses et soupire.

— Il n'y a plus rien là-dedans.

— Plus rien ? Mais ça fait au moins une heure qu'on grimpe ! Tu sais le nombre de personnes jeunes et en bonne santé qui ne seraient pas arrivées jusque-là ?

Elle s'énerve. Ce n'est pas bien, mais elle sent la colère monter en elle. Contre son père, mais surtout contre elle-même, contre cet espoir insensé et idiot, entretenu en dépit de tout bon sens, qu'elle trouverait ici une réponse à l'absurdité du monde.

— Allez, viens, papa, c'est juste à côté.

La colère ne la mènera à rien. Elle ne trouvera pas plus de sens à la vie et à ce voyage en étant furibonde, et ce n'est pas en lui criant dessus qu'elle fera avancer son père. Elle l'aide à se relever et respire son parfum, son *Vétiver* qu'il porte depuis toujours, et sans doute qu'un jour, passant dans les allées des Galeries Lafayette ou du Bon Marché, elle s'arrêtera dans ses pas et fermera les yeux, et elle pensera à ce jour fou, ce jour où elle a trouvé le moyen d'être en colère alors qu'elle gravissait le Machu Picchu avec son père.

Ils suivent Paco vers un carré de pelouse brûlée, à flanc de montagne. Fuite des Incas, découverte par Bingham, inscription à l'UNESCO… Gabrielle écoute d'une oreille distraite les explications du guide. « Finalement, ce n'est *que cela*, pense-t-elle. Un monument historique, fragile et universel. »

– Ça y est, dit Paco, le Machu Picchu sort de son sommeil.

Elle commence à le distinguer, d'abord par morceaux, dans de brèves lucarnes de ciel, puis, à la faveur d'un puissant coup de vent, dans son intégralité. Il n'y a pas un son, si ce n'est le bruissement des arbres derrière eux, leur offrant un peu d'ombre.

– Alors, voilà le Machu Picchu, dit Gabrielle, ses yeux rivés sur le site qui lui semble minuscule de là où ils sont.

Elle a besoin de parler. Besoin d'entendre sa voix, de voir si quelque chose a changé en elle. Mais rien n'a changé. Et rien n'a changé non plus chez son père. Elle regarde le ciel : il est bleu et vide. Nul signe de sa mère. Elle se sent déçue et, en quelque sorte, rassurée : la raison l'a emporté. « Il n'y a pas de signes dans la vie, pense-t-elle. Au mieux, des coïncidences au croisement de deux variables aléatoires. » C'est comme ça. De nouveau, elle sent la colère monter en elle, l'envahir comme la lumière est en train de tout envahir, de révéler la vérité des montagnes mouchetées de jungle, du pain de sucre identique à leur photo dans la cuisine, du *río* Urubamba qui, à cette distance, ressemble à un serpent de jade et d'argent.

Elle n'a plus envie d'être là. Elle en a vu assez. Ce paysage sublime n'a rien à lui dire. Il est muet, aussi muet que les médecins face à la maladie, car ils ont beau parler, poser des diagnostics et proposer des aménagements, ils sont muets et impuissants, et dans le silence de son cagibi, passant son œil blanc par la porte entrouverte, Alzheimer ricane. Gabrielle regarde son père. Il a fermé les yeux. Un étrange sourire ondule sur ses lèvres. Et si… ? « Non, arrête ! Arrête de rêver ! »

– On redescend, papa ?

Elle veut le faire parler. Elle veut savoir pourquoi il sourit ainsi, un peu bêtement.

Il ouvre les yeux, sans perdre son sourire. Son regard s'enfuit au loin, quelque part dans l'espace ou dans le temps.

– Il faisait plus grand en photo, non ? dit-il.

Gabrielle reste un instant interdite, comme si elle cherchait à s'aligner avec elle-même. Puis elle réalise, surprise, que c'est ce qu'elle voulait entendre. Exactement ce qu'elle voulait entendre. Que c'est le sens même de leur voyage, la raison d'être de toute cette aventure : l'aider à se souvenir, et enraciner ces souvenirs dans un tel instant, *réel*, fabuleux. C'est la seule magie qui existe. Le chant du monde, réduit à une simple phrase : « Il faisait plus grand en photo, non ? »

– Oui, tu as raison, dit-elle.

Elle le prend dans ses bras, l'embrasse dans les cheveux. Ils sentent la transpiration. Petite, cette odeur la dégoûtait. Il faisait exprès de lui réclamer des câlins après leurs sessions de boxe, et elle le repoussait sans ménagement : « Dégage papa, tu pues ! » Aujourd'hui, cette odeur l'attendrit. Elle n'a pas changé au fil des années, mais les années, justement, l'ont rendue plus précieuse. Gabrielle aimerait pouvoir la conserver dans un petit flacon.


Ils restent un long moment serrés l'un contre l'autre, à contempler la valse des nuages sur le Machu Picchu. Près d'eux, un vieil homme s'est assis et joue de la flûte andine. Ainsi, dans leurs souvenirs, il y aura ce bruit, cette musique magnifique et mélancolique, comme le souffle d'une divinité inca cachée là, quelque part, dans la roche ou dans le ciel.

Sous l'impulsion de Paco, ils se lèvent puis entament la descente. Quand ils sont tout près du Machu Picchu, Gabrielle appelle David et les enfants. La connexion est mauvaise, mais ils entendent leurs exclamations admiratives. Ils en profitent pour leur présenter Paco, dont les traits et le regard incas font forte impression à Sasha.

– Tiens, tu lui offriras cela, dit Paco à Gabrielle, retirant l'un de ses colliers. C'est de l'agate, la pierre de mes ancêtres, avec des plumes de condor. Il lui donnera de la force et le protégera contre les mauvais tours du destin.

— Paco, c'est…

— J'insiste. Et pour Rose, il faut que vous veniez chez moi. J'ai un cadeau aussi.

— Chez toi ?

— Oui, c'est une poupée que m'a donnée ma mère. Comme je n'ai pas d'enfant, j'aimerais la lui offrir.

— Merci beaucoup, mais… c'est-à-dire que… on doit…

Soudain, il s'approche d'elle, très près, et la regarde au fond des yeux.

— Laisse-moi t'aider. Je sais ce que tu cherches. Tu ne le trouveras pas ici.

Gabrielle pensait avoir mis cela derrière elle — la chimère d'un remède magique. Elle refuse d'y croire à nouveau.

— Nous devons rentrer à Cuzco, dit-elle un peu sèchement. Nous avons notre avion pour la Polynésie.

— Ce soir ?

— Non, demain.

— Alors, vous avez du temps.

Puis il ajoute, après un silence :

— Celle que tu cherches… elle est là. C'est juste que tu ne la vois pas. Laisse-moi t'aider à la voir.

Comment sait-il ? Elle ne lui a jamais dit… elle ne lui a jamais parlé de sa mère.

— Je peux aider ton père aussi, ajoute-t-il. Deux figures planent au-dessus de vos vies, des figures très similaires et différentes à la fois. Je peux organiser une rencontre.

À quoi rime ce charabia ? Pourquoi jouer les sorciers de l'Amazonie, et lui faire miroiter l'impossible ? Que veut-il ? De l'argent ?

— C'est ça que tu veux ? demande-t-elle. De l'argent ?

Paco la dévisage en silence, du fond de son œil noir, compact et sombre comme un éclat d'onyx.

— Tu as peur, dit-il. C'est normal, tu as déjà beaucoup souffert. Je comprendrai si tu refuses mon invitation.

Elle va refuser, oui. Ils vont aller en Polynésie, s'abreuver de bleu et de soleil, et quand ils reviendront, elle contactera les plus grands spécialistes d'Alzheimer pour avoir leur avis, croiser leurs opinions, et ainsi prendre les meilleures décisions pour son père. Ce seront des chercheurs reconnus, qui ne roulent pas en Jeep vert fluo et qui n'ont pas de plumes de condor autour du cou. Elle sera pragmatique, efficace, opiniâtre.

– D'accord, dit-elle. Emmène-nous chez toi.

# Chapitre 19

Cela fait des années qu'il n'est pas venu ici. La dernière fois, Gabrielle devait avoir douze ou treize ans. Après, elle était tombée dans l'adolescence, et passer ses samedis matin à caresser des chiots et des lapins ne l'intéressait plus. Philippe pousse la porte de l'animalerie. Pour tromper la solitude et l'ennui, il a décidé d'adopter un chat. Initialement, il voulait un chien, mais comme il est absent toute la journée, sans moyen de l'emmener avec lui au travail, on le lui a déconseillé.

Rien n'a changé ou presque. Les murs ont été repeints, mais, à part ça, ce sont toujours les mêmes odeurs, les mêmes bruits, et Matthieu est toujours là, derrière son comptoir, à peine changé lui aussi, hormis quelques fils blancs qui sont apparus dans sa chevelure. Ayant aperçu Philippe, il pose sa calculette et vient à sa rencontre.

— Salut, Philippe, ça fait un bail, dit-il.

Philippe attrape la main tendue vers lui et la serre amicalement. Suite à leur discussion de père à père, le soir où il lui avait apporté les posters, il pensait qu'ils deviendraient amis. « On se prend un verre sans faute ! » avait-il lancé sur le pas de la porte. Mais les semaines avaient passé, puis les mois, et, emportés dans le tourbillon du quotidien, ni l'un ni l'autre n'avaient pris le temps d'appeler. De sorte que, lorsque Philippe avait arrêté de se rendre à l'animalerie avec Gabrielle, ils avaient tout simplement perdu contact.

— Oui, je t'avoue que ça me fait bizarre de revenir ici.

Ils sont un peu gênés, comme les amants d'une nuit qui se retrouvent des années plus tard.

– Comment va ta fille ? demande Matthieu.

– Très bien. Elle est en dernière année d'études à Polytechnique. Matthieu fait une moue impressionnée.

– Polytechnique ? Tu dois être sacrément fier.

– Tu peux le dire, oui ! Si tu savais comme je l'ai vue bosser pour atteindre son objectif… Et toi, tes enfants ? Ta femme ?

– Les enfants vont bien. Quant à Nadine… elle a eu des petits soucis de santé ces dernières années. Heureusement, les choses sont rentrées dans l'ordre.

Il se tait un instant, puis demande sur un ton plus léger :

– Dis-moi, que puis-je faire pour toi ?

– J'aimerais adopter un chat. Depuis le départ de Gabrielle, ça manque de vie dans la maison.

– Alors tu es au bon endroit. Suis-moi !

Ils traversent l'animalerie vers une cage où jouent trois chatons au pelage blanc et gris. Leur mère se repose à l'écart.

– Ils ont quatre mois, dit Matthieu. Ce sont des persans chinchillas. En plus d'être très beaux, ils sont sociables et affectueux. Notamment avec leur maître ou leur maîtresse.

– Ils sont tous à vendre ?

– Non, deux sont déjà réservés. Il m'en reste un, ce petit mâle, là.

Matthieu ouvre la cage et attrape délicatement le chaton.

– Il s'appelle Hermès. Tu veux le porter ?

Philippe acquiesce et laisse Matthieu poser le chat contre lui. Hermès émet un miaulement, puis commence à ronronner en essayant de grimper le long de son sweatshirt.

– Je crois qu'il t'a choisi, dit Matthieu.

– Je le crois bien aussi. Combien il coûte ?

– Pour toi, rien du tout.

– Comment ça ?

– Je te l'offre. Je me suis attaché à ce petit Hermès, et je sais qu'avec toi ce sera un chat heureux.

– Matthieu, c'est…

– Ma décision est prise.

– D'accord, mais dans ce cas, laisse-moi t'inviter au restaurant dans la semaine.

Matthieu regarde l'heure affichée sur sa montre.

– Tu as quelque chose de prévu ce midi ? dit-il. Parce que, la dernière fois qu'on s'est promis de prendre un verre ensemble, on sait ce qu'il s'est passé.

– Pas faux, répond Philippe. Et non, je n'ai rien de prévu.

– Je connais un super restau italien pas très loin, si ça te dit. Je demande à Cyrielle de préparer les papiers pour Hermès, comme ça tu pourras le récupérer au retour. Ça te convient ?

– Ça me convient parfaitement !

Matthieu attrape son manteau, et les deux hommes se mettent en chemin vers le restaurant.

– C'est drôle, dit-il, j'ai pas mal pensé à toi ces dernières années. Je me demandais ce que tu devenais. Et ta fille, bien sûr. J'avais ton numéro, j'aurais pu t'appeler… et même passer te voir… mais…

– Oui, mais la vie.

Ils arrivent chez *Gino*, s'installent en terrasse. Un serveur leur apporte la carte et détaille le plat du jour.

– La Margarita est divine, dit Matthieu, voyant Philippe hésiter.

– Va pour une Margarita, dans ce cas !

Il ferme son menu et boit une gorgée de prosecco. Quelques secondes s'écoulent.

– La nuit où nous avons discuté… se lance Matthieu. Cette nuit a changé beaucoup de choses pour moi. J'ai mesuré la chance que j'avais. Et je crois que je me suis plus investi en tant que père. J'ai arrêté de compter sur ma femme pour tout faire.

Philippe sourit.

– Pour moi aussi, elle a changé beaucoup de choses. Grâce à tes posters, j'ai trouvé un moyen de parler à Gabrielle de sa mère. Un moyen pas très honnête, un peu lâche même. Il aurait mieux valu que je lui dise simplement la vérité. Mais, à l'époque, je n'en avais pas la force.

Philippe réalise qu'il n'en avait jamais parlé à quiconque. C'est l'étrange effet que produit Matthieu sur lui : les mots sortent, sans effort.

— Tu as fait de ton mieux dans les circonstances qui étaient les tiennes. Tu as vu ce film, *La vie est belle* ? Il passe au cinéma en ce moment.

— Non. Je t'avoue que ça fait un bail que je ne suis pas allé au ciné.

— Bon sang, quelle claque ! C'est l'histoire d'un père qui, par amour pour son fils, va transformer un camp de concentration en terrain de jeu imaginaire. Les larmes, je te jure, du début à la fin. Roberto Benigni est juste extraordinaire ! Eh bien, ce que tu as fait, ça m'évoque cette histoire. Parfois, le rêve et l'imagination, c'est bien utile pour adoucir le quotidien.

Philippe sourit et pose une main sur l'épaule de Matthieu.

— Merci. Je crois que c'est ce que j'avais besoin d'entendre aujourd'hui. Je n'attends pas de compliments pour ce que j'ai fait. Je m'en fous. Ma seule récompense, c'est de voir ma fille heureuse. Pour autant… j'ai morflé, tu sais. Et j'ai douté. Tellement douté. Comment savoir si tu fais bien ? Personne ne m'a jamais félicité. Je te dis que je m'en fous, mais peut-être que c'est faux, dans le fond. Peut-être que j'ai besoin de l'entendre. Égoïstement.

— Alors je te le redis : tu es un père d'enfer. Tiens, ça rime en plus.

— Je vais me le répéter en boucle ce soir.

— Ce soir ?

— Je suis invité à dîner chez les parents de son petit copain. Ils sont de la *haute*, si tu vois ce que je veux dire. Le père est secrétaire d'État, et la mère possède des galeries d'art ou je ne sais quoi.

— Et ? Tu as peur de te sentir nul à côté ?

Philippe ne répond pas.

— Tout l'argent du monde n'achètera pas l'amour que tu as donné à Gabrielle. C'est une gamine intelligente, elle le sait.

Le serveur pose leurs pizzas sur la table. « *Buon appetito !* » dit-il avec un mauvais accent.

— Délicieuses, déclare Philippe après quelques bouchées. Clairement l'une des meilleures que j'ai mangées.

— Je te l'avais dit. Je viens ici au moins une fois par semaine.

À la table près de la leur s'installe une famille. Le père, la mère et leur petite fille qui doit avoir quatre ou cinq ans. Une merveille aux longs cheveux blonds et aux yeux bleus, qui semble avoir ses habitudes ici puisqu'elle se charge elle-même de demander le réhausseur aux serveurs. Philippe les observe. Une fois, quand Sophie était encore en vie, ils étaient allés au restaurant avec Gabrielle. Une seule fois, car ils avaient peu de moyens, et que la logistique était compliquée. Il se rappelle que, pour la faire manger, il avait pris sa fille sur ses genoux. Sophie avait fait l'avion avec la petite cuillère et Gabrielle avait tout envoyé voler sur la belle nappe blanche. Ça les avait fait rire, le serveur un peu moins. Philippe détourne le regard. Ces souvenirs lui font mal au ventre.

Après leur déjeuner, Philippe et Matthieu retournent à l'animalerie, où Hermès attend d'être emmené dans sa caisse. Un court instant, Philippe se demande s'il n'est pas en train de faire une connerie. Puis il regarde à travers le filet de protection, et voit le chaton allongé, les yeux fermés, il voit sa petite poitrine blanche et grise se soulever doucement, et il comprend aussitôt que c'est tout le contraire, qu'Hermès est exactement, sans aucun doute possible, ce dont il a besoin aujourd'hui.

Philippe rentre chez lui et pose la caisse au milieu du salon, près de l'arbre à chat qu'il a construit lui-même, avec des matériaux trouvés dans son cabanon et deux coussins volés à son canapé. « Hermès ?… Allez, viens, petit chat ! » dit-il, ouvrant doucement la caisse. Le chat reste quelques instants immobile, puis s'aventure à mettre le museau dehors. Il n'a pas l'air d'avoir peur. Ses grands yeux verts et jaunes regardent autour de lui, intrigués. Philippe tend la main dans sa direction. Le chat s'approche, sniffe et donne un coup de tête affectueux. « Eh bien, on dirait que tu as envie de devenir mon copain, toi », dit Philippe en l'attrapant tendrement. Rien ne remplacera la présence de sa fille dans la maison, mais Hermès peut aider, partiellement, à combler le vide qu'elle a laissé. « Pour l'instant, je ne peux pas te laisser aller dans le jardin tout seul, tu es trop petit. Mais bientôt, tu seras un véritable aventurier, j'en suis sûr. » Soudain, il remarque une petite flaque au milieu du salon. « Non, non, non, Hermès, je t'ai expliqué où étaient tes toilettes. » Il attrape de nouveau le chat, et lui met le museau dans la litière. « Ici, pipi, ici. » Il est heureux d'avoir quelqu'un à qui parler, même sans avoir beaucoup de répondant.

Sur les coups de 18 heures, Philippe se décide à s'habiller. Il se ferait bien porter malade, mais sa fille compte sur lui. C'est son premier véritable petit copain, et, même s'il ne porte pas Benoît dans son cœur, il doit être présent pour elle. Il ouvre son dressing et attrape sa seule chemise à peu près propre et repassée. C'est Sophie qui la lui avait achetée à l'époque, pour le mariage de son beau-frère. Chaque fois qu'il l'enfile, il pense à elle. Il pense souvent à elle, car beaucoup de choses dans cette maison sont imprégnées de sa présence, de ses habitudes, de son rire imperceptiblement encastré dans les murs. Puis il passe un pantalon, un peu trop serré, mais il rentrera le ventre. C'est le seul qui ne fasse pas trop « ouvrier ». Il brosse ses cheveux grisonnants, pulvérise quelques notes de *Vétiver* sur sa chemise, puis descend au salon où il enfile ses chaussures de ville rangées au fond d'un placard. Il embrasse Hermès, s'assure que ses bols d'eau et de croquettes sont bien remplis, pose la litière au centre du salon, ferme toutes les autres portes, puis attrape ses clés et sort sans plus tarder de chez lui.

*

Les parents de Benoît habitent au dernier étage d'un immeuble haussmannien situé dans le VIII^e arrondissement de Paris. Philippe gare sa voiture à quelques pâtés de maisons, le long du parc Monceau qui est en train de fermer ses portes. Une lumière de fin de jour éclaire la pointe dorée des grilles. C'est beau mais il ne s'attarde pas. Arrivé devant le numéro 17, il fait défiler les noms sur l'écran de l'interphone, puis appuie sur l'icône qui représente une cloche. « Oui ? » dit une voix de femme. « C'est moi, Philippe, le père de Gabrielle. » « Allez-y, je vous ouvre. » Il n'a pas le temps de la remercier qu'elle raccroche. « *Grazie mille !* » lance-t-il malgré tout dans le vide, imitant le mauvais accent du serveur de *Gino*. Il entre, lève la tête vers un énorme lustre en cristal, pense que ce lustre vaut à lui seul plus que sa maison, puis se dirige vers l'ascenseur. Vivaldi l'accompagne jusqu'au cinquième étage, où l'attend une petite femme en robe noire et au sourire impénétrable.

– Bienvenue chez nous, cher Philippe, dit-elle, tendant une main blanche, scintillante comme le lustre dans son hall d'entrée.

Il a oublié son prénom. Quelle honte. Pourtant, il les a répétés dans la voiture : « Charles et… Charles et… » Il a toujours eu une très mauvaise mémoire des prénoms. Jamais il n'aurait pu travailler dans l'événementiel ou dans le commerce. Heureusement, Gabrielle les rejoint au même instant sur le palier. Il la regarde et elle comprend. C'est comme ça entre eux. Encore.

– Je vois que tu as déjà rencontré Véronique, papa, dit-elle.

Il l'embrasse, respire l'odeur de sa peau, sa fille, presque aussi grande que lui avec ses talons.

– Oui, Véronique a eu la gentillesse de m'accueillir à la sortie de l'ascenseur.

« Véronique, Véronique, Véronique… » Il répète son prénom, essaie de le graver dans son cerveau moins performant que celui de sa fille.

– Je vous en prie, mon cher Philippe, dit la maîtresse de maison, après vous.

Elle tend le bras vers la porte ouverte de son appartement. Philippe suit sa fille à l'intérieur. C'est grand, beau et vide. C'est la première pensée qui le frappe : la sensation d'entrer dans un musée alors qu'il est chez des gens. Il n'y a pas de photos aux murs, pas de parapluie qui traîne, rien de personnel, d'intime. Ce pourrait être l'appartement de n'importe qui. Une étrange sculpture trône dans un coin du salon, un chien rose qui ressemble à un ballon gonflé – ou l'inverse.

– C'est un Jeff Koons original, dit Charles, s'extrayant de son canapé blanc immaculé.

Philippe suppose qu'il est censé connaître.

– Une très belle pièce, répond-il, espérant ne pas avoir à en dire plus sur le sujet.

Une main s'ouvre devant lui. Il la serre, soutenant le regard gris de Charles posé sur lui.

– Nous sommes très heureux de faire votre connaissance, dit ce dernier. Gabrielle nous parle souvent de vous. Vous devez être fier d'elle. Pour une fille, c'est… enfin, c'est admirable. Du travail, du travail, du travail. Et un peu de talent, bien sûr, ajoute-t-il, couvant Gabrielle d'un regard paternel. La prochaine Marie Curie ?

Philippe n'aime pas ce regard. Personne n'a le droit de regarder sa fille ainsi, à part lui. Et puis, est-ce qu'il fait exprès de citer des références ? Jeff Koons, Marie Curie… quelle sera la prochaine ? « Faisons un bras de fer, et on verra qui est le meilleur », pense Philippe bêtement.

Benoît les rejoint, et chacun trouve une place sur le canapé ou dans les fauteuils entourant la table basse. Soudain, en voyant la bouteille de champagne que Charles est allé chercher dans la cuisine, il réalise qu'il n'a lui-même rien apporté. Même pas un bouquet de fleurs pour Véronique. Vé-ro-nique, c'est bon, il le tient, il ne l'appellera pas Chantal ou Murielle. Ont-ils remarqué qu'il était venu les mains vides ? Lui ont-ils déjà collé une étiquette « Radin » sur le front ?

– Gabrielle nous a dit que vous travailliez dans l'automobile, Philippe, c'est bien cela ? demande Charles.

Philippe regarde sa fille, qui détourne les yeux. Leur a-t-elle caché sa condition d'ouvrier ?

– En effet, c'est mon domaine.

Dans une usine, à quatre pattes parfois.

— Au contrôle qualité, si j'ai bien compris.

— Absolument.

Dans une usine, à quatre pattes.

— Je vais être honnête avec vous, c'est un secteur auquel je ne connais absolument rien. D'ailleurs, je n'ai moi-même pas de voiture. Je suppose que vous avez transmis cette passion de l'ingénierie à Gabrielle.

— Disons qu'on aime bien bricoler ensemble.

Gabrielle continue de fuir son regard, et Philippe sent son cœur se serrer, devenir une petite noix de tristesse et de colère.

— C'est tout de même un milieu de passionnés, non ? J'en discutais l'autre jour avec Louis (Schweitzer, ajoute-t-il en aparté, comme si c'était une évidence qu'il parlait du PDG de Renault), bon sang, quel puits de science ! Quel amoureux de la précision et des systèmes mécaniques ! Je ne sais pas si vous avez parfois l'occasion de mettre vos mains sous le capot, mais il doit y avoir une sorte d'excitation, non, quand on aime ce genre de choses ?

— Il m'arrive de mettre mes mains sous le capot, oui.

— Évidemment, j'en étais sûr. À la façon dont Gabrielle nous parlait de vous, on sentait l'homme qui ne veut pas perdre pied avec la réalité. Un pragmatique, humble et opiniâtre.

Philippe avale sa coupe d'un trait.

— Ce doit être plus difficile de ne pas perdre pied quand on est secrétaire d'État, je suppose ?

Charles sourit et se renverse avec emphase dans son fauteuil.

— C'est là tout l'enjeu, mon cher Philippe. Ne pas perdre pied ! Vous savez quand…

Mais Philippe ne l'écoute plus. Il regarde sa fille, cherche à entrer en communication avec elle. Soudain, leurs yeux se croisent. Elle devient pâle, baisse les paupières. La main de Benoît est posée sur son genou, ses doigts vont et viennent sur sa peau nue. « Est-ce qu'il a une érection ? » se demande Philippe. Son rythme cardiaque s'accélère, ce n'est pas bon. « Retire ta main, retire ta main du genou de ma fille. » De quel droit pense-t-il cela ? C'est son petit ami et ils vivent dans un pays libre. « Ne joue pas les vieux cons », s'ordonne-t-il, terminant sa coupe de champagne que Véronique remplit aussitôt.

– Par exemple, l'autre jour, je discutais avec Jacques…

Charles continue de parler, de citer des artistes, des hommes politiques, des chefs d'entreprise, il déroule son réseau, espérant peut-être illuminer la soirée par son importance et sa culture. « Ta gueule ! » pense Philippe. Puis : « Non, ce n'est pas toi. » Ce n'est pas lui, de devenir ainsi amer et agressif, d'en vouloir à sa fille parce qu'elle leur a caché qu'il travaillait dans une usine. Il faut la comprendre, elle est entourée d'esprits brillants, de personnalités extraordinaires dont l'ambition est de changer le monde. Alors un père qui travaille allongé sous des bagnoles…

– Il ne faut pas rêver, on a beau faire Polytechnique, l'important, c'est le réseau, est en train d'expliquer Charles. D'ailleurs, j'ai déjà proposé mon aide à Gabrielle, elle fait presque partie de la famille, maintenant. Et la famille, c'est sacré.

Un court instant, Philippe imagine sa fille en robe blanche, face à Benoît qui tient une grosse bague en diamant entre ses doigts. Vraiment ? Est-ce lui, l'homme de sa vie ? Celui qui l'accompagnera dans les bons comme les mauvais moments, qui lui tiendra la main lorsqu'elle accouchera, qui posera le genou à terre, tremblant, pour lier à tout jamais leurs destins ? Philippe l'observe une minute, avachi dans le canapé, buvant avec délectation les paroles de son père. Il le trouve banal. Sans aspérités. Indigne de l'imagination, de la profondeur d'âme, de la beauté solaire de Gabrielle. « Tu es dur avec lui. Tu es juste terrifié qu'il te vole ta fille. »

– En ce qui me concerne, j'ai déjà ma place au chaud au ministère des Finances, dit au même moment Benoît en se frottant les mains. Mon futur boss est un ami de la famille, mais je lui ai expressément demandé de ne pas me ménager. Évidemment, l'idéal serait que Gabi trouve un poste aux horaires un peu plus flexibles. C'est toujours agréable d'avoir un bon repas sur la table en rentrant chez soi !

Philippe manque de s'étouffer avec son champagne. Benoît vient-il d'insinuer que Gabrielle devrait sacrifier sa carrière pour lui ? Que, de toutes les choses merveilleuses dont elle est capable, celle qu'il attend le plus d'elle est qu'elle lui prépare à manger le soir ? Il se tourne vers sa fille, espérant une réponse appropriée, un uppercut verbal dans son cerveau de petit con arrogant. Mais elle ne dit rien, elle se contente de sourire, distraitement, passant un doigt gêné dans ses cheveux blonds. Alors quelque chose se brise en lui. Une sorte de digue, qui l'empêchait de détester Benoît complètement. Lui permettait de lui accorder encore le bénéfice du doute. Mais il n'y a plus de doute possible : c'est un abruti qui doit dégager de la vie de Gabrielle. « Il ne voit rien. Il ne voit rien de sa beauté, de sa force, de son intelligence. Il ne pense qu'à sa petite carrière et à ses privilèges de nanti. » Si ça ne tenait qu'à lui, Philippe se lèverait et inviterait Gabrielle à le suivre. « Viens, ma fille, tu vaux mieux que ça. » Évidemment, il n'en fait rien. Il ne fera jamais rien qui puisse lui nuire ou la pénaliser, elle qui doit travailler quelques années dans la fonction publique pour payer sa dette à l'État. Il prend donc sur lui, mâche puis avale sa colère, répond cordialement aux questions qu'on lui pose, termine son assiette jusqu'à la dernière miette, puis repart sans faire d'esclandre.

Gabrielle l'accompagne en bas de l'immeuble, dans la fraîcheur indigo de cette soirée de printemps. Il la regarde, elle semble gênée, éteinte. Il ne lui en veut déjà plus. Il en veut à Benoît, qui est en train de la brimer, de la soumettre à son idéal de vie patriarcal. Personne ne devrait brimer sa fille. C'est un oiseau libre, dont le chant va transformer le monde. Mais comment le lui dire ? Comment abolir cette distance qu'il y a entre eux ? Il fait un pas, elle recule. Elle a les bras croisés, le regard fuyant. Il a envie de la secouer, de crier : « Gabrielle, ma chérie, sang de mon sang, tu es trop belle, trop intelligente, trop flamboyante pour lui ! Largue-le, vite ! Déploie tes ailes et vole, embrasse ton destin, il est bleu et immense comme le ciel ! » Mais elle est trop loin. Elle est prise dans le champ de gravité de cette famille qui peut lui ouvrir tant de portes. Quelle porte peut-il bien ouvrir, lui, avec ses outils d'ouvrier ?

— Tu viens bientôt à la maison ? demande-t-il, mettant fin à leur silence.

— Je vais essayer.

Elle dort presque tous les week-ends chez Benoît, désormais. Au début, c'était une fois de temps en temps, puis un week-end sur deux, et aujourd'hui…

— On pourrait commander des pizzas et regarder un film, comme au bon vieux temps ?

— Oui, papa, d'accord.

Silence.

— Écoute, si c'est une corvée…

Les mots sont sortis tout seuls, il n'a pas réussi à les retenir.

— Pourquoi tu dis ça ?

Parce que je ne te reconnais pas. Parce que tu ne viens plus me voir. Parce que tu ne réponds pas aux insinuations de Benoît, qui veut te transformer en femme au foyer alors que tu as fait les mêmes études que lui !

— Pardonne-moi. C'est juste que… je me sens un peu seul depuis quelque temps.

Elle baisse les yeux. Les relève. Quelque chose est emprisonné, hurle derrière la cornée.

— Ce n'est pas ma faute si tu es seul.

— Je… ce n'est pas ce que j'ai dit, P'tit Loup.

Quelques secondes s'écoulent. Puis il dit, pour adoucir l'atmosphère :

— J'ai adopté un chat.

— Un chat ? Je ne savais pas que tu en voulais un.

— J'ai décidé ça sur un coup de tête. Je l'ai trouvé dans notre animalerie. Un persan chinchilla, tout petit. Il s'appelle Hermès.

— Il faudra que je passe le rencontrer, alors.

— Tu veux venir déjeuner demain midi ?

Elle baisse les yeux. Encore.

– Nous avons déjà quelque chose de prévu. Avec Benoît.

– Ah, d'accord, pas de soucis.

Il s'approche d'elle, l'embrasse sur la joue.

– À bientôt, ma fille.

– À bientôt, papa.

Il espère qu'elle va le retenir, s'agripper à son bras, *Papa, sauve-moi*, et puis repartir avec lui, il l'imagine endormie dans la voiture, la lumière de la lune éclairant son visage aux joues si belles, si rondes. Il reste immobile plusieurs secondes, suspendu à ce rêve, aux moindres gestes de son corps qui laisseraient entrevoir une telle issue, mais soudain elle lui tourne le dos et s'éloigne, sans un mot, ferme la porte derrière elle, et le rêve éclate en morceaux dans sa poitrine.

# Chapitre 20

Elle ignore pourquoi elle a prononcé ces mots. C'est de la folie, mettre leur destin entre les mains d'un chaman. Mais elle le suit, sans un mot, à l'intérieur de l'autocar qui repart du Machu Picchu, assise à côté de son père qui ne dit pas un mot non plus, qui observe tout cela de loin, comme s'il était un spectateur.

Le car les dépose dans le centre d'Aguas Calientes sur les coups de 13 heures. Gabrielle ne reconnaît pas la ville qu'elle a arpentée de nuit, quand elle cherchait son père. Éclairée par la lumière du jour, elle révèle son incohérence architecturale, son hétéroclisme, son bouillonnement. Dans ses ruelles étroites résonne un concert de klaxons, de langues et d'accents, entre touristes en transit et Péruviens postés sur le seuil de leurs *tiendas*, brocantant les mêmes bibelots que dans le reste du Pérou… en plus cher.

— Et si nous achetions quelque chose à grignoter ? propose Gabrielle. Je commence à avoir faim.

— *No Señora*, répond Paco, ce midi, on ne mange pas.

Il marche vite, en direction de sa Jeep garée à l'entrée de la ville.

— Comment ça ? Paco, nous avons crapahuté pendant des heures, et nous n'avons rien dans le ventre.

— Je sais, *Señora*, c'est une diète express.

— Mon père a besoin de forces, dit-elle.

— Oui. Mais pas de ces forces-là.

Elle devrait être ferme. Mettre fin à cette comédie, car c'est une comédie. Tout ce qui ne relève pas de la science est une comédie.

Les hypnotiseurs, les diseuses de bonne aventure, les magiciens et les chamans sont tous des comédiens sur la grande scène des croyances humaines. Mais elle ne dit rien, elle monte dans la Jeep et se laisse conduire au cœur de la jungle, sur un sentier de terre et de boue, avec son presque vieux père qui se tient le ventre, silencieux.

– Où allons-nous ? demande-t-elle.

– Chez moi, répond Paco laconiquement.

Soudain, un doute la traverse. Pouvait-elle avoir vraiment confiance en Paco ? Et si tout, depuis leur rencontre avec Oscar dans l'avion, n'était qu'une mise en scène ? Une suite de mensonges et de manipulations, parfaitement organisée, dans le but de les conduire ici ? « Tu délires, ma fille ! » se dit-elle, mais sous les rameaux enchevêtrés et foisonnants de la jungle, sa conscience s'obscurcit. Paco ralentit et vire à droite, sur un chemin encore plus étroit, encore plus imbriqué de branches et d'écorce, inextricable labyrinthe d'où ils ne sortiraient jamais vivants seuls.

– Tu habites vraiment ici ? demande-t-elle.

– Oui, mais c'est moins… cahoteux depuis Cuzco.

C'est un guet-apens, avoue ? Vous bossez ensemble, avec Oscar, pour conduire les touristes un peu cons et désespérés dans ce trou perdu, et puis voler leurs organes ? Ça rapporte, le trafic d'organes ?

– Nous sommes presque arrivés, dit-il, sans doute pour la rassurer.

Gabrielle jette un œil à son téléphone, et constate non sans surprise qu'elle a du réseau. Si les choses tournent mal, elle pourra toujours écrire à David, qui se chargera d'envoyer l'armée.

– Peux-tu demander à Paco s'il ne lui resterait pas une banane ? dit soudain Philippe, mettant fin à son silence.

Gabrielle fait la traduction.

– Non, je suis désolé, *Señora*. Et même s'il m'en restait, je ne pourrais pas vous les donner. Vos corps doivent être purs.

Purs ? Mais qu'entend-il par là ? Ce mot ne lui inspire pas confiance. Il pourrait tout à fait être prononcé par un méchant dans *James Bond* ou *Indiana Jones*. Avec supplices et invocations maléfiques à la clé.

Après un ultime rodéo dans la broussaille, ils atteignent une clairière parfaitement dégagée. Au loin, Gabrielle aperçoit un bâtiment, première manifestation de vie humaine depuis des kilomètres.

– C'est chez toi ? demande-t-elle.

– *Sí Señora.*

Il se gare devant. L'endroit, une sorte de cabane sur pilotis, ne ressemble pas au repaire d'un arracheur d'organes. « A minima, il lui faudrait une pièce stérile. Et puis un congélo pour garder tout ça au frais. » Ils descendent de la Jeep, qui, enfoncée dans l'herbe, ressemble à un animal de trait ayant accompli sa mission et qui peut enfin se reposer.

– Tout ce terrain m'appartient, dit Paco. Il est dans ma famille depuis de nombreuses générations. Le gouvernement a essayé de me le voler, pour faire construire on ne sait quoi, mais j'ai gagné mon procès. Oscar m'a beaucoup aidé. Il a mobilisé ses relations haut placées, aux États-Unis, en France et même au Japon, et je suis devenu une sorte de symbole des peuples opprimés par la mondialisation et la société de consommation. Bien sûr, nous avons évité de dire que je tenais surtout à rester pour avoir accès à mes herbes médicinales.

Ils montent les quelques marches qui mènent à la maison. Le sol en bois craque sous leurs pieds. Paco ouvre la porte, fermée par un cadenas. L'intérieur est à l'image de son propriétaire : joyeusement dépareillé.

– Tu as une télé ? s'étonne Gabrielle.

– Avec le câble. J'ai eu l'autorisation d'installer une antenne pendant mon procès. Sous prétexte que je vis dans la forêt, je n'aurais pas le droit de me cultiver ?

– Mais… tu as l'électricité ?

– Bien sûr ! Depuis mon procès, là encore. Ils ont dû tirer un câble à travers la jungle.

La télévision est posée sur un meuble qu'il a dû fabriquer lui-même avec des branches ramassées dans la forêt. En face, sur un tapis à franges multicolores, trône un vaste fauteuil couvert de petits emballages verts. Paco attrape une boîte en métal et l'ouvre devant eux.

– Des bonbons à la coca, dit-il. Je suis un peu addict.

Il referme la boîte et la glisse dans sa poche.

Puis, d'un ton plus solennel :

– Venez.

Par une ouverture dans le mur, il les conduit dans une autre pièce, plus vaste que le salon, avec simplement une table basse au milieu et des matelas répartis sur le sol.

– Asseyez-vous, dit-il, s'accroupissant lui-même. Gabrielle, Philippe, nos chemins ne se sont pas croisés par hasard. D'ailleurs, mon maître avait coutume de dire qu'il n'y a pas de hasard, mais une somme infinie de décisions qui, enchaînées les unes aux autres, créent ce qu'on appelle une rencontre, un instant. La somme de vos décisions, et celles de vos ancêtres, et la somme de mes décisions, et celles de mes ancêtres, ont abouti à notre rencontre devant le marché de Cuzco. Puis vous avez décidé de me faire confiance et de me suivre, et nous sommes ici aujourd'hui, chez moi.

Il marque un silence, le temps de les fixer chacun un instant, puis demande :

– Avez-vous envie de poursuivre votre voyage ?

Gabrielle traduit comme elle peut les propos de Paco à son père.

Celui-ci hausse les épaules.

– Tu sais, moi j'ai déjà vaincu ma plus grande phobie. Tout ce qui se passera sur notre bon vieux plancher des vaches sera forcément moins terrifiant.

« Et toi, quelle est ta plus grande phobie, sinon de perdre le contrôle sur les choses ? N'est-ce pas pour cela que tu n'as jamais bu à outrance, que tu n'as jamais fumé de cannabis même quand on t'en proposait, que tu ne dors jamais avec des boules Quies ? Car tu as besoin d'être *présente*, tout le temps ? »

– Fais ce que tu as à faire, dit-elle avec la sensation de se jeter dans le vide, sans savoir si elle a un parachute dans le dos.

– Avec plaisir, *Señora*.

Paco se redresse, sort de la pièce et revient quelques minutes plus tard avec un seau rempli d'eau dans lequel macère un mélange d'herbes et de fleurs. Il s'assied en tailleur à côté d'eux, allume une cigarette, puis, sans un mot, se met à vapoter en expulsant la fumée dans le seau. Ses paupières sont mi-closes, et ses lèvres fredonnent une sorte de vibration gutturale, qui semble s'entremêler avec la fumée et même la faire bouger. Il renouvelle l'opération plusieurs fois, puis écrase sa cigarette dans un cendrier.

– Les plantes ont donné leur accord, dit-il. Maintenant, il faut purifier vos corps.

Il attrape le seau, puis leur demande de se lever et de le suivre. Il traverse la maison, descend les marches menant au jardin, glisse quelques mots en quechua à un arbre se trouvant là, puis se dirige vers une sorte de bassin construit avec du bois, dans lequel stagne une eau plus ou moins claire.

– C'est l'heure du bain, dit-il.

– Nos maillots de bain sont à l'hôtel, répond Gabrielle, espérant échapper à cette étape.

– Ce n'est pas un souci, venez.

Il contourne le bassin et les conduit vers une remise en bois, cachée dans la végétation.

– Voilà, vous devriez trouver votre bonheur, dit-il en ouvrant un coffre rempli de maillots de toutes les tailles et de toutes les couleurs. Ne vous inquiétez pas, ils sont propres. Vous pouvez vous changer là-bas, derrière le rideau. Je vous attendrai dehors.

Ils se changent à tour de rôle puis retournent au bord du bassin.

– Ce bain est la première étape de votre voyage, explique Paco. Cet *autre voyage* que vous avez choisi de faire avec moi. C'est comme un premier rendez-vous. Il ne faut pas le manquer, car vous n'aurez pas de seconde chance. Je vous en prie, entrez.

Gabrielle commence par tremper un orteil. À sa surprise, l'eau est tiède. Pour un peu, elle aurait presque véritablement *envie* de s'y baigner, de s'y détendre pour évacuer la sueur et la fatigue de la journée. Elle s'assied au bord du bassin, glisse ses jambes à l'intérieur, puis s'y plonge tout entière. L'eau est dense, épaisse. Ce n'est pas comme celle qui coule de ses robinets dans son appartement parisien. Cette eau-là, avec sa texture marécageuse, pourrait l'avaler.

Philippe ne tarde pas à la rejoindre.

— C'est encore mieux que le spa de l'hôtel, non ? dit-il.

Au même instant, Paco attrape le seau posé à ses pieds et le vide dans le bassin.

— Maintenant, dit-il, frottez-vous le corps avec les fleurs.

« Pourquoi ? » est-elle sur le point de demander, mais elle réalise aussitôt qu'il serait absurde de poser une telle question. « Pourquoi » appartient au monde du rationnel, de la science. Aujourd'hui, dans ce bain de fleurs et de mystère, ils ont pénétré dans un autre royaume, avec ses propres lois, sa propre physique. « Pourquoi » n'y a pas sa place, alors Gabrielle le ravale, attrape une poignée de fleurs et se met à frotter sa peau, ses cheveux qui flottent en algues blondes à la surface de l'eau.

Paco les enjoint à frotter, encore et encore, à ne faire qu'un avec les fleurs qui deviennent vertes et molles, puis il attrape un autre seau d'eau, glaciale cette fois, et verse cette eau sur leur tête. Gabrielle et Philippe poussent un même cri de surprise.

— Vous pouvez sortir désormais, dit le Péruvien.

Il leur tend deux peignoirs en coton, puis les conduit de nouveau dans la pièce avec les matelas et la table basse. Sur celle-ci sont posés deux bols, une théière et un morceau d'écorce. Ils s'asseyent tous les trois autour de la table, puis Paco soulève le couvercle de la théière et plonge l'écorce à l'intérieur.

— *Clavo huasca*, dit Paco. Il faut la faire infuser. C'est diurétique et anti-inflammatoire. Mon peuple consomme cette liane depuis la nuit des temps.

Il attend quelques minutes, puis verse un peu de tisane dans les deux bols.

— Allez-y, buvez.

Gabrielle et Philippe se regardent.

— On va voir des trucs bizarres après ? demande Gabrielle.

— Non, vous n'allez rien voir de bizarre, répond Paco en souriant. C'est pour préparer vos corps à l'*ayahuasca*.

— *Aya…* quoi ?

— *Ayahuasca*. Cela signifie « liane des âmes » en quechua. C'est le breuvage que vous prendrez tout à l'heure, avant la cérémonie.

— Ah d'accord, dit-elle. Et c'est cette liane qui nous fera voyager ?

— Absolument, répond Paco.

Puis il se lève et ferme les rideaux.

— En attendant, buvez le contenu de cette théière et reposez-vous. Il faut être en forme pour faire trois fois le tour du monde… et de soi-même.

Ayant dit cela, il prend congé, laissant derrière lui un silence léger et vaporeux, une fumée blanche au parfum de réglisse.

Le guide revient à la tombée de la nuit. Philippe a dormi, pas Gabrielle. Incapable de faire le vide, elle a pensé à ses enfants, sa carrière, la maladie de son père. Plus d'une fois, elle s'est demandé ce qu'elle faisait là, si loin de l'itinéraire qu'elle avait prévu pour eux. Puis il lui est venu l'idée qu'elle n'avait pas non plus prévu Alzheimer, et que c'était peut-être cela, dans le fond, l'existence : une série de bifurcations, avec, si on le décidait, la possibilité d'un voyage à chaque virage.

Paco est figé dans l'encadrement, un pagne de feuilles tressées autour de la taille. Son visage est couvert de peinture.

— C'est l'heure, dit-il. Suivez-moi, *por favor*.

Il leur fait traverser la maison et les conduit dehors, où, dans la nuit qui est tombée, crépite un feu rougeoyant. Gabrielle a froid, elle tremble. Le chaman s'approche d'elle et la regarde, l'ausculte du fond de ses yeux noirs qui se ferment un instant, révélant ses paupières en forme de silex, peintes avec une pupille rouge au milieu — le *troisième œil*. Il fait de même avec Philippe, puis leur tend à chacun une *cushma*, sorte de pièce d'étoffe en coton qu'ils enfilent par la tête. Il les invite à s'asseoir sur deux chaises qui font face au feu. Ils s'exécutent. Gabrielle a moins froid, la chaleur des flammes s'insinue dans le vêtement qu'elle porte sans la brûler. Elle regarde les objets posés sur la table à côté. Il y a deux bols, une sorte de cigare appelé *mapacho*, ainsi qu'un étrange objet qui ressemble à un plumeau de feuilles séchées. Le guide attrape le premier bol et le tend à Philippe.

Quand celui-ci a fini de boire, Paco allume son *mapacho*, tire une première bouffée et souffle la fumée sur son crâne, puis sur son torse, ses mains. Le chaman répète l'opération plusieurs fois, fredonnant d'une voix grave les chants de la forêt. Gabrielle observe son père, tente de discerner des changements dans sa physionomie, son attitude. Elle est sceptique, c'est sa nature. Mais soudain, quelque chose se produit. Les yeux de son père s'écarquillent, et son regard devient fixe, comme celui d'un chat ayant aperçu une proie ou une anomalie dans son environnement. Paco abandonne alors son *mapacho*, attrape à la place l'espèce de plumeau et se met à le secouer, doucement, avec sa main droite, sans s'arrêter de fredonner. Il agite le bouquet de feuilles tout autour de lui, dans la nuit rouge, sous les étoiles qui crépitent, il chante, le menton levé et sévère, pénétré de l'énergie des plantes, et Gabrielle la scientifique, la cartésienne, commence à croire. Car ce qui se passe devant elle échappe aux filets de sa raison. Son père est comme *possédé*. Elle essaie de capter son regard, son attention, mais il est ailleurs, obnubilé par une chose qu'il est le seul à voir et qui semble se cacher dans les tréfonds de la jungle. Il se lève, droit comme un I, et commence à marcher. Elle le suit, veillant à ce qu'il ne se prenne pas les pieds dans une racine ou une motte de terre. L'hôpital le plus proche doit être celui de Cuzco, et elle n'a aucune envie de traverser la forêt à cette heure-là dans la Jeep de Paco. Soudain, Philippe s'arrête et ses lèvres se mettent à bouger. Gabrielle approche son oreille : « Je te pardonne… je te pardonne… » murmure-t-il. Puis son buste bascule vers l'avant et il vomit trois jets de liquide vert, avant de tomber à genoux dans l'herbe.

— Papa ? dit-elle, s'agenouillant à son tour.

Philippe sourit et pleure en même temps, ses yeux levés vers le ciel.

— Il faut le laisser tranquille, maMa Gabrielle, dit Paco. Philippe a besoin de se reposer.

— Est-ce que tu as… aspiré le mal ? demande-t-elle, croyant entendre une autre personne parler tant ce qu'elle dit est *insensé*.

— Les icaros m'ont montré le chemin, et j'ai pu invoquer le Mariri. Le Mariri a attrapé quelque chose et l'a fait sortir. Maintenant, Philippe doit se reposer.

Paco aide l'intéressé à se relever, l'accompagne dans la pièce où ils ont attendu tout l'après-midi, puis le laisse s'allonger sur un matelas, remontant une couverture en laine jusqu'à son menton.

— Il peut faire froid la nuit, dit-il. À toi, maintenant.

Ils retournent près du feu. Gabrielle a peur, mais c'est trop tard, elle a déjà *bifurqué*. Elle doit accepter ce voyage qui s'offre à elle. Alors elle s'assied, attrape la coupelle que lui tend Paco et boit le liquide.

Goût de bitume, chaud, amer. Elle prend sur elle pour ne pas tout recracher. Puis elle attend. Plusieurs minutes s'écoulent sans que rien ne se passe. Peut-être y est-elle insensible ? Bientôt, elle voit Paco allumer son *mapacho* et commencer à souffler la fumée sur elle, comme il l'a fait avec son père. Elle ferme les yeux mais continue de voir. Elle voit des hélices de fumée rouge qui dansent et tournent sur ses paupières, et elle sent son rythme cardiaque qui s'accélère. Paco chante, sa voix grave instaure un rythme, comme un solide plancher sur lequel elle pose ses pieds, pour ne pas vaciller. Elle ouvre les yeux : il a abandonné son *mapacho* et attrapé le bouquet de fleurs à la place, et quand il l'agite dans les airs, elle voit des formes lumineuses suivre ses mouvements, comme si un peintre esquissait au pinceau son étrange choré-graphie. Soudain, tout se contracte et se durcit en elle. « Paco, j'étouffe ! » essaie-t-elle de dire, mais plus rien ne passe dans sa trachée, ni air, ni mots, elle est comme dans un cercueil de verre, et le cercueil descend dans la terre, oui, des lianes ou des serpents lui ont attrapé les chevilles et la tirent dans le sol, et soudain il y a de l'eau, des torrents d'eau qui s'infiltrent dans le cercueil et dans son ventre, elle vomit pour respirer mais l'eau ne cesse d'affluer, et dans cette eau il y a une voix, douce et mélodieuse, qui répète : « Gabrielle… Gabrielle… ma chérie… » Elle reconnaît cette voix. Elle l'a entendue des milliers de fois, au cœur de la nuit noire, dans le bain originel de son existence. Elle ouvre les yeux, regarde autour d'elle. L'eau lui arrive désormais à la taille, il n'y a pas de serpent, mais des canards en plastique qui flottent à la surface. « Gabrielle, lève les bras, s'il te plaît. » Elle tourne la tête vers celle qui lui parle. « Maman… » dit Gabrielle, mais sa voix se disperse, et les fragments se mêlent à la mousse étincelante du bain. Elle est blonde. Ses cheveux brillent et torsadent tels des lassos de lumière. Son sourire est doux, enveloppant, protecteur. Gabrielle obéit et lève les bras. Quand sa mère lui savonne l'aisselle, cela fait carillonner les perles à son poignet. « Maman, pourquoi tu es partie ? » demande-t-elle, mais de nouveau sa voix s'égaille dans les volutes de mousse. Sa mère s'est mise à lui laver les cheveux, et elle fredonne une chanson que Gabrielle reconnaît :

*J'ai découvert qui je suis*
*Tout a changé le jour où je t'ai donné la vie*
*Et si jamais le monde t'est trop cruel*
*Je serai là toujours pour toi…*

« Maman, tu ne peux pas chanter cette chanson. Elle n'avait pas encore été écrite quand tu t'occupais de moi. » Cette fois-ci, les mots ne s'échappent pas, ils restent entre elles, et sa mère la regarde, du fond de ses yeux verts baignés d'amour. « Bien sûr que si, ma chérie, répond-elle. Je la connais, puisque tu la chantes tous les soirs à Sasha et Rose. Je vous écoute, tu sais, je ne manque rien. » Gabrielle tend la main pour la toucher, mais la distance est trop grande, et les lianes la tirent de nouveau en arrière, vers le fond du bain, vers le fond de la Terre qui gronde et qui bouillonne. « Non, attends… attends, maman ! Maman, s'il te plaît ! » L'eau s'engouffre dans sa bouche, dans ses poumons, et le visage de sa mère se trouble, irrémédiablement, elle a beau hurler et pleurer, rien n'y fait, elle est aspirée par des forces supérieures aux siennes, qui la crachent, soudain, sur la terre molle et grasse, le nez dans son vomi, reliquat liquide de son voyage intérieur.

Paco l'aide à se relever. Ses jambes flageolent, elle n'arrive pas à tenir debout toute seule. Au bout de quelques pas, elle s'arrête et vomit de nouveau. « Ça va aller… ça va aller, mAma Gabrielle, dit le chaman, tiens-toi à moi. » Malgré sa frêle silhouette, il la soutient jusqu'à la pièce où dort Philippe. « Doucement, doucement… Voilà… » Elle s'allonge sur le matelas en face de son père, recroquevillée sur elle-même. Avant de sombrer dans le sommeil, elle a tout juste le temps d'ouvrir un œil pour regarder son père. « Je te pardonne », a-t-il crié. Mais à qui s'adressait-il ?

# Chapitre 21

Le samedi soir, c'est « Fort Boyard ». Pizza de *Gino*, Hermès sur les genoux, bouteille de Coca à portée de main. Il n'a pas envie de déprimer et, bizarrement, ce genre d'émission l'aide un peu. Il a l'impression de retrouver des amis chaque semaine. Bien sûr, c'est une amitié unilatérale, puisque Cendrine Dominguez, le père Fouras et Passe-Partout n'ont pas la moindre idée de son existence, mais lui, il les connaît, et plutôt bien.

Soudain, le carillon de la sonnette retentit. Philippe regarde sa montre : 21 h 45. Qui peut bien venir le déranger à cette heure-là ? Il pose Hermès sur le canapé, puis se lève et se dirige vers la porte. Il écarte légèrement le rideau et regarde par la fenêtre en direction du portillon. C'est sa fille, qui grelotte sous le crachin de février. Philippe court lui ouvrir.

– P'tit Loup, mais… qu'est-ce que tu fais ici ?

Pour toute réponse, elle fond en larmes. Alors il la couvre de ses bras, de son regard, de son amour, il attrape la valise posée à ses pieds et emporte tout cela à l'intérieur.

– Allonge-toi sur le canapé, dit-il, l'aidant à retirer son manteau. Puis : Tu veux un Nesquik ?

C'était la boisson du réconfort quand elle était petite. Avec des chamallows à tremper dedans, mais il n'a pas de chamallows. Elle fait oui de la tête. Il sort un plaid, le pose sur elle, couvrant bien ses pieds comme elle aime, puis file à la cuisine. Il ne boit pas de Nesquik, mais il en a toujours une boîte, au cas où. Il verse la poudre au fond du bol, ajoute le lait puis met le tout au micro-ondes une minute. Pendant que l'appareil fait son œuvre, il prépare un plateau avec une plaquette de chocolat, des nectarines et un yaourt à la vanille, leur marque préférée. Quand tout est prêt, il retourne à son chevet.

— Voilà, ma chérie. Attention, c'est chaud, dit-il.

À la télévision, le père Fouras donne son énigme :

*Il est toujours au cœur des flammes,*
*Mais c'est loin d'elles qu'on le fonde.*
*Encore nombreuses y sont les femmes,*
*Et les étudiants y abondent.*
*Qui est-il ?*

— Le foyer, répond Gabrielle du tac au tac, et à ce mot elle fond de nouveau en larmes dans ses bras.

Le foyer… oui, c'est son foyer, son refuge, le seul endroit sur Terre où elle sera toujours la bienvenue, où elle sera toujours accueillie avec la porte grande ouverte, quels que soient le temps, la saison, les circonstances. Il meurt d'envie de savoir ce qu'il s'est passé, mais il est trop tôt, bien sûr. Pour le moment, elle a simplement besoin de sa présence, de savoir qu'il est là pour elle, et qu'elle peut rester ici aussi longtemps qu'elle le souhaite.

Contre lui, Philippe sent le corps de Gabrielle s'abandonner. Quelque chose s'est passé. Quelque chose qui le rend à la fois infiniment triste et infiniment heureux. Est-ce possible ? D'être à la fois infiniment triste et infiniment heureux ? Et est-il possible, surtout, de se considérer comme un bon père tout en se réjouissant du malheur de sa fille ? Ils étaient devenus tellement distants. Benoît l'avait attirée dans son giron, mais c'est vers *lui* qu'elle reviendra, toujours. Et toujours, il l'accueillera.

C'est vrai, il a souffert. Il lui en a voulu de tomber dans le piège de ce salaud narcissique, et d'oublier son vieux père en route. Il s'était même fait la promesse de ne pas mollir si, un jour, elle venait comme aujourd'hui toquer à sa porte, avec son baluchon sur l'épaule. « Tu la regarderas avec autorité, avant de lui ouvrir. »

Il a molli, bien sûr. À peine l'a-t-il aperçue, entre les barreaux du portillon, que son cœur s'est transformé en guimauve incapable de la moindre sévérité. Il baisse les yeux vers elle, vers son front éclairé des flashs de la télé. Elle dort. A-t-il la force ? Il en meurt d'envie. Le problème, bien sûr, est qu'elle ne pèse plus quinze kilos, et qu'il n'a plus trente ans. Malgré tout, il décide d'essayer. Il se décale sur le canapé, passe une main sous ses genoux, bascule légèrement en arrière pour se donner de l'impulsion, puis... puis rien, car il a senti un craquement dans son dos. Il reste immobile quelques instants, évaluant l'intensité de la douleur, puis décide de recommencer. Cette fois, pas de craquement, il est debout, sa fille de vingt-cinq ans et soixante kilos dans les bras. « Heureusement que tu n'as jamais arrêté la boxe », pense-t-il, se dirigeant bon an mal an vers l'escalier. Il regarde la quinzaine de marches le séparant du premier étage. Il est obligé de monter en crabe, sinon il va lui cogner la tête contre le mur. Il prend une respiration, puis entame son ascension. Il se demande comment font les pompiers qui vont chercher des corps bien plus lourds au milieu des flammes. Ses bras et ses jambes le brûlent, mais il arrive en haut en évitant l'accident. Toujours en crabe, il longe le couloir jusqu'à la chambre de Gabrielle. Avec l'aide de son petit doigt, il baisse la poignée et ouvre la porte. Les derniers mètres jusqu'à son lit sont une torture, mais il parvient à l'y déposer sans la réveiller. Il reprend son souffle, étire ses muscles, puis remonte doucement la couette sur les épaules de sa fille. « Voilà, tu es en sécurité maintenant », dit-il en l'embrassant sur le front. Et il sort de la chambre, tout heureux que l'écrin ait retrouvé son joyau.

\*

Philippe regarde sa montre, impatient. Il est 10 heures passées, cela fait donc plus de douze heures qu'elle dort. Il a tué le temps en préparant un petit déjeuner gargantuesque, et désormais il est seul à table, devant ses assiettes de viennoiserie, de bacon et de pain grillé, à jeter des coups d'œil frénétiques en direction du salon d'où elle est censée émerger. « Peut-être qu'elle a besoin de moi ? Qu'elle pleure dans son lit ? » Il se lève, mais se rassied aussitôt. En réalité, il a peur qu'elle soit en train d'appeler Benoît. C'est le problème avec ces téléphones portables : on peut appeler n'importe qui, n'importe quand. Même depuis son lit. Philippe se prépare une tartine avec de la confiture et du beurre, la mange lentement, puis, ne supportant plus de rester immobile à attendre, décide de sortir pour s'occuper de son jardin.

Il a déjà rempli deux sacs de mauvaises herbes quand une voix l'appelle depuis la terrasse :

– Salut, papa !

Il se lève et se retourne.

– Salut, P'tit Loup !

Elle est habillée, ses cheveux blonds fraîchement lavés ramenés en chignon au-dessus de la tête. Il essaie de détecter son humeur, mais elle ne laisse rien transparaître. Il retire ses gants, les jette à côté des sacs, puis traverse le jardin à sa rencontre.

– Tu as bien dormi ? demande-t-il, l'embrassant sur la joue.

Elle hausse les épaules. Puis, levant ses yeux vers lui :

– Ce qui est étrange, c'est que je n'ai aucun souvenir de m'être couchée.

Il sourit.

– Tu t'es endormie sur le canapé.

– Ne me dis pas que tu m'as portée jusqu'à ma chambre ?

– C'est qu'il en a encore dans les muscles, ton vieux père ! Tu viens ? Le petit déjeuner est prêt.

Il laisse Gabrielle s'asseoir et lui prépare un bol de Nesquik.

– Plutôt un café, papa, s'il te plaît.

Il s'arrête, frappé par le constat, abrupt, qu'elle est une adulte, et remet la poudre chocolatée dans le pot.

– Je n'avais pas vu qu'il y avait des croissants, se reprend-elle. Finalement, je veux bien un Nesquik.

– Tu es sûre ? J'ai du bon café, sinon.

– Oui, oui. Tu me connais, j'adore tremper mes croissants dans le chocolat.

Il pose le bol sur la table et s'assied en face d'elle. Mille questions lui brûlent la langue, mais n'est-ce pas à elle de faire le premier pas ? Peut-être n'a-t-elle pas envie d'en parler ? Peut-être est-il trop tôt ? Soudain, elle dit, laconiquement :

— Il faut que j'aille récupérer mes affaires.

Donc c'est terminé ? Aux oubliettes, le Benoît ?

— Je peux y aller pour toi, P'tit Loup, si tu préfères.

Elle baisse les yeux vers son bol. Une larme s'écrase à la surface.

— Je veux bien, merci papa.

Qu'a-t-il fait, cet idiot ? Qu'a-t-il fait pour la mettre dans un tel état ?

— J'irai dans la matinée. Il faut juste que tu me dises ce que je dois prendre.

— Tout est dans mon armoire. Et il y a une pochette jaune, dans la salle de bains. Le reste est à lui, je n'en veux pas.

Philippe sent la colère monter. Il a envie de partir sur-le-champ, d'arracher à Benoît la confession de son crime, quel qu'il soit. Cependant, est-ce une bonne idée ? La dernière fois qu'un garçon a fait du mal à sa fille, il a voulu le tuer.

— Je suis désolée de te causer des soucis, dit Gabrielle après un silence.

— Tu ne me causes aucun souci, P'tit Loup. Jamais.

Elle hausse sans conviction les épaules, s'essuie les yeux et soupire.

— Je suis fatiguée, papa. Est-ce que ça te dérange si je retourne me coucher ?

— Bien sûr que non, mon ange !

— Les clés de l'appart sont dans mon sac à main, accroché dans l'entrée. Merci, mon papa…

Il la regarde se lever, poser son bol dans l'évier, puis s'évaporer hors de la cuisine. Philippe serre les poings, se retenant de frapper la table. C'est à lui de gérer, désormais. « Repose-toi, ma chérie, papa s'occupe de tout… » murmure-t-il.

Il se gare devant l'immeuble où habite sa fille. Habitait ? Il ne sait pas, tout est fragile. Il n'y est venu que trois fois en deux ans.

La première pour son emménagement, la deuxième pour fêter sa sortie de Polytechnique, et la troisième pour Noël, le seul qu'ils n'aient pas fêté *chez eux*, car Benoît avait refusé de se déplacer. Il espère qu'elle ne remettra plus jamais les pieds ici. C'est un lieu qui, dans sa mémoire, ne contient aucun souvenir joyeux. Il ouvre la porte de l'immeuble avec le bip accroché au trousseau, monte les trois étages le séparant de l'appartement, prend une grande inspiration puis toque. La porte s'ouvre.

— Ah enf…

Le visage de Benoît se fige, bouche grande ouverte.

« Qu'est-ce qu'elle a bien pu te trouver, mon vieux ? »

— Je viens chercher les affaires de Gabrielle, dit Philippe.

Il a envie de le faire souffrir, comme il fait souffrir sa fille depuis des années.

— Ses affaires ? Mais…

Benoît le suit dans la chambre. Il exhale une odeur d'alcool et de cigarette mélangées. Philippe déteste cette odeur, et son dégoût ne fait que croître pour cet imbécile qui semble chercher ses mots.

— Elle est… elle est chez vous ? demande Benoît.

— Oui. Elle est chez elle.

Philippe dépasse Benoît d'une bonne tête et de vingt ou trente kilos. Il aime que son ascendant psychologique soit confirmé par cette domination physique. Benoît traîne dans son ombre, en quête de réponses.

— Est-ce que… Elle vous a tout raconté, je suppose ?

Philippe se garde bien de lui dire la vérité.

— Évidemment.

Derrière lui, il entend le sommier grincer. L'autre a dû s'asseoir sur le lit.

— C'est sûr, j'ai déconné… Mais vous savez ce que c'est ! Les soirées, un peu d'alcool… c'étaient des coups d'un soir, rien de plus !

Il l'a trompée, donc. Plusieurs fois.

— Non, je ne sais pas ce que c'est, répond Philippe.

— Je… je lui ai écrit des messages, mais elle ne répond pas.

— Tous ses vêtements sont ici ? demande Philippe.

— Oui.

— Si tu mens, c'est moi qui reviendrai les chercher. Et ça ne me fera pas plaisir.

— Il y en a peut-être dans le bac à linge sale…

Philippe se lève et se dirige vers la salle de bains. Le téléphone de Benoît est posé sur la vasque. Il n'y résiste pas et jette un coup d'œil. « Je suis désolé… » « Pardonne-moi… » « Et les secondes chances ? » « Je te rappelle que tu as eu ton boulot grâce à mon père. » Philippe repose le téléphone. S'il continue à lire, il va vomir. Il fouille dans le panier à la recherche des vêtements qui appartiennent à Gabrielle et les range dans son sac, avec la trousse jaune dont elle lui a parlé. Ceci fait, il retourne au salon.

— Y a-t-il autre chose que je doive prendre ?

Benoît hausse les épaules.

— Il y a son lecteur CD, posé là-bas. Et ses livres.

Il réfléchit puis ajoute :

— La plupart des choses dans cet appartement ont été achetées par mes parents, alors…

— Et ses bijoux ?

— Elle les a pris hier soir.

Philippe fait un dernier tour, puis se dirige vers la sortie.

— Attendez !… Philippe ! Auriez-vous la gentillesse de dire à Gabrielle… enfin…

L'intéressé hésite un instant, son corps engagé dans l'embrasure, puis se tourne vers le jeune homme.

— Je ne lui dirai rien du tout. Je pense… (Il le regarde de haut en bas, puis plante ses yeux dans les siens.) Je pense que tu es un trou du cul, Benoît. Un imbécile qui n'a pas su prendre soin du joyau qu'il avait entre les mains. Jamais je n'encouragerai Gabrielle à te revoir. Elle mérite bien mieux. Un homme qui l'appréciera à sa juste valeur.

Il pivote pour s'en aller, mais il entend un murmure, derrière lui.

— Qu'est-ce que tu as dit ?

– Rien.

– Si, si, tu as dit quelque chose, j'ai entendu.

Les yeux emplis de terreur, Benoît ouvre la bouche et la referme.

– Tu as dit que la prolétaire pouvait retourner d'où elle venait, c'est bien ça ?

Philippe fait un pas vers lui, un énorme pas, fendant l'air et la dignité de Benoît qui recule contre le mur, ses bras en protection devant lui.

– Quoi, tu as peur ? Allons, allons, je suis peut-être un prolétaire, moi aussi, mais je ne suis pas violent.

Il marque un silence, ses yeux toujours braqués sur ceux de Benoît, puis ajoute avec une sorte de sourire en coin, glacial :

– Enfin… il y a bien une chose… oui, il y a une chose, une seule chose au monde qui peut me rendre violent. Tu sais ce que c'est ? Vas-y, essaie de deviner.

Benoît hoche la tête d'un air qui veut dire : « Non, je ne sais pas, je ne veux pas savoir, laisse-moi tranquille, espèce de fou ! »

– Allez, je vais te le dire. La seule chose au monde qui peut me faire disjoncter, c'est quand… quand on fait souffrir ma fille. Là, c'est un truc que je ne maîtrise pas. Comme si quelque chose explosait dans ma tête, tu vois ? BOOM ! (Nouveau mouvement du corps en direction de Benoît, recroquevillé sur lui-même.) Ne le dis à personne, mais si quelqu'un s'en prenait à ma fille de façon un peu sérieuse, je crois que je serais capable du pire. Je n'arriverais plus à me raisonner. Je l'aime trop, tu comprends ?

Philippe s'écarte légèrement pour laisser Benoît respirer. Il n'y a plus l'ombre d'un sourire sur ses lèvres.

– Je crois qu'il vaut mieux pour tout le monde que tu arrêtes de la contacter. Gabrielle a besoin de se ressourcer, loin de ton emprise néfaste. Je peux compter sur toi ?

Acculé contre son mur, Benoît fait oui de la tête.

– C'est bien, je vois que tu es raisonnable.

Philippe lui tapote doucement l'épaule, comme pour ancrer physiquement ces mots en lui, puis tourne les talons et disparaît dans le couloir.

Quand il rentre chez lui, il trouve sa fille allongée sur le canapé, Hermès roulé en boule sur son ventre.

– Je vois que tu as de la compagnie, dit-il.

– Oui, c'est un vrai pot de colle. Impossible de m'en débarrasser !

Comme s'il comprenait qu'on parlait de lui, le chat émet un miaulement, se lève et donne un coup de tête dans le menton de Gabrielle.

– C'est sa façon de te dire qu'il t'aime très fort, dit Philippe.

– Moi aussi je l'aime très fort, répond Gabrielle.

Quelques secondes s'écoulent, puis Philippe s'assied dans le fauteuil près du canapé.

– J'ai récupéré tes affaires. J'ai tout monté dans ta chambre.

– Merci, papa.

Elle hésite un instant puis demande :

– Benoît était là ?

– Oui.

– Il ne devait pas s'attendre à te voir débarquer.

– En effet, il était un peu surpris.

Il la trouve pâle, fatiguée. Soudain, ses yeux brillent et elle détourne la tête.

– P'tit Loup…

Elle ne répond pas, son visage enfoui dans un coussin.

– Gabrielle, écoute-moi… Je comprends que tu sois triste. Vous êtes restés ensemble quoi… trois ans, c'est ça ? Ce n'est pas rien, trois ans de relation. On s'attache, forcément. Mais tu as encore toute la vie devant toi ! Tu es gentille et brillante, tu retrouveras quelqu'un. Un homme qui saura t'aimer vraiment.

Il n'a jamais été très doué pour ce genre de discours. Quand elle était petite, c'était plus simple : il la prenait dans ses bras et la serrait très fort. Aujourd'hui, il y a cette distance entre eux. Il ne se sent plus aussi légitime pour sécher ses larmes. « Elle a sans doute besoin d'être un peu seule », pense-t-il. Il veut se lever, mais elle attrape son poignet et le force à rester assis.

– Je suis désolée d'être… faible, dit-elle.

– Tu n'es pas faible, ma chérie, tu es…

Soudain, il réalise que c'est à cause de lui. C'est à cause de lui si elle cache ainsi ses larmes, si elle a honte de pleurer. C'est parce qu'il lui a appris à être forte, jamais à être faible. Parce qu'il lui a répété, durant toute son enfance, puis son adolescence, qu'elle était une guerrière, une battante qui pouvait terrasser le monde à la force de ses poings et de son esprit.

– Tu as le droit… tu as le droit d'être faible, dit-il. Tu as le droit de pleurer, et de vouloir te faire toute petite… tellement petite que tu pourrais te cacher sous un caillou et que plus personne ne te verrait. Dans la vie, parfois, on boxe. On affronte le monde la tête haute, avec panache et énergie. Et d'autres fois, on a juste besoin d'un bol de Nesquik et d'un coussin pour enfouir sa tête.

Gabrielle retire son coussin et le regarde. Des larmes coulent de ses yeux.

– J'ai été dure avec toi, dit-elle.

– C'est oublié, P'tit Loup.

– J'ai été dure alors que… alors que tu as toujours été là pour moi. Je suis tellement désolée, papa…

Philippe se glisse du fauteuil au canapé et prend sa fille dans ses bras.

– Moi, tu sais, tout ce que je souhaite, c'est que tu sois heureuse. Le reste…

Elle s'accroche à lui, et c'est comme dans ses rêves les plus fous, tous ces rêves qu'il a faits ces dernières années, quand elle était si loin de lui et qu'il regardait chaque jour son téléphone, désespérément, dans l'espoir de quelques nouvelles. Elle essuie ses yeux et les lève vers lui.

– Ça te dérange si je reste quelque temps à la maison ? Je vais chercher un nouvel appartement, mais…

– Cette maison, c'est autant la tienne que la mienne. Tu y restes aussi longtemps que tu le souhaites.

« Même pour toute la vie, si nécessaire », a-t-il envie d'ajouter, gardant pour lui cette pensée.

– Merci, papa…

— Tu n'as pas à me remercier, P'tit Loup. Encore une fois, tu es *chez toi* ici.

Elle acquiesce et se pelotonne contre lui. Ses cheveux sentent le shampoing qu'il a gardé pour elle, *au cas où*, comme le Nesquik. Il reconnaîtrait ce parfum entre mille, ce parfum d'enfance et de jeux, de rires, d'agacement, aussi, parfois, quand elle refusait de prendre son bain ou au contraire ne voulait plus en sortir. Parfum de mousse blanche qu'il avait collée sur son menton, un soir de décembre, pour jouer au Père Noël, et elle avait demandé : « Papa Noël, est-ce que tu m'apporteras maman au pied du sapin ? » C'était le seul cadeau qu'il n'avait jamais été en mesure de lui offrir…

« J'ai envie de boxer », lui a dit Gabrielle après le déjeuner. Alors Philippe a installé le punching-ball et sorti leurs gants. Ils prenaient la poussière au fond du cabanon. « On va voir si tu en as encore dans les jambes », lui a-t-il dit, et elle lui a prouvé qu'elle en avait encore. D'abord retenu, son bras s'est fait plus vif, plus percutant, à mesure que la séance avançait, et elle a fini en larmes dans ses bras. La serrant ainsi contre lui, il espère pouvoir prendre un peu de sa douleur.

Ils rentrent et Philippe allume un feu de cheminée. C'est la première fois depuis que Gabrielle est partie de la maison, il y a maintenant six ans. Il attend que les bûches s'enflamment, remuant de temps en temps le petit bois avec son tisonnier, puis rejoint sa fille emmitouflée sur le canapé sous un plaid sur lequel est allongé Hermès. Ils regardent et écoutent le feu crépiter dans son foyer, comme autrefois, mais avec aujourd'hui le sérieux de deux adultes plongés dans leurs pensées.

— Papa, dit Gabrielle au bout d'un moment, il faut… il faut que je te confie quelque chose.

Philippe se tourne vers elle.

— Bien sûr, je t'écoute, P'tit Loup.

Ses yeux sont toujours fixés sur la cheminée, grands ouverts, comme s'offrant aux flammes qui ondulent dans l'âtre. Gabrielle semble hésiter à parler, et Philippe a la sensation que cette hésitation est la dernière étape avant leur totale réconciliation. Depuis la veille, l'espace qui les séparait s'est considérablement réduit, mais il reste encore quelque chose… comme un ultime non-dit, les empêchant d'être tout à fait eux-mêmes.

– Je…

Sa poitrine se soulève, elle ferme les yeux et expire lentement, comme si elle soufflait dans une paille.

– Tu peux tout me dire, tu sais.

Devant son silence, il ajoute :

– Tu te rappelles quand on jouait aux papiers secrets ?

– Bien sûr, oui.

– On n'a qu'à faire pareil. Tu écris ce que tu veux me dire, et moi je t'écris aussi un secret en contrepartie.

– D'accord.

Philippe se lève, va chercher deux stylos et un carnet. Puis il s'éloigne un peu et réfléchit à ce qu'il pourrait lui confier. Quelque chose d'important, qu'il ne lui a jamais dit. Il pense à ses parents, mais chasse aussitôt leurs visages de sa tête. Ce secret, on l'enterrera avec. Soudain, il a une idée. Il attrape son stylo et écrit : « Avant que ta mère tombe enceinte de toi, nous nous étions faits à l'idée de ne pas avoir d'enfant. Des médecins nous avaient diagnostiqué une infertilité incurable. Tu es un miracle de la nature. » Il relit sa confidence et se félicite intérieurement. C'est une vraie et belle confidence. Mieux : c'est une révélation d'ordre existentielle.

– Tu as fini ? demande-t-il à travers la pièce.

– Oui.

Il retourne s'asseoir sur le canapé et ils échangent leurs papiers. Philippe déplie celui de Gabrielle et lit : « J'ai avorté. » Il reste quelques instants hagard, puis lève les yeux vers elle. Il a envie de reprendre son papier, de l'arracher des mains, mais c'est trop tard, elle l'a déjà lu. Son visage est neutre, sans expression. « Parle, dis quelque chose ! » s'impose Philippe. Mais quoi ? Comme il aurait aimé qu'elle lui dise cela pendant la boxe ! Au moins, son corps aurait su comment réagir ! Soudain, elle tourne son regard vers lui, et Philippe décide de recourir à la technique du « gros câlin très fort ». Elle le repousse et s'exclame :

– Tu dois trouver que je suis un monstre !

– Un monstre ? Mais qu'est-ce que tu me racontes ?

Elle agite le papier qu'il lui a donné.

– Avec ce que vous avez traversé avec maman ? Et moi qui…

Elle fond en larmes, mais n'oppose cette fois aucune résistance à son étreinte. « Quelle merveilleuse idée, ton secret, en effet ! » pense Philippe.

– Chaque histoire est différente, P'tit Loup. Qui suis-je pour juger la tienne ?

Quelques secondes passent, le temps pour le feu d'expirer sa dernière braise. Gabrielle baisse les yeux vers son ventre.

– Je ne pouvais pas le garder, papa… je ne pouvais pas…

– Je comprends, ma chérie. Tu es si jeune, tu as encore toute la vie devant toi !

– Benoît voulait que je le garde. Il a beaucoup insisté, mais…

– C'est ton corps, ton choix, la coupe Philippe, agacé.

– J'avais tellement peur… Me dire que j'avais un être humain en moi, dans mon corps… Je viens à peine de commencer à travailler, je n'étais pas prête ! Pas prête du tout !

– Tu n'as pas à te justifier, P'tit Loup.

– Benoît a dit que j'avais commis un meurtre. Il est très catholique, alors…

– Benoît est un con qui n'a jamais su te respecter.

Elle le regarde, surprise.

– Désolé, mais je l'ai toujours pensé, ajoute Philippe.

– Pourquoi tu ne me l'as jamais dit ?

– Parce que ce n'était pas mon rôle. Je n'avais pas envie de m'immiscer dans votre vie de couple.

Gabrielle sourit tristement, comme si elle aussi venait de réaliser quelque chose.

– Il était très en colère que j'aille faire l'opération. Il ne voulait même pas m'accompagner. Au dernier moment, il s'est finalement ravisé, et s'est montré plutôt tendre et bienveillant. Mais quelque chose était cassé entre nous. C'était il y a six mois.

« Six mois… » pense Philippe, blessé dans son orgueil de père qui aurait aimé être là pour elle, l'accompagner dans cette épreuve.

– Il y a un temps pour tout, P'tit Loup, dit-il. Tu as pris la décision qui te paraissait la plus raisonnable dans les circonstances qui étaient les tiennes à ce moment-là.

– Tu crois que je serai prête un jour ? demande-t-elle après un silence.

– À devenir mère ?

– Oui.

– C'est une grande question : est-on jamais prêt à devenir parent ? Tu sentiras certainement quelque chose au fond de toi. Comme un nouveau besoin, l'envie de découvrir un pays inconnu. Ça vient avec le temps. Ou pas, car certaines personnes vivent très heureuses sans enfant. Quoi qu'il en soit, il ne faut jamais aller contre son instinct. N'est-ce pas Héraclite qui disait que tout est toujours en mouvement ? (Gabrielle acquiesce, sourire aux lèvres.) Eh bien, il faut suivre et écouter les mouvements de ton cœur.

Philippe sent qu'elle veut ajouter quelque chose mais qu'elle n'ose pas, sans doute par peur de le blesser.

– Évidemment, dit-il pour l'aider, c'est d'autant plus délicat pour toi que tu n'as pas de modèle auquel t'identifier.

Gabrielle le regarde, puis tourne ses yeux vers la photo de sa mère, posée sur le meuble.

– J'aimerais tant me souvenir d'elle, murmure-t-elle.

Philippe sourit et soupire tendrement.

– Tu sais, j'ignore ce qui est le plus douloureux. Parfois, je crois que j'aimerais mieux ne pas me souvenir. Les souvenirs, ce sont comme des ombres qui ne vous quittent jamais. Elles rôdent près du cœur, toujours prêtes à le surprendre et l'étreindre. C'est une vie épuisante…

\*

Gabrielle reste chez eux plusieurs semaines, puis décide qu'il est temps pour elle de retrouver son indépendance – et un logement dans Paris, plus près de son travail. Philippe s'était réhabitué à sa présence, mais avec la conscience lucide qu'il vivait là une sorte de parenthèse enchantée. Elle lui en parle un matin de juin, avec un journal d'annonces immobilières dans les mains. Sans tergiverser, elle lui demande ce qu'il pense de tel ou tel appartement, et s'il est d'accord pour l'accompagner dans ses visites. Immédiatement, Philippe remarque qu'ils sont tous situés à proximité d'une station de RER, ce qui apaise ses craintes de la voir disparaître à nouveau.

Finalement, elle jette son dévolu sur un studio près de la gare de Lyon. Polytechnicienne et jeune fonctionnaire d'État, elle n'a aucun mal à positionner son dossier en haut de la pile. Le propriétaire, un homme d'une soixantaine d'années qui possède un parc immobilier dans Paris, l'autorise à faire elle-même les travaux qu'elle juge nécessaires dans l'appartement. « Évidemment, je prendrai tous les frais à ma charge », ajoute-t-il lors de la signature, ayant sans doute repéré dans ce binôme quelque appétence pour le bricolage qui lui permettrait de rénover son bien à moindre coût. Philippe, quant à lui, y voit une occasion rêvée de passer du temps avec sa fille, et c'est donc à peine le bail signé qu'il l'emmène chez Leroy Merlin, où il est comme un poisson dans l'eau.

– N'oublie jamais, dit-il, figé devant les différents modèles de douche, la clé, c'est une bonne pente. Si tu n'as pas une bonne pente, l'eau ne peut pas s'écouler correctement. C'est souvent l'erreur que commettent les artisans négligents.

C'est la troisième ou quatrième fois qu'il lui parle de pente depuis qu'ils sont partis de la maison, mais elle se garde bien de le mentionner : ça le rend trop heureux. Soudain, il interpelle un vendeur et le bombarde de questions. Ce dernier répond point par point à ses interrogations, souriant légèrement lorsque Gabrielle ose prendre la parole dans ce débat d'experts.

– Nous n'avons pas de scie sauteuse, dit-elle soudain. Est-ce qu'une égoïne à denture fine pourrait faire l'affaire ?

Le vendeur la regarde bouche bée, puis confirme que c'est tout à fait possible. « C'est bien, ma fille ! » pense Philippe, la prenant avec fierté par l'épaule. Après le rayon des salles de bains, ils se dirigent vers celui de la plomberie. Philippe a remarqué que les toilettes n'étaient pas très bien fixées et qu'il y avait un risque de fuite.

– Est-ce que tu vois les raccords rapides ? demande-t-il.

– Oui, ils sont là, répond Gabrielle. Et il y a les olives en cuivre juste à côté. Je prends du téflon aussi ?

– Yes, on va te faire un truc bien étanche !

Près d'eux se tient un jeune homme, immobile et droit comme un I, le regard perdu dans cet amas de tés, coudes, joints et autres « bidules » pour qui n'a jamais mis le nez dedans. Il inspire pitié à Philippe, qui lui demande :

– Je peux vous aider ?

L'intéressé se retourne, surpris.

– Vous travaillez ici ?

– Absolument pas. Disons simplement que j'aime rendre service.

– C'est rare, les gens comme vous.

– À Paris certainement, mais dès qu'on s'éloigne un peu…

Puis, sentant sa fille s'impatienter :

– Bon, dites-moi, quel est votre problème ?

– Mon évier est toujours bouché, et j'aimerais faire quelque chose.

– Et vous n'y connaissez rien, c'est ça ?

– Rien du tout.

– Vous habitez loin ?

– Oh non, j'ai emménagé très récemment près de l'hôpital Saint-Antoine.

Philippe se tourne vers Gabrielle.

– C'est juste à côté de chez toi, ça, non ?

Gabrielle acquiesce.

– Dans ce cas, si ça vous dit, je peux passer un jour jeter un œil.

– Un peu que ça me dit ! C'est vraiment adorable de votre part !

Philippe sort un stylo et un carnet de sa poche.

– Donnez-moi votre numéro, je vous appellerai.

Le jeune homme s'exécute.

– Super. Et votre prénom, c'est ?

– David.

# Chapitre 22

Gabrielle regarde par le hublot l'immensité du Pacifique plongé dans la nuit. Il y a quelque chose d'inquiétant, et d'en même temps profondément envoûtant, dans cette grande masse sombre, striée de lames blanches par la lune. L'Atlantique, elle connaît. Elle l'a traversé mille fois pour se rendre à New York, où se situait le siège de son ancienne entreprise. Elle s'est baignée dans son eau, en France, au Brésil, au Portugal, elle y a même fait du bateau… Mais le Pacifique lui semble d'une profondeur et d'une taille insondables.

À côté d'elle, son père dort. Elle va devoir le réveiller, car l'avion entame sa descente vers l'île de Pâques. Durant le vol, elle a tenté de reparler avec lui de ce qu'ils avaient vécu chez Paco. Une fois de plus, il lui a dit qu'il ne se souvenait de rien. Elle n'y croit pas, car elle sent qu'il est perturbé. Mais elle n'insiste pas. Alors ils ont discuté de sa vision à elle. « C'était si vrai… si fort… comme si maman avait véritablement surgi là, devant moi. » Elle lui a confié qu'elle avait peur d'oublier son visage, sa voix, qu'elle y pensait en permanence pour conserver en elle toute la netteté de cet instant. Il a souri et elle a compris que c'est ce que lui-même devait ressentir, chaque jour, depuis que le diagnostic était tombé.

— Papa, réveille-toi, il faut attacher ta ceinture.

Il ouvre les yeux, regarde à son tour par le hublot.

— Alors c'est ça, l'île de Pâques, dit-il. Un petit caillou au milieu de nulle part.

C'est aussi ce qu'elle ressent. Dans un magazine, elle a lu que c'était l'aéroport le plus isolé de la planète. Elle aurait préféré enchaîner Santiago du Chili-Papeete, mais il n'y avait aucune liaison directe. Ils vont être obligés de sortir de l'appareil, patienter deux bonnes heures sur ce bout de caillou, comme dit son père, puis retourner dans l'avion avant de s'embarquer pour un nouveau vol de six heures en direction de Tahiti.

L'avion se pose sur la piste. La première chose qui frappe Gabrielle en descendant l'escalier vers le tarmac, c'est le froid. Un froid venteux et humide, qui perce l'épaisseur de son manteau. L'océan est là, tout autour. Ils sont au bout du monde, dans une sorte de gueule énorme, très sombre, dont l'haleine salée mouille tout, ronge tout, même les arbres aux branches tristes et décharnées. Elle n'aime pas cet endroit. Elle s'y sent à vif, vulnérable. Elle s'accroche à son père qui lui, au contraire, sourit avec une sorte d'extase, ses yeux fixés au loin, vers l'horizon mangé de ciel et de mer. Elle lui demande pourquoi il sourit ainsi.

– Je me sens vivant, répond-il.

Tant mieux, ce n'est pas ici qu'Alzheimer viendra le chercher.

Ils suivent les autres voyageurs jusqu'au terminal, qui, avec son toit en pandanus et ses moaïs, ressemble plus à une pagode polynésienne qu'à un bâtiment administratif officiel. Il y a également une sculpture de cachalot en bois, devant laquelle Gabrielle s'arrête un instant. Elle ne l'a pas dit à son père, mais à Moorea, ils sont censés nager avec les baleines. Est-ce bien prudent ? Ne ferait-elle pas mieux d'annuler ? « Nous aviserons en fonction de son état », décide-t-elle.

Elle sort leurs passeports et les papiers qu'elle a remplis dans l'avion, et tend l'ensemble à la femme derrière son guichet. Cette dernière porte une couronne de fleurs dans les cheveux et une écharpe en alpaga autour du cou. Deux accessoires qu'on ne s'attendrait pas à voir associés, et qui semblent confirmer le statut particulier de cette île, au carrefour des climats et des civilisations. Ils suivent le panneau des correspondances et parviennent en cinq minutes à peine devant la porte d'embarquement, matérialisée par deux palmiers formant une arche. Ils s'asseyent sur un banc, à côté d'un couple qui regarde un film sur une tablette pour passer le temps.

— Si seulement toutes les correspondances pouvaient être aussi rapides, s'amuse Gabrielle.

Philippe hausse les épaules.

— Moi, je crois que les voyages perdraient un peu de leur sel. La joie d'arriver quelque part est aussi conditionnée par les épreuves rencontrées sur le chemin, non ? Un peu comme la vie, finalement.

Cette réflexion lui rappelle celle qu'elle a eue elle-même chez Paco. Les bifurcations, l'inattendu, la possibilité d'un voyage derrière chaque virage. « Je te pardonne », a-t-il dit avant de vomir l'*ayahuasca* dans l'herbe. Mais à qui a-t-il pardonné ? Et quoi ? La question la hante. Elle n'y résiste pas :

— Papa, je sais que tu ne t'en souviens pas, mais quand nous étions chez Paco, tu as dit quelque chose.

Elle se tait un instant, scrutant son visage. Rien ne cille. Ses yeux sont fixés sur l'avion que des ouvriers alimentent en kérosène. Puis ses lèvres s'ouvrent et il dit :

— Je te pardonne.

Elle fronce les sourcils.

— C'est ce que j'ai dit, non ? *Je te pardonne.*

— Oui ! s'exclame Gabrielle. Alors tu t'en souviens ?

Il se tourne vers elle.

— Je t'ai entendu en parler avec David.

— Oh… fait-elle, déçue.

Un silence s'écoule, que sa voix finit par briser avec ces mots étranges :

— Tu sais Gabrielle, parfois, il est préférable de laisser le passé où il est.

Que veut-il dire par là ? Cette phrase semble tombée du ciel, sans rapport avec le reste de leur discussion. Gabrielle la mettrait bien sur le compte d'Alzheimer, mais le regard de son père est lucide. Ce sont des mots prononcés en toute conscience et, dans le sourire qu'il lui adresse, elle lit une invitation à ne pas poser de question. Alors, respectant sa volonté, elle pose la tête sur son épaule et ferme les yeux. Après tout, cette île n'est pas à un mystère près.

Enfin, ils sont autorisés à remonter dans l'avion. Gabrielle observe les gens autour d'elle et ne peut s'empêcher de sourire. Certains ont gardé leur masque de nuit sur le front, d'autres se baladent avec la couverture de la compagnie sur les épaules. Chaque fois qu'elle prend un long-courrier, elle se dit que l'avion est véritablement un monde à part, avec ses propres codes sociaux, tout à fait différents de ceux de la terre ferme. Sauf lors de la Fashion Week, peut-être, où il convient également d'être le plus débraillé et cool possible !

L'appareil décolle. Son père s'endort très rapidement, sa tête appuyée comme d'habitude contre le hublot. Elle-même sent le sommeil l'envahir, mais alors que ses paupières deviennent de plus en plus lourdes et que ses pensées s'effilochent agréablement, une turbulence vient secouer la cabine. Son père sursaute, un œil encore au pays des rêves, l'autre braqué sur elle, exorbité et hagard.

– C'était quoi ça ?

– Une turbulence, papa. Un peu forte.

Il regarde autour de lui et semble constater que la plupart des autres voyageurs n'ont pas réagi.

– Une turbulence, ajoute-t-elle, c'est un changement dans le flux d'air. Quand l'avion est confronté à un courant descendant, il peut perdre subitement quelques dizaines de mètres d'altitude. Mais il n'y a vraiment aucun danger.

L'avion « chute » de nouveau, et cette fois Philippe attrape le bras de sa fille. En espagnol, le commandant de bord annonce que l'appareil va traverser une zone de turbulences, et que chacun doit regagner sa place et attacher sa ceinture.

– Qu'est-ce qu'il a dit ? demande Philippe.

— Que ça va secouer un petit peu, mais qu'il ne faut pas s'inquiéter.

L'appareil se stabilise un instant et l'étau se desserre. Mais tout à coup, ils sont ballottés vers la droite, puis vers la gauche, puis de nouveau vers la droite, et la carlingue se met à vibrer et tintinnabuler comme si la main d'un bébé géant avait attrapé l'avion et le secouait pour faire du bruit avec.

— P'tit Loup, j'ai peur !

Gabrielle aussi a peur.

— C'est impressionnant, mais il n'y a aucun danger. J'ai déjà connu bien pire, affirme-t-elle pourtant.

C'est faux, bien sûr, elle n'a jamais connu pire. Mais, pour le rassurer, elle est prête à tout, même à mentir. Comme il lui arrive de mentir parfois à ses enfants, et comme son père lui a déjà menti quand elle était petite. Mensonges nécessaires, imposés par des circonstances exceptionnelles. Soudain, alors qu'elle pensait avoir atteint l'acmé de la peur, l'avion se met à vibrer très fort et très vite, ses parois à émettre des bruits de crissement, comme si elles allaient exploser, et les masques à oxygène tombent comme dans les films de leur compartiment. En vingt ans de voyages à travers le monde, c'est la première fois qu'elle les voit. Des centaines (milliers ?) d'hôtesses de l'air et de stewards lui ont expliqué quoi en faire et comment les mettre, mais elle se sent paralysée, incapable d'agir. « Mesdames, messieurs, ne vous inquiétez pas, c'est une erreur du système, vous n'avez pas besoin de mettre vos masques, annonce le commandant de bord. Merci en revanche de bien rester à vos places, nous allons bientôt sortir de la zone de turbulences. »

— P'tit Loup, est-ce vraiment normal, tout ça ? demande son père, le dos plaqué contre son siège.

— Non, papa, ce n'est pas normal.

Elle n'a plus la force de mentir. Elle se sent minuscule et impuissante, soumise aux caprices d'une nature monstrueuse qui peut à tout moment les expédier dans le Pacifique.

— P'tit Loup, je t'aime !

– Moi aussi papa, je t'aime !

Autour d'eux, des scènes similaires, dignes d'un film, toujours.

Et puis tout s'arrête, brusquement. Ils sont encore accrochés l'un à l'autre, prêts à affronter ensemble la perspective de la mort, mais au lieu de cela les lumières s'allument et les hôtesses commencent à passer dans les couloirs pour remettre les masques à leur place.

– On est vivants, P'tit Loup.

– On est vivants, papa.

Et, comme lorsqu'elle était petite et qu'elle ramenait une bonne note de l'école, ils se mettent à faire une sorte de danse, reprise spontanément par leurs voisins de droite, un couple dont la femme pleurait pendant les turbulences, puis par ceux de derrière, et bientôt c'est toute la cabine qui se trémousse sur leur « danse de la victoire ». À coup sûr, ce sera l'un des moments forts de leur voyage. Une bifurcation que Gabrielle espère gravée pour toujours dans sa mémoire.

Peu à peu, le calme revient, les lumières se tamisent, et, bercée par le ronronnement de l'appareil, Gabrielle finit par s'endormir. Elle se réveille quelques heures plus tard avec la sensation d'avoir dormi plusieurs nuits en une, tout en étant encore extrêmement fatiguée. L'avion entame sa descente vers Papeete. À côté d'elle, son père est éveillé et lit le magazine de la compagnie. Il sourit en la voyant ouvrir les yeux.

– J'ai demandé à l'hôtesse de te laisser dormir jusqu'à l'atterrissage, dit-il, mais elle n'a pas voulu.

– Et toi, tu as pu te reposer un peu ?

– Non. J'avais peur de me réveiller en plein océan.

À ce mot, un frisson la parcourt. Elle regarde par le hublot la nuit qui s'éclaircit, venant épouser les contours d'un bloc sombre, tachetée de lumières blanches et jaunes : Tahiti.

Dans l'aéroport, ils sont accueillis par des sourires et des colliers de fleurs qu'on leur passe autour du cou. Gabrielle est heureuse d'être ici, elle se sent bien. Si loin de l'île de Pâques et de son insularité aride et inquiétante. Une douceur immédiate, sincère et naturelle émane de ce peuple qui, à travers ces quelques ambassadeurs en tenues colorées, se présente à eux, en pleine nuit, sur le tarmac d'un aéroport.

Ils récupèrent leurs valises, passent sans encombre les contrôles de sécurité, puis repèrent facilement le panneau de leur hôtel brandi par un Tahitien à l'impressionnante carrure.

— *'Ia ora na*, soyez les bienvenus à Papeete, leur souhaite ce dernier, leur passant au cou de nouveaux chapelets de fleurs.

— *'Ia ora na*, répète Gabrielle, déjà sous le charme de cette langue musicale.

— Avez-vous fait bon voyage ?

— Oui, malgré quelques fortes turbulences après l'île de Pâques.

— Oh, ce n'est jamais bien agréable. Heureusement, des matelas moelleux et des draps bien frais vous attendent. Vous allez pouvoir vous reposer.

Il attrape leurs valises avec une facilité enfantine, puis les invite à le suivre vers un van aux couleurs de l'hôtel. Gabrielle prend son père par le bras et se colle à lui. Elle a besoin de sentir sa présence, son corps. Ici, tout est éparpillé : les cent dix-huit îles, réparties sur un espace grand comme l'Europe ; les habitants, à peine plus nombreux qu'à Bordeaux ou à Lille, éclatés sur cet immense territoire ; et même les étoiles, qui semblent couvrir toute la surface du ciel. Elle a peur de lâcher prise. De s'abandonner à ces latitudes qui amollissent l'esprit.

Ils prennent place dans le van aux côtés d'un jeune couple certainement en lune de miel, puis Tamaroa, car tel est son nom, démarre. Gabrielle demande l'autorisation d'ouvrir sa fenêtre. Elle veut respirer le ciel, les plantes, la tendre humidité de l'air. Les lampadaires en bord de route révèlent une route qui pourrait tout à fait se trouver dans n'importe quelle ville du sud de la France. Après le Pérou et le passage éclair à l'île de Pâques, il y a ici une atmosphère familière, connue, mais en même temps altérée par une profusion de détails (les tatouages sur les bras de Tamaroa, les fleurs qui embaument le van, et puis la lune, au croissant inversé) qui intriguent et donnent envie d'en voir plus. Ils arrivent en quelques minutes à peine devant l'hôtel. Là encore, sourires et colliers de fleurs les attendent. Les formalités sont rapidement expédiées et on les accompagne jusqu'à leurs chambres. Gabrielle aide son père à s'installer, puis regagne sa propre chambre, un havre de paix ouvert sur le lagon. Bien qu'épuisée et rêvant de se jeter dans le grand lit aux draps blancs, elle se dirige vers la fenêtre et l'ouvre en grand, d'un coup sec qui fait entrer dans la pièce un relief sombre, énorme et majestueux – l'île de Moorea, jumelle de Tahiti. C'est là-bas, derrière sa barrière de corail, qu'ils doivent nager avec les baleines dans deux jours. Gabrielle s'avance sur la terrasse, et la nuit, toute la merveilleuse nuit polynésienne entre en elle, avec son feu de parfums, de braises blanches et d'ombres tropicales. Elle en a tant rêvé, assise sur les genoux de son père. Ils gravissaient en pensée le Machu Picchu, traversaient les nuages et s'asseyaient en bord de lagon, tout envahis par la présence lumineuse et évanescente de sa mère. Au Pérou, le destin a mis Oscar, puis Paco, sur leur chemin. En haut du Machu Picchu, elle n'a rien trouvé, mais en redescendant, à la faveur de ces deux rencontres inattendues, elle a remonté le temps plus loin que sa conscience ne le lui avait jamais permis. « En redescendant... » murmure Gabrielle, s'accoudant au garde-corps. Et si les réponses qu'elle cherchait, les dernières clés de leur histoire, se trouvaient *en bas*, et non *en haut ?* S'il fallait descendre dans les abysses, sous les eaux claires du lagon, et rencontrer leurs habitants gigantesques à la mémoire inaltérable ? Soudain, elle tourne la tête et aperçoit son père, accoudé lui aussi à la rambarde. Ses cheveux blancs brillent au clair de lune, et sa bouche dessine un sourire léger, à peine esquissé. Manifestement, il ne l'a pas remarquée. « Bonne nuit, mon papa chéri », murmure-t-elle, puis elle rentre discrètement, espérant, comme chaque soir, le retrouver dans sa chambre au petit matin.

# Chapitre 23

Assis sur son lit, son costume de cérémonie sur les genoux, Philippe repense au jour où David est venu lui demander sa fille en mariage. C'était il y a quelques mois, le 13 octobre dernier pour être précis, jamais il n'oublierait cette date, le 13 octobre 2001, sous les rameaux du cerisier qui avait enfilé sa flamboyante parure d'automne. Ils avaient tourné longtemps autour du pot, ce grand dadais de David n'arrivant pas à sauter le pas, alors pour l'aider il avait fini par dire carrément : « Tu es venu m'annoncer que tu veux demander Gabrielle en mariage, c'est ça ? » L'autre était resté bête un instant, puis ils s'étaient pris dans les bras et avaient bu des bières. Il l'aimait beaucoup, David, c'était un bon gars. Gabrielle n'aurait jamais de mauvaise surprise avec lui.

Soudain, des rires résonnent dans la chambre de sa fille, le ramenant à l'instant présent. Elle est en train de se préparer, aidée de Julia, Émilie et Chloé, ses témoins. C'est la première fois qu'il va la voir dans sa robe. Elle veut lui faire la surprise, autant qu'à David. Quand elle était petite, Gabrielle était fascinée par les mariées. Dès qu'ils passaient près d'une église où avait lieu une cérémonie, elle l'attrapait par la main et courait dans l'espoir d'apercevoir la reine du jour et sa robe blanche, surtout la robe à vrai dire, elle était hypnotisée par les dentelles, les voiles, les traînes immaculées tenues au-dessus du sol par les enfants d'honneur, souvent des petites filles qu'elle dévisageait avec une pointe de jalousie. Dans ces moments, Philippe ne pouvait s'empêcher de penser au jour où elle-même, si elle rencontrait l'âme sœur, se marierait. Cela lui paraissait tellement moins loin, à l'époque. Et aujourd'hui, il y est, c'est arrivé : sa fille se marie. Incroyable.

Il se lève et enfile son pantalon. Il a commandé son costume sur mesure chez Pierre, un couturier très professionnel qu'il connaît bien. Depuis le décès de Sophie, il lui apporte ses boutons à recoudre et ses vêtements à repriser. Au moment de payer, Pierre a déchiré la facture. « C'est mon cadeau, pour le mariage. » Philippe a tenté de refuser, mais le couturier l'a menacé avec sa paire de ciseaux. « Mettez-moi juste une petite part de gâteau de côté », a-t-il dit, rangeant l'arme dans son fourreau. C'est ainsi. Les gens l'aident, depuis toujours. Plus jeune, il aurait sans doute insisté, glissant de force les billets dans la poche de Pierre, au risque d'y laisser sa peau. Mais, avec le temps, il a appris à accueillir cette bienveillance. C'est un beau costume, du tissu « 180 », lui a confié Pierre, fier de son ouvrage. Il est d'un bleu dense, profond, qui fait ressortir la blancheur de sa chemise. Le nœud papillon est de la même couleur. Cadeau de Pierre, là encore.

Une fois habillé, Philippe descend dans son salon jonché de sacs, de chaussures et de bouquets de fleurs. Il plonge la main dans la poche intérieure de sa veste, et effleure du doigt une feuille de papier pliée en quatre. « Toi, tu restes bien au chaud », dit-il, appréhendant l'instant où il faudra en faire usage. Ne supportant pas de rester immobile, il sort dans le jardin, remplit un arrosoir, puis fait le tour de ses plantations. Parfois, il jette un œil vers la fenêtre de sa fille, mais les volets sont clos.

– Philippe ! crie soudain une voix.

Il abandonne son arrosoir et retourne à grandes enjambées au salon. Chloé est debout près de l'escalier, dans sa robe jaune citron qu'elle a confectionnée elle-même.

– Vous êtes prêt ? Je vous préviens : ça envoie !

Philippe acquiesce, mais un père est-il jamais prêt à voir sa fille en mariée pour la première fois ? Il entend la porte s'ouvrir, ce grincement qu'il connaît par cœur, terreur de ses nuits quand Gabrielle avait trois ou quatre ans, car il avait toujours peur qu'elle tombe dans l'escalier. Il suit les bruits de pas le long du couloir, les lattes qui craquent et qui couinent, puis fixe son regard en haut des marches. Elle est là, et la robe se révèle à lui, centimètre par centimètre, de plus en plus floue derrière sa cornée qui devient humide.

– Je… je croyais que… tu m'avais dit…

– J'avais envie de te faire la surprise.

C'est la robe de Sophie. Celle qu'elle portait lorsqu'ils se sont mariés, et qu'il a descendue du grenier, il y a quelques mois, pour la proposer timidement à Gabrielle. « C'est l'unique raison pour laquelle ta mère l'a gardée. Mais, et je m'en souviens très bien, elle disait aussi que ça devait être ton choix, et uniquement ton choix. Que si tu la trouvais à ton goût, elle était à toi, et que sinon elle la revendrait et que ça aiderait à payer la robe de tes rêves. » Gabrielle lui avait semblé émue et gênée à la fois, et il s'était demandé s'il n'avait pas fait une bêtise. En y repensant, n'était-ce pas un peu glauque ? Déplacé ? N'était-ce pas lui ajouter de la charge mentale alors qu'il y avait déjà tant de choses à penser et organiser ? Elle avait répondu : « Je réfléchirai, papa », et ils n'en avaient plus parlé.

– S'il te plaît, dit Gabrielle, ne me fais pas pleurer, mon mascara va couler.

– Pardon, ma fille. C'est juste que… tu es si belle… et cette robe…

Elle passe près de lui, l'embrasse sur la joue.

– Je me suis permis de faire quelques ajustements. J'espère que maman ne m'en voudra pas.

– Oh, ma chérie… elle doit être… tellement fière, et heureuse…

– C'est une manière de la faire participer. De l'avoir près de moi en ce jour important.

Elle sourit et tourne sur elle-même, et Philippe comprend que c'est sa manière à elle de repousser doucement l'émotion. Son maquillage est un travail d'une bonne heure, elle ne veut pas que les larmes viennent tout mélanger à trente minutes du début de la cérémonie.

– Bon, super ! dit-il en claquant des mains. Vous êtes toutes prêtes ?

Ce n'est pas lui qui fera rompre les digues. Il laisse ce boulot à David.

— Je ne sais pas, vous me trouvez prête, Philippe ? répond Chloé, mimant une pause de mannequin.

— Tu es magnifique. Un vrai bouton d'or !

Autour de lui, Julia et Émilie virevoltent comme deux petites fées, aidant Gabrielle à se déplacer dans la maison et rassemblant les paquets qu'ils doivent prendre avec eux.

— Kit de couture ?

— J'ai !

— Bouquet de fleurs ?

— J'ai !

— Sachets de riz ?

— J'ai !

Philippe lève un sourcil amusé.

— Au cas où nous aurions un petit creux ? demande-t-il.

— Vous êtes si drôle, badine Chloé, ajustant au passage son nœud papillon. Voilà, il battait un peu de l'aile.

Toutes les vérifications ayant été effectuées, ils sortent de la maison et se dirigent vers la voiture que Philippe a louée pour l'occasion : une Citroën à traction décapotable, que les trois filles ont décorée de rubans et de fleurs. Philippe ouvre la portière à Gabrielle, l'aide à s'installer, puis il prend place au volant. Julia, Émilie et Chloé s'asseyent à l'arrière. La dernière fois qu'ils se sont retrouvés tous les quatre dans une même voiture, c'était après les résultats du bac. Plus de dix ans se sont écoulés depuis. Dix années qui ont filé comme un éclair, avec des hauts et des bas, la classe préparatoire, Polytechnique, et puis Benoît, Benoît qui a essayé de revenir, il y a quelques mois, et qui est reparti avec un faire-part dans les mains. Ils passent devant la boulangerie, le parc, l'ancienne école primaire de Gabrielle, et c'est comme si un coffre rempli de souvenirs s'ouvrait petit à petit en lui, déversant pêle-mêle ses images, ses sons, ses parfums. « Tu te rappelles quand on passait acheter des viennoiseries et qu'on les dévorait devant les dessins animés pour le goûter ? » a-t-il envie de demander. Mais il s'en garde bien. Ce n'est pas un jour pour être nostalgique. C'est un jour de fête, de danses et de promesses faites à l'avenir.

L'église est là, au bout de la rue. Philippe se gare sur le bas-côté. Il a chaud dans son costume, l'émotion le fait transpirer. Encombrées de leurs robes et de leurs sacs, Émilie, Chloé et Julia s'extirpent de la voiture.

— Je viens vous chercher quand tout est prêt, dit cette dernière.

Philippe acquiesce. Il sent que Gabrielle n'est plus en mesure de réfléchir ni de prendre des décisions, alors c'est à lui de mener les opérations. Soudain, elle se tourne vers lui. Des filets de mauve coulent sur ses joues.

— Je n'y arrive pas, papa, dit-elle.

— Tu n'arrives pas à quoi, ma chérie ?

— À ne pas penser à maman. Elle devrait être là, dans la voiture, avec nous. Cette robe... elle est lourde à porter.

Ne pas craquer lui-même.

— Oui, tu as raison, elle devrait être avec nous. Mais qui sait ? Peut-être qu'elle l'est, et que simplement on ne la voit pas. Tu sais, parfois, la nuit, je me réveille en sursaut, et j'ai l'impression que quelqu'un me regarde. Le lit est vide à côté de moi, mais j'ai comme une sorte de chaleur dans le cœur, alors je me dis que c'est elle qui est venue me rendre visite.

Gabrielle hoche la tête puis tend le cou et se regarde dans le rétroviseur.

— Mon Dieu, la catastrophe !

— Ne t'inquiète pas, on va s'en occuper.

Philippe ouvre sa boîte à gants et sort un paquet de mouchoirs ainsi qu'une petite bouteille d'eau plate. Il prend un mouchoir, l'humidifie sur les coins, et se met à tapoter le contour des yeux de sa fille.

— Papa... Papa, c'est adorable, mais...

— Oui, je crois que j'empire la situation.

Ils se regardent un instant dans le rétroviseur puis éclatent de rire.

— Bon, laisse-moi aller chercher du renfort.

Il sort de la voiture et trottine en direction de l'église. Tels trois chiens de berger, Julia, Chloé et Émilie ont encerclé les invités et les guident vers l'intérieur de l'édifice. Le voyant faire de grands gestes paniqués, Julia abandonne sa mission pour le rejoindre.

— Nous avons une petite urgence, dit Philippe. Tu as une trousse de maquillage ?

— Bien sûr, dans mon sac.

— Parfait, suis-moi.

Ils retournent à la voiture et Julia ne peut s'empêcher de rire à son tour.

— J'ignorais qu'on mariait un panda, dit-elle.

— Je suis désolée. J'ai essayé de me retenir, mais…

— Ne t'en fais pas, on va arranger ça.

Julia s'installe sur le siège conducteur et pose son matériel au-dessus du tableau de bord. En quelques coups de pinceau, elle efface les dégâts causés par le déluge.

— Voilà. Et maintenant, tu seras priée d'attendre la fin de la cérémonie avant de pleurer à nouveau.

Puis elle sort son téléphone portable et passe un appel. « Chloé, c'est bon ? Tout le monde est rentré ?… Super, on arrive ! »

À ces mots, Philippe sent son ventre se serrer. Il a joué tant de fois cette scène dans sa tête. Tant de fois, il s'est imaginé entrer dans l'église au bras de sa fille, et marcher lentement, tête haute et fière, entre les rangées d'amis, de frères, de cousins. Tous les soirs ou presque, avant de dormir, depuis que David et Gabrielle ont officialisé leurs fiançailles, il a fait ce chemin, ce court chemin entre la grande entrée majestueuse et l'autel, tout au fond, et maintenant ce chemin est là, tout proche, derrière les portes qui vont bientôt s'ouvrir.

« Donnez-moi deux minutes, dit Julia. Vous pourrez entrer dès que la musique commencera à jouer. »

Philippe la regarde disparaître à l'intérieur, comme un pétale avalé par la pierre rugueuse. Il est seul avec sa fille. Combien de fois dans leur vie ont-ils été seuls ? Tous les jours, matin et soir, pendant quoi, vingt ans ? Un peu moins peut-être. Ils sont seuls, mais dans cette église, des dizaines de personnes les attendent. Fugacement, Philippe regarde le ciel. Il se demande si elle est là, si elle regarde. Il espère.

— Ça va, P'tit Loup ? s'entend-il demander.

Gabrielle hoche la tête, les yeux rivés sur la porte. Il a envie de lui dire tant de choses, de lui rappeler à quel point il l'aime, à quel point elle est tout pour lui. Mais les mots restent dans sa gorge, il les déglutit. Soudain, la musique retentit. C'est Bach, *Air on the G String*.

— Tu es prête ?

Alors elle le regarde, et dans ses yeux il voit tout. Il voit les allers-retours entre l'école et la maison, les soirées pizzas, les câlins au milieu de la nuit pour la réconforter, il voit l'amour, la tristesse, la joie, il voit les reflets du ciel et Sophie qui leur sourit, et il sourit à son tour, effleurant de son doigt rêche la joue de sa fille : « Comme tu es belle mon ange. » Puis il pousse la lourde porte qui s'ouvre sur une fraîcheur d'encens et cent visages aimants, avec, tout au bout de l'allée, David en queue-de-pie, les mains croisées devant lui. C'est là-bas qu'ils doivent aller, vers ce futur aux petites lunettes rondes et au sourire d'enfant.

Ils marchent lentement. Gabrielle s'agrippe à son bras, comme si elle avait peur de tomber. Lui aussi a les jambes molles, cotonneuses. Ils passent devant Julia, Chloé, Émilie, Matthieu et Benoît (« Tiens, il est venu ! » s'étonne Philippe), et puis, au premier rang, la famille de David d'un côté, et celle de Gabrielle de l'autre. Il regarde Denise, lui sourit. Sans doute pensent-ils à la même chose. Ils arrivent enfin devant l'autel où patiente David, les yeux rouges et humides. Souvent, les pères disent à leur futur gendre : « Je te la confie. » Mais Philippe ne confie pas sa fille. Sa fille est un oiseau de liberté qui n'a nul besoin de l'aile protectrice d'un homme. Il leur fait un clin d'œil, puis s'écarte doucement et va s'asseoir près de Denise. « Ma fille doit être si fière de vous deux », murmure-t-elle, lui serrant la main.

Durant la cérémonie, Philippe ne quitte pas Gabrielle des yeux. Il la trouve belle, solaire, heureuse. Le prêtre fait de longs discours sur Dieu et l'amour chrétien. Philippe y est insensible mais écoute attentivement, par respect pour ce lieu qui les accueille. Puis vient l'échange des consentements, la signature des registres, la sortie de l'église au son des « Vive les mariés ! ». Des gens se pressent autour de Gabrielle pour la féliciter, mais Philippe sent qu'elle le cherche du regard. Il lui fait un clin d'œil : « Ne t'inquiète pas, je suis là, profite. » Un mouvement de foule finit par les réunir. Il la serre contre lui, sans un mot. Elle sait ce qu'il pense, nul besoin d'en rajouter.

Après la traditionnelle séance photo, Philippe s'installe au volant de la décapotable. David et Gabrielle sont déjà assis à l'arrière, saluant les invités qui se pressent vers leurs voitures pour former le cortège.

– Tout va bien derrière ? demande l'heureux chauffeur. Les mariés ont-ils besoin de quelque chose ?

– Je dois avouer que je meurs de soif, répond sa fille.

Philippe ouvre la boîte à gants et sort deux petites bouteilles décorées avec des rubans.

– À votre service, dit-il.

Derrière eux, la file de voitures s'allonge, certaines se mettant déjà à klaxonner.

– Bien, je crois que nous allons pouvoir y aller !

Il démarre. Le vent, chaud et ensoleillé, souffle dans ses cheveux. Il jette un coup d'œil dans le rétroviseur. Gabrielle a posé sa tête sur l'épaule de David, et tous les deux regardent dans la même direction. Avec Sophie aussi, ils regardaient dans la même direction. Ils avaient une vision commune du bonheur, de l'existence, de l'éducation qu'ils souhaitaient donner à leur fille. Bien sûr, il leur arrivait de s'engueuler, mais c'était la plupart du temps pour des broutilles. Sur les choses essentielles de la vie, ils étaient toujours d'accord.

Philippe sait qu'il va devoir passer par cette route. C'est la seule qui mène au domaine où a lieu la réception. Il a cherché des itinéraires alternatifs, mais tous prolongeaient le trajet d'au moins quarante minutes. Il s'est fait une raison. Il ne le dira à personne, évidemment. Dans cette journée de joie et de soleil, il traversera cette portion de cauchemar tout seul. Un coup d'œil sur le bas-côté, serrer le ventre, et puis continuer. Il est prêt. C'est là, bientôt. Au prochain carrefour, il tournera à gauche, passera devant le grand magasin d'alimentation générale, roulera sur environ cinq cents mètres, puis, sur leur droite, il y aura un arbre. « Est-ce qu'il faut que je regarde l'arbre ? » se demande-t-il. Il n'a pas encore pris sa décision. Voilà le carrefour, voilà la route sur laquelle il a klaxonné, il y a vingt-huit ans, avant de percuter l'arbre, il ralentit un peu, jette un coup d'œil, puis se met à klaxonner, il est imité par les trente voitures qui roulent derrière lui, c'est un boucan d'enfer, un hymne à la vie, il pleure et il sourit en même temps, c'est bizarre tout ça.

– Tout va bien, papa ? demande sa fille et son sixième sens.

– Tout va bien, chérie. Je suis heureux, c'est une belle journée.

Il ne dira rien. Il se l'est promis.

Ils arrivent au domaine, où la plupart des invités vont passer la nuit. Lui y compris, bien qu'il eût préféré dormir dans son lit. « C'est hors de question ! Je ne te laisse pas rentrer à la maison après avoir picolé. De toute façon, ta chambre est déjà réservée. » Il n'avait pas insisté. Entre le DJ parti subitement en congé sabbatique, le traiteur qui réclamait une fortune et les faire-part restés sans réponse, sa fille avait suffisamment de problèmes à gérer. Elle n'avait pas besoin qu'il en devienne un lui-même.

Sa chambre est dans le bâtiment principal, à côté de celle des mariés. Il pose sa valise dans un coin et s'assied un instant sur le lit. Assez maladroitement, David lui a confié que Gabrielle avait refait le plan de table une dizaine de fois, simplement pour lui trouver la meilleure place possible. Il soupire, les coudes posés sur ses genoux : « Tu es une charge pour elle, et avec les années qui passent, tu vas certainement l'être de plus en plus… » Il tourne la tête et regarde par la fenêtre, en direction du parc où se tient le cocktail. Des rires éclatent. Ce sont Gabrielle et ses témoins qui prennent la pause, sous l'œil amusé du photographe. Que dirait Sophie en le voyant ainsi broyer du noir, tout seul dans sa chambre ? « Elle te ferait son regard... » Ce regard qui lui manque tant, autoritaire et doux à la fois, puis elle l'attraperait par les poignets, lui servirait une coupe de champagne et dirait, enveloppant d'un geste grandiose la pelouse rincée de soleil : « Regarde comme la vie est belle ! Profite, demain, il sera trop tard. » Et ces mains le saisissent, véritablement, il sent leur chaude pression s'enrouler en filets de lumière sur sa peau, elles le mettent debout, époussètent sa veste de costume, puis l'entraînent dehors, sous le grand ciel d'été. Sa fille est là, tout en rires et bulles de champagne, entourée de ses amies aux robes colorées. Elle lui fait un petit signe puis vient dans sa direction.

– Tu as vu ta chambre ? Elle est chouette, n'est-ce pas ?

C'est son mariage. Elle a tant de choses à faire, de personnes à saluer, de moments à vivre, et pourtant la voilà plantée devant lui, à lui parler de sa chambre, comme si c'était tout ce qui comptait au monde.

– Elle est super, P'tit Loup. Je vais bien dormir ici.

Elle sourit, l'embrasse et retourne en courant auprès de ses amies, attrapant les volants de sa robe tel un camélia ses propres pétales, et laissant en Philippe une lointaine sensation de déjà-vu.

Dans la salle de réception, il est assis entre Arnaud, son neveu boute-en-train récemment diplômé du barreau de Paris, et Matthieu, que Gabrielle a certainement invité pour lui tenir compagnie.

– Et sinon, comment ça se passe avec Hermès ? demande ce dernier, profitant d'un moment de calme entre deux « Vive les mariés ! ».

– Super. C'est un chat adorable. Bon, il fait bien quelques bêtises de temps en temps, mais il met beaucoup de vie dans la maison. J'ai moins l'impression de vivre seul.

Matthieu acquiesce.

– Oui, c'est fou la place que peuvent prendre de si petites bêtes.

– Tu as acheté un chien, tonton ? demande Arnaud.

– Un chat.

Arnaud fait une moue désapprobatrice.

– Les chiens, c'est mieux.

– Voilà une réplique digne d'un avocat diplômé du barreau du Paris ! s'exclame Philippe.

Le jeune homme manque de s'étouffer de rire. Il essuie le vin qui a coulé sur son menton et répond :

– Un chien, c'est fidèle à son maître. Un chat, c'est fidèle à son bol de croquettes.

– Ce sont des généralités. Hermès m'attend chaque soir sur le pas de la porte.

– Pour que tu remplisses son bol de croquettes.

– Absolument pas. Il veut simplement que je le prenne dans mes bras.

Arnaud hausse les épaules.

– On avait un chat à la maison. Une vraie tête de con. Il passait sa vie dehors, et rentrait uniquement pour bouffer.

– C'est le cas de beaucoup d'adolescents humains, remarque Matthieu.

Cette fois, Arnaud n'a rien dans la bouche pour atténuer l'éclat de son rire, qui fait se retourner et sourire Gabrielle. « Arrête de te soucier de moi ! Amuse-toi ! » a envie de dire Philippe. À la place, il lève son verre et crie : « Vive les mariés », repris en cœur par la table des polytechniciens à côté, qui ont tous tombé la veste, et même pour certains, déboutonné le col de la chemise.

Après l'entrée, les lumières se tamisent et les mariés montent sur l'estrade installée près du DJ. Les mains de Philippe deviennent moites. Il voit Gabrielle attraper un micro et lui jeter un regard, un bref regard qui répand sa lumière dans tout son être, comme un avertissement : « Prépare-toi. » Elle commence par une blague qui fait rire la salle, puis se tourne vers David et lui dit son amour. Des mots simples, touchants, qui se terminent par un baiser sous les applaudissements de tous. Philippe a la gorge sèche. Sa fille le regarde. Reste silencieuse un instant, et tout disparaît, s'anéantit dans le rayon de ce regard. La suite, il l'a oubliée. Confusion de mots, de larmes, d'anecdotes qui font rire et pleurer. Philippe sent autour de lui cette lointaine vibration, comme une onde qui viendrait frotter les parois de sa bulle. Parfois, une phrase vient tout transpercer : « Maman n'était plus là, alors tu m'as aimée pour deux. » Cette phrase remplace les autres, celles qu'il n'arrive pas à entendre, troublé et assourdi. Gabrielle replie son papier et lève les yeux vers lui. « Quand j'étais enfant, nous avions ce livre qui s'appelait *Combien je t'aime*, et que tu me lisais avant de dormir. Depuis, j'ai fait beaucoup de mathématiques, mais je n'ai pas trouvé de meilleure réponse que celle-ci : je t'aime gros comme ça, mon papa. » Elle écarte les bras, et Philippe se rappelle la petite Gabrielle qui écartait pareillement les bras, à la sortie de l'école ou au réveil, ses cheveux qui ondulaient en torsades d'or et de blé, son regard espiègle, ses lèvres roses, tourbillon de souvenirs qui le soulève et le propulse soudain sur l'estrade, au cœur de ce présent en robe blanche qu'il serre contre lui, très fort, et à qui il murmure : « Moi aussi, je t'aime gros comme ça, P'tit Loup… »

Les mariés se rasseyent, Julia, Chloé et Émilie passent une vidéo, puis Philippe comprend que c'est son tour. C'est marqué sur le programme qui a été remis à tous les intervenants :

*Discours des mariés*
*Animation témoins Gabrielle*
*Discours des pères*

Ils se sont mis d'accord avec Éric, et c'est donc ce dernier qui s'empare du micro pour s'adresser aux mariés. Formateur de profession, il s'exprime avec aisance, regardant à peine les notes qu'il tient dans sa main. Ses blagues font mouche, ses anecdotes sont tendres, évocatrices, distillées avec parcimonie entre Gabrielle et David qui se tiennent la main, émus. « Mon cher Philippe, la scène est à toi ! » conclut-il, lui tendant le micro. En l'attrapant, Philippe manque de le faire tomber. Gabrielle le regarde, les yeux déjà humides. Elle le connaît. Elle sait l'effort que tout cela lui demande. Il déplie sa feuille, et se rend compte qu'il a écrit petit. Très petit. Il doit approcher le texte tout près de ses yeux pour bien voir. « Ma chère Gabrielle, mon cher David, commence-t-il, quand vous m'avez annoncé… » Il s'arrête. Tout est silencieux, son cœur s'éparpille en battements irraisonnés.

Il lève les yeux vers sa fille. A-t-il besoin de notes ? Ne sait-il pas, au fond de lui, parfaitement ce qu'il veut leur dire ? Quelques mots très simples qui exprimeront la vérité de son cœur ? Alors il range ses notes et se met à parler. Sans honte, sans doute. Il raconte à Gabrielle le jour de sa naissance, et comment tout a changé pour lui ce jour-là. « C'est moi qui t'ai pesée, tu sais. Trois kilos neuf. Je l'ai hurlé dans les couloirs de la maternité ! » Les premiers mois, les nuits difficiles, le besoin de trouver leurs repères. Et puis l'accident. « Sans toi, mon P'tit Loup, je ne sais pas ce que je serais devenu. Tu m'as donné la force. La force de continuer, la force de me battre, la force d'être heureux… de *m'autoriser* à être heureux, sans ta maman. » Il lui parle des dessins qu'ils postaient, chaque semaine, espérant qu'elle les recevrait dans son lagon de ciel et d'étoiles. Il lui avoue qu'il faisait cela pour elle, mais aussi un peu pour lui. « Imaginer ta mère en train de les regarder me faisait du bien. Je n'étais pas prêt à la laisser partir, je crois. » Puis viennent le collège, la prépa, Polytechnique. « Polytechnique, vous imaginez ! s'exclame Philippe. Une fille dans un monde de mecs. Mais pas n'importe quelle fille : une boxeuse, prête à en découdre ! Demandez à son ancien coach, qui est parmi nous ce soir, si elle s'est déjà laissé impressionner ! » « Jamais ! s'écrie Michel depuis sa table. C'étaient même plutôt les mecs qui avaient les chocottes quand ils montaient sur le ring avec elle ! » Éclats de rire dans la salle. Philippe se sent bien. Attaché au regard de Gabrielle, il n'a pas peur d'être aspiré dans les silences. Il continue, et s'arrête au rayon plomberie d'un magasin de bricolage, où les attendent « le destin, un raccord droit avec écrou libre à sertir, et une grande tige qui m'a tout de suite parue très sympathique ». Nouveaux éclats de rire. « La suite, vous la connaissez. David, dit-il en se tournant vers l'intéressé, je suis très fier de t'accueillir dans notre petite famille. Je compte sur toi pour rendre ma Gabrielle heureuse. Tu sais, elle n'a pas besoin de grand-chose : une perceuse AEG à percussion, un punching-ball, quelques livres de philosophie dans votre bibliothèque, et, bien entendu, le plaisir indicible de déjeuner chaque dimanche midi avec son vieux père. » Il s'arrête et jette un coup d'œil à ses notes. « Pour terminer en beauté, et faire plaisir à Gabrielle, j'avais prévu une citation de Platon. Mais je crois que je vais plutôt citer un autre philosophe, dont le courant de pensée est plus proche du mien. Dans son œuvre *Le Livre de la Jungle*, le philosophe Baloo dit qu'il en faut peu pour être heureux. Un peu d'eau fraîche, de verdure, quelques rayons de miel et de soleil. Mes enfants, c'est ce que je vous souhaite de trouver, du fond du cœur. Soyez heureux, tout simplement. Buvez, jouez, riez, saisissez et respectez les petits bonheurs du quotidien, car on ne sait jamais de quoi demain sera fait. » À ces mots, et sous les applaudissements d'une foule qui ne sait si elle doit rire ou pleurer, Gabrielle se lève et court dans ses bras. « Merci, merci, merci, mon papa, murmure-t-elle. Je t'aime tellement fort, si tu savais… » Il le sait. C'est grâce à lui, à cet amour, qu'il tient encore debout.

Et maintenant, célébrer. Le papier dans sa poche ne pèse plus que quelques grammes. Allégé et libre, Philippe fait virevolter sa fille sous les ovations de la foule, regroupée en arc de cercle autour d'eux. Ils ont beaucoup répété. Tous les dimanches ou presque, depuis trois mois, sous l'œil amusé de David, mêlant aux pas de rock quelques inventions tirées de leur discipline commune. Quand Gabrielle était petite, ils mettaient souvent la musique à fond dans le salon, évacuant par la sueur et les rires les frustrations du quotidien. Aujourd'hui est comme le point d'orgue, le sommet de cette montagne (la vie) qu'ils ont gravie ensemble, année après année, pour sortir de la brume dans laquelle le décès de Sophie les avait laissés. Ses yeux plongés dans ceux de Gabrielle, Philippe observe le paysage : vingt-huit ans d'amour, de sacrifices, de coups de pied au cul (son propre cul, pour se lever chaque matin avec la sensation du vide à côté de lui, et celui de Gabrielle, pour la pousser vers son destin), qui défilent là, devant lui, dans le torrent de ses mèches blondes qui sautent sur ses épaules.

Accoudé à la balustrade de la terrasse, col ouvert et cheveux mouillés, Philippe admire les pelouses éclairées par la lune. Il pense à son propre mariage, quand, au petit matin, alors qu'il ne restait plus qu'eux devant les portes fermées du domaine, Sophie et lui s'étaient assis dans le champ en face et avaient regardé le jour se lever. Avec la naissance de sa fille, cela faisait partie de ses plus beaux souvenirs. Cette sensation de paix, de calme, d'être ancré dans le monde, avec le soleil qui avait rougi l'horizon, et le vertige de son corps qui avait dansé et bu toute la nuit, et puis ces odeurs qui ne l'avaient jamais quitté, mélange d'herbe coupée, de fleur blanche et de café chaud. « Arrête, ce n'est pas à nous ! » avait-elle dit, tout étourdie de rires et de paillettes, le voyant cacher sous sa veste l'un des thermos du traiteur. « C'est bon, on lui rendra plus tard. Avec la thune qu'on lui a filée, on peut bien le garder encore une petite heure ! » Ils avaient bu au goulot, se brûlant le palais à chaque gorgée et riant aux éclats. Puis ils avaient fait l'amour, se moquant bien qu'un fermier pût les surprendre en pleins ébats dans son champ, et même quelque peu grisés par cette pensée.

Une tête se pose sur son épaule. Avec la musique, il ne l'a pas entendue arriver. Ses cheveux effleurent son menton, et le parfum de son shampoing se répand en écume d'or dans ses narines.

— Tout va bien, papa ? Tu t'amuses bien ? demande Gabrielle.

— Oui, P'tit Loup, c'est une fête merveilleuse.

Elle sait qu'il pense à *elle*. Même au cœur de la nuit, ivre et étourdie, elle conserve ses dons de télépathe.

— Tu sais, dit-elle, tout à l'heure, quand nous sommes entrés dans l'église, j'ai ressenti quelque chose. Une sorte de présence, très discrète, qui m'effleurait doucement le dos. Je crois que c'était maman.

Philippe sourit.

– Penses-tu vraiment qu'elle allait manquer le mariage de sa fille ?

– J'ai gardé un bouquet de fleurs de la cérémonie. Demain, nous pourrions peut-être aller le déposer ensemble ?

– C'est une très jolie idée, P'tit Loup.

Philippe embrasse sa fille et lève les yeux vers ce vaste ciel étoilé qui intriguait tant Sophie. « Tu crois qu'il est habité ? » demandait-elle souvent, avec une sorte d'obsession, et à chaque fois il se moquait d'elle, raillant « tous ces ancêtres qui devaient jouer au bowling avec les comètes et skier sur les anneaux de Jupiter ». Il n'avait jamais compris que c'était important pour elle. Qu'elle avait besoin de croire, d'espérer que son père, mort trop jeune d'un cancer, n'avait pas complètement disparu, mais qu'il était toujours là, sous une forme ou sous une autre, à veiller sur elle. Aujourd'hui, la tête posée sur celle de leur fille, c'est lui qui espère, follement, bêtement, éperdument, que ce vaste ciel ne soit pas un simple décorum, splendide et vide.

# Chapitre 24

Gabrielle ouvre les rideaux de sa chambre et sort sur la terrasse. La douceur du jour éclaire un paysage qui, en un instant, efface la fatigue du voyage les ayant menés jusqu'ici. C'est une mosaïque de bleus et de verts, chacune de ces couleurs étant diffractée en mille nuances qui se bordent, se mélangent et se nourrissent. Là-bas, le bleu est clair et tendre, c'est un bain de turquoises ; en s'approchant du rivage, l'eau devient plus verte, c'est un diabolo menthe ; vers Moorea, où la terre s'enfonce avant de remonter, c'est presque noir, comme si un enfant avait crayonné très longtemps au même endroit avec du bleu foncé. Quand un nuage vient assombrir le ciel, toutes ces belles couleurs s'estompent. Puis le soleil brille à nouveau, et Tahiti retrouve sa beauté de carte postale.

Après le petit déjeuner, ils font leurs valises puis un taxi les conduit au port. Gabrielle achète leurs billets pour Moorea, ainsi que deux bouteilles d'eau au distributeur le plus proche. Il n'est que 10 heures du matin, mais il fait déjà chaud.

– Tiens, dit-elle, c'est important de s'hydrater ici.

Philippe attrape la bouteille et boit quelques gorgées au goulot. « Il ne manquerait plus qu'il fasse une insolation », pense-t-elle, l'entraînant vers le ferry arrivé à quai. Pendant que son père s'installe à l'intérieur, protégé des rayons ardents du soleil, elle monte sur le pont. Après leur vol mouvementé qui a ravivé ses angoisses claustrophobes, et avant leur plongée dans le Pacifique avec les baleines, elle veut se gorger d'air, de ciel, de lumière.

— Tu te rends compte, dit une voix près d'elle, mes ancêtres se guidaient aux étoiles. De sacrés navigateurs, quand même !

Elle se retourne. C'est un jeune Maohi, vêtu d'un maillot de basket qui lui arrive aux genoux, d'une casquette Nike à l'envers et d'un collier incrusté de nacre. Ses bras sont couverts de tatouages.

— Il ne faut pas manquer de foi, répond-elle.

— Dans ma famille, on appelle ça *le terrain de pierres blanches*.

Puis il demande sans transition :

— Tu viens d'arriver en Polynésie ?

Tout en parlant, il ne la quitte pas des yeux. De grands yeux noirs, qui ne plissent pas sous le soleil brûlant.

— Oui, nous avons atterri hier avec mon père.

— Je m'appelle Hiro, et toi ?

— Gabrielle.

— Si ça vous dit, ce soir on fait un spectacle de feu aux Tipaniers avec mes copains (il montre trois autres jeunes, assis un peu plus loin). N'hésitez pas à passer ! Vous n'êtes même pas obligés de consommer, c'est gratuit. Ça me ferait plaisir.

Il l'amuse, sa bonne humeur est contagieuse.

— Ça te ferait plaisir, vraiment ? On ne se connaît même pas.

— On se connaît puisqu'on s'est parlé. Je dois continuer ma petite tournée, Gabrielle, mais n'oublie pas : 20 heures aux Tipaniers. Je te promets, tu ne regretteras pas.

Ayant dit cela, il claque joyeusement la langue et s'éloigne. Au même instant, son père apparaît en haut des marches menant au pont.

— Papa, tu devrais rester à l'abri, dit-elle, le soleil tape.

— Il fallait y penser avant de m'emmener en Polynésie.

Sous le chapeau qu'ils ont acheté à Cuzco, ses yeux prennent les nuances aigue-marine du lagon. Il ressemble à un vieux baroudeur, avec sa barbe de trois jours, son hâle péruvien et sa chemisette kaki battant au vent. En cet instant, on ne dirait pas qu'il est malade. Elle le trouve beau et fringant, et se promet de garder cette image bien précieusement en elle, en prévision des jours plus sombres.

Un van de l'hôtel les attend à leur arrivée. Toujours les mêmes sourires, les colliers de fleurs, les parfums. Gabrielle repense à Hiro et décide qu'ils iront voir son spectacle de feu.

Ils partagent un bungalow à fleur d'eau. Le sable est blanc et doux comme de la farine. Le ciel est bleu, d'une pureté presque violente. Sur la plage, ils sont seuls face au lagon qui clapote, comme la surface d'un diabolo menthe qu'on mélangerait doucement, pour faire monter le vert qui stagne au fond. Une légère brise d'alizé traverse la cocoteraie, agitant les palmes et remuant le parfum des frangipaniers qui ombragent leur terrasse. Il y a quelque chose d'impossible dans ce paysage. C'est le mot qui vient à l'esprit de Gabrielle : impossible. Impossible de perfection, de calme, de fidélité à l'image qu'elle s'était faite de la Polynésie avant de venir. Rien ne manque, et c'en est presque absurde. Partout où elle est allée dans le monde, il manquait quelque chose. Mais ici, en cet instant, il ne manque rien. L'artiste qui a conçu ce paysage est allé au bout de sa démarche, jusqu'à ponctuer l'horizon, certainement trop plat à son goût, de motus aux épis verdoyants.

Ils déjeunent au restaurant de l'hôtel, du mahi-mahi à la sauce vanille avec un peu de riz et des légumes locaux, puis rentrent se mettre à l'abri du soleil. Sur le chemin menant au bungalow, Philippe s'arrête un instant, adossé contre un cocotier. Tout est blanc, le ciel, les pierres, même son visage, et Gabrielle a peur qu'il fasse un malaise.

– Ça va aller, P'tit Loup. J'ai juste besoin de me reposer un peu.

Elle l'aide à se mettre au lit, puis s'installe elle-même dans le canapé du salon, sans climatisation mais avec un gros ventilateur et une limonade bien fraîche à portée de main. Elle profite de cet instant de calme pour consulter ses mails. Rien d'urgent, toute la boîte est en vacances. Elle pense un instant à Patrice Sushard, qui doit fourbir ses armes en prévision de la bataille à venir. Tout cela lui semble si loin. Elle pose sa tablette à côté d'elle, ferme les yeux et s'endort. À son réveil, deux heures plus tard, la lumière a changé. Le soleil s'est approché des sommets de l'île et sa blancheur de feu s'est atténuée. Sous ses rayons, le sable prend une couleur de miel. Elle sort sans faire de bruit et se dirige vers le lagon. Des touristes s'y baignent. Un jeune couple, dont elle ne veut perturber la tranquillité. Elle répond à leur salut, puis tourne les talons et se met à marcher le long du rivage. Elle ramasse quelques coquillages et les met dans sa poche. Ils compléteront la collection de Rose. Soudain, un cri retentit. Sans aucun doute possible, il vient de leur bungalow. « Papa… » Le regard brouillé d'angoisse, elle fait demi-tour et se met à courir. Nouveau cri, c'est vraiment la voix de son père. Pourquoi est-elle partie ? Pourquoi l'a-t-elle laissé seul dans le bungalow ? « J'arrive, papa, je suis là ! » Elle grimpe les marches d'un seul saut, traverse la terrasse et le salon, ouvre la porte de sa chambre. Il est recroquevillé dans un coin, les yeux fixés sur le mur en face où grimpe une énorme araignée. Gabrielle s'adosse contre le mur et reprend sa respiration. C'est son autre phobie, avec l'avion. Il n'a pas peur de grand-chose, mais les araignées le tétanisent. Et celle-ci doit mesurer une bonne dizaine de centimètres. Elle l'aide à sortir de la chambre, puis se rend à la réception de l'hôtel, qui envoie une équipe s'occuper de l'animal.

Remis de leurs frayeurs respectives, ils grimpent dans un taxi en direction du belvédère. Le chauffeur s'appelle Roger, et a vécu une bonne partie de sa vie aux Tuamotus, sur l'île de Tikehau, avant de s'installer avec sa famille à Moorea. « C'était magnifique, là-bas, mais loin de tout. Ma fille voulait faire des études de médecine, alors nous sommes venus ici. Il y a une université très réputée à Papeete. » La route longe la mer, avant de s'enfoncer vers l'intérieur de l'île. L'autoradio de Roger passe des musiques locales. Quand le chauffeur ne parle pas, il fredonne. « Mon autre fille est une artiste. Elle chante et danse. Elle a une page Facebook avec plusieurs milliers d'abonnés. Je suis très fier d'elle. » Il se gare sur le parking du lycée agricole, situé sur le chemin du belvédère, et dont la visite est recommandée par le *Routard*.

– Est-ce que ça te dérange de nous attendre ici ? demande Gabrielle, s'habituant peu à peu au tutoiement généralisé.

– Vous ne voulez pas que je vous accompagne ? répond Roger.

– Oh si, bien sûr !… Je voulais dire… enfin, pour que nous n'ayons pas à trouver un autre taxi au retour…

– Attendre tout seul dans une voiture n'est pas une activité très passionnante. Je peux vous montrer un peu les lieux, si ça vous dit.

– Avec plaisir !

Roger les conduit vers les plantations tropicales, vantant l'hygrométrie locale, idéale pour la culture de nombreuses fleurs. « Au mois de juillet, dit-il, les jeunes viennent les récolter pour la fête du Heiva. C'est un événement très important, qui dure trois semaines. Il y a des concours de danse, de chant, de lancer de javelot, avec des concurrents qui viennent de toute la Polynésie. C'est très impressionnant à voir. »

Après la visite, ils s'arrêtent à l'épicerie déguster quelques productions locales : jus d'ananas fraîchement pressés, tartines à la confiture de papaye et de tiare, biscuits à la vanille. Mareva, la jeune fille qui les sert, est étudiante au lycée agricole. Loquace, elle leur raconte son parcours et leur confie qu'elle aimerait travailler dans l'aménagement paysager, si possible dans un « bel hôtel » à Tahiti ou Moorea. Gabrielle la trouve belle et attachante. Avant de repartir, elle lui achète plusieurs pots de confiture et de miel, espérant retrouver, lorsqu'elle les goûtera à Paris, la saveur de leur rencontre.

Ils reprennent la voiture jusqu'au belvédère, situé quelques lacets de route plus loin. Un car de touristes a envahi l'espace, mais quitte les lieux peu après leur arrivée.

– C'est vraiment… extraordinaire, dit Gabrielle, accoudée au parapet.

Face à elle, un pic de roche et de verdure, couronnant deux échancrures bleu ciel. Derrière l'émail du lagon, une ligne blanche, comme tracée à la règle. Ce sont les vagues qui viennent s'écraser sur le corail. Derrière encore, une bande bleu foncé, uniforme : l'océan. Et puis une autre ligne : l'horizon, qui arrive à mi-hauteur des falaises enserrant l'île, telles les pinces d'un crabe gigantesque.

— Ce que tu vois là, c'est le mont Rotui, dit Roger, pointant son doigt vers le pic. La montagne la plus sacrée de Moorea. La légende raconte que, lorsque quelqu'un meurt, son âme s'envole là-bas, où elle est jugée pour ses bonnes et ses mauvaises actions. Elle va soit dans le monde éclairé (le *Rôhutu no'ano'a*), soit dans le monde des ténèbres (le *Pô auahi)*.

— Un peu l'équivalent du paradis et de l'enfer chrétiens ? demande Gabrielle.

— Un peu, oui, acquiesce le Polynésien.

— Et ces deux baies, comment s'appellent-elles ?

— Celle de droite, c'est la baie de Cook. Celle de gauche, la baie d'Opunohu.

— Cook, comme l'explorateur ?

— Oui. Sauf qu'il est arrivé ici par la baie d'Opunohu, et non celle qui porte son nom. On aime bien taquiner l'Histoire, ici.

Gabrielle sourit. L'image qu'elle a devant les yeux, cet iceberg de roches et de feuilles, est étrangement fidèle à ses visions d'enfance, quand elle faisait monter le Machu Picchu au-dessus des nuages, jusqu'au lagon de ciel où se baignait sa mère. Par ses couleurs et ses escarpements, le mont Rotui pourrait tout à fait être un prolongement céleste des montagnes sertissant le site inca. Soudain, elle est frappée par une pensée : et si c'était sa mère qui les avait fait venir ici ? Non pour la retrouver, *elle*, mais pour les aider à trouver ce paysage, ce soleil, cet instant à deux devant la beauté du monde ? Gabrielle aime cette idée. Elle la trouve douce et poétique.

*

Gabrielle et Philippe retournent à l'hôtel puis, sur les coups de 19 heures, prennent un taxi en direction des Tipaniers.

L'établissement est situé sur la pointe nord-ouest de l'île, au bout d'une allée inaccessible aux voitures et à peine éclairée. Sous le ciel dégagé, le sable ressemble à de la poussière de lune. On entend le bruit des vagues, au loin, et bientôt Gabrielle voit ces vagues, leurs ailerons éphémères qui blanchissent et rayonnent, le bruissement des palmiers dans la nuit noire.

— *'Ia ora na*, dit la serveuse.

— *'Ia ora na*, répond Gabrielle.

Elle échoue à reproduire l'accent polynésien, de même qu'elle a toujours échoué, en cours d'espagnol, à prononcer correctement les r et les j.

— Pour deux personnes ?

— Oui. Nous sommes venus voir le spectacle de feu.

— Ah, dans ce cas, suivez-moi.

Elle les conduit au fond du restaurant, vers la partie sur pilotis qui donne sur la plage.

— Ici, vous serez aux premières loges, dit-elle, leur tendant le menu.

Gabrielle la remercie et consulte rapidement la carte.

— Je crois que je vais prendre de l'espadon, et toi ?

— Une bonne entrecôte saignante. Avec des frites. Et de la mayonnaise. Au diable, le cholestérol !

— Tu as bien raison, papa, nous sommes là pour nous faire plaisir !

Ils passent commande et sont servis en quelques minutes à peine. Tout en dégustant son poisson, Gabrielle sort la carte de l'île et remarque qu'ils se trouvent juste à côté du lieu de rendez-vous avec Heifara, le guide qui doit les accompagner à la rencontre des baleines. Elle aimerait garder la surprise, mais serait-ce bien raisonnable d'attendre qu'ils soient sur le bateau ? Et si Philippe faisait une crise de panique ? Elle a déjà vu des personnes tout à fait saines d'esprit tourner de l'œil pour moins que ça.

— Papa… il faut que je te dise quelque chose.

Il lève les yeux de son assiette et la regarde.

– Oui, P'tit Loup ?

– Demain, j'ai prévu quelque chose… je voulais te faire la surprise, mais, à bien y réfléchir, je ne suis pas sûre que ce soit une bonne idée.

Philippe pose ses couverts, plie sa serviette en quatre puis s'essuie la bouche. Il s'est toujours essuyé la bouche ainsi, en utilisant les quatre coins soigneusement pliés.

– Tu piques ma curiosité !

Gabrielle sourit.

– Disons que nous ne partons pas ramasser des bulots.

– Allez, crache le morceau !

Gabrielle sourit de nouveau. Son enthousiasme l'amuse.

– C'est une proposition un peu folle, et j'insiste : si tu ne te sens pas de le faire, je veux que tu me le dises.

– Ce n'est pas Alzheimer qui va me faire perdre la boule, c'est toi, à me faire mariner ainsi !

Ils se regardent un instant, tout étonnés que le mot ait été posé ainsi entre eux. Il y a quelques semaines, quand le diagnostic est tombé, il était incapable d'en parler. Aujourd'hui, il fait des blagues. C'est sans doute mieux ainsi. S'il plaisante, c'est que les choses ne vont pas encore trop mal. Et puis, c'est *lui*, tout simplement. *Encore lui*, l'homme qui rit, qui taquine, qui affronte avec ses armes les drames de la vie.

– Très bien, dit Gabrielle, rompant le silence. Est-ce que ça te dirait de… nager avec les baleines ?

Il prend un air étonné.

– Tu veux dire… dans l'océan ?

– Absolument. Avec le meilleur guide de toute la Polynésie, d'après ce que j'ai pu lire sur Internet.

– Avec des bouteilles et tout ? Tu es au courant que je n'ai jamais fait de plongée ?

– Ce n'est pas de la plongée, c'est du *snorkeling*. Nous nageons en surface et regardons ce qui se passe en dessous de nous.

Il regarde l'océan et hausse les épaules.

– D'accord, dit-il simplement. Après tout, ce n'est pas comme si j'allais avoir d'autres occasions de nager avec des baleines. Et puis, ça ne pourra jamais être plus effrayant que ce vol au-dessus du Pacifique où j'ai cru mourir à chaque turbulence !

Il avale un morceau d'entrecôte, boit une gorgée de son jus d'ananas, puis pose sur elle un regard intrigué.

– Ce qui m'étonne, en revanche, c'est que *toi*, tu acceptes de sauter en plein océan avec des bébêtes qui font dix fois ta taille. Je me rappelle qu'au Cap-Ferret, je n'ai jamais réussi à t'emmener nager avec moi ! Et pourtant, à part quelques daurades bien inoffensives, les lieux étaient plutôt inhabités.

Chaque fois qu'il évoque un souvenir du passé, Gabrielle a la sensation qu'ils mettent un uppercut à Alzheimer. C'est pour ça aussi qu'ils sont ici, pour passer du temps ensemble et faire vivre leur histoire.

– Tu as raison, papa, je n'ai jamais osé m'éloigner du bord. Mais peut-on rêver plus beau cadre pour un baptême du feu ?

– Tiens, en parlant de feu, dit Philippe, le regard tourné vers les danseurs qui se sont installés sur la plage.

Gabrielle reconnaît Hiro, bien qu'il ait totalement changé d'apparence. Comme ses camarades, il a enfilé une tenue traditionnelle, composée d'un paréo noir lui arrivant en haut des cuisses, de feuilles de pandanus lui cerclant bras et mollets, et d'une couronne de fleurs jaunes dans les cheveux. Sa peau cuivrée est couverte de tatouages, qui luisent dans l'éclat des flammes. Apercevant Gabrielle, Hiro se fend d'un sourire. Il lui adresse un pouce levé, puis prend place dans le premier tableau du spectacle.

Gabrielle a appelé David et installé son téléphone de manière à ce que ses enfants ne manquent rien du spectacle. Sasha trépigne de voir les « guerriers du bout du monde », comme il les appelle, faire étalage de leur courage, et Rose a enfilé pour l'occasion son déguisement de Vaiana. Trois coups de tambour résonnent, puis, tous ensemble, les danseurs se mettent à faire tourner leurs bâtons enflammés. Ils sont six, répartis en deux rangées. Hiro est à l'arrière, au milieu. Les bâtons, enflammés des deux côtés, dessinent des cercles rougeoyants dans la nuit, en rythme avec les battements de tambour qui retentissent. Soudain, trois danseurs s'accroupissent, deux autres grimpent sur leurs épaules, et Hiro se hisse tout en haut, sans cesser de faire tourner ses bâtons. Avec ses tatouages, ses muscles et ces tourbillons de feu qui semblent le soulever dans la nuit, on dirait un jeune dieu polynésien s'amusant avec les éléments. Il attend que le tambourineur arrête de jouer, puis se jette dans le ciel du haut de sa pyramide, pirouette deux fois sur lui-même, et atterrit à genoux sur le sable, sous les applaudissements de la foule.

À l'issue du spectacle, et sur l'invitation de Gabrielle, le jeune danseur s'assied à leur table.

— Hiro, c'était… incroyable ! s'exclame-t-elle. Quelle performance !

— Quand je vais raconter ça à mes copains, ils ne vont jamais me croire ! renchérit Sasha derrière l'écran.

— C'est vrai, ça vous a plu ?

— Tu rigoles ? J'ai A-D-O-R-É !

— Moi aussi, dit Rose, qui demande timidement : Est-ce que tu connais Vaiana-la-légende-du-bout-du-monde ?

— Vaiana ? Évidemment que je la connais ! C'est ma copine. On fait du surf ensemble.

Sasha attrape le téléphone et le colle devant son visage.

— Ma sœur pose toujours des questions débiles, dit le jeune garçon.

— Sasha ! le réprimande sa mère.

L'intéressé roule des yeux, puis les pose avidement sur Hiro.

— Est-ce que tu t'es déjà brûlé avec tes bâtons ?

— Ce ne sont pas des bâtons, ce sont des couteaux de feu. Et non, je ne me suis jamais brûlé. Tu sais pourquoi ?

Sasha fait non de la tête.

— C'est parce que j'ai le *mana*.

— Le *mana* ? Qu'est-ce que c'est ?

Hiro boit une gorgée du Coca que Gabrielle lui a commandé, puis réfléchit un instant.

– Eh bien, c'est… mmh, ce n'est pas facile à expliquer à un petit *popa'a* comme toi.

– *Popa'a* ?

– Un petit Blanc, quoi. Mais pour te répondre, le *mana*, c'est… une sorte de force, présente partout, et qui est en même temps le centre de toute chose.

– Hein ?

– Un pouvoir magique, si tu préfères. Qui peut être bon ou mauvais, selon les objets, les êtres, les circonstances. C'est grâce à lui que certaines personnes ici arrivent à marcher sur le feu ou à s'orienter en pleine mer sans l'aide du moindre instrument. Parfois, quand une personne meurt, il arrive que son *mana* reste accroché à ses vêtements ou aux endroits où il a habité. On l'entend rôder dans le souffle du vent…

– Et toi, comment est-ce que tu sais que tu as du *mana* ? demande Sasha.

– Je ne le sais pas vraiment, je le *sens*.

– Je ne comprends pas.

Hiro réfléchit un instant, puis croise le regard de Gabrielle, fixé avec intérêt sur lui.

– Au fait, c'est quoi, ton prénom ?

– Sasha.

– Dis-moi, Sasha, est-ce que tu fais un sport ?

– Oui, du foot.

– En compétition ?

– Le samedi, on a des matchs.

– Et je suppose que tes parents viennent te voir jouer parfois ?

– Oui, bien sûr.

– Quand tu les vois dans les tribunes qui te regardent et t'encouragent, est-ce que ça ne te donne pas de l'énergie ? Parce que tu as envie de les rendre fiers ? D'être le meilleur sur le terrain ?

– Oui, acquiesce Sasha.

– Eh bien, le *mana*, c'est exactement pareil ! C'est comme le regard d'une maman, qui pousse à se dépasser.

– Maman, tu reviens bientôt ? demande soudain Rose dans un sanglot.

– Oh ma puce ! s'exclame Gabrielle. Sasha, montre-moi ta sœur, s'il te plaît.

– Mais maman, je veux parler à Hiro !

– Sasha !

– Bon, d'accord.

Il tend le téléphone avec dépit à sa sœur.

– Je reviens bientôt, dit Gabrielle. Très bientôt, ma chérie. Mais tu t'amuses bien avec papa, non ?

– Oui, mais quand même, tu me manques.

– Toi aussi, tu me manques, ma puce. Papa m'a dit que vous alliez à Disneyland demain ? Vous avez de la chance d'y retourner, dis-moi !

Changer de sujet. Faire diversion. Cela fonctionne, puisque Rose s'arrête aussitôt de pleurer.

– Oui ! Et il m'a promis qu'il m'achèterait une robe de princesse !

– Ce n'est pas vrai ! Quelle princesse ?

– Je ne sais pas encore. On verra bien.

– Et moi, un sabre laser ! s'écrie son frère.

– Eh bien, ou dirait que vous allez être gâtés ! Moi aussi, j'ai quelques surprises pour vous… mais il faut être bien sages avec papa jusqu'à mon retour ! Vous me le promettez ?

– Oui, promis ! disent-ils d'une même voix.

– Je vais devoir raccrocher, mes chéris, je n'ai plus beaucoup de batterie. Et ce n'est pas grâce au *mana* que je vais appeler un taxi pour rentrer à notre hôtel !

– Attends, maman, attends, je veux parler à papi ! s'exclame Rose.

– Bon d'accord, mais deux minutes alors.

Gabrielle tend le téléphone à Philippe, qui, tel un acteur impatient jaillissant des coulisses, se lance aussitôt dans le récit de leur vol au-dessus du Pacifique. « … et là, juste au moment où on se croit sortis d'affaire, une nouvelle turbulence ! Un truc terrible, qui balance l'avion à droite, puis à gauche, puis de nouveau à droite, avec les masques à oxygène qui tombent sous notre nez et toutes les lumières qui se mettent à clignoter ! »

– Tu as eu peur ? demande Rose.

– Un peu, mon n'veu ! Mais, ajoute-t-il, au fond de moi, j'étais sûr qu'on allait s'en sortir.

– Tu avais le *mana*, papi, lance Sasha avec un clin d'œil à son grand-père.

– C'est plutôt le pilote qui l'avait, si tu veux mon avis. Parce que moi, à part m'accrocher au bras de ta mère, je n'ai pas fait grand-chose !

– Pour quelqu'un qui a peur de l'avion, votre grand-père a été très courageux, intervient Gabrielle. Maintenant, envoyez-lui de gros bisous, dites au revoir à Hiro, et repassez-moi votre père.

Les enfants obéissent à contrecœur, puis Gabrielle les entend descendre du canapé et courir en direction de la terrasse.

– Penses-tu pouvoir les tenir éveillés jusqu'à 22 heures ? demande Gabrielle.

– Oh oui, ce ne sera pas un problème. Pourquoi, qu'est-ce que vous avez prévu ?

– C'est une surprise. Je ne suis pas certaine d'avoir du réseau, mais j'essaierai de vous appeler.

– Tu ne veux pas me dire ce que c'est ? insiste David, intrigué.

– Bon d'accord. Si le temps le permet, nous sommes censés…

Mais Gabrielle n'a pas le temps de terminer sa phrase que son téléphone s'éteint.

– Et merde, j'en étais sûre ! s'exclame-t-elle.

Au même instant, les compagnons danseurs de Hiro crient son prénom depuis la plage.

– Je suis désolé, dit le Polynésien, il faut que j'y aille, les copains.

Il se lève et s'immobilise, une idée lui ayant traversé l'esprit.

– Vous logez où ? demande-t-il.

Gabrielle donne le nom de leur hôtel.

– C'est sur notre chemin ! Vous voulez qu'on vous dépose ? Il y a largement assez de place dans notre minivan !

Elle regarde son père, qui hausse les sourcils l'air de dire : « Pourquoi pas ! »

– Tu es sûr ? demande-t-elle. Ça ne vous dérange pas ?

Hiro se penche au-dessus de la rambarde.

– Hey Brad, lance-t-il au joueur de tambour, on ramène les *popa'a* à leur hôtel, d'accord ?

– A*ita pe'ape'a !*

– Qu'est-ce qu'il a dit ? demande Gabrielle.

– Aucun problème ! Allez, venez.

Gabrielle règle rapidement l'addition, puis son père et elle rejoignent la troupe de danseurs.

– Vous êtes vraiment sûrs que ça ne vous pose pas de problème ? insiste Gabrielle.

– Vous êtes marrants, vous, les gens de la métropole, répond le joueur de tambour. Soit vous pensez que tout vous est dû sans vous poser la moindre question, soit vous avez tout le temps l'impression de gêner. Ici, on se prend moins la tête. C'est quoi ton nom, au fait ?

– Gabrielle.

– Et toi ?

– Philippe.

– Moi, c'est Fara. Vous êtes arrivés il y a longtemps en Polynésie, Gabrielle et Philippe ?

– Avant-hier, répond Gabrielle.

Fara hoche la tête avec un sourire.

– Dans quelques jours, vous vous laisserez un peu plus aller.

Ils s'installent dans le van, à côté de Hiro qui a pris sur ses genoux les cageots de mangues fraîches posés sur leurs sièges. L'intérieur exhale un étrange mélange de tabac froid et de monoï, un peu écœurant. Le Polynésien attend que les autres danseurs se soient assis derrière puis se tourne vers eux.

– Lui, dit-il en levant le menton vers un homme d'une trentaine d'années, le nez plongé dans son téléphone, c'est

Ataora. Ça veut dire « grand sourire » mais il tire souvent la gueule.

Hiro laisse passer les rires, puis plante ses yeux dans ceux du jeune homme à côté, le plus maigrichon de la bande, tatoué de la tête aux pieds.

– Et lui, c'est Ariihere. Le « roi de l'amour ». C'est bizarre, mais aucune fille n'a jamais prononcé son nom.

Nouveaux éclats de rire, y compris de l'intéressé, qui répond du tac au tac :

– Tu as raison, Hiro, « l'esprit sage », elles ne le prononcent pas… elles le crient, le gémissent, le supplient ! « Oh, Ariihere, roi de l'amour ! Oh Ariihere, roi de l'amour ! »

– Enfin, Ariihere, le reprend Fara, qui conduit fenêtres ouvertes, il y a une dame parmi nous ! Surveille ton langage !

– Oh, ne t'inquiète pas, s'amuse Gabrielle, il en faut bien plus pour me choquer !

Hiro termine les présentations, puis attrape une mangue dans son cageot.

– Ça vous tente ? demande-t-il. Ce sont les meilleures que vous mangerez dans votre vie.

Dans le rétroviseur, Gabrielle voit Fara la regarder. « C'est le moment de prouver que tu acceptes *sans prise de tête* l'hospitalité polynésienne. »

– Avec plaisir ! répond-elle, et Fara sourit, satisfait.

– Je vais vous montrer comment on découpe une mangue à la polynésienne, dit Hiro, sortant un couteau de son sac. D'abord, il faut trancher les joues. Comme ça, de chaque côté du noyau. Ensuite (il attrape l'un des deux morceaux et pose l'autre dans le cageot), vous dessinez un quadrillage dans la chair. Quand c'est fait, il vous suffit d'appuyer sur la peau pour faire ressortir les cubes… et croquer à pleines dents dedans !

Il tend le morceau à Gabrielle, qui ne se fait pas prier. Un délice sucré se répand sur sa langue, qui semble découvrir pour la première fois le véritable goût de ce fruit.

– Alors ? demande Hiro, tendant l'autre moitié à Philippe.

— Eh bien tu as raison, je n'ai jamais mangé une mangue aussi délicieuse de ma vie.

— Elles viennent du jardin de mon grand-père. Il vit de l'autre côté de l'île, pas très loin de l'hôpital.

— Tu le féliciteras pour moi, alors.

— Si tu veux, mais tes félicitations le feront rire.

— Pourquoi ?

— Parce qu'il dira qu'il n'y est pour rien. Que c'est le *fenua*, la terre, et l'eau du ciel, *vai, pape*, nourricière et pourvoyeuse de vie, qui nous donnent ces fruits merveilleux.

Le van s'arrête devant l'hôtel. Hiro aide Gabrielle et Philippe à descendre.

— Merci infiniment à tous. Pour le trajet et la mangue.

— Avec plaisir, répond Hiro.

Il sort une carte de sa poche.

— Tenez, il y a mon numéro dessus. Si vous avez besoin de quoi que ce soit.

Gabrielle prend la carte et la range précieusement dans son portefeuille, entre celle de Paco et celle d'Oscar.

— Quand repartez-vous de Moorea ? demande Hiro.

— Après-demain. Nous allons à Bora-Bora.

Hiro sourit avec une sorte d'ironie fataliste.

— Ah, Bora…

« Non, ce n'est pas ce que tu crois ! a envie de répondre Gabrielle. Je sais que c'est devenu un parc d'attractions pour Américains friqués, mais des choses très importantes nous attendent là-bas. Des choses liées à notre histoire personnelle, à nos souvenirs. » Cependant, elle garde pour elle ses pensées et se contente de répondre, sourire coupable aux lèvres :

— Eh oui, la perle du Pacifique…

Se glissant dans les draps frais de son lit, Gabrielle pense aux trois cartes dans son portefeuille. Un professeur d'université, un guide chaman et un danseur de feu. « On dirait les personnages d'un jeu de société un peu fou, se dit-elle. Un Cluedo pour gens ivres, mené à l'échelle du monde. » Avec Alzheimer dans le rôle de la meurtrière à débusquer et interpeller. Il n'est pas certain que Gabrielle puisse gagner — il est même absolument impossible qu'elle le puisse. Cependant, comme pour tous les jeux, comme la vie en général, l'essentiel n'est-il pas de participer ? Et, si possible, de s'amuser un peu en chemin ?

# Chapitre 25

Philippe relit la lettre que lui a remise le facteur. Il a dû s'appuyer au mur, sonné. Les mots dansent devant ses yeux : *Objet : Convocation à un entretien préalable au licenciement... vous avez la possibilité de vous faire assister...* Le courrier est de Florian Buvard, le nouveau DRH de l'usine débarqué du siège il y a quelques mois. On veut le virer. « Les salauds... » murmure Philippe. Il pose la lettre, un beau papier bien épais avec le logo de l'entreprise, et s'assied dans son canapé. Hermès en profite pour sauter sur ses genoux. *Motif : insuffisance professionnelle.* Il ne sait pas bien ce que ça veut dire, mais, pour un homme qui a dédié sa vie à la même entreprise, les termes sont terribles. C'est vrai, il a de plus en plus de mal à atteindre ses quotas journaliers. À cinquante-huit ans, il n'a plus la même énergie ni la même force qu'à trente ou quarante. Mais dans ce cas, pourquoi ne pas le mettre à un autre poste, moins exigeant physiquement ? Il peut tout faire. Il *sait* tout faire. Est-ce qu'ils ne peuvent pas attendre deux ans, qu'il atteigne dignement l'âge de son départ à la retraite ? Vraiment, y a-t-il urgence, une urgence vitale pour l'entreprise, à le virer ? Est-ce uniquement à cause de lui si les chiffres étaient dans le rouge l'année dernière ?

Après la stupeur, la colère. On ne traite pas les gens ainsi, décide Philippe. Il ne va pas attendre sa convocation. Dès lundi matin, il va monter à l'étage de la direction et dire à Florian Buvard le fond de sa pensée. Ce petit jeune (il doit avoir quoi, trente-cinq, quarante ans ?) en costume cravate qui veut faire sa révolution. Le jour de son arrivée, il a convoqué l'usine dans la grande salle de réunion, et leur a fait tout un discours sur les bouleversements du monde industriel, la nécessité de maîtriser les coûts, la nouvelle vision de l'entreprise, etc. C'est donc ça, cette nouvelle vision ? Virer les vieux, du jour au lendemain ? Ceux qui ont donné leur sang pour l'entreprise ? Car il l'a donné, son sang ! Plus d'une fois, la tôle lui a ouvert la peau ! Il lève les yeux vers le mur en face de lui, sur lequel est encadrée une photo de sa fille. Elle pourrait l'aider, bien sûr. Avec son intelligence, son réseau, ses connaissances. Mais il est hors de question qu'il la mêle à tout ça. Elle doit se concentrer sur sa propre carrière. Il peut très bien se défendre tout seul. Après tout, c'est un boxeur. Un vieux lion, mais qui sait encore rugir.

*

Philippe note son nom sur la feuille de présence, sous l'œil attentif du gardien qui fouille son sac. Il reprend ses affaires et se dirige vers les vestiaires. Un long couloir, derrière d'autres types qui marchent lentement, tête basse. Il est venu avec l'ambition d'en découdre, mais la hauteur des murs, les bruits, les odeurs de javel et d'étain… il sent son cœur rapetisser dans sa poitrine. Il se change puis se dirige vers son poste. Il va faire son travail, jusqu'au bout. C'est une façon de se révolter aussi. Ne pas abandonner, ne pas baisser les bras. En ce moment, il est aux sièges avec trois autres collègues, Stéphanie, Marc et Mohammed. Il est le plus vieux. D'ailleurs, c'est peut-être le plus vieux de l'usine. « Salut », dit-il à Mohammed, déjà à l'ouvrage. « Salut », répond le jeune Tunisien. Son rôle à lui est de placer le coussinet chauffant dans le matelassage de la partie inférieure du siège. Il a 88 secondes maximum pour effectuer sa tâche. Ils travaillent en silence. Parler, c'est prendre le risque de se déconcentrer. Et donc de perdre du temps. Et donc de ne pas atteindre le quota. Il jette un coup d'œil vers Mohammed. Le Tunisien est arrivé il y a deux semaines à peine, mais il travaille déjà à une vitesse folle.

Il est venu en France pour « réussir », ce sont ses propres mots, alors il a envie d'exploser les compteurs. C'est vrai, Philippe n'a plus cette énergie, cette volonté propre à la jeunesse. Mais il a de l'expérience. Depuis ses débuts, il a connu une dizaine de postes, sur toute la chaîne de production. Il a soudé, planté, sué, vissé, coloré, vérifié, percé, taillé, gainé plus que n'importe qui ici. Il est la mémoire vivante de l'usine. Mais apparemment, ça ne compte pas. Tout ce qui compte, c'est la vélocité des mains. Et aussi, le fait que Mohammed coûte certainement moins cher que lui.

Il habille une dizaine de sièges, puis s'arrête et regarde en direction de l'escalier au fond du hall, celui qui mène aux bureaux de la direction. Toute la nuit, il s'est imaginé le monter avec panache, ouvrir la porte coupe-feu d'un mouvement décidé du pied, puis faire retentir ses pas furieux le long du couloir, jusqu'au bureau de Florian Buvard. Cependant, lorsqu'il se déroulait la scène en pensée, les néons n'avaient pas une lumière aussi vive, et son cœur ne tambourinait pas aussi vite dans sa poitrine. Mécaniquement, il attrape une armature et la pose sur son chevalet. Il n'a parlé à personne de sa situation. Pour Stéphanie, Marc et Mohammed, c'est une journée tout à fait normale. Ils le verront simplement s'éclipser, vers 14 heures, ou peut-être même pas, car parfois, quand on est concentré sur sa tâche, tout disparaît autour de soi.

Il déjeune avec Stéphanie. La jeune femme, arrivée il y a trois ans à l'usine, se plaint de Mohammed. Elle l'appelle le « zinzin », car « il faut être zinzin pour travailler aussi vite ». Philippe croque dans son sandwich et hausse les épaules. Dans ses jeunes années, il en aurait fait autant, voire plus. « À cause de lui, ils vont vouloir qu'on accélère la cadence ! dit-elle rageusement. Et il espère quoi, en plus ? Une promotion ? Une médaille ? Il sait pas comment ça marche ici ? » Philippe hausse de nouveau les épaules : bientôt, toutes ces choses ne le concerneront plus.

« Je vous en prie Philippe, entrez », dit Florian Buvard en ouvrant la porte. Morand, le contremaître que tout le monde appelle par son nom de famille, est déjà dans la pièce, armé d'un carnet et la mine grave. Philippe s'exécute, puis le DRH l'invite à s'asseoir, lui-même prenant place de l'autre côté de la table, à côté de Morand. Devant eux, il y a des feuilles. Certainement des phrases types, avec la procédure à suivre. De près, l'homme fait encore plus jeune que ce qu'il avait imaginé. Définitivement, il a à peine trente-cinq ans. Il pourrait être son fils. Ses mains sont blanches et lisses, ses ongles nacrés comme deux petits coquillages. « Il ne tiendrait pas deux heures en bas », pense Philippe, écoutant, comme prévu, Florian Buvard dérouler son discours. Il le remercie pour « toutes ces années de dur labeur », mais « il faut être réaliste, vous n'y arrivez plus, et c'est un problème pour l'entreprise »… À cet instant, Morand ouvre son carnet et commence à réciter des dates et des chiffres. Philippe tourne la tête et, par la grande vitre du bureau, regarde le hall en contrebas. Fracas des machines, fragilité des fourmis. C'est ce que lui inspire sa vision. Des fourmis bleues qui grouillent, qui s'agitent, qui répètent les mêmes gestes, encore et encore, les unes derrière les autres, parfaitement organisées. Tout cela lui paraît très triste, soudainement. Très triste et très vain.

— Est-ce que vous contestez les faits qui vous sont reprochés, Philippe ? Votre *insuffisance de résultats* ?

Il aurait pu venir accompagné. D'un délégué du personnel, par exemple. Mais il avait envie de se défendre seul, de montrer qu'il pouvait encore rugir. Si seulement il avait encore cette force en lui.

— Je… c'est un poste qui demande une certaine énergie…

— Que vous n'avez plus, malheureusement.

— Je pourrais être plus efficace ailleurs.

Florian grimace.

— Ce n'est pas la direction que souhaite prendre l'entreprise.

Dans ses pensées, Philippe était bien plus courageux devant cet arriviste en chemise et cravate, avec sa blouse blanche ouverte, insolente.

— Il me reste deux ans…

−Je comprends, mais vous devez aussi vous mettre dans notre position. Avec votre ancienneté, vous êtes l'un des ouvriers les mieux payés de l'usine, tout en étant, aujourd'hui, l'un des moins productifs. Vous savez, le nouveau PDG, M. Benoît Hurel, a de grandes ambitions pour l'entreprise. Et certaines choses qui étaient tolérées dans le passé… eh bien, ne le sont plus.

« Oui, il fait vraiment jeune, pense Philippe. À peine plus âgé que Gabrielle. » D'ailleurs, sans doute a-t-il fait une grande école, comme elle. Armé de son diplôme, il débarque ainsi dans une usine et licencie sans état d'âme. Sa fille ferait-elle la même chose ? Avec la même arrogance, le même manque d'humanité ? « Non, bien sûr », décide-t-il. Il ne l'a pas élevée comme ça.

− Bien entendu, vous aurez le droit à toutes les indemnités prévues par la loi dans votre cas. Également, vous bénéficierez d'une indemnité de congés payés équivalente à un dixième de votre salaire brut moyen. De vous à moi, vous allez plutôt bien vous en sortir.

Philippe sent un tressaillement dans sa poitrine, l'envie soudaine d'envoyer son poing dans la figure du DRH. Quelque chose de rapide, d'efficace. Juste pour gommer de ses lèvres cette sorte de sourire obséquieux, faussement compatissant. Ses phalanges feraient du dégât sur cette mâchoire aux os fins, elles casseraient sûrement quelques dents. Peut-être même le nez, allez savoir. Mais est-ce vraiment ainsi qu'il veut clore ce chapitre… par un coup de poing ? Impossible, car c'est justement pour échapper aux coups qu'il est entré dans cette usine, en 1963, à dix-huit ans à peine et sans le moindre diplôme. En pensant à cela, à ces premiers jours à la chaîne, épuisé mais heureux, tellement heureux de gagner un peu d'argent et de pouvoir fuir le domicile familial, quelque chose mollit en lui. Il est fatigué, et cette fatigue se dilue dans une sorte de dégoût à l'égard de Florian Buvard et plus globalement de l'entreprise. Dégoût et fatalité. Qui est-il dans cette gigantesque machine ? Il y est entré dans les années soixante, c'était un autre temps, un autre esprit. Tous ses anciens camarades sont partis, et, en effet, désormais, il est le vieux qui avance moins vite que les autres. À quoi bon se battre ? Il ne gagnera pas. Pas contre cette nouvelle direction, contre ce monde qui change trop vite pour lui.

— Est-ce que… est-ce que j'aurai ma photo, sur le Mur des Héros ? demande-t-il, et, prononçant ces mots, il voit un nouveau sourire s'épanouir sur le visage glabre de Buvard, un sourire qui lui déchire le cœur, qui le fait se sentir misérable, ridicule, il est devenu un enfant de cinquante-huit ans viré de l'école, mais qui aimerait quand même bien repartir avec son image.

Les propos de Florian Buvard confirment cette impression :

— Philippe, cette histoire de « Mur des Héros »… c'est un peu puéril, non ? Je veux dire, on est dans une entreprise, pas au jardin d'enfants. L'ancien directeur était peut-être un amateur de ces… amusettes, mais, comme je vous l'ai dit, nous prenons une autre direction. Pour faire court, le Mur des Héros va disparaître. D'ailleurs, si vous voulez tout savoir, à la place nous avons prévu une grande fresque qui retracera l'histoire de la maison.

Son sourire, glaçant de condescendance, lui explique la suite de la procédure, puis le raccompagne vers la sortie, puis chez lui, il ne le quitte pas, jusqu'à son lit, la nuit, toute la nuit il va penser à ce sourire, une vie à l'usine croquée par deux rangées de dents blanches, et, plus que jamais, il va sentir le vide à côté de lui, l'absence d'un corps chaud, vivant, contre lequel se blottir et pleurer.

\*

Il n'a rien dit à sa fille. Il n'allait pas l'embêter avec ça pendant son voyage de noces. Peut-être va-t-il attendre encore un peu. Le temps que lui-même digère la pilule. Maintenant, c'est fait de toute façon, et il ne s'en porte pas plus mal. Il sent que son corps le remercie. Il a beau être une force de la nature, la chaîne et les ateliers ont eu raison de ses articulations. Ça sonne. Il ouvre la fenêtre et leur fait signe d'entrer.

— Waouh, dit-il, je crois que je ne vous ai jamais vus aussi bronzés !

— En même temps, nous ne sommes jamais partis si longtemps au soleil, répond Gabrielle. Trois semaines, presque quatre !

C'est une belle journée d'avril, l'une des premières où l'on peut déjeuner dehors. Pour l'occasion, il a prévu un barbecue.

— On t'a rapporté plein de choses, dit sa fille, posant un sac au milieu du salon.

— Tu n'aurais pas dû, P'tit Loup.

— Et pourquoi pas ? Je n'ai pas le droit de vouloir te gâter ?

Elle l'oblige à s'asseoir sur le canapé, et commence à déballer son sac.

— Ça, dit-elle, ça vient de Chiang Mai, dans le nord du pays. Un petit artisan qui habitait à deux pas de notre hôtel. Magnifique, n'est-ce pas ? Je t'en ai pris deux, je n'arrivais pas à me décider.

— Oui, très joli, merci, P'tit Loup.

Philippe attrape les statuettes en forme d'éléphants et les pose sur la table basse devant lui.

— Ça, on l'a trouvé… zut, je ne sais plus.

— Je crois que c'était au marché de Chatuchak, l'aide David.

— Ah oui, tu as raison. Le marché de Chatuchak, c'est le plus grand marché de Bangkok. Et l'un des plus grands au monde, d'ailleurs. On y trouve absolument de tout !

Elle sort trois tee-shirts et les déplie devant lui. Ils représentent des boxeurs en train de combattre.

— Tu comprends bien que je ne pouvais passer à côté.

Elle plonge de nouveau les mains dans son sac, mais son regard se fige tout à coup, et elle demande d'un air intrigué :

— C'est quoi ?

Philippe se retourne. Il a oublié de ranger son carton d'affaires. Un mois que ça traîne dans son salon, qu'il n'a pas la force de l'ouvrir.

— Ce n'est rien, répond-il. Rien du tout.

Trop tard, le sixième sens de Gabrielle lui a envoyé un signal d'alerte.

Elle tourne les yeux vers lui et le fixe en silence.

— Papa…

– Bon, d'accord, tu veux tout savoir ? Je me suis fait virer, voilà.
Nouveau silence.

– Pardon ?

– Tu as bien entendu, je me suis fait virer.

– Mais… quand ?… Comment ?… Pourquoi ?

– Juste avant que tu partes. J'ai reçu un courrier, et puis j'ai fait
un entretien, et puis… bref, je n'ai pas envie d'en parler.

Gabrielle ouvre la bouche, hésite, puis la referme.

– J'étais trop vieux, apparemment, ajoute-t-il.

– Papa, on ne vire pas les gens comme ça en France. Tu aurais
dû m'en parler.

Il hausse les épaules.

– Je ne voulais pas t'embêter.

– Tu ne veux jamais m'embêter ! s'emporte-t-elle. Et le jour où tu
feras une crise cardiaque, tu ne voudras pas m'embêter non plus ?

Philippe se lève.

– Papa, attends… je… ce n'est pas…

Il s'arrête près du carton.

– Quarante ans de ma vie, là-dedans. C'est dingue, non ?

Il se tait un instant, puis il dit :

– Tu sais ce qui me rend le plus triste ? Je n'aurai pas ma photo
sur le Mur des Héros. Ils ont décidé que c'était un enfantillage. Ils
vont le supprimer.

Des larmes brillent dans les yeux de Gabrielle. Elle a essayé de
lui parler, ces dernières années. De lui faire comprendre qu'elle
avait placé de l'argent, intelligemment, et qu'il pouvait s'arrêter,
quitter enfin l'usine et se reposer. Que les fins de mois ne seraient
plus jamais un problème. Chaque fois qu'elle évoquait ce sujet, il
se braquait. « L'âge de départ légal, c'est soixante ans. Je partirai
à soixante ans. » Elle n'insistait pas, mais il voyait qu'elle était
contrariée, inquiète pour sa santé. C'est toute cette histoire qu'il
lit dans son regard, rivé fixement sur le carton.

– Pour quel motif t'ont-ils licencié ? demande-t-elle, levant les
yeux.

Il entend des tremblements dans sa voix.

— Insuffisance professionnelle.

— Ils ont apporté des preuves ?

— Ce n'était pas très difficile, j'avais du mal à atteindre mes objectifs, ces derniers temps. Les chiffres parlent d'eux-mêmes.

— Ce n'est pas qu'une question de chiffres, papa. Il y a une procédure. T'ont-ils alerté plusieurs fois ? En as-tu parlé avec ton supérieur ? Avez-vous réfléchi ensemble à des solutions, des alternatives ?

Il hausse les épaules.

— Ce qui est fait est fait, dit-il.

— Papa, cette usine… putain, elle t'a bouffé la santé ! Tu lui as donné ton corps, ta jeunesse, ton… Tu crois que je ne voyais pas tes mains tout abîmées, quand j'étais petite ? Tu crois que je ne remarquais pas quand tu te tenais le dos, et quand tu toussais en plein mois de juillet, et quand tu tombais littéralement de fatigue à 21 heures, tellement crevé que je devais te réveiller pour te faire monter au lit ?

— P'tit Loup…

Elle se lève, les joues rouges, brillantes de larmes.

— Toute ma vie, tu m'as protégée ! Tu t'es battu pour moi, sans relâche, pour que je puisse… me réaliser, et devenir la femme que je suis aujourd'hui ! Maintenant, c'est à moi de t'aider. On va les attaquer aux prud'hommes ! J'ai une copine avocate, elle…

— Non. Non, P'tit Loup.

— Mais papa…

— Gabrielle, j'ai dit non ! tonne Philippe.

Sa voix puissante éteint tout bruit dans le salon.

— Je… je suis fatigué, tu comprends ? C'est fini, voilà, la page est tournée. J'ai déjà vu avec Matthieu, et je vais travailler avec lui dans son magasin pendant quelques mois. Pour ma retraite. Son assistante est partie, et il a besoin d'un coup de main.

— Papa, si c'est une question d'argent…

— C'est une question que j'ai droit à ma retraite à soixante ans, et que j'en ai cinquante-huit. Et puis, je suis ravi, ça va me tenir occupé. J'ai toujours aimé les animaux.

Gabrielle soupire et marche vers lui.

– D'accord, papa, c'est toi qui décides. Mais à l'avenir, j'aimerais vraiment que tu m'impliques dans ce genre de choses. Je n'ai plus huit ans, tu sais. Je veux être là pour toi.

– Ce n'est pas aux enfants de régler les problèmes des parents.

– Si je peux me permettre d'intervenir, dit David, je crois que ce qui angoisse Gabrielle, c'est justement le fait de ne pas savoir.

– Ah non, tu ne vas pas t'y mettre ! s'exclame Philippe.

– Tout ce que je te demande, c'est que tu me parles. Rien de plus. S'il te plaît.

Il la regarde dans les yeux. Comme elle fait grande, adulte. En même temps, elle a trente-deux ans. Il n'arrive pas à réaliser. À son âge, lui-même était déjà père depuis plusieurs années. Elle a raison, il ne peut plus… il ne *doit plus* la considérer comme une enfant à protéger. Un jour, c'est *elle* qui le protégera. Quand il sera vieux et aux portes de la mort, il lui serrera la main, très fort, comme autrefois elle serrait la sienne à la piscine municipale, et qu'elle criait, luttant pour garder la bouche hors de l'eau : « Papa, tu me tiens ! Tu me lâches pas, hein ! »

– Très bien, P'tit Loup, je te parlerai, c'est promis.

Et, disant cela, il l'attire contre lui et la prend dans ses bras – corps chaud, vivant, contre lequel il peut se blottir et pleurer.

# Chapitre 26

L'océan bleu et noir clapote doucement contre la coque du bateau. Ils ont quitté depuis de longues minutes le lagon, et Gabrielle regarde au loin sa douceur turquoise, rassurante. Soudain, Heifara arrête le bateau, les yeux dans une direction bien précise. « À l'eau, dit-il simplement. Maintenant, à l'eau ! » Les autres touristes, deux jeunes couples et un homme seul, italien, enfilent masque, tuba et palmes, puis descendent par l'échelle dans l'océan. Philippe et Gabrielle n'ont pas bougé.

— Vous ne voulez pas y aller ? demande Heifara, tournant ses lunettes de soleil et sa visière kaki vers eux.

Le cœur de Gabrielle bat la chamade. Elle était décidée à y aller. Toute la nuit, elle s'est convaincue qu'elle pouvait le faire, qu'il *fallait* le faire, car il y avait une vérité cachée dans les grands fonds. Mais l'eau est si sombre… Elle tétanise ses muscles qui refusent de bouger du banc.

— Il ne faut pas vous forcer, mais si vous avez peur, laissez-moi vous rassurer : vous ne craignez absolument rien. Les baleines sont des animaux d'une intelligence et d'une sensibilité hors du commun. Je nage avec elles depuis vingt ans, alors je commence à les connaître.

Ce ne sont pas des baleines dont Gabrielle a peur. C'est du vide. Ou du plein. Cette chose gigantesque et noire qui mange la lumière, qui n'a aucune frontière ni limite, et qui sera partout autour d'elle, repère d'on ne sait quelles créatures prêtes à lui croquer les mollets.

— Elles arrivent, dit simplement Heifara, regardez par ici.

Gabrielle tourne la tête et croise le regard de son père, et dans ce regard elle lit le bonheur simple d'être ici, avec elle, sur ce petit bateau au bout du monde. Elle voit les rides qui encerclent ses yeux, les taches brunes et mauves qui pigmentent son front, elle voit ses sourcils grisonnants froncés par l'éclat du soleil, et c'est comme si le Temps lui-même s'adressait à elle. Comme si, dans cette dichotomie de bleu et de blanc, il l'enjoignait à ne *pas être méprisante*. À ne pas se lover dans la pensée facile qu'il y aura d'autres occasions, qu'ils sont bien assis, après tout, sur ce bateau qui tangue doucement, qu'avec un peu de chance ils apercevront le dos d'un cétacé et qu'ils repartiront avec ce fragment d'image réconfortante. « Ne méprise pas l'occasion. Ne méprise pas la possibilité de faire une chose merveilleuse, sensationnelle, pour la première et dernière fois de ta vie, avec ton père », dit le Temps, qui prend tout à coup une forme étonnante, celle d'un jeune homme de soixante-treize ans qui saute sur ses pieds et qui s'exclame, sourire aux lèvres : « Allez, P'tit Loup, on y va ! » Elle sourit à son tour. Comment résister ? Il a raison : ils sont trop engagés pour reculer. Et puis, il n'y a pas de réseau, elle ne peut cacher sa frousse derrière un appel à ses enfants. « D'accord, papa », répond-elle. Ils retirent leur tee-shirt, attrapent palmes, masque et tuba, puis se dirigent vers l'échelle qui descend dans l'océan. Philippe est le premier à l'emprunter. Gabrielle le regarde ajuster son matériel, puis se laisser glisser dans l'eau, tranquillement, au milieu des autres touristes. Il lève le pouce dans sa direction. Dans l'eau bleu sombre, elle imagine poindre un aileron aux reflets de diamant. Sa poitrine tambourine, ses jambes sont molles, elle va remonter, c'est trop dur. Puis elle pense : « Pour toi, il a vaincu sa phobie du ciel. Pour lui, tu dois vaincre celle de la mer. » Et, sans plus réfléchir, elle se jette à l'eau.

D'abord, l'angoisse lui saisit la gorge. À chaque seconde, chaque respiration dans le mince tuyau du tuba, elle s'imagine qu'on va lui attraper les chevilles et la tirer vers le fond. Là, sur son épaule, une présence. Elle hurle, mais deux bras l'attrapent et sa terreur est maîtrisée, contenue, comme celle d'un bébé emmailloté. C'est son père. À travers la vitre du masque, il lui fait un clin d'œil. Elle se calme, saisit la main qu'il lui tend. Sensation d'être une petite fille, à nouveau, sensation bizarre, comme un souhait très cher qui se réalise mais qui n'a pas la saveur escomptée. Ensemble, ils mettent la tête sous l'eau. Elle aperçoit le fond, ce qui la rassure. Un banc de poissons passe sous leurs pieds. Ce n'est que cela, finalement : de l'eau, des flaques de lumière et des poissons. Elle ne lâche pas la main de son père, cela fait des années qu'ils ne se sont tenu la main ainsi. La dernière fois, elle devait avoir dix ou onze ans car, après, elle avait commencé à avoir honte. C'est toujours la même rocaille d'os et de tendons, et le souvenir de cette poigne ouvrière qui protégeait sa main d'enfant lui revient par l'épiderme.

Sous l'eau, ils regardent dans la direction que leur indique Heifara. C'est bleu, sans un pli. Gabrielle espère que rien ne viendra troubler cette tranquillité, et, en même temps, elle sait qu'elle serait déçue de ne rien voir. Au fond d'elle, elle attend quelque chose. Depuis leur escale à l'île de Pâques, elle a l'intuition que *l'océan les appelle*. Soudain, les corps s'agitent autour d'elle. Elle suit le doigt de son père, qui pointe une masse bleue, bleue sur bleu, un être gigantesque et aérien qui nage dans leur direction. Elle n'a pas peur. Elle pensait qu'elle aurait peur, qu'elle serait terrifiée par l'apparition du cétacé, mais c'est tout le contraire, et c'est même un étrange sentiment d'amour qui l'envahit. Hormis la naissance de ses enfants, elle n'a rien vu d'aussi beau. Elle tient toujours la main de son père, mais cette main s'échappe douce-ment, suivant le reste du corps qui nage en direction du fond. Que fait-il ? « Papa ! Papa ! » s'époumone Gabrielle dans son tuba. Bien sûr, il n'entend pas. Il s'enfonce, elle le regarde s'enfoncer, inexorablement, tout seul à la poursuite de la baleine qui pourtant est déjà loin. Elle essaie de le suivre, mais c'est une piètre nageuse, et elle s'étouffe avec l'eau qui entre dans son tuba. De l'eau est aussi entrée dans son masque, elle ne voit plus rien, alors elle retire tout et remonte à la surface. « Au secours ! » hurle-t-elle, mais personne ne l'entend, elle s'est trop éloignée du bateau. « Merde, c'est pas possible, qu'est-ce que tu as fait ? » Son cœur est rongé d'un sentiment de perte irréparable, d'un cataclysme qui est en train d'arriver sous ses pieds, par sa faute, et contre lequel elle ne peut rien. « On peut toujours quelque chose ! » rétorque une voix en elle. Elle remet son masque et son tuba et plonge. Deux autres baleines, encore plus énormes que la première, passent sous elle, et la vue de ces êtres majestueux faisant leur chemin avant de disparaître accentue son sentiment de perte irréparable. Est-ce le message qu'elle attendait de l'océan ? Son père remonte, un peu plus loin, en grands battements de palmes jaunes, mais la sensation persiste. Elle nage vers lui, de nouveau vivante, car pendant un instant elle a eu la sensation d'être morte, vivante et soulagée, mais folle de colère.

– Papa, mais… mais qu'est-ce qui t'a pris ?… J'ai cru que…

Gabrielle ne termine pas sa phrase et fond en larmes.

– Eh bien, P'tit Loup, qu'est-ce qui se passe ? Ne te mets pas dans des états pareils…

– Des états pareils ? Enfin, papa ! Sans rien dire, tu me lâches la main, et tu te mets à poursuivre les baleines comme si… comme si tu étais un apnéiste professionnel de vingt-cinq ans !

– Oh, je ne suis pas allé bien profond…

– Tu rigoles ? Je ne te voyais même plus !

Manifestement agacé, il change de ton :

– Bon, et alors ? Je ne suis plus un enfant, merde !

Puis il remet son masque et son tuba, et, tel un adolescent claquant la porte derrière lui, file en crawl en direction du bateau. Gabrielle aimerait l'appeler, le retenir, mais elle n'en a pas la force. Elle a vu quelque chose, *quelqu'un*, tapi dans ses yeux bleus ; avec un éclat de blancheur assassin quand la porte s'est fermée sur elle.

Sur le chemin du retour, ils ne disent pas un mot. Son père est assis devant elle, bras croisés et regard fixe, planté dans l'horizon derrière. Aujourd'hui, elle l'a mis en danger. Elle le met en danger, parce qu'elle refuse de voir la réalité en face. Elle se leurre, se laisse duper par l'apparente normalité des choses, car les choses semblent normales, en effet, la plupart du temps. C'est comme vivre dans une maison bien connue, celle de son enfance, par exemple, et constater certaines anomalies (un miroir qui a changé de place, une porte qui manque, une fissure dans le mur), mais fermer les yeux parce que c'est plus simple ainsi, parce qu'on n'a pas envie de voir les choses qu'on aime s'abîmer et se détériorer. « Il faut qu'on rentre avant que les murs ne nous tombent sur la tête », pense Gabrielle, qui revoit son père, et les baleines, et la lumière du soleil s'anéantir dans le bleu des profondeurs.

Heifara arrête son bateau près d'un banc de sable, dans une eau cristalline embouteillée de raies pastenagues, de requins à pointes noires et d'une foule de poissons aux reflets multicolores. Ces derniers rappellent à Gabrielle les aquariums de Matthieu, contre lesquels elle collait son nez quand elle était petite. Le guide les invite à se baigner, tout en énonçant quelques principes de sécurité évidents — comme ne pas nourrir les requins, ou éviter de marcher sur les raies. « Nous repartons dans vingt minutes », conclut-il, décapsulant une canette de Coca piochée dans sa glacière. Gabrielle se lève et s'approche de son père.

— Tu viens, papa ?

Philippe lève les yeux vers elle.

— Oui, P'tit Loup.

Sa voix est aussi impénétrable que le reste. Il se met debout, puis ils descendent par l'échelle dans le lagon où l'eau leur arrive à la taille. Le soleil ondule à la surface en reflets d'or, couvrant le dos des raies qui viennent se frotter contre eux.

— Je suis désolé, P'tit Loup, dit-il après un silence. Je ne voulais pas te faire peur. Et je n'aurais pas dû m'énerver contre toi.

— C'est ma faute, papa, répond Gabrielle, et c'est moi qui suis désolée. J'ai pris des risques inconsidérés. Je ne le ferai plus.

Il sourit rêveusement, caressant une raie qui s'enroule autour de son bras, et son regard s'échappe au loin, trop loin, Gabrielle n'arrive pas à le suivre.

– Ne panique pas, mais… pendant quelques instants, quelques instants d'un bonheur très pur, très silencieux, j'ai eu envie de… de partir avec elles.

– Papa, ne…

– Non, attends, laisse-moi finir. Je n'avais pas envie de mourir, ce n'est pas ce que je dis. Je voulais les suivre, car j'avais l'impression qu'elles avaient quelque chose à me dire. Quand la première baleine a plongé sous mes pieds, j'ai ressenti une sorte de connexion avec elle. Comme si… comme si c'était mon propre esprit qui prenait la forme de cet animal merveilleux, et s'enfonçait dans les abysses. C'était fascinant. Un peu triste, bien sûr, mais fascinant, et beau, et je n'avais pas envie que ça se termine car je savais, au fond de moi, que c'était la dernière fois de ma vie que je voyais un tel spectacle. Et qu'un jour, certainement, je n'en aurais plus aucun souvenir.

Gabrielle ne veut pas lui avouer qu'elle a eu la même image. Le plus fou, se dit-elle, c'est qu'il soit aujourd'hui capable de telles réflexions, alors que dans quelques années, peut-être moins, il se perdra dans sa propre maison. Cette pensée lui déchire le cœur. Elle a envie de le prendre contre elle et de le serrer fort, tellement fort qu'il deviendra invisible aux yeux du Temps. Dans ses bras, il aura toujours soixante-treize ans, éternellement, avec ses trous de mémoire, ses absences, ses sautes d'humeur occasionnelles, car il faut bien des concessions, mais rien qui ressemble de près ou de loin à ce qui se profile : la disparition programmée, inexorable, de tout ce qui constitue *l'essence de son être*. Elle le regarde et serre les lèvres. Au milieu de ce lagon, elle se sent plus démunie et impuissante que jamais. Tout est éclaté de blancheur, et la vérité d'Alzheimer scintille dans ce bout de paradis. Rien, ni le Machu Picchu, ni l'*ayahuasca*, ni les baleines, ne peuvent freiner ou inverser le processus. Alors, parce qu'elle a besoin d'une réponse, elle demande :

– Papa, comment tu as fait ?

– Pour ?

– Continuer à vivre, malgré le décès de maman ?

Tant de fois, elle a voulu lui poser cette question. Tant de fois, quand la vie semblait une montagne à gravir, elle a eu envie de lui demander comment *lui*, confronté au drame ultime, il avait fait. Pour continuer à rire, à danser, à aller au cinéma sans ressentir, à chacun de ses pas, chacune de ses respirations, le poids irrémédiable de l'absence et du manque.

Philippe sourit de nouveau. Un sourire grave et léger à la fois, qui semble épouser avec philosophie la courbe que le destin a tracée pour lui.

— Je… je me suis concentré sur ce qui me restait, et pas sur ce que j'avais perdu. J'ai appris à vivre dans le présent, avec la joie simple de t'élever, de te voir grandir. Ce n'était pas facile tous les jours, ça ne l'est toujours pas aujourd'hui d'ailleurs, mais le passé et le futur sont des diables attirants. Beaucoup de gens passent leur vie à ressasser le premier et craindre le second, et oublient qu'au milieu… eh bien au milieu, il y a un truc chouette, dont on doit essayer de profiter, *malgré tout*.

— C'est dur, je trouve. De ne pas se laisser entraîner dans le passé ou dans le futur.

— Si c'était simple, les hommes n'auraient pas inventé la philosophie, la métaphysique, et toutes ces choses que tu adores. C'est bien parce que *ça nous prend la tête*, d'une manière ou d'une autre. Certaines personnes arrivent à éprouver le présent grâce à la méditation, ou en faisant de la peinture ou de la musique. Moi, c'était en jouant à la poupée avec toi. Je me concentrais là-dessus. Sur tes yeux, qui faisaient fuir les diables. Dans mon lit, le soir, c'était une autre histoire. Je pensais à ta maman, et j'avais peur, je me demandais comment j'allais faire, quel genre de vie j'allais pouvoir t'offrir. Mais tout s'évanouissait au petit matin, dès que j'ouvrais la porte de ta chambre. Ton rire me ramenait toujours au présent. Un peu comme ce voyage, ces paysages, ces baleines. Ça m'aide à avoir moins peur, je crois. Regarde, c'est beau, non ?

Il ouvre les bras en grand et, avec cette invitation à apprécier l'instant présent, à regarder la beauté du monde et de la vie sans penser à l'avenir, Gabrielle décide de rester encore un peu ici.

Dans cette parenthèse qui bientôt se fermera, mais pas tout de suite, ils ont encore quelques lignes à écrire, quelques mots aux sonorités chantantes et aux « r » qui roulent sous le palais, avant d'écrire un nouveau chapitre de leur histoire.

\*

L'avion survole Bora-Bora avant de se poser sur le tarmac. Tout est bleu, encore plus bleu qu'à Moorea. D'ailleurs, vu du ciel, ce n'est même pas bleu, ni vert, le lagon est d'une couleur indéterminée, qui semble avoir été créée uniquement pour cet endroit, une sorte d'aquarelle idoine, destinée à évoquer en chacun l'idée même de *paradis sur Terre*. À peine sortis de l'aéroport, Gabrielle et Philippe ont tout le loisir de l'admirer. Il est là, devant eux, dans sa perfection immobile et lisse, avec ses falaises d'épis en arrière-plan, auréolées de quelques nimbus qui atténuent l'éclat tranchant du ciel. Tout est fidèle au rêve, jusqu'aux cocktails de fruits frais que leur propose Omaï, l'employé de l'hôtel venu les chercher en bateau. Omaï et ses tatouages, sa chemise à fleurs, sa peau cuivrée qui exhale une enivrante odeur de monoï.

— C'est moi qui m'occuperai de vous durant votre séjour, dit-il, attachant une sorte de toile au-dessus de leurs têtes pour les protéger du soleil. Si vous avez besoin de quoi que ce soit, il vous suffit de prononcer ces deux syllabes magiques : O-Maï. Et… *O-Maï-god*, tous vos souhaits se réaliseront !

Sa mâchoire, tatouée de flammes et d'étoiles, glousse joyeusement, puis il secoue la tête l'air de dire : « C'est la cent millième fois que je fais cette blague, et elle marche toujours aussi bien ! »

— Merci beaucoup, Omaï, répond Gabrielle. Vous… tu travailles ici depuis longtemps ?

— J'ai commencé quand j'avais vingt ans et j'en ai trente-huit. Faites le calcul. Je n'avais pas envie de rester à la pension familiale, alors j'ai trouvé ce boulot ici. Je reprendrai le flambeau à la pension de mes parents quand ils seront trop vieux pour s'en occuper.

— Tu es né à Bora ?

— Non, je viens de la petite sœur : Maupiti.

— Maupiti ? Je n'en ai jamais entendu parler.

—Je ne suis pas étonné. Comme il n'y a pas d'hôtels, les agences de voyages en parlent rarement.

— Ce doit être très authentique.

Omaï hoche la tête.

— Ça, on peut le dire, oui ! Un peu trop quand on a dix-huit ans et qu'on a envie de faire la fête. Il n'y a rien là-bas. Que du sable, de l'eau, des poissons. Pour rencontrer des filles, c'est compliqué.

— Et alors, tu as trouvé ton bonheur à Bora ? demande Gabrielle, joueuse.

Omaï la regarde et sourit.

— Non. Mais il y a une nouvelle à l'hôtel, je crois que je lui plais bien.

—J'espère que ça marchera pour toi, alors.

—*Ananahi tauaet ite ai !*

— Qu'est-ce que ça veut dire ?

— Nous verrons bien !

Après un quart d'heure de traversée, le bateau s'arrête devant le ponton menant à l'hôtel. Omaï les accompagne à la réception, puis à leurs chambres où leurs valises ont déjà été déposées. Ils dorment dans des bungalows sur pilotis, avec vue sur le lagon et le mont Otemanu. Pour Gabrielle, cet hôtel, cette chambre, cette île, c'est le point d'orgue du voyage. Elle y pense depuis qu'elle a commencé à l'organiser. Écrin de repos et de raffinement suprême pour son presque vieux père, lui qui, chaque soir, fourbu de sa journée à l'usine, dînait devant le poster jauni de Bora-Bora, et aujourd'hui ils y sont, et c'est à la fois merveilleux et angoissant, comme tout rêve qui touche à sa fin.

— Ça ne va pas ? demande Omaï.

— Si, je… je vais m'asseoir une seconde.

Elle se dirige vers une balancelle de coussins blancs, et laisse son corps tomber, elle le lâche littéralement, et puis elle ferme les yeux, songeant aux mots de son père : « Au milieu, il y a un truc chouette, dont on doit essayer de profiter, *malgré tout*. » Elle aimerait, mais elle n'y arrive pas. Son cerveau fonctionne trop vite et, alors qu'ils viennent à peine d'arriver, elle pense déjà au retour, aux rendez-vous qui les attendent à Paris, au fait qu'ils ne prendront plus jamais l'avion pour s'échapper, c'est la dernière fois, leurs dernières nuits au bout du monde, loin de la *vraie vie*, et tout cela chahute son cœur d'une vague nausée.

– Je peux faire quelque chose pour toi ? demande Omaï.

– Non, c'est juste que… j'ai tellement rêvé de cet endroit. Et maintenant que j'y suis… je ne sais pas…

– Je comprends. En Polynésie, nous avons un mot : *fiu*. On dit qu'on est *fiu* quand on se sent un peu las, fatigué, qu'on a envie de ne rien faire. C'est très commun ici, à cause du climat.

– Et vous avez un remède contre ce *fiu* ? demande Gabrielle.

Omaï réfléchit un instant, puis répond avec un sourire malicieux :

– La liqueur de noix de coco.

Tout à coup, un bruit d'éclaboussures secoue la quiétude du lagon. Le Polynésien se tourne vers Philippe, qui a plongé depuis son pilotis.

– En tout cas, fait-il, ton père a l'air d'apprécier les lieux. Tu devrais le rejoindre. Passer du temps en famille, c'est un excellent moyen de ne pas être *fiu*.

Gabrielle se sent en confiance avec Omaï, et l'envie de tout lui dire, de lui expliquer pourquoi ce voyage compte tant pour elle, pourquoi elle est heureuse et en même temps affolée, cette envie lui brûle soudainement les lèvres. Mais elle le connaît à peine, et ce n'est pas son rôle que de jouer les psys de secours. Alors elle répond simplement :

– Tu as raison, il faut profiter de l'instant présent.

Omaï hausse les sourcils, une mimique qui a valeur d'acquiescement en Polynésie, comme Gabrielle commence à le comprendre.

– Ça va tonner cet après-midi, dit-il, donc il vaut mieux rester ici. En revanche, demain, il devrait faire beau toute la journée. Ça vous dirait de partir en excursion dans un jardin de corail, puis de déguster du poisson au barbecue sur un motu désert ? Je peux réserver un bateau pour vous.

— Avec plaisir ! Cependant, je dois te prévenir que mon père a une passion pour le barbecue, et qu'il ne peut jamais s'empêcher de donner son avis.

— Un *popa'a*, m'apprendre à faire le barbecue ? *Aita roa'tu !* s'exclame le Polynésien. Quand les poules auront des dents !

Comme prédit par Omaï, l'orage finit par éclater. Réfugiés dans le bungalow de Gabrielle, ils regardent par la baie vitrée les nuages vomir leur pluie noire sur le lagon, le vent plier la nuque des cocotiers, et les éclairs illuminer les escarpements du mont Otemanu, avant d'éclater avec une résonance sourde dans le ciel au-dessus d'eux.

— J'ai envie de faire un truc dingue, dit Philippe, assis au bord du lit.

— On a déjà fait un truc dingue hier, répond Gabrielle. Et j'ai eu la peur de ma vie.

— J'ai envie de faire un truc dingue, répète-t-il.

Gabrielle se tourne vers lui et le regarde. Il n'a pas de voile blanc devant les yeux. Il est là, avec elle, tout entier, son *vrai père*.

— Et quel est ce truc dingue ? demande-t-elle.

— J'ai envie de traverser l'hôtel et d'aller voir l'océan.

— Par ce temps ? Non, non, on reste bien à l'abri ici.

— Je n'ai pas envie d'être à l'abri. J'ai envie de ressentir les choses.

— C'est dangereux de passer sous les cocotiers avec un tel vent.

Quelques secondes s'écoulent, puis, sans un mot, Philippe se lève.

— Papa…

Il enfile son blouson et se dirige vers la porte.

— Tu viens ou bien ? dit-il, la main sur la poignée.

Les yeux de Gabrielle voltigent entre son père et la baie vitrée qui fait un bruit de maracas. Évidemment, elle n'a pas le choix. Elle soupire, se lève, attrape son ciré, et soudain la voilà dehors, sous la pluie battante que le vent souffle à l'horizontale sur son visage. L'air est chaud, lourd des parfums de fleurs secouées dans les arbres. Son père marche devant elle, les gouttelettes rebondissent sur son blouson et semblent dessiner sa silhouette en pointillés, mais soudain une ligne unique se dessine, d'un blanc éclatant, fantomatique, Philippe se fige, Gabrielle aussi, l'Univers reste blanc quelques instants, puis tout redevient noir et le sel craque, le sel du lagon qui jaillit au-dessus du ponton, le fracas du tonnerre est un fracas de sel sur sa bouche qui hurle : « Papa, rentrons, c'est trop dangereux ! » Il n'entend pas. Ou il ne veut pas entendre. Il reprend son chemin et Gabrielle court pour le rattraper.

– Papa, rentrons ! répète-t-elle, criant pour se faire entendre.

Il s'arrête et la regarde. Sa barbe trempée épouse la boucle d'un sourire heureux, enfantin.

– Je me sens bien, P'tit Loup ! Je ne me suis pas senti aussi bien depuis des années ! Regarde, on peut hurler, personne ne nous entend !

Ayant dit cela, il ouvre la bouche en grand, vers le ciel, et pousse un long cri monosyllabique, avant d'éclater de rire.

– Ça fait du bien, tu devrais essayer.

Certainement, mais pour cela il faudrait qu'elle arrête de penser, ce dont son cerveau n'est pas capable.

– Papa, si tu tombes malade…

– Je suis déjà malade, P'tit Loup. Un truc qui va me passer l'envie de danser sous la pluie. Alors, tu viens ?

Il lui tend la main, et Gabrielle attrape cette main, machinalement, la corne mouillée des doigts, les os épais et durs, et ils se mettent à courir, trente ans plus tard, comme ils couraient parfois en riant aux éclats en rentrant de l'école, quand il se garait un peu loin de la maison et qu'ils attendaient dans la voiture que la pluie se calme, et que Philippe disait tout à coup en ouvrant la portière : « Le dernier arrivé fait la vaisselle ! »

Ils traversent le ponton, la palmeraie, les infrastructures désertes de l'hôtel, toute la jolie carte postale tombée dans l'eau et transformée en gouache grisâtre, et puis ils atteignent l'autre côté, celui de l'océan qui, derrière une bande d'eau transparente et verte, se déchire en lambeaux d'écume sur le corail. Gabrielle ferme les yeux. La pluie tombe moins fort, elle sent les nuages d'embruns, plus légers et plus doux, envelopper sa peau. Face à elle, le spectacle est dantesque. Ciel et mer se confondent, telles deux étoffes déchirées, sombres comme la nuit, les cocotiers agitent leurs toupets dans tous les sens, et soudain un éclair, tel un fil arraché aux nuages décousus, blanchit l'air avec fracas et, poussant un cri, Gabrielle se réfugie dans les bras de son père. Elle remarque qu'elle est plus petite que lui. Elle pensait qu'ils faisaient la même taille, à quelques centimètres près, mais quand il se tient droit comme ça, elle doit lever la tête pour le regarder. La pluie est si noire qu'elle gomme les rides sur son visage, elle gomme tout, elle remplit les vides et les sillons du temps, et Gabrielle se blottit contre lui, s'abandonnant à la sensation d'être de nouveau une petite fille, à l'abri dans les bras protecteurs de son papa.

— Ça me rappelle la Bretagne, tu te souviens ? dit Philippe. Quand on était avec maman, et qu'il y avait cette tempête, et qu'on avait couru pour rentrer à l'hôtel.

Elle ne se souvient pas, non, elle devait être trop petite.

— Papa s'était énervé, ajoute-t-il, je ne sais plus pour quelle raison, et on était restés tous les deux, avec maman. Quand on n'était que tous les deux, c'était différent.

Les bras protecteurs deviennent tout à coup un étau, l'étau d'un cauchemar qui s'infiltre en elle, dans la blancheur vive et saillante d'un coup de tonnerre, et c'est comme si une lame glacée lui avait percé la poitrine et l'empêchait de bouger, de respirer, d'émettre le moindre son. Il lui parle d'une époque où elle n'était pas née. Où lui-même devait être un petit garçon, et il lui demande si elle se souvient, avec une sorte d'enthousiasme terrifiant dans la voix. Gabrielle cherche une réponse, mais que répondre ? Son cerveau n'est pas encore armé pour affronter le non-sens. Alors elle s'échappe :

— Viens, rentrons, papa. J'ai froid.

— D'accord, P'tit Loup.

De retour dans la chambre, elle appelle le room service, et ils dînent devant un film. C'est une comédie, mais Gabrielle pleure. Ils s'endorment l'un contre l'autre, dans le silence qui enveloppe le bungalow – les pluies ont cessé, et c'est comme un cauchemar qui se dilue lentement.

Le lendemain, ils rejoignent Omaï à la réception de l'hôtel en fin de matinée. Si la tempête a laissé quelques traces, notamment dans la végétation du motu, le ciel et le lagon ont retrouvé leur camaïeu de bleus. Le Polynésien les attend, chemisette aux couleurs de l'hôtel, casquette en arrière et une glacière blanche sur l'épaule.

– *'Ia ora na !* Vous avez bien dormi ? demande-t-il.

« Évitons de dire qu'on s'est baladés dans la palmeraie sous la foudre », pense Gabrielle, qui répond :

– Oui, très bien, merci, Omaï. Et toi ?

L'intéressé sourit, semblant surpris qu'on lui pose la question.

– Je dors toujours bien quand il y a la tempête, répond-il, se mettant en marche vers le bateau. Ça fait fuir les *tupapa'u*.

– Les quoi ? demande Gabrielle, intriguée.

– Les *tupapa'u*. Ce sont les âmes des morts qui hantent nos nuits polynésiennes.

– Sous quelle forme se manifestent-ils ?

– N'importe laquelle. Ça peut être le volant de sa voiture qui fait une embardée, un buisson qui frémit, une chatouille derrière le genou… Certains ne nous veulent aucun mal, mais comment savoir ? Alors il faut se méfier.

– Ce sont un peu vos fantômes locaux, avance Gabrielle.

Omaï s'arrête et la regarde avec sérieux.

– Non, dit-il. Les fantômes, ça n'existe pas.

Ils s'installent à bord du bateau, entre les caisses de fruits frais, le matériel de pique-nique et le kit de pêche d'Omaï, qui déclare fièrement :

– Aujourd'hui, je vais vous apprendre l'art du harpon polynésien. Ce que vous mangerez… il faudra le pêcher ! C'est cool, non ?

— J'ai bien peur qu'on n'ait pas grand-chose à se mettre sous la dent alors, répond Gabrielle. Je n'ai jamais pêché de ma vie !

— Ne sous-estime pas tes capacités. En plus, tu auras le meilleur professeur pour t'apprendre. *Ua pii ratou ia'u te arii no te tai'a* : ici, on m'appelle le roi de la pêche !

Le bateau se met en route, et Omaï file un instant discuter avec le capitaine, laissant Gabrielle seule avec son père. Depuis qu'elle s'est réveillée ce matin, le visage éclairé d'une vive clarté et la peau tirée de sel, elle lutte pour ne pas penser. Ne pas penser aux mots qu'il a prononcés la veille, au cœur de la tempête. Elle doit les mettre dans une petite bouteille, et laisser cette bouteille dériver dans sa conscience, en attendant de revenir à Paris. Là-bas, elle pourra penser de nouveau, redonner les pleins pouvoirs à son cerveau qui s'agitera pour prendre des décisions, mais en attendant, voilà, ne pas penser, et fermer les yeux, et goûter cette petite orange verte qu'Omaï lui tend, douce et sucrée.

Le Polynésien s'assied près d'eux et leur montre des hommes qui pagaient dans le lagon.

— *Va'a*, dit-il, des pirogues polynésiennes. Il y a trois mille ans, nos ancêtres venus d'Asie ont traversé le Pacifique à bord de ces barques. Ils les construisaient avec ce qu'ils trouvaient dans la nature : bois, coquillages, os… et même des arêtes de poissons ! Aujourd'hui, elles sont en résine et en carbone, et sont utilisées essentiellement pour la compétition. La plus fameuse d'entre elles est la Hawaiki Nui Va'a. C'est une compétition en haute mer et en lagon, qui réunit chaque année plus de cent vingt équipes. 124,5 km au départ de Huahine, parcourus en trois jours. J'y ai participé deux fois, avec mes cousins.

Il se tait un instant, puis pointe le doigt vers un îlot devant eux, un tout petit motu qui semble retenu à la surface par deux pinces de sable blanc.

— C'est ici que nous allons, dit-il. Le plus beau jardin de corail de Bora !

Le bateau accoste à quelques mètres du rivage. Omaï s'occupe de planter l'ancre dans le sable, puis aide Philippe et Gabrielle à descendre. « C'est l'endroit idéal pour ne pas penser », se dit-elle. Un îlot loin de tout, tel un coin de rêve détaché du continent de sa vie, un rêve dans lequel elle va plonger, avec des poissons multicolores, des jeux de lumière à travers la cocoteraie, l'odeur du monoï qu'Omaï s'étale sur la peau, généreusement.

– Il n'y a rien de mieux pour nourrir la peau, dit-il, s'enduisant les bras. C'est naturel comme produit, car il n'y a que trois ingrédients : fleur de tiare, chair de noix de coco et fruits de mer écrasés. Ce monoï (il leur montre son petit flacon transparent), c'est ma mère qui le prépare. Elle a une recette secrète, qu'on se transmet de génération en génération. Aujourd'hui, on s'en sert pour hydrater la peau, mais autrefois, il était utilisé bien plus largement. Par exemple pour purifier les autels, ou conserver les corps des défunts.

Ils suivent Omaï, qui se dirige vers une cabane aménagée dans la végétation. Aidé du capitaine du bateau, le Polynésien y dépose les cagettes de fruits, les deux glacières et le matériel de pêche. D'un sac en toile imperméable, il sort trois masques et deux tubas, ainsi qu'un petit fusil-harpon qu'il tend à Gabrielle.

– Chez toi, tu as un caddie ou un panier pour faire tes courses, ici tu as ça, dit-il.

Elle l'attrape et examine l'objet d'un air circonspect.

– Je ne sais pas si…

– Ne t'inquiète pas, ça va bien se passer. Venez, c'est par là.

Ils traversent la cocoteraie et arrivent de l'autre côté du motu, où l'eau est d'une couleur encore différente, un gris très pâle, hématite, mais qui vire rapidement au bleu outremer, avant de reprendre sa teinte émeraude aux abords des récifs coralliens. Omaï les invite à s'équiper, puis ils pénètrent dans le lagon. En quelques mètres, l'eau leur arrive à la taille, puis aux épaules, puis ils plongent la tête sous la surface et Gabrielle est éblouie : l'aquarium est encore plus riche et varié qu'à Moorea. Ici, des demoiselles d'un bleu phosphorescent ; là, des chirurgiens rayés aux nageoires jaunes ; elle reconnaît aussi des balistes, des mérous, des nasons à rostre court, sans oublier les fameux poissons-clowns, cachés dans leurs anémones aux tentacules multicolores. Soudain, une murène passe la tête hors d'une cavité rocheuse. Gabrielle tape l'épaule de son père, qui lève le pouce pour signifier : « C'est bon, j'ai vu, incroyable ! »

Omaï pirouette autour d'eux, en quête de nouvelles espèces à leur faire découvrir. Malgré sa corpulence, il nage avec une fluidité aérienne. Elle se gardera bien de lui dire, mais il lui fait penser aux baleines qu'ils ont vues à Moorea. C'est la même sensation de *puissance tranquille*, le même étonnement qu'un organisme d'un tel poids puisse se mouvoir avec tant de grâce et de souplesse. Parfois, il plonge subitement, effleurant du ventre ou de l'épaule l'extrémité tranchante d'un corail, sans jamais se blesser, puis il s'arrête, pointe son harpon, appuie sur la détente et glisse le poisson transpercé dans sa besace, avant de remonter prendre l'air, heureux comme un gamin.

– Tu as un sacré souffle ! s'exclame Philippe. Tu n'utilises jamais de tuba ?

– Non, je n'en ai pas besoin. Je peux rester plusieurs minutes sous l'eau. Tu veux essayer ? demande-t-il, lui tendant le harpon.

Philippe hésite, consulte sa fille, puis fait non de la tête.

– Je suis un peu fatigué, je pense que je vais aller me reposer sur la plage. Je ne suis plus tout jeune, malheureusement !

Gabrielle sait pourquoi il a refusé, et ce n'est pas à cause de la fatigue. Elle le regarde sortir de l'eau, tête basse, et le lagon perd aussitôt son éclat émeraude. Elle sort à son tour, glissant un sourire vers Omaï, qui hoche la tête l'air de dire : « Je comprends. Mieux que tu ne pourrais le penser. »

Le Polynésien a installé la table sous un toit en pandanus aménagé entre deux cocotiers au tronc massif. Il a fait cuire du poisson au barbecue, et préparé une salade russe qu'il compte servir avec de la « sauce rouge », une spécialité locale, leur explique-t-il, qui ressemble à de la sauce barbecue tout en étant différente.

— Maintenant que nous avons pêché notre nourriture, nous allons chercher notre eau, dit-il, se plantant au pied d'un cocotier.

— Tu ne vas tout de même pas grimper là-haut ? demande Gabrielle.

Omaï lui fait un clin d'œil puis se dirige vers un tas de noix de coco entreposées un peu plus loin.

— Quand j'étais jeune et plus léger, je le faisais. Aujourd'hui, je respecte trop la nature pour lui infliger mes cent dix kilos.

Il attrape une noix de coco, retire la première couche à l'aide d'un pieu fixé au sol, puis l'ouvre en deux d'un coup de machette rapide et précis. Elle est gorgée d'eau. Il tend les deux moitiés du fruit à Gabrielle et Philippe.

— Goûtez, dit-il. L'eau de coco est excellente pour la santé.

Puis, avec une mécanique parfaitement rodée, il les invite à prendre place à table, sur laquelle il dépose le plat de poisson, la salade russe, ainsi qu'un plateau de mangues fraîches découpées en fines lamelles.

— Tu ne déjeunes pas avec nous ? demande Gabrielle, le voyant s'éloigner.

— Ça va aller, je mangerai plus tard.

— Tu es sûr ? J'ai l'impression qu'il y a largement assez de poisson pour nous trois.

Elle le voit hésiter, et comprend que ce doit être la politique de l'établissement : même en excursion, les clients d'un côté, les employés de l'autre.

— Ça nous ferait plaisir, insiste-t-elle. La devise de votre hôtel n'est-elle pas : « Au service de vos rêves » ? Eh bien mon rêve, c'est que tu te joignes à nous et que tu nous parles un peu de ton pays. Tu ne voudrais tout de même pas que je me plaigne à la direction ?

Omaï sourit et finit par s'asseoir. Il se sert en dernier, un fond d'assiette qui fait rire Philippe.

— Un gaillard comme toi va vraiment se contenter de trois morceaux de poisson et d'une cuillerée à soupe de salade ?

Sans laisser à Omaï le temps de répondre, Philippe attrape son assiette et la remplit à ras bord.

— Voilà. Je n'ai pas envie que notre guide tombe d'inanition.

Omaï ne dit rien, mais pose sur Philippe un regard éloquent. Gabrielle a beaucoup voyagé dans sa vie. Elle sait que la plupart des touristes attendent du personnel local qu'il soit le plus discret, sinon le plus invisible possible. Depuis douze ans qu'il accompagne des clients en excursion, le Polynésien doit avoir l'habitude de s'éclipser sans être retenu. Sans doute qu'il a prévu un sandwich à grignoter dans son coin, tout seul, car le capitaine et son bateau ont quitté les lieux et reviendront plus tard. C'est une chose qui lui échappe. Le fait que les gens préfèrent apprendre la culture d'un pays en lisant des guides plutôt qu'en discutant avec ses habitants.

— Le poisson est absolument délicieux, dit Philippe après un silence. Omaï, tu es un vrai chef !

— Je pense que même Sasha le dévorerait sans grimacer, approuve Gabrielle.

— Sasha, c'est ton fils ? demande Omaï.

— Oui, mon aîné de dix ans. Et j'ai aussi une petite fille de sept ans : Rose. Tu veux les voir ?

Elle-même a très envie de les voir, soudainement. Si elle pouvait, elle les appellerait, mais il est 1 heure du matin en France, et toute la maison doit être profondément endormie.

— Absolument ! s'exclame Omaï.

Gabrielle sort son téléphone et fait défiler les clichés dans la galerie. Elle doit remonter assez loin, ce qui ne lui est jamais arrivé depuis qu'elle est maman. Soudain, ses yeux s'arrêtent sur une photo. C'est le poster de Bora-Bora, accroché dans leur cuisine. Elle comptait explorer l'île par ses propres moyens à la recherche de la « Pension Bounty », mais si Omaï peut leur faire gagner du temps…

— Est-ce que par hasard tu connaîtrais cet endroit ? demande-t-elle, lui tendant le téléphone.

Omaï attrape l'appareil et regarde l'écran quelques instants. Un sourire étonné s'épanouit sur son visage.

— Bien sûr que je connais : c'était la pension de mon oncle ! Sauf que ce n'est pas à Bora, c'est à Maupiti.

Gabrielle le dévisage un instant, son cœur battant d'une soudaine excitation.

— Ça alors, quelle coïncidence ! Quand tu dis « c'était », ça veut dire qu'elle n'existe plus ?

— Si, mais elle ne s'appelle plus ainsi. Mon cousin a repris l'affaire et l'a transformée en restaurant.

— Et c'est loin, Maupiti ? demande-t-elle.

— Vingt minutes en avion, répond Omaï. J'y vais ce week-end d'ailleurs, pour rendre visite à mes parents.

Gabrielle regarde son père, qui a les yeux fixés sur elle. Et si le point final de leur voyage n'était finalement pas Bora-Bora, mais une île encore plus petite, encore plus lointaine, encore plus perdue dans le bleu du Pacifique ?

# Chapitre 27

Un bruit, l'arrachant au sommeil. Des semaines qu'il attend ce bruit, nuit et jour. Philippe ouvre ses paupières collées, cherche son téléphone à tâtons.

– Allô ?

– Philippe, je crois que c'est le moment. Gabrielle a perdu les eaux.

– J'arrive tout de suite.

Il retire son drap d'un geste sec et sort du lit. Quelle heure est-il ? 6 h 14 du matin. Il n'oubliera pas ce jour, cette heure : samedi 16 février 2008, 6 h 14 du matin. Depuis deux mois, il dort avec son téléphone portable posé sur la table de chevet. C'est une habitude qu'il s'est toujours refusée, mais la situation est quelque peu exceptionnelle : David ne conduisant pas, il doit emmener sa fille à la maternité. Il allume la lumière, ouvre son dressing, attrape au hasard un pantalon et un tee-shirt, puis file à la cuisine se faire un café. L'expresso lui brûle la langue, il grimace. Il regarde par la fenêtre : il neige, c'est la lune qui s'émiette dans le froid hivernal. Les meubles, les couverts dans l'évier, sa veste de jogging posée sur le dossier de la chaise, tout son petit monde lui saute aux yeux. Bientôt, il y aura de nouveaux bruits ici, des bruits qu'il n'a pas entendus depuis de longues années. Son regard s'arrête sur les posters de la Polynésie et du Machu Picchu. Sa bouche esquisse un sourire. Il revoit Gabrielle, assise à table avec lui, en train de dessiner pour sa mère. « Bizarre, la vie », pense Philippe. Il pose sa tasse dans l'évier, enfile une paire de baskets et un manteau, attrape ses clés de voiture puis sort dans la brume, jaunie par les réverbères. Le pare-brise est couvert d'une fine couche de givre. Il la retire avec son grattoir, tout en lançant le chauffage à fond dans l'habitacle. Le sol glisse, il doit prendre garde à ne pas tomber. Il s'installe au volant, allume l'autoradio. C'est le tube *Wonderwall* d'Oasis. Il aime beaucoup cette chanson. Sa fille l'écoutait en boucle après sa rupture avec Benoît, quand elle était revenue vivre à la maison. Ça lui rappelle cette époque.

À cette heure-ci, la route est déserte. Philippe roule prudemment, pour ne pas risquer une embardée. Il a du mal à y croire. Son P'tit Loup, qui va devenir mère. Arrêté à un feu rouge, il s'essuie les yeux et rigole tout seul. Il va avoir un petit-fils. Un petit-fils, bordel, et cette pensée lui donne des frissons. Il l'imagine, dans deux ou trois ans, en train de sauter sur ses genoux. Aura-t-il les cheveux blonds comme sa mère ? Les yeux verts ? Et comment est-ce qu'il l'appellera ? Papi ? Papou ? Popi ? Peu importe, tant qu'il le dit avec des rires dans la gorge. À travers son pare-brise sur lequel tombent quelques flocons, Philippe regarde le ciel parsemé d'étoiles. Comme elle aurait aimé devenir grand-mère… Le feu passe au vert, il démarre lentement. Il n'y aura jamais de bonheur pur, absolument immaculé, dans sa vie. Toujours, les joies épouseront la forme de l'absence. Toujours, le ciel sera rempli de cette question : « Et si tu avais été là ? »

Philippe arrive chez Gabrielle et David en vingt minutes à peine. Il toque, et le bruit de ses phalanges sur le bois résonne avec un écho particulier, qui se prolonge, froid et sec, comme des coups de marteau enracinant cet instant dans sa mémoire. David ouvre. Ils se regardent, émus, s'embrassent avec une accolade.

– Tu es prêt, mon grand ?

– L'est-on un jour ? répond David.

Il entre. Sa fille est là, au milieu du salon, les mains plongées dans sa valise de maternité. Elle tourne la tête, lui sourit.

– Tu as fait vite, dit-elle.

– Oh, tu sais, il n'y a personne sur la route à cette heure-là.

« C'est drôle, pense Philippe, cette tendance qu'ont les gens à dire des banalités quand ils font face à des situations exceptionnelles. » Il l'aide à se redresser et la prend dans ses bras. Il sent son ventre contre le sien, ce ventre d'où va bientôt sortir son petit-fils, réalité inouïe qui lui donne le vertige.

— Comment tu te sens ? demande-t-il.

— Plutôt pas mal !

Elle s'est maquillée. Un peu de rouge à lèvres, du mascara, du blush sur les joues. Il connaît sa fille, elle veut jouer les guerrières.

— Tu es belle, ma chérie, dit-il.

— Merci, papa. Ce n'est pas rien : je rencontre mon fils aujourd'hui.

Soudain, elle s'arrête et se tient le ventre.

— Tu veux t'asseoir ? demande Philippe, essayant de garder pour lui son inquiétude.

Elle ferme les yeux, expire lentement, et le sourire qui avait disparu de son visage revient enfin, étirant les commissures de ses lèvres qui répondent, fièrement :

— Non, ça va.

Il connaît ce regard. C'est celui qu'elle avait quand elle montait sur le ring. Ce regard de lionne, prête à en découdre. C'est ainsi qu'elle voit l'accouchement, elle le lui a dit. Comme un match de boxe, dont elle veut maîtriser le tempo jusqu'à l'épilogue. Le pire pour elle serait d'être conduite en césarienne d'urgence et de perdre le contrôle. « Je veux sentir mon enfant sortir de moi, tu comprends ? Je veux être la première personne qu'il voie quand il ouvrira les yeux. » Il comprend sans comprendre. Sophie aurait compris, elle. Son corps de mère aurait compris.

— C'est bon, je suis prête, dit Gabrielle, sa main posée sur la poignée de la valise comme si elle partait en vacances.

Elle se tourne vers David, en train de nettoyer frénétiquement la vaisselle dans l'évier.

— Tu restes ici ou tu viens avec nous ? demande-t-elle.

Il sursaute, l'air hagard et les mains couvertes de mousse. « Voilà, *lui*, je le comprends », pense Philippe, se revoyant dans le salon de leur maison, un soir d'avril 1972, prêt à conduire Sophie à la maternité. Il comprend cette sensation d'être dépassé, perdu, impuissant. Ce besoin irrépressible de faire quelque chose, n'importe quoi, même la vaisselle à 6 heures du matin.

– Non, je… j'arrive !

Il repose l'assiette qu'il a dans les mains et court chercher son sac.

– Tu as tout ? demande Gabrielle. Brosse à dents ? Boxers ? Pyjama ? Ta petite enceinte, si on veut écouter de la musique ?

Il réfléchit un instant puis retourne sans un mot dans leur chambre.

– Il est un peu bouleversé, le pauvre, dit Gabrielle. Mais ça va aller. Je lui ai promis que ça irait.

Sophie était pareille. Forte, opiniâtre, prévoyante.

Ils s'installent dans la voiture. Gabrielle à gauche, David à droite, comme le jour de leur mariage. « Encore quelques années d'avalées », pense Philippe, les observant à travers le rétroviseur. Il démarre, et le ronronnement du moteur a quelque chose de rassurant. C'eût bien été le pire moment pour tomber en panne.

Derrière la voix chaude d'Elton John, il entend celle de David qui murmure : « On est bientôt arrivés… respire comme la sage-femme te l'a conseillé, comme dans une paille, tu sais… Ça va mieux ?… Tu veux que je masse un peu ? Pardon, je… D'accord, d'accord, je me tais… » Philippe sourit. C'est un bon gars, un bon mari, et ce sera un bon père. Certes, il ne conduit pas et ne sait pas tenir un marteau, mais tout cela, ce n'est pas grand-chose, ça s'apprend. « Ton père à toi conduisait et savait bricoler, et pourtant tu as eu une enfance pourrie », songe Philippe. Non, ce qui compte, ce qui compte *vraiment*, c'est l'envie de bien faire, d'aimer, d'être présent. Et, à la façon dont Philippe voit David regarder sa fille, il sait qu'ils construiront un foyer heureux.

Il se gare au parking de la maternité puis les accompagne à l'intérieur. Gabrielle est rapidement prise en charge. Elle doit passer quelques examens, qui confirmeront ou pas que le travail a commencé. En attendant les résultats, il s'installe à la cafétéria, qui vient tout juste d'ouvrir. Il commande un café latte, s'achète un magazine de philosophie et deux croissants. Autour de lui, le bruissement de blouses bleues qui viennent se ravitailler. Il les observe à la dérobée. Monde lointain, inconnu, qui l'a toujours fasciné. Les blouses bleues s'éloignent, avec leurs Crocs qui couinent sur le carrelage blanc. Il trempe un croissant dans son café et ouvre le magazine. Ça parle de Spinoza, un philosophe que Gabrielle apprécie et dont elle lui a plusieurs fois parlé. « Nous ne désirons aucune chose parce que nous jugeons qu'elle est bonne ; mais au contraire, nous jugeons qu'une chose est bonne parce que nous nous efforçons vers elle… et la désirons. » À la lumière du néon qui clignote au-dessus de sa tête, Philippe relit la phrase plusieurs fois. Un nœud s'est formé dans son cerveau. Il pose le magazine et réfléchit. « Donc, par exemple, je ne désire pas ce croissant parce que je trouve qu'il a l'air bon, mais je trouve que ce croissant a l'air bon, car je le désire. » Il hausse les épaules, croque dans la viennoiserie, et au même instant son téléphone vibre sur la table. C'est un texto de David : « Le travail a bien commencé. Col ouvert à 3. C'est parti, mon kiki ! » Philippe sourit. Dans quelques heures, il sera grand-père.

Il n'a pas envie de rentrer chez lui. Il n'a pas non plus envie de lire de la philosophie. Il sort de la maternité et, au lieu de rejoindre sa voiture, se met à marcher au hasard. Il arrive en bord de Seine. Regarde l'eau qui rougit au loin, comme une flaque de sang clair. Un vent glacial souffle et tourbillonne. « Tu vas être grand-père, bordel. » Une brume chaude envahit son regard. Il ne l'essuie pas, la laisse couler pour réchauffer ses joues. Ces dernières années, depuis son départ de l'usine et la fermeture de l'animalerie de Matthieu, il commençait à s'ennuyer. Non qu'il ait jamais pris un grand plaisir à aller à l'usine, mais disons que ça occupait ses journées. Quand il était sur la chaîne de production, il ne pensait à rien. Pas le temps. Penser, c'était prendre le risque de se laisser déborder et de mettre en difficulté les collègues. Aujourd'hui, il pense. Beaucoup. Au fait qu'il s'ennuie, notamment. Au passé, comme un vieux con nostalgique. C'est ce qu'il se dit, chaque fois qu'il referme un album photo, enfoncé dans le cuir ridé de son canapé : « Arrête de jouer les vieux cons nostalgiques ! » Mais il n'arrive pas à s'en empêcher. Il regarde les photos de sa fille déguisée en princesse, en pirate, en cosmonaute, déguisements qu'il a bricolés tout seul ou avec l'aide de mamans couturières, et les larmes montent, systématiquement. Des larmes de vieux con nostalgique.

Cet enfant va tout changer, il en est convaincu. Comme Gabrielle et David travaillent, il va faire office de nounou. Ils n'en ont pas encore discuté officiellement, mais il a déjà proposé son aide, par allusions : « Si vous avez besoin de moi, vous savez où toquer ! » « Je ne suis plus tout jeune, mais je suis parfaitement capable de m'occuper d'un bambin, vous savez ! » « On ira faire du vélo en bord de Marne, et on mangera des abricots devant les cygnes. » Il en rêve. Retrouver le sel de l'enfance, des rires au goût de framboise, les chapeaux de cow-boy, les petits déjeuners devant les dessins animés, il en rêve. Chez lui, chez Gabrielle, peu importe, mais, depuis qu'elle lui a annoncé qu'elle est enceinte, il n'imagine pas les dix prochaines années de sa vie autrement. Il ne veut rien forcer. Mais il espère. Il attend.

Ses pas le conduisent devant les grilles du Jardin des Plantes, dont les pointes dorées resplendissent sous le soleil qui se lève. Quand Gabrielle était petite, ils venaient souvent déambuler entre les squelettes de dinosaures. Un homme arrive en face de lui, de l'autre côté des grilles. Il porte un long manteau vert, une casquette de capitaine et des bottes jaunes. Dans sa main droite grelotte un trousseau de clés. Philippe s'écarte légèrement, comme si sa présence gênait l'ouverture des portes. L'homme sourit et accomplit sa mission. Puis il reprend sa marche, traînant les pieds dans la couche de neige qui couvre les allées. Philippe entre dans le parc. Il est seul dans ce paysage de menthe. Des souvenirs affluent, toujours des souvenirs. Plus le temps passe et plus il vieillit, plus ces derniers remplacent les projets dans son esprit. « C'est la ligne du temps : au début, on grandit, attiré par l'avenir comme par le ciel, et puis on se tasse, et on finit dans la terre, encombré de souvenirs », pense-t-il, suivant du regard une petite fille qui vient d'entrer dans le Jardin avec son père. Philippe le regarde passer, jeune homme de trente-deux ou trente-trois ans, avec l'oreille d'un doudou bleu qui dépasse de son sac à dos. Il soupire. *Vieux con nostalgique.*

Voilà, il est entré. Impossible de résister, d'ignorer l'appel du passé et ses odeurs qui flottent – odeurs de bocaux, de squelettes, du vieux parquet qui couine. Quand ils venaient avec Gabrielle, elle avait toujours un carnet et des crayons pour dessiner. « Pour maman, d'accord ? » disait-elle, s'asseyant sur un banc, toujours le même, à l'étage des dinosaures. Ensemble, ils ont visité tous les musées, tous les parcs, tous les monuments de Paris, pour qu'elle puisse les reproduire et les envoyer à sa mère.

La petite fille et son père sont au bout de l'allée, plantés devant un squelette de baleine. Gabrielle aussi était fascinée par la bête. Philippe s'approche. Il ne se souvenait pas qu'elle était aussi énorme. « Elle nous a vus passer », pense-t-il avec l'envie bizarre de la toucher, comme si ses gros os blancs, tel un ambre magique, pouvaient avoir fossilisé l'éclat de son rire pur et enfantin. Il grimpe à l'étage des dinosaures. « Là, juste ici », dit-il, reconnaissant leur banc à quelques mètres du diplodocus. Il s'y assied et baisse la tête, comme si elle était assise à côté de lui. À la place, il y aura peut-être un jour son petit-fils. Il regarde son téléphone : pas de message de David. Il meurt d'envie d'appeler mais se ravise. Ce n'est pas le moment.

Philippe finit par rentrer chez lui. À 17 h 11 très exactement, il reçoit un appel. C'est David, enfin. Le sang afflue à son cœur. Il s'assied et décroche.

– Allô ?

D'abord, il n'entend rien, puis il croit distinguer un bruit, une sorte de couinement humide, et il comprend, et il serre les lèvres, bouleversé.

– Tu as entendu, papa ? demande Gabrielle.

– Oui.

– C'est ton petit-fils, papa.

Elle marque un silence puis ajoute :

– Sasha.

Il l'entend pleurer et sourire à la fois, et lui-même ne retient aucune des larmes qui ruissellent sur ses joues. Larmes de joie, d'émotion, de soulagement, bonheur salé dans sa bouche qui murmure :

– Mon petit-fils… Sasha… quel beau prénom, P'tit Loup…

– Il fait trois kilos quatre et se porte très bien. Il est né à 15 h 55.

– Trois kilos quatre… 15 h 55…

Il n'arrive pas à penser, alors il répète.

– L'accouchement s'est très bien passé. Juste une petite frayeur quand j'ai commencé à être en rade de péridurale, mais sinon RAS. Mission accomplie.

Il entend la satisfaction dans sa voix. La même satisfaction qu'elle manifestait après avoir mis K.-O. un adversaire sur le ring.

– Je suis si fier de toi, P'tit Loup. Et ton David ? Il a tenu le coup ? Il ne s'est pas évanoui ?

– Oh non ! Il a été fantastique ! Je pense qu'il va devoir suivre une rééducation de la main gauche, tellement je l'ai écrasée, mais il m'a encouragée comme un vrai coach, du début à la fin.

– C'est super, tu lui diras que je suis fier de lui aussi.

– Tu peux lui dire toi-même, il est juste à côté de moi et il t'entend.

– Bravo, mon grand, tu as assuré ! s'exclame Philippe. Tu as coupé le cordon ?

– Oui, répond David, un sacré coup de ciseau !

– Le plus important de toute ta vie, ajoute Philippe.

– Et il a aussi pesé et habillé Sasha, ajoute Gabrielle.

– C'est bien, c'est par ces petits gestes qu'on devient papa. Vous devez être fatigués, mes enfants… enfin, surtout toi, P'tit Loup, alors je ne vais pas vous retenir plus longtemps. Et puis, il faut profiter de votre merveille. Maintenant, c'est lui le centre de votre existence.

– Au fait, les visites sont possibles à partir de lundi, si tu veux passer, ajoute David.

– Je dois consulter mon agenda. Comme tu l'imagines, je ne vais pas renoncer à ma séance de piscine du lundi pour un morveux d'à peine trois kilos ! Bref, trêve de plaisanterie, David, je t'appelle demain et on voit ça ensemble. En attendant, profitez bien, mes enfants, et embrassez mon petit-fils pour moi.

– Au revoir, papa, on t'aime fort.

– Au revoir, Philippe. Et merci encore pour ce matin…

– Je serai toujours là quand vous aurez besoin de moi.

Il espère qu'ils ont compris l'allusion et raccroche. Petit-fils. Il répète le mot dans sa tête, puis le prononce à voix haute : « Petit-fils. J'ai un petit-fils. » Oui, ça sonne bien. C'est un très joli mot. Il le dit sur un ton grave, puis sur un ton aigu, puis se met à le chantonner en reprenant des airs de musiques connues. Il est heureux. Pas du tout comme un *vieux con nostalgique*, mais comme un jeune grand-père qui trouve que la vie est belle.

\*

Après un dimanche interminable, la pâle lumière du lundi éclaire enfin la chambre de Philippe qui, se tournant vers son réveil, s'exclame : « Plus que trois heures ! » Dans trois heures pile, il rencontre son petit-fils. Il jette un coup d'œil vers l'oreiller vide à côté de lui, et, dans la foulée de la maternité, se promet de passer au cimetière pour tout raconter à Sophie.

Il s'habille. Quelque chose d'élégant, pour faire bonne impression à Sasha. Il aime ce prénom, il le répète, fait tournoyer les consonnes au bout de sa langue. « Sasha, tu te rends compte ? dit-il à Hermès qui ronronne à ses pieds. Il faudra être gentil avec le bébé, d'accord ? Même s'il essaie de t'attraper la queue. » Il embrasse son chat, réconfort de ses journées solitaires, puis descend à la cuisine. David lui a proposé de passer dans la matinée, vers 11 heures, après le bain. Ça lui laisse le temps d'acheter des fleurs et des chocolats – des blancs, ceux au cœur de caramel que

Gabrielle préfère. Il prend un rapide petit déjeuner, puis traverse le jardin vers son cabanon. Au milieu d'un chaos d'outils trône un petit ours en bois gravé au prénom de son petit-fils. Après des semaines de travail, il a donné le dernier coup de peinture hier. Il le prend dans sa main et l'examine. À l'intérieur, il a caché une petite lettre, que Sasha devra lire le jour de ses vingt ans. L'ours s'ouvre selon une méthode japonaise, qu'il lui enseignera le moment venu. Ce sera leur petit secret.

Philippe toque doucement puis ouvre la porte de la chambre, excité et ému comme pourrait l'être un gamin au matin de Noël. « C'est moi », dit-il à mi-voix. Ses bottes sont sales, pleines de gadoue. Il se baisse pour se déchausser.

– T'inquiète pas, papa.

Il redresse la tête.

– Oh, je croyais que tu dormais, P'tit Loup. David n'est pas là ?

– Il est parti me chercher un café.

– C'est bien, il est aux petits soins.

Philippe pose ses chaussures, se lave les mains dans la salle de bains, puis, sans un bruit, s'approche de la couveuse.

– Il a fini de téter il y a cinq minutes, dit Gabrielle.

Il regarde son petit-fils, les bras repliés de chaque côté de sa tête, et son cœur est envahi d'amour. « Sasha… » murmure-t-il. Petit Sasha, à qui il veut apprendre à bricoler, à boxer, à jardiner, et puis pourquoi pas à conduire, plus tard, comme il l'a appris à Gabrielle quand elle avait seize ans ? Il fait un rapide calcul dans sa tête, et réalise que, quand Sasha sera en âge de prendre le volant, lui-même en sera certainement bien incapable – soit parce qu'il sera mort, soit parce qu'il sera vieux et impotent. Ça le fait chier, mais c'est la vie. Quand on est jeune, on peut se croire immortel. À soixante-trois ans, l'illusion est terminée.

– Il est magnifique, ton fils, dit-il, passant un doigt, son gros doigt rugueux, dans les cheveux de Sasha.

– Ce n'est pas moi qui vais te contredire.

Il se tourne vers Gabrielle, regarde son visage diaphane, sa bouche souriante, écaillée de rouge. Il la trouve belle. Un peu changée, déjà. Il s'avance vers elle, s'assied au bord du lit médicalisé, essuie une larme au bord sa joue, puis la serre contre lui, sa fille, son P'tit Loup devenue mère.

— Comment tu te sens, ma chérie ?

Elle tourne la tête vers son fils et répond :

— Un peu renversée.

— Je suis tellement fier de toi, si tu savais.

Au même instant, David entre dans la chambre, deux tasses de café dans les mains.

— Je me disais bien que j'avais entendu une voix familière !

Philippe se lève et ouvre les bras pour y accueillir son gendre.

— Bravo, mon grand, dit-il. Ah, vous me comblez de joie, tous les deux !

— Merci, Philippe, mais, honnêtement, je n'ai pas fait grand-chose. À côté de Gabrielle, en tout cas. Franchement, les idiots qui ont inventé l'expression « sexe faible » n'ont jamais assisté à un accouchement !

— Je me suis fait la même réflexion quand Gabrielle est née. On fait les malins avec nos concours de bras de fer, nos grosses bagnoles, nos bastons. J'aimerais bien voir un homme accoucher, tiens !

Comme s'il cherchait à intervenir dans la discussion, Sasha pousse un petit cri depuis sa couveuse. David s'approche de son fils et le soulève délicatement.

— Tu es d'accord avec nous, mon chéri ? demande-t-il.

Lové contre son père, Sasha semble à Philippe encore plus petit que dans son berceau. Surtout les doigts, il avait oublié à quel point les doigts et les ongles des nourrissons étaient minuscules.

— Assieds-toi, lui dit David. Je vois bien que tu en meurs d'envie.

Philippe obéit de bonne grâce à son gendre, qui, avec toutes les précautions du monde, glisse Sasha dans ses bras. Ça aussi, il l'avait oublié — le poids vivant de l'amour. Ne plus oser bouger, caler la nuque dans le creux du bras, contempler les plis de peau, les expressions du visage, sentir battre contre soi cette nouvelle vie, qui contient un peu de la sienne.

– Vous ne savez pas, mes enfants…

Il s'essuie les yeux et se met à rire, hilare et débordé.

– Quelle joie… mon petit-fils…

La main de David vient lui serrer l'épaule. Le garçon pleure aussi, il est ému.

– Vous êtes vraiment trop mignons, tous les trois, dit Gabrielle, les prenant en photo avec son téléphone.

– Je crois que je pourrais rester des heures comme ça, confesse Philippe.

– Genre, jusqu'à demain matin ? demande David. Parce que ça fait deux nuits qu'on ne dort pas hyper bien, et on aurait bien besoin de se reposer.

– Je ne suis pas sûr que le petit soit d'accord. Il serait vite déçu s'il essayait de me téter le sein.

Les deux hommes rient de bon cœur, mais ils reprennent leur sérieux devant l'infirmière qui vient d'entrer dans la chambre.

– Mon papa, précise Gabrielle.

Elle s'arrête, un air de surprise sur le visage.

– Vous semblez à l'aise, dit-elle, s'adressant à Philippe.

– Ah bon ? Vous trouvez ?

– J'ai vu assez peu de grands-pères qui semblaient aussi à l'aise que vous. D'habitude, ils sont un peu plus… frileux.

– Eh bien, je vais vous le dire : ils ne savent pas ce qu'ils loupent !

– Je suis bien d'accord avec vous !

Elle se penche vers Sasha et l'examine rapidement.

– Bon, dit-elle, est-ce que ce petit monsieur a bien tété et fait pipi ?

David sort une feuille de sa poche.

– Il a tété à 8 heures et 10 h 45. Les deux seins. Et je lui ai changé trois fois la couche.

– Bon, bon, bon, c'est super. Ça se met bien en route.

Elle se tourne vers Gabrielle.

– Je passerai vous voir en début d'après-midi pour vous examiner. Allez, je vous laisse. Profitez bien, monsieur, et puisse votre exemple inspirer d'autres hommes.

– Comptez sur moi.

Suivant son conseil, Philippe se penche en avant et embrasse son petit-fils sur la tête, et, tandis que ses lèvres effleurent à peine le crâne duveteux de Sasha, quelque chose se répand en lui. *Une odeur.* L'odeur si particulière du nourrisson qui l'avait bouleversé, il y a trente-cinq ans, quand il avait respiré sa fille tout juste née sur le sein de Sophie. « J'avais oublié… » murmure-t-il, s'offrant au courant de souvenirs que cette odeur remue, confluences de vies et d'époques, et lui, au milieu, grand-père ému.

– Tu te shootes avec mon fils ? demande David.

Philippe ouvre les yeux et sourit.

– C'est de la bonne, répond-il.

– Moi aussi, je suis accro. Tu crois que c'est pour nous pousser à les aimer ? Une sorte de stratagème de l'espèce, pour assurer sa survie ?

– Cette « drogue », comme vous dites, a un nom, intervient Gabrielle. Ça s'appelle l'ocytocine. L'hormone du bien-être et de l'attachement. Pendant longtemps, on a pensé qu'elle était réservée aux femmes, notamment lorsqu'elles accouchaient et allaitaient, mais aujourd'hui on sait que les hommes aussi en sécrètent.

Évidemment, elle a tout lu. Tout ce qu'il y a à savoir sur l'accouchement, le post-partum, les bons gestes à adopter. Sophie était pareille. Avant la naissance de Gabrielle, elle avait dévoré tous les ouvrages de l'époque, pour comprendre ce qui lui arrivait et essayer de se rassurer. Puis la réalité avait pris le dessus. La réalité du quotidien parental, qui dilue en encre salée les plus fermes résolutions. Sa fille aussi y sera confrontée. Il ne le lui dit pas, bien sûr. Mais, comme tous les grands-parents depuis la nuit des temps, *il sait.* Il sait le hiatus gigantesque qui sépare les lignes d'un livre, aussi documenté soit-il, des lignes de l'expérience, de la vie, du corps. Par fierté, elle voudra s'en sortir seule. Il la connaît.

Quelque chose comme : « J'ai fait Polytechnique, je devrais réussir à changer une couche et doser un biberon ! » Alors il attendra. Et, le jour où le téléphone sonnera, il sera là. Comme toujours.

*

Ce n'est pas un appel, mais un visage. Celui de David, toquant à sa porte un soir de giboulées, les yeux rouges et perdus, la voix blanche :

– Je… je n'y arrive plus… On n'y arrive plus…

Philippe ouvre la porte.

– Entre vite, mon grand.

Il fait perdu dans son imper trop large, dégoulinant de pluie.

– Retire-moi ça. Viens te réchauffer. Tu veux un café ? Un thé ?

David hausse les épaules, regard dans le vide.

– Ce sera un thé, décide Philippe.

Il file dans la cuisine et met l'eau à bouillir. Que s'est-il passé ? En tout cas, il n'a rien vu venir. Hier encore, il était au téléphone avec sa fille, qui lui assurait que tout allait bien, qu'ils étaient en train de trouver leur rythme, etc.

– Voilà, attention, c'est brûlant.

Il pose la tasse sur la table basse et s'assied à côté de David.

– Bon, tu me racontes ?

Son gendre inspire lourdement, puis il craque. Il pleure, seul, dans son coin de canapé, le visage enfoui dans ses mains qui tremblent.

– Hey, mon grand… Je suis là, ça va aller…

Philippe s'approche et passe un bras paternel autour de ses épaules.

– Je n'en pouvais plus… des cris, je n'en pouvais plus…

– Les cris de qui ? demande Philippe. Du bébé ?

– Tout le monde… Tout le monde criait…

Quelques secondes s'écoulent. Philippe pose la question qui le hante :

— Tu es parti de chez toi ?

David acquiesce.

Il a fui, donc.

Philippe sent monter la colère en lui, mais elle se heurte à la pitié que lui inspire David, qu'il a toujours beaucoup apprécié et respecté.

— Tu es parti pour… vous protéger ?

— Je suis parti, car Gabrielle s'en sort bien mieux sans moi. Je ne sers à rien.

— Qu'est-ce que tu me chantes là ? Chaque fois que j'ai ma fille au téléphone, elle me répète à quel point elle a de la chance de t'avoir.

David attrape sa tasse et observe son reflet à la surface de l'eau fumante.

— Tu parles.

Philippe a envie de le secouer. De lui rappeler que sa femme à lui est morte, qu'il a élevé sa fille tout seul. Mais ce n'est certainement pas ce que David a besoin d'entendre.

— Et si tu me racontais ce qui s'est passé ? dit-il, pour recentrer la discussion.

David hausse de nouveau les épaules.

— Je suis rentré du boulot et… c'est dur au boulot, en ce moment… Ça me fait chier… Ils me font tous chier… Je suis rentré assez tard, vraiment mon boss est un con, et… tout était un peu en désordre, il y avait des langes partout, l'évier débordait… et puis… Enfin, je ne sais pas, l'atmosphère était lourde, et je me sentais étriqué, comme si le plafond et les murs bougeaient et allaient m'écraser…

Soudain, il se lève, cherchant de l'air.

— J'ai voulu prendre mon fils dans mes bras. Donner du sens à tout ça. Il a un mois, et je le vois à peine ! Un peu le matin, un peu le soir. Il me manque, putain ! Je l'ai soulevé un peu trop vite, pour l'embrasser, le toucher, et il s'est mis à hurler. J'avais l'impression qu'il n'était pas content de me voir. J'étais énervé contre lui. Contre moi-même en fait, parce que ce n'est qu'un petit bébé, il n'a pas la capacité de m'en vouloir. J'ai crié. Je ne sais plus quoi, mais quelque chose comme : « Ah c'est comme ça ! Ça vaut le coup que je rentre ! » Une connerie dans ce genre. Sasha s'est mis à pleurer plus fort, je l'ai redonné à Gabrielle, qui restait silencieuse mais me regardait… Oh ces yeux qu'elle faisait…

Il boit une gorgée de thé et secoue la tête, le regard fixé devant lui, comme si Gabrielle ou son fantôme était là, devant lui, écoutant ses explications confuses.

– C'est dur, car je ne suis pas comme ça… Je ne suis pas quelqu'un qui crie, normalement… Mais j'avais une telle boule au ventre. Mon corps a décidé de s'en prendre à Gabrielle, je lui ai dit qu'elle aurait pu ranger un peu, que j'étais fatigué, que je travaillais dur. « Et moi, tu crois que je joue au tennis toute la journée ? » elle a répondu. Bien sûr, je sais que ce n'est pas le cas. C'est épuisant de s'occuper d'un nourrisson. (Il soupire, se rassied.) Tous les soirs, c'est la même chose. Je cours dans les couloirs du métro, et j'arrive à 19 heures, 19 h 30, tout essoufflé, pressé de voir mon bébé, et en fait il est déjà à moitié endormi, et je m'énerve contre lui, contre Gabrielle qui n'a pas rangé la chambre ou la cuisine.

Ses yeux balaient le sol quelques instants, puis se posent sur Philippe.

– Elle a calmé Sasha, l'a couché, et puis elle m'a dit mes quatre vérités. J'aurais dû me taire, accepter, présenter mes excuses. Mais j'avais le ventre en feu. J'ai crié, encore, et j'ai réveillé Sasha, et Gabrielle a fondu en larmes, car c'est une bataille pour l'endormir, toute la journée elle essaie de l'endormir, et moi je gueule et je le réveille. J'ai donné un coup dans le mur. Ça ne m'arrive jamais, mais… je ne sais pas, c'est parti tout seul. Ça a fait trembler le placo et notre photo de mariage, qui est tombée dans un bruit de verre brisé. Il y a eu un silence et je suis parti. Je lui ai dit que je devais prendre l'air, elle ne m'a pas retenu. Et me voilà, assis sur ton canapé…

Philippe regarde un instant David, ce grand escogriffe plongé dans les affres de la paternité. Avec Sophie, ce n'était pas facile non plus tous les jours. Lui aussi, une fois, il a frappé dans un mur. Alors il comprend.

— Suis-moi, dit-il, comme, il y a longtemps, il a demandé à son voisin Francis de la suivre.

Ils sortent dans le jardin, sous le ciel qui s'est éclairci après l'averse mêlée de grêle. Philippe allume les lumières extérieures, installe son punching-ball, puis tend une paire de gants à David.

— Je... je ne sais pas boxer, dit ce dernier.

— Tu vas apprendre. Mets tes gants.

Le sol glisse sous leurs pieds, l'éclat de la lune fait briller les brins d'herbe mouillés. Philippe enfile ses propres gants, ils sont un peu lourds, un peu encroûtés par leur période d'inactivité. Il va les réveiller.

— En position de garde, dit-il. Gant droit contre la pommette, gant gauche devant toi. Très bien. Maintenant, frappe le sac, comme moi.

Il donne un direct du gauche, précis et sec. David l'imite, laissant le sac de marbre.

— Recule-toi, ton bras doit arriver tendu sur la cible.

Il recommence, et le sac rend un bruit bien plus satisfaisant.

— Au sol, maintenant, dix pompes, dit Philippe.

David le regarde, interloqué.

— Allez, ensemble ! crie Philippe, se mettant au sol.

Ils se relèvent.

— Direct, direct, crochet du gauche, uppercut, squats sautés et pompes. Go !

David obéit. À l'issue de la séquence, il pose les gants sur ses genoux, essoufflé.

— Tu fais du sport chez toi ? demande Philippe.

— Pas vraiment.

— C'est important. Dans la sueur, il y a toutes les mauvaises pensées. On recommence, c'est parti.

David cogne le sac, saute, se met au sol, puis Philippe le fait courir autour du jardin, l'encourageant de la voix et de quelques tapes sur l'épaule. Ils s'arrêtent, le ciel continue de briller et d'éclairer leurs visages. Celui de David est perlé de sueur.

— Tu es un bon père et un bon mari, dit Philippe. Répète après moi : « Je suis un bon père et un bon mari. Et je fais de mon mieux. »

— Je… je ne sais…

— Répète.

— Je suis un bon père et un bon mari. Et je fais de mon mieux.

Philippe s'approche, le regarde dans les yeux.

— Être père, c'est dur, d'accord ? Ça implique des choix, des sacrifices, des remises en question. Position de garde. Frappe-moi, sans retenue.

— Quoi ? Non, je ne vais pas…

— Frappe-moi.

David hésite, puis lance mollement son poing vers Philippe, qui le pare sans bouger les pieds.

— Si la vie te met des coups, il faut savoir esquiver et répondre. Avec panache. Recommence, plus fort.

David obéit et Philippe esquive, toujours sans la moindre difficulté.

— Quelle est la chose la plus importante pour toi ?

— Ma famille.

— Donc, tu dois faire ce qu'il y a de mieux pour elle. Moi, c'était de travailler à l'usine. C'était dur, mais au moins j'avais un salaire et des horaires fixes. Toi, ce sera autre chose. Tu dois trouver ta propre voie, peut-être en dehors des sentiers battus. L'important, c'est que tu sois en phase avec toi-même.

David acquiesce et lève les yeux, ses yeux d'enfant devenu père, vers le ciel étoilé.

— Je suis venu à Paris pour cette boîte. C'était mon rêve. J'ai passé six entretiens pour décrocher le poste, tu imagines ? Aujourd'hui, ça fait quoi ? Sept ans, huit ans, que je taffe pour eux ? Eh bien, mon boss ne me fait toujours pas confiance. Il n'est même pas capable de m'envoyer un petit mot de félicitations pour la naissance de mon fils. Et il a refusé que je pose des congés payés dans la foulée de mon congé paternité. « Ta femme peut bien s'en occuper toute seule, j'ai besoin de toi », il m'a dit.

— C'est peut-être qu'il faut changer d'entreprise, répond Philippe. En tout cas, ce que tu vis au travail ne devrait pas influer sur ta vie de famille. Et t'en prendre à Gabrielle n'est certainement pas ce qui te permettra de résoudre tes problèmes.

— Je le sais bien, soupire David.

— Devenir père, c'est… pfff, c'est un bouleversement, d'accord ? Tu as le droit de craquer, et ma porte sera toujours ouverte pour toi. Cependant, n'oublie pas que, pendant que tu es ici, Gabrielle est seule avec Sasha. Elle ne le dit pas, ou presque pas, car c'est une guerrière, mais elle en bave aussi. Et parfois… parfois, il faut apprendre à la fermer, tu vois ? À prendre sur soi. La maison n'était pas rangée selon tes souhaits ? Eh bien range-la. Tu regrettes de voir si peu ton fils ? Pars plus tôt du travail. Personne n'est indispensable et ta boîte continuera de tourner, ne t'inquiète pas. Si ça pose un problème à ton boss, va voir les Ressources humaines. On ne naît pas père, on le devient. Par des choix forts, des initiatives, un engagement quotidien. Tu es un gentil garçon. Peut-être trop gentil, et donc, les gens pensent qu'ils peuvent tout te demander. Tu l'as accepté jusqu'à présent, car ça n'impliquait que toi. Aujourd'hui, ce n'est plus le cas, c'est pour ça que tu es énervé. Mais ne déchaîne pas ta colère sur Gabrielle. Vous êtes dans le même bateau, tous les deux.

— Oui, tu as raison… murmure David. Il faut que je fasse des choix. Que je sois courageux.

Philippe l'observe. Des nuages ont recouvert la lune, mais quelque chose vient de s'éclairer. Une volonté, mise face à elle-même. Moins puissante et féconde que celle de sa fille, mais qui trouvera son propre chemin. Il a confiance. David est un *bon gars*.

# Chapitre 28

Après tout au plus vingt minutes de vol, à peine le temps de monter qu'il entamait déjà sa descente, l'avion se pose sur la piste qui traverse le motu Tuanai. L'aéroport, encore plus petit que celui de Bora-Bora, se réduit à une pergola faisant office de terminal, de salle d'embarquement et de *duty free*, et de quelques bancs à l'ombre où somnolent des touristes à la peau écarlate. Où que l'on pose le regard, le bleu est là : à l'ouest, le bleu clair et cyan du lagon, à l'est, le bleu nuit de l'océan, et partout une lumière mouillée de bout du monde, râpant le sol, émiettant sa blancheur crayeuse dans les yeux qui peinent à rester ouverts.

Gabrielle a hésité, mais désormais qu'ils y sont, qu'ils ont mis le pied sur cet îlot au milieu de rien, le plus excentré des îles Sous-le-Vent, elle comprend qu'elle a pris la bonne décision. C'est ici qu'ils doivent terminer leur voyage. Intuition inexplicable mais qui s'impose à elle, avec fermeté, alors qu'Omaï, ayant attrapé leurs valises, les entraîne en direction d'un petit bateau sur lequel s'active un vieil homme d'une robustesse étonnante, un colosse aux cheveux blancs et au cou de taureau qui s'exclame en les voyant :

— *'Ia ora na !*

— Mon père, Tamora, dit le Polynésien.

— Je comprends d'où tu tiens ton physique de rugbyman ! s'exclame Philippe, tendant la main vers celle de Tamora, qui l'attrape et la tire, avant de lui donner l'accolade comme s'il s'agissait d'une vieille connaissance.

– Je suis toujours très heureux quand Omaï ramène des amis, confie le géant, accueillant dans son giron tatoué Gabrielle, laquelle ne résiste pas mais au contraire s'abandonne, se laisse emmailloter dans ce nid de muscles et de sourires qui exhale le monoï, comme son fils.

Le bateau démarre, sa proue effilée découpant la gaze turquoise du lagon, Tamora à la barre et Omaï leur narrant l'histoire de Maupiti, découverte cinquante ans avant Tahiti mais restée longtemps à l'abri des incursions européennes, du fait de son unique passe particulièrement dangereuse. Il leur parle des cinq grands motus qui constituent l'île, des raies manta qui peuplent le lagon, du mont Teurafaatiu, dont le promontoire, accessible après une randonnée périlleuse par endroits, culmine à trois cents mètres au-dessus du niveau de la mer.

– C'est la plus authentique des îles de la Société, conclut Omaï, mais cet isolement a un prix : il y a peu de travail, et beaucoup de jeunes sont obligés de partir pour Tahiti, Bora-Bora ou Moorea pour en trouver.

Tamora fait un bruit sec avec sa bouche.

– Il y en a qui ont du travail et qui s'en vont quand même, dit-il, et Gabrielle comprend qu'il fait allusion à son propre fils, parti vivre au loin alors qu'il aurait pu rester s'occuper de la pension familiale.

– Tu ne veux pas avoir de petits-enfants ou quoi ? demande Omaï.

– Qu'est-ce que tu me chantes là ? Je ne vois pas du tout le rapport, tu essaies encore de m'embrouiller, comme d'habitude.

– Il n'y a pas de filles de mon âge ici. Il n'y a que des *matahiapo*.

– Ah bon ? Et la fille Amarou ? Elle a cent ans peut-être ?

Omaï fait le même bruit avec sa bouche que celui qu'a fait son père, puis il s'approche de Gabrielle et lui glisse à l'oreille :

– Titaina n'est pas vraiment une reine de beauté, si tu vois ce que je veux dire.

Gabrielle étouffe un rire qui arrive aux oreilles de Tamora.

– Je ne sais pas ce que mon fils raconte, mais surtout ne l'écoute pas. Sa bouche est remplie de bêtises.

Sans un son, Omaï fait mine de répéter les mots de son père en affectant un air grave et important, et Gabrielle ne peut s'empêcher de rire à nouveau. Tamora reste silencieux un instant, ses larges mains posées sur la barre de gouvernail, puis lance sur un ton moqueur :

– Omaï pense qu'il est trop bien pour la fille Amarou. Qu'elle n'est pas assez belle et gracieuse pour lui. Il cherche une mannequin dont l'éblouissante splendeur sera le reflet de sa propre magnificence. Eh bien, ma foi, je crois que je ne suis pas près d'être grand-père !

Ayant dit cela, le colosse s'esclaffe à son tour, d'un rire si tonitruant que rien ne semble pouvoir être ajouté. D'ailleurs, ils arrivent à proximité du rivage. Sans un mot, l'air faussement vexé, Omaï saute du bateau et vient planter l'ancre dans le sable.

Il n'y a pas de climatisation, ni de spa face à la mer, ni de restaurant trois étoiles avec homard et saint-émilion, mais, assise dans la cuisine familiale face à Hinarau, la mère d'Omaï qui prépare un mahi-mahi pour le déjeuner, Gabrielle se sent bien. Elle aime les odeurs qui s'échappent en fumées des casseroles, le contact humide et ferme des gousses de vanille pressées entre ses doigts, la voix très douce d'Hinarau qui fredonne tout en écaillant son poisson. C'est comme un chapelet de petits événements très agréables, qui ancrent en elle le sentiment qu'elle est *au bon endroit au bon moment.*

Ils déjeunent entre eux, dans la cuisine, après les autres vacanciers qui logent à la pension. Soudain, une jeune femme apparaît. Les épaules fines, la poitrine moulée dans un tee-shirt noir représentant des licornes ailées, un paréo fleuri noué à la taille, elle lance un sourire qui irradie tel un flot de lumière dans la pièce. C'est Moeata, la petite sœur d'Omaï. Elle se présente puis, sans un mot, se met à rincer la vaisselle. Un fût métallique fait office d'évier, tandis qu'une tuyauterie rafistolée relie le robinet au réservoir monté sur pilotis.

– Tu as mangé ? demande Hinarau à sa fille.

– Oui, avec grand-mère. Elle était fatiguée, nous avons déjeuné tôt dans sa chambre.

Gabrielle la regarde rincer les assiettes avec une grâce tranquille, balançant doucement ses hanches de gauche à droite, au rythme d'un chant qu'elle fredonne et qui fait vibrer ses narines tatouées d'étoiles. Elle la trouve belle, charismatique, mystérieuse. Moeata doit avoir à peine vingt ans, mais son regard semble porter une histoire plus intense que ces quelques années de vie, tandis que son corps, au contraire, est tout en muscles, en boucles folles, en chevilles prêtes à cavaler sur la plage et dévaler les flancs abrupts du mont Teurafaatiu. Il émane d'elle une force sauvage, bridée par la vie qui semble avoir choisi pour elle un autre destin. C'est à tout cela que pense Gabrielle qui, voyant la vahiné essuyer sa dernière assiette puis quitter sans un mot la cuisine, ne peut s'empêcher de tendre le cou pour la voir marcher, juste un instant, avec le lagon en fond comme dans une séquence de film, mais tout ce qu'elle aperçoit c'est son paréo laissé sur le sable et un remous de soleil dans l'eau turquoise.

Après le déjeuner, Omaï emmène Gabrielle et Philippe visiter les alentours de la pension. Outre le bâtiment principal où vit la famille, celle-ci se compose de quatre bungalows bâtis sur pilotis, chacun ayant une terrasse tournée vers le lagon, d'une réserve où sont empilés des boîtes de conserve et des packs d'eau, et, derrière la palmeraie, d'un grand jardin où poussent toutes sortes d'arbres fruitiers (manguiers, bananiers, grenadiers, arbres à pain, dont le fruit, *uru*, a le goût de la pomme de terre selon Omaï) et qui sert également de débarras aux pirogues du Polynésien.

– Et ça, qu'est-ce que c'est ? demande Gabrielle, s'approchant d'un trou dans le sol rempli de bourre de coco.

– C'est un *ahima'a* : un four polynésien.

– Vous l'utilisez souvent ?

– Pour les grandes occasions. Cuire dans un *ahima'a* est très long, et demande un certain savoir-faire, répond Omaï. C'est bien plus rapide dans un four à gaz.

Il ouvre un portillon devant eux et les conduit le long d'un chemin où tombent des lianes de lumière émeraude, éclats de jour qui se réverbèrent dans l'eau d'une multitude de petits ruisseaux qui serpentent entre les cocotiers avant de filer vers le lagon. Ils marchent quelques minutes en silence, puis Omaï s'arrête devant une clairière parsemée de pierres blanches dressées vers le ciel. Bien qu'infiniment plus petit, le lieu rappelle à Gabrielle certains sites incas qu'ils ont visités avec Paco ; il émane de ces pierres blanches la même *vibration mystique*.

— Ce que vous avez devant les yeux, c'est un *marae*, explique Omaï après un silence. Un lieu sacré, qui était autrefois le siège de cérémonies religieuses et politiques. Beaucoup ont été détruits suite à l'arrivée des missionnaires chrétiens, mais il nous en reste encore quelques-uns à Maupiti. Là-bas, dit-il en montrant des ruines du doigt, c'était le *fare tupapa'u,* qui accueillait le corps des morts, et là-bas, le *fare tahua*, réservé au prêtre. Aujourd'hui, il ne s'y passe plus grand-chose, mais personne ne s'amuserait à jouer au foot entre les pierres. L'esprit des ancêtres rôde, sous l'œil attentif du *tiki*, et un malheur est vite arrivé…

— Les fameux *tupapa'u*, répond Gabrielle, moitié amusée, moitié méfiante.

Omaï acquiesce solennellement.

— En 1928, le réalisateur allemand Friedrich Murnau a tourné son film *Tabou* en violant plusieurs interdits sacrés. Résultat, il est mort dans un accident de voiture huit jours avant l'avant-première. On ne plaisante pas avec les *tupapa'u*.

Ils repartent du *marae* et traversent la cocoteraie en direction du lagon.

— Le restaurant de mon cousin est là-bas, dit Omaï, montrant l'île principale. Il est fermé aujourd'hui alors on ira demain. En attendant, allons nous rafraîchir à l'ombre ou le soleil va nous rôtir.

Ils retournent à la pension, figée dans le ciment blanc et torride de l'air. Les persiennes sont fermées, mais le rideau qui pend devant la porte laisse passer un peu de jour, baignant l'intérieur de la cuisine d'une lumière améthyste. Omaï prépare une limonade avec les citrons du jardin. Gabrielle est assise derrière lui et regarde son dos, carré, énorme, qui se prolonge de manière rectiligne vers sa nuque, comme si sa colonne vertébrale était une barre en fer rigide et inflexible, et puis la tête plantée solidement sur ce pieu, son crâne rond, musculeux, des petites oreilles tatouées. « Quel gaillard ! » songe-t-elle. Le Polynésien pose la carafe et trois verres sur la table, puis il se laisse choir sur une chaise en plastique qui plie mais ne rompt pas. Il soupire, s'essuie le front. De derrière une cloison aux lattes mal jointes leur parvient un bruit répétitif, un *tatatatatata* qui parfois s'arrête puis reprend, et un murmure, une voix douce qui fredonne.

– C'est Moeata, dit Omaï. Elle doit être en train de coudre son dernier paréo. C'est elle-même qui dessine et peint les motifs, selon une technique très ancienne que lui a enseignée notre grand-mère. Elle va les vendre au marché de Papeete, ainsi que ses tableaux et cartes postales, tous les premiers dimanches du mois. Elle est très talentueuse.

Quelques secondes s'écoulent, rythmées par les ricochets de l'aiguille, puis Gabrielle demande :

– Vous êtes proches avec ta sœur ?

– Pas tellement. Nous avons seize ans d'écart, cela fait beaucoup pour nouer une vraie relation fraternelle.

– Elle travaille à la pension ?

– Oui. Elle s'occupe surtout de Poe, notre grand-mère. Elles sont très proches.

Au même instant, Hinarau entre dans la pièce. Elle a le maintien fier et altier de sa fille, une couronne de fleurs jaunes dans les cheveux.

– J'ai préparé votre chambre, dit-elle. Si vous souhaitez vous reposer un peu, avec cette chaleur.

Gabrielle la remercie, termine son verre hâtivement pour ne pas la faire attendre, puis la suit avec son père à travers la maison tout emplie de craquements, de murmures et d'ombres qui ondulent sur les murs aux peintures écaillées.

– Voilà, dit-elle, présentant une pièce carrée avec deux lits équipés de moustiquaires. Je suis désolée, tous nos bungalows sont occupés, sinon je vous y aurais installés.

– C'est absolument parfait. N'est-ce pas, papa ?

Philippe acquiesce, s'approchant d'une photographie en noir et blanc accrochée au mur.

– C'est mon père qui l'a prise, en 1972, dit Hinarau. Les lieux ont changé, mais le lagon est toujours aussi beau. C'est la magie de Maupiti. Nombreux sont ceux qui aimeraient venir implanter des hôtels sur nos motus, mais nous avons dit non, et nous continuerons de dire non. Quand on voit ce qu'est devenue Bora…

Elle remue la tête de dépit, puis retourne vaquer à ses occupations, leur lançant depuis le couloir qu'ils ne doivent surtout pas hésiter s'ils ont besoin de quoi que ce soit. Gabrielle et Philippe s'allongent sur leurs lits respectifs, le premier fermant aussitôt les yeux, la seconde ouvrant sa *Harvard Business Review* consacrée à l'innovation. Cependant, bercée par le bruit du ventilateur qui tourne au-dessus d'eux et par l'air tiède qu'il brasse sur ses paupières, elle finit par s'endormir aussi.

Gabrielle ouvre les yeux et constate que le lit à côté du sien est vide. La dernière fois que Philippe a quitté son lit sans la prévenir, c'était à Agua Calientes, et elle l'avait retrouvé dans une ruelle, recroquevillé sur lui-même en pyjama. Elle saute sur ses pieds et court vers la terrasse. Son père ne s'y trouve pas, mais au bord de la plage elle aperçoit une chaise longue et un crâne de cheveux gris qui dépasse. Elle laisse son cœur se calmer, puis marche dans sa direction.

– Papa, je me disais que…

Un visage se tourne vers elle, mais ce n'est pas celui qu'elle cherche. C'est une vieille dame à la peau bistre et parcheminée, qui pose sur elle un regard voilé. « Certainement Poe, la grand-mère de Moeata et Omaï », songe Gabrielle, s'excusant de l'avoir dérangée.

– Attends !

Gabrielle se tourne vers elle.

– Je suis désolée, dit-elle, il faut que je retrouve mon papa.

– Ah. Moi aussi.

Il faut à peine quelques secondes à Gabrielle pour comprendre de quoi il s'agit. Et pourquoi Moeata passe ses journées avec elle.

— Votre… ton papa vit ici ?

— Entre autres. C'est un marin. Il connaît du monde, tu sais.

Gabrielle aimerait l'écouter, mais elle pense à son propre père. Elle y pense encore plus depuis quelques minutes. Tout à coup, elle aperçoit Omaï et lui fait signe de venir.

— Je vois que tu as rencontré ma grand-mère, dit-il. *Mama ru'au*, j'espère que tu ne racontes pas trop de bêtises à notre invitée.

— Omaï, est-ce que tu as vu mon père ? demande vivement Gabrielle.

— Bien sûr, il est avec moi. Je suis allé chercher ma visseuse, il m'aide à réparer une porte. C'est un véritable as du bricolage !

Elle soupire de soulagement, un long soupir qui lui dilate la poitrine et l'estomac.

— Oui, pour ça tu peux lui faire confiance.

— Bon allez, je file, il m'attend !

Elle le regarde s'éloigner puis se tourne de nouveau vers Poe.

— Ton petit-fils est une personne extraordinaire. C'est lui qui nous a invités ici.

La vieille dame hoche la tête mais ses yeux disent autre chose.

— Mon père est marin, il connaît beaucoup de monde, répète-t-elle.

Gabrielle s'assied dans le sable et, sans réfléchir, le bras guidé par un élan purement instinctif du cœur, attrape la main de Poe.

— Ah oui ? Qui connaît-il ?

— Jacques Brel, par exemple. Quand il vole entre Hiva Oa et Tahiti à bord de son *Jojo*, il s'arrête ici parfois, et on picole, on chante, on se raconte des histoires. La princesse Caroline de Monaco, aussi, un jour mon fils lui a pissé dessus, j'étais gênée, mais en même temps qu'est-ce que j'ai ri ! Et même le président Jacques Chirac, il vient de temps en temps, avec son garde du corps, je ne sais plus comment il s'appelle, un grand type avec un flingue à la ceinture. C'est tout ça. Et des marins, bien sûr. Comme Éric Tabarly, à bord de son *Pen Duick VI*, il est venu chez nous après son pépin pendant la Transpacifique. Un type avec un regard… on se cherche, mais je suis mariée, tu vois.

Elle se tait puis, levant les yeux vers le ciel qui rougit, elle se met à fredonner, tout en tripotant un petit morceau de corde tressé entre ses doigts. « *Ua paraît oia ia na e e ho'i mai ia arata'ihia te feta… ua parau oia ia na e e ho'i mai ia arata'ihia te feta…* » Puis elle se lève, sans un mot, et Gabrielle la voit remonter la plage vers son *fare*, se tenant aux troncs des cocotiers comme aux épaules de vieux amis, ces épaules qu'elle escaladait peut-être quand elle était enfant. Gabrielle pense alors au cerisier dans leur jardin, et elle décide que son père restera dans sa maison, qu'elle fera tout pour qu'il y reste, jusqu'au bout.

Ils dînent dans la cuisine, sans Poe, partie se coucher, mais avec Moeata qui a enfilé le paréo qu'elle a fini de coudre, un sublime ouvrage aux mille nuances de vert, avivant l'éclat de sa peau caramel. Gabrielle est assise en bout de table, entre son père et Omaï qui discutent de la porte ayant, semble-t-il, résisté à leurs efforts.

– Pour moi, dit Philippe, il n'y a pas le choix : il faut creuser deux gros trous, couler du béton, et venir fixer les poteaux là-dedans avec des goujons d'ancrage.

– Et tu les trouves où tes goujons d'ancrage ? Et ton béton ? Tu seras peut-être surpris de l'apprendre, mais il n'y a pas de Casto sur Maupiti.

– Tu as regardé dans la réserve s'il ne nous reste pas un peu de béton ? demande Tamora. J'en ai fait venir l'autre jour de Papeete pour construire mon muret.

– Dans la réserve ? Non, je n'ai pas regardé.

Tamora donne une tape virile et affectueuse sur l'épaule de son fils.

– Il faut toujours demander à ton vieux père quand tu cherches quelque chose.

– Et tu as aussi des goujons d'ancrage cachés sous ton oreiller ?

– Absolument, pour empêcher ta mère de bouger la nuit.

Les deux hommes ont le même rire tonitruant, et la mère et la fille le même haussement de sourcils. À l'écart de ces échanges, Gabrielle repense au moment qu'elle a passé avec Poe. C'est une vieille femme malade, mais qui vit paisiblement, entourée de sa famille. Elle se dit que tout le monde devrait terminer sa vie ainsi, qu'il est tellement plus doux d'être entouré de ses proches, dans un lieu familier, même si on ne le reconnaît plus, car on reconnaît toujours quelque chose, Gabrielle en est persuadée, un parfum cramponné aux rideaux de la cuisine, une entaille creusée dans l'écorce d'un arbre, une marche que l'on a montée et descendue des milliers de fois, oui il y a forcément un endroit dans le cerveau qui doit conserver le souvenir de cette marche et qui permet de ne pas tomber, de rester debout, encore, un petit peu.

Après le dîner, Tamora allume un feu de camp sur la plage et se met à jouer du ukulélé, faisant sortir les vacanciers de leurs bungalows. Ce sont trois jeunes couples, des Européens qui ont certainement traversé la planète en quête de cet instant. La plage, les flammes, le ukulélé, vingt-quatre heures de vol et des années d'économies pour vivre cela, la parfaite adéquation entre rêve et réalité. Là, soudain, sans artifice ni mise en scène, simplement un homme chez lui qui allume un feu et joue de la musique, mais pour des esprits habitués aux tumultes des villes modernes, c'est un spectacle d'une beauté sans pareille. C'est en tout cas ce que ressent Gabrielle, assise en retrait aux côtés de Moeata et de Hinarau. Piqués dans leur orgueil de bricoleurs, Philippe et Omaï sont repartis s'occuper de la porte, alors elle est seule avec les deux femmes.

– Moeata, je voulais te poser une question, dit-elle, s'approchant de la jeune femme.

L'intéressée tourne les yeux vers elle, de grands yeux sombres, très noirs, qui l'invitent à continuer.

– Tout à l'heure, je discutais avec ta grand-mère, et elle avait dans les mains une sorte de petite corde avec des nœuds qu'elle faisait glisser sans cesse entre ses doigts. Je me demandais ce que c'était, et si cet objet avait une signification particulière.

— C'est un aide-mémoire, répond Moeata. Dans les temps anciens, les prêtres *aihua'a* s'aidaient de cordelettes en fibre de coco enroulées de nœuds, qu'on appelle « *aha tui hana* », pour réciter les généalogies. Grâce à ces cordelettes nouées ensemble, ils pouvaient se rappeler plus facilement l'histoire de leur lignée, les événements qui l'avaient traversée, et le destin de chacun de ses membres. Ma grand-mère a une maladie qui attaque sa mémoire, alors j'ai eu l'idée d'en fabriquer une, pour l'aider à se souvenir.

— Est-ce que ça marche ? demande vivement Gabrielle.

Moeata sourit vaguement et répond :

— C'est assez étrange. Elle se souvient de choses très précises, qui remontent loin dans le temps. Certaines rencontres qu'elle a faites, des plats qu'elle a mangés dans tel restaurant, la couleur de la robe qu'elle portait au mariage d'une amie que je n'ai moi-même jamais rencontrée. Et en même temps… elle oublie des choses fondamentales, liées à sa vie aujourd'hui. Parfois, elle se perd dans sa propre chambre. Elle ne le lui montre pas clairement, car je pense que dans le fond elle a honte, mais je ne suis pas certaine qu'elle reconnaisse Omaï. Il n'est pas ici assez souvent. Donc, pour répondre à ta question, j'ignore dans quelle mesure son *aha tui hana* l'aide à ne pas perdre le fil, mais face à une telle maladie, tous les moyens sont bons à mon avis.

« Comme traverser le monde avec son père qui n'a jamais pris l'avion, gravi le Machu Picchu ou nager avec les baleines ? » pense Gabrielle qui s'entend dire avec surprise, mise en confiance par Moeata :

— Papa aussi est malade. On lui a récemment diagnostiqué Alzheimer.

Moeata la regarde en silence un instant puis pose une main sur son avant-bras, doucement mais fermement, et cette jeune femme d'à peine vingt ans lui semble tout à coup plus forte et empathique qu'elle-même ne l'a jamais été.

— Je suis désolée d'entendre cela, Gabrielle. Et je ne vais pas te sortir de vieux dictons polynésiens pour te faire sentir mieux. C'est une *maladie de merde*. Une maladie qui ébranle toutes les certitudes.

Comment imaginer qu'une personne avec qui on a passé toute sa vie puisse nous oublier ? Pourtant, c'est ce que la maladie fait. On peut en vouloir à la Terre entière, la réalité est qu'il n'existe aucun coupable. Tout ce que l'on peut faire, c'est accompagner avec amour et dignité la personne, rire avec elle, pleurer avec elle, lui parler du passé, du présent et de l'avenir, respecter qui elle est et qui elle a été, et, même si c'est une *maladie de merde*, qu'on a envie d'arracher comme une mauvaise herbe hors de son cerveau, tu verras qu'il y a encore beaucoup de bonheur à trouver. Avec *Mama ru'au*, nous avons parfois des fous rires incroyables ! Au début j'avais honte, car souvent nous nous moquons de ses bêtises ou des mots qu'elle invente, et puis j'ai compris que ça lui faisait du bien. L'auteur Rabelais dit que rire est le propre de l'Homme. Depuis que *Mama ru'au* est malade, je crois que j'ai mieux compris le sens de cette phrase. Rire, ça conserve l'humanité dans le cœur.

Au même instant, émergeant des ténèbres de l'arrière-cour, Gabrielle aperçoit son père et Omaï, bras dessus, bras dessous, marchant dans leur direction, la poitrine secouée de grands éclats de rire. « Moeata a raison, pense-t-elle. S'il ne doit rester qu'une seule chose de lui, ultime noyau de son être rongé par la maladie, ce sera son rire, spontané, généreux… terriblement humain. »

Le lendemain, après un copieux petit déjeuner composé du traditionnel trio café-pain-beurre, accompagné d'un assortiment de poissons marinés et de fruits du jardin, Omaï les emmène visiter le lagon de Maupiti à bord du bateau familial. Les fonds sont magnifiquement colorés, et, dans l'eau translucide et peu profonde, ils ont même la chance de voir nager une raie manta. L'animal à l'envergure gigantesque s'est approché un peu trop près de Gabrielle, qui, trente minutes après la rencontre, continue de trembler dans les bras de son père.

— Elle voulait simplement te saluer et te serrer la pince, dit ce dernier, lançant un clin d'œil à Omaï.

— Non, Philippe, répond le Polynésien, tu confonds avec le crabe géant qui voulait lui attraper le pied.

Les deux hommes, plus proches que jamais depuis leur lutte contre la porte, se fendent d'un énième éclat de rire, et, bien que ce soit à ses dépens, Gabrielle ne peut s'empêcher de rire à son tour, moins pour les raisons qui les poussent à se tordre de la sorte − « J'aurais bien aimé vous voir à ma place ! Elle me fonçait littéralement dessus, avec ses grandes ailes, on aurait dit un albatros ! » et les deux autres qui repartent de plus belle − que parce qu'il est impossible de ne pas se laisser toucher par leur complicité.

Omaï amarre le bateau à l'un des pontons qui ourlent la rive sud de l'île. Ils débarquent, puis longent une route bétonnée sur laquelle circulent de rares voitures. Gabrielle se demande si Moeata a évoqué avec son frère leur discussion de la veille, mais cela semble peu probable car l'attitude d'Omaï envers son père n'a absolument pas changé, et personne au monde, pas même Joaquin Phoenix ou Leonardo DiCaprio, ses deux acteurs préférés, ne saurait aussi bien jouer la comédie. Après environ dix minutes de marche, ils arrivent devant un établissement qui ressemble tout à fait à celui qui figure sur leur poster. Seule différence notable : le nom, inscrit en grosses lettres sur le fronton, *Au Petit Paris* ayant remplacé *Pension Bounty*. Ils poussent la porte et pénètrent dans une grande pièce au style on ne peut plus polynésien, mais agrémentée de détails faisant référence à la capitale parisienne, comme des photos de la Seine et du Sacré-Cœur, des plaques de rues célèbres, ou bien encore une reproduction miniature de la tour Eiffel trônant sur le comptoir à côté d'un bol de cacahuètes.

− Oh, cousin, t'es là ? demande Omaï. J'amène du monde !

Quelques secondes s'écoulent, puis un homme d'environ quarante-cinq ans émerge d'un couloir éclairé de lampes en fibre de coco. Il n'a pas la carrure d'Omaï, mais doit peser malgré tout dans les quatre-vingt-dix ou quatre-vingt-quinze kilos, et surtout il est bien plus grand, le haut de son crâne devant avoisiner les deux mètres.

− *Oh... my... god !* s'exclame-t-il, avant de s'élancer à grandes enjambées vers son cousin, puis de faire mine de le porter et de se casser le dos. Dis donc, ils te nourrissent bien dans ton hôtel ! lance-t-il, goguenard.

— Et toi alors, tu n'as que la peau sur les os ! C'est très bien de cuisiner pour les autres, mais il faudrait songer à manger un peu aussi ! D'ailleurs, en parlant de ça, mes amis et moi avons un petit creux, tu nous trouves un coin sympa avec une jolie vue ?

Omaï profite du court chemin vers la terrasse pour faire les présentations, et Gabrielle apprend que le cousin géant s'appelle Raimanu, et qu'il est père de deux enfants de quatre et six ans.

— Quant à sa femme, Titaina, ajoute le Polynésien, elle a toujours eu le béguin pour moi. La malheureuse vit dans le dépit de cette déception amoureuse.

— En même temps, soupire Raimanu, que puis-je faire contre un homme capable de manger six hot-dogs en une minute ? Quelle femme résisterait à une telle capacité d'ingestion ?

L'arrivée d'un groupe de touristes rappelle Raimanu à son devoir. Il pose trois menus sur leur table, leur demande de lui faire signe quand ils ont choisi puis s'en va s'occuper de ses clients, non sans maugréer contre sa serveuse Hina, qui n'est pas venue aujourd'hui car elle était *fiu.*

— Vous avez l'air très complices tous les deux, dit Gabrielle, levant les yeux de son menu.

— Nous avons toujours été proches, mais le sommes devenus encore plus après le décès de son petit frère, quand nous étions enfants.

— Oh, je… je suis désolée d'entendre ça.

— Une maladie incurable. Raimanu, Nino et moi-même passions notre temps ensemble, alors forcément quand Nino a disparu… J'ai toujours été là pour Raimanu, évidemment. Nous n'avons pas le même rapport à la mort que vous, mais tout de même, un gamin de trois ans…

— Bien sûr, oui, c'est… il n'y a pas de mots…

Un instant, Gabrielle se met à la place non de Raimanu, mais de ses parents, elle s'imagine devant affronter la perte d'un de ses enfants, ses petits trésors à qui elle n'a pas parlé depuis quarante-huit heures, la faute à une connexion Internet insuffisante, et l'idée lui transperce tant le cœur qu'elle décide de les appeler sur-le-champ, en utilisant le wifi du restaurant. Elle entre le mot de passe indiqué sur le menu, mais le signal est faible. Alors elle se lève et, telle Alice courant derrière le lapin blanc, suit les barres de connexion qui apparaissent sur son écran. Lorsque la troisième s'illumine, elle s'arrête. Il est 23 h 30 en France, et elle sait que David avait prévu de les emmener au cinéma. Peut-être ne sont-ils pas encore couchés ? Elle lance un appel WhatsApp et, tout en collant le téléphone contre son oreille, lève les yeux vers le mur devant elle. Des dessins y sont accrochés. Des dizaines de dessins d'enfant, certainement ceux de Nino que Raimanu a conservés précieusement, en souvenir de son petit frère. Elle s'approche pour les voir de plus près, et un doute, un doute extrêmement étrange la saisit. Les dessins représentent des lieux qui lui sont familiers. Elle reconnaît le Panthéon, le jardin des Tuileries, le musée d'Orsay ou encore celui de l'Orangerie, et à chaque découverte, il lui semble que son cœur s'éparpille un peu dans sa poitrine. Elle avance d'un nouveau pas, vers un dessin qui représente un arbre rose et, sous cet arbre, un adulte et un enfant qui semble faire de la boxe.

Le téléphone tombe de sa main, ses genoux flanchent, elle finit par terre, *sur le cul*. Elle a envie de hurler : « Papa, viens voir ! » mais aucun son ne sort de sa bouche, elle est muette et sidérée. Ce ne sont pas les dessins de Nino, mais *les siens*, ceux qu'ils envoyaient chaque samedi par la poste à sa mère quand elle était petite. Elle avait toujours pensé que son père ne les avait jamais *vraiment* envoyés, qu'il les glissait sans timbre dans la boîte aux lettres, *pour le geste*, et puis, pense-t-elle, même s'il les avait *vraiment* envoyés, quelle était la probabilité que quelqu'un les ait conservés depuis toutes ces années ?

— Tu as besoin de quelque chose ? demande soudain Raimanu s'arrêtant devant elle. Tu es toute pâle.

Elle le regarde quelques secondes, et tant de questions se bousculent dans sa tête qu'elle ne sait par laquelle commencer. Elle tourne les yeux vers les dessins, rapidement, et Raimanu les regarde aussi. Ils restent silencieux un instant. Raimanu se tourne vers elle, sourcils froncés, l'air de dire : « Non... » Elle fait oui de la tête. Il s'assied à son tour par terre, à côté d'elle.

Un long silence s'établit entre eux, puis Raimanu s'aventure à parler :

– Depuis que je connais la vérité, je me suis toujours demandé qui avait dessiné tout ça.

– Quelle vérité ?

– Eh bien, que mon frère est mort.

Il tourne ses yeux vers elle, puis de nouveau vers le mur.

– Après que Nino nous a quittés, mes parents m'ont fait croire qu'il était simplement parti en voyage, dans un pays très lointain. Qu'il ne pouvait malheureusement pas revenir, mais qu'il pensait très fort à moi, la preuve avec tous ces beaux dessins qu'il m'envoyait, et qui parlaient de sa nouvelle vie. J'y ai cru... jusqu'à ce que j'arrête d'y croire. C'est comme ça, non ? On croit aux choses, et puis un jour, on n'y croit plus. Enfin, ce qui m'a tout de même mis la puce à l'oreille, c'est quand j'ai commencé à savoir lire tout seul, et qu'un jour je suis tombé sur un dessin qu'ils avaient mis à la poubelle, et que ce dessin était signé d'une certaine Gabrielle. Je ne voyais pas le rapport avec mon frère. J'ai hurlé sur mes parents, je leur ai fait la gueule, j'ai voulu tout déchirer et brûler... et j'ai fini par comprendre pourquoi ils avaient fait ça. Je leur ai pardonné, et j'y ai vu une preuve d'amour énorme. J'en ai même fait un restaurant, tu vois, en me disant qu'un jour, peut-être, l'auteur de ces dessins viendrait manger du mahi-mahi avec moi.

Gabrielle sourit.

– Je sais ce que je vais commander, maintenant. Puis elle demande, fidèle à son esprit scientifique : C'est tout de même étonnant que les lettres te soient parvenues si l'adresse n'était pas la bonne, non ?

Il hausse les épaules.

– Il n'y avait qu'une seule *Pension Bounty*, à l'époque, et Maupiti était encore moins connue qu'aujourd'hui. Les erreurs étaient fréquentes, et le service postal avait l'habitude de gérer ça. Mais maintenant, c'est à toi de me raconter ton histoire, je veux tout savoir !

Au moment où Gabrielle s'apprête à parler, Omaï se plante devant eux.

– Qu'est-ce que vous fichez ici tous les deux ? On commence à avoir faim, nous, pas vrai Philippe ?

Gabrielle regarde son père, dont les yeux fixent avec stupeur le mur de dessins.

– Papa ?

Il est pâle, elle se lève et lui prend le bras. Elle a peur qu'il défaille.

– J'avais oublié, P'tit Loup.

– Oublié quoi, papa ?

Silence. Le doute.

– Qu'il y en avait autant.

Il s'approche du mur et se met à toucher les dessins, délicatement, du bout des doigts.

– Quel cadeau tu me fais là, P'tit Loup… Revoir tes dessins… L'autre jour, j'ai fouillé, voir si je n'en avais pas gardé un ou deux, mais je n'ai rien trouvé. Ça m'a fichu un coup. Alors tout ça, bien sûr…

Sur ces derniers mots, il fond en larmes. Gabrielle ne l'avait jamais vu pleurer ainsi, au point de ne plus tenir debout, même quand elle a eu son bac avec mention, même quand elle a décroché Polytechnique, même quand elle s'est mariée, il ne pleurait pas ainsi, et pour ces seules larmes, elle se dit qu'elle a eu raison d'écouter son instinct, et d'entreprendre avec lui cette folle bifurcation.

# Chapitre 29

« Ah les voilà ! » s'exclame Philippe, fermant ses rideaux puis descendant joyeusement l'escalier vers la porte d'entrée. Il doit ouvrir avant que les enfants appuient sur la sonnette. C'est leur jeu chaque fois qu'ils viennent chez lui. Il pose sa main sur la poignée et attend quelques instants. Dans la rue, il entend des rires et des bruits de chaussures qui courent. Il visualise Rose et Sasha passant devant le portail, longeant le mur, se mettant sur la pointe des pieds, il attend véritablement le tout dernier instant puis ouvre la porte en grand et s'exclame :

– J'ai gagné !

– Non ! Papi, referme la porte ! ordonne Rose dans les bras de son frère qui l'a soulevée pour atteindre le bouton.

Philippe obéit : ici, ce sont eux qui commandent. Il laisse le carillon pousser son affreux cri puis ouvre à nouveau la porte, se délectant des cris de victoire de Rose et Sasha qui courent la célébrer dans ses bras.

– C'est nous qui avons gagné, pas vrai papi ? dit Rose, haussant malicieusement ses sourcils aux reflets blonds.

– Tout à fait, ma chérie. Je n'ai absolument pas ouvert la porte avant de la refermer pour faire taire vos hurlements.

– Absolument pas.

Il les embrasse et les repose, sous l'œil désapprobateur de Gabrielle qui passe à son tour le portillon.

– Tu vas finir par te bloquer le dos, dit-elle. Ce ne sont plus des bébés, ils pèsent leur poids !

Ça, il le sait, elle n'a pas besoin de le lui rappeler. L'année prochaine, Sasha entre au collège. Au collège, bordel. Il va devenir un adolescent avec une moustache et des boutons d'acné, son petit Sasha qu'il emmenait en promenade sur les bords de Marne, et bientôt il n'aura plus le temps de venir le voir car il « traînera » avec ses potes, il ira au ciné tout seul, bref il fera ce que font les adolescents d'aujourd'hui, sans plus une pensée ou presque pour son papi qui lui aura tant de fois changé les couches. Réflexions de *vieux con nostalgique*, mais qu'il a de plus en plus de mal à repousser car Rose et Sasha sont manifestement les seuls petits-enfants qu'il aura, et quand ils seront grands il sera exilé à jamais, *à tout jamais*, du monde merveilleux de l'enfance, il n'y aura plus personne pour s'émerveiller avec lui d'un vol de papillon, d'un flocon de neige sur la truffe d'un chien, plus personne pour jouer avec lui aux cow-boys et aux Indiens, et cette perspective est pour un esprit comme le sien aussi terrifiante que celle de la mort elle-même.

— Tu as préparé le stock de glaces et de dessins animés ? demande David, dernier arrivé avec deux gros sacs dans chaque main.

— Tu sais bien que chez moi, c'est reportages Arte et soupe de brocolis.

— Bien sûr, c'est d'ailleurs pour ça que les enfants étaient si pressés de venir.

Ils se donnent l'accolade et entrent dans la maison.

Gabrielle et David partent en amoureux tout le week-end, alors Philippe garde les enfants. Il a récemment fêté ses soixante-treize ans, et il semblerait que ce chiffre ait provoqué une sorte de déclic chez sa fille, car elle lui a demandé plusieurs fois si, *vraiment*, il se sentait le *courage* de s'occuper des « deux minus » tout un week-end. « Tu sais, on peut aussi prendre une baby-sitter, ils sont assez fatigants en ce moment. » Il s'est énervé : « Une baby-sitter, et puis quoi encore ? Autant m'envoyer tout de suite en maison de retraite ! » Gabrielle n'a pas insisté. Son père déteste l'idée qu'elle veuille le ménager. Ça le fait se sentir encore plus vieux.

– Toutes les affaires dont tu as besoin sont dans ces deux sacs : pyjamas, brosses à dents, doudous, devoirs pour l'école, j'insiste, ils doivent être faits… Normalement, il ne manque rien. Évidemment, si tu as la moindre question, tu n'hésites pas à nous appeler.

– Évidemment.

– Si possible, mets-les au lit avant 22 h 30, après ça devient compliqué.

– Évidemment.

(Clin d'œil complice en direction de Rose et Sasha qui pouffent de rire.)

– Papa, je suis sérieuse. Passé une certaine heure, ils deviennent des Gremlins incontrôlables.

– Oui, oui, d'accord, ils seront au lit à 22 h 29, je te le promets.

Elle regarde sa montre.

– Bon, si nous ne voulons pas louper notre train, nous devons filer.

Elle s'accroupit et appelle ses enfants.

– Vous êtes gentils avec papi, d'accord ? Pas de bagarre, je compte sur vous.

– Nous sommes toujours gentils avec papi, répond Sasha. Pas vrai, papi ?

– Ah ça, comme des images ! Enfin, non, on s'ennuierait avec des images. Comme des enfants qui ont été bien élevés par leurs parents, disons.

Gabrielle les embrasse, David fait de même en leur chatouillant affectueusement les côtes, il leur répète pour la forme ce que leur mère leur a déjà dit, puis ils sortent enfin, ou plutôt Philippe les met dehors : « Allez, allez, vous allez vraiment finir par louper votre train ! » Il claque la porte derrière eux, laisse planer un silence tel l'acteur ménageant son public, puis il s'exclame en claquant des mains : « Enfin tranquilles ! »

Il a prévu pour eux un week-end d'amusements illimités. Ce n'est pas tous les jours qu'il les a pour lui tout seul, sans la présence alerte de leurs parents. Il veut être le grand-père dont on parle avec des étoiles dans les yeux aux copains, le papi qui cède quand on lui réclame des bonbons (comme c'est délicieux de céder à ses petits-enfants !), l'homme à la barbe blanche et aux biceps d'acier dont ils se souviendront toute leur vie, même longtemps après sa disparition, car il aura laissé en eux l'empreinte indélébile de l'amour.

— Matelots, rassemblez vos affaires, on file, dit-il.

— Où ça, papi ? demande Sasha.

— C'est une surprise.

Il les aide à préparer leur sac à dos avec « l'indispensable quand on part à l'aventure », remplit lui-même le sien de barres de céréales, de bonbons Krema et de bouteilles d'eau, puis ils sortent de la maison sous le soleil qui brille allègrement en cette belle matinée de printemps.

— Allez papi, dis-nous ! insiste Rose, attachée dans son réhausseur à l'arrière de la voiture.

Philippe regarde sa petite-fille dans le rétroviseur.

— Je ne peux pas, dit-il d'un air sérieux.

— Mais pourquoi ?

— Je suis en mission, et s'ils apprennent que j'ai cafté, je ne donne pas cher de nos peaux.

— Qui ça « ils » ? demande Rose.

— Ceux qui nous ont placés ici, bien sûr.

— Ici où ?

— Eh bien ici, sur Terre, dans cette voiture. Les créatures invisibles qui président à la destinée du monde.

— Tu es fou, papi.

— Merci, ma chérie.

Derrière le ronronnement du moteur, Philippe perçoit des bruits qui ne collent pas avec l'esprit de cette journée.

— Ça va, on ne te dérange pas, Sasha ? demande-t-il.

— Il joue à la console, dit Rose devant l'absence de réponse de son frère.

— Oui, j'avais bien compris. Sasha, tu veux bien ranger ton truc, s'il te plaît ? Tu n'es pas avec nous et ce n'est pas très agréable.

– C'est un niveau super dur, papi.

– Je n'en doute pas, mais c'est un peu dommage de jouer aux jeux vidéo quand on pourrait discuter tous ensemble, non ?

Sasha soupire.

– Est-ce que je peux simplement terminer mon niveau, et après j'éteins ?

– D'accord, mais tu n'essaies pas de m'arnaquer, hein ? Je te fais confiance !

– Promis.

Philippe est sans doute un peu vieux jeu, mais il déteste tous ces engins qui aspirent l'attention des enfants. À dix ans, on devrait utiliser ses mains pour construire des cabanes dans les arbres, faire du vélo, tourner les pages de vrais livres en papier, et pas cliquer bêtement sur trois boutons en plastique rouge, réduisant l'Univers et ses possibilités infinies à un minuscule carré de lumière virtuelle. Il sait que Gabrielle et David veillent au grain, limitant son utilisation à cinq ou dix minutes par jour ; il ne veut pas que les enfants profitent d'être avec lui pour dépasser ce quota.

Pour les occuper, et détourner leur attention de l'objet maléfique, il organise un jeu : chaque fois qu'ils croisent une voiture blanche, il faut être le premier à dire : « Vu ! » L'activité se déroule dans un esprit bon enfant les cinq premières minutes, puis dégénère soudainement de manière incontrôlée :

– C'est moi qui l'ai vue la première !

– Non, c'est moi !

– Non, c'est moi !

– Calmez-vous, les enfants, intervient Philippe, vous l'avez dit en même temps.

– Mais papi, c'est moi, je te jure !

– Menteuse ! Menteuse ! Menteuse !

– Je ne suis pas une menteuse ! Et toi, tu es un gros idiot, et tu pues des fesses en plus !

– Bon, ça suffit, sinon on ne va pas à Disneyland !

Silence. Il regarde leurs visages dans le rétroviseur, deux visages qui ont soudainement changé d'expression.

— On va à Disney ? demande Rose, les yeux brillants.

— Seulement si vous arrêtez de vous chamailler.

De nouveaux cris éclatent, mais de joie cette fois-ci, et ils passent le reste du trajet à organiser dans le calme leur journée.

Après une demi-heure de queue pour accéder au parking et vingt minutes pour acheter les billets, ils entrent enfin dans le parc. Philippe y est déjà venu avec eux, mais leurs parents étaient aussi présents pour les surveiller. Aujourd'hui, il sent que le défi va être tout autre. À peine sont-ils passés sous le pavillon d'entrée que Sasha se précipite vers un stand de gaufres et de popcorn, et Rose vers Cendrillon, qui ressemble à une rockstar entourée de groupies (des groupies d'un mètre vingt en moyenne) hurlant son nom. « Les enfants, revenez ! Si c'est comme ça, on rentre tout de suite ! » s'égosille Philippe. Il parvient bon an mal an à les réunir, leur énonce une fois de plus les consignes de sécurité (comme ne pas s'enfuir en courant dans des directions opposées), puis ils remontent Main Street en direction du château. Sans s'attarder, ils le traversent et vont récupérer des fast-pass à l'attraction Peter Pan, qui affiche déjà près d'une heure de queue. La main de Rose dans une main, celle de Sasha dans l'autre, Philippe vole avec la jeunesse que ses petits-enfants lui font retrouver. Les précieux sésames en poche, ils filent ensuite vers le manège de Pinocchio, que Rose passe cramponnée à son bras. Philippe trouve que c'est un peu effrayant pour de jeunes enfants, et ils décident d'un commun accord de boycotter Blanche-Neige. Sasha insiste pour enchaîner avec l'attraction de Pirates des Caraïbes, mais celle des Poupées (de son vrai nom *It's a Small World*, que Philippe est incapable de prononcer correctement) est plus proche, et Rose obtient gain de cause. Cette fois-ci, elle n'est plus cramponnée à son bras, le visage à moitié enfoui dans sa chemise, mais elle se tient bien droite, les mains posées sur la proue de leur embarcation, attentive aux plus infimes détails du spectacle se jouant autour d'elle.

— Trop chiante, cette attraction, lance Sasha une fois qu'ils sont sortis.

— Déjà, on ne dit pas « chiant », corrige Philippe, c'est vulgaire. Ensuite, c'est ton avis personnel, donc on préférera : « J'ai trouvé cette attraction ennuyeuse. »

— Pitié, papi, ne fais pas comme maman. Elle est toujours en train de me reprendre sur ma façon de parler.

— Et elle a bien raison : c'est important de s'exprimer correctement. (Philippe regarde sa montre.) Il est 11 heures. Je vous propose d'aller ferrailler dans les Caraïbes pour faire plaisir à Sasha, puis de déjeuner avant qu'il n'y ait trop de monde. Qu'en dites-vous ?

Les deux enfants acceptent sa proposition, et les voilà traversant au pas de course Fantasyland et Adventureland, s'arrêtant simplement le temps de prendre quelques photos avec Tic et Tac déguisés en corsaires, car Rose met un point d'honneur à être photographiée avec tous les personnages qu'elle croisera dans le parc. Dans les couloirs sombres et humides menant aux embarcations, Sasha s'amuse à effrayer sa sœur, et Philippe ne résiste pas au plaisir de lui rendre la pareille : voyant le jeune garçon adossé contre les barreaux d'une prison où croupissent des pirates réduits à l'état de squelettes, il sort un bout de bois de son sac — « la baguette magique » de Rose, ramassée lors de leur dernière balade en forêt — et lui gratte discrètement l'épaule, non sans lancer un clin d'œil complice à sa petite-fille. Sasha pousse un cri de terreur, faisant sursauter les touristes autour d'eux et provoquant l'hilarité de Rose et Philippe. Il regarde autour de lui, gêné, puis se ressaisit et lance avec fierté :

— J'ai fait exprès de crier, pour vous faire plaisir. En vrai, je n'ai absolument pas eu peur.

— C'est pour ça que tu t'es fait pipi dessus ? demande sa sœur.

Sasha baisse la tête vers son entrejambe, et Rose en profite pour lui mettre une pichenette sur le nez.

— Je t'ai eu ! dit-elle.

Doublement humilié, Sasha se redresse, s'avance lentement vers elle, puis, la fixant du haut de son mètre trente-sept, déclare en imitant Jack Sparrow : « Lady, la vengeance est un plat qui se mange froid. La mienne sera glaciale. »

Les deux premiers restaurants qu'ils essaient sont complets, et ils trouvent finalement de la place au *Café Hyperion*, un complexe gigantesque et futuriste qui propose des formules burger-nuggets-frites convenant à tout le monde. Ils s'asseyent dans une alcôve excentrée, mais Sasha les fait changer de place lorsqu'une milice de Stormtroopers débarque sur scène au son de « La Marche impériale ». Une fois réinstallés bien au milieu pour ne rien louper du spectacle, Philippe peut enfin souffler. Il déteste l'admettre, mais il n'a plus ses jambes de vingt ans (ni même de quarante ou cinquante ans). Il se sent véritablement fatigué, d'une fatigue nouvelle, qu'il a découverte depuis peu, qui semble peser sur ses os tel du plomb, et ce ne sont pas simplement ses capacités physiques qui sont altérées, mais également ses facultés intellectuelles, car il sent bien qu'il cogite moins vite qu'avant. Quand il ouvre son livre le soir, il doit remonter plusieurs pages en arrière pour retrouver le fil de l'histoire. Il oublie des choses bêtes, sans gravité, mais qui sont la preuve qu'il n'a plus sa vivacité d'esprit d'antan − si tant est qu'il fût jamais vif d'esprit. Ces transformations sont dures à accepter, surtout quand on a eu une vie aussi intense que la sienne. Heureusement, il a ses petits-enfants, dont l'énergie et l'enthousiasme contagieux permettent certainement de ralentir le processus. Il faut s'accrocher, il n'a pas le choix. La vieillesse rôde, et il n'a pas l'intention de tomber dans ses bras sans combattre.

Après le déjeuner, tous trois enchaînent les attractions jusqu'au moment de la parade. Pour en profiter au maximum, Philippe emmène Sasha et Rose aux abords de Main Street, où la foule commence à affluer. C'est l'un des moments phare de la journée, et il veut qu'ils soient au premier rang, il veut que ses petits-enfants n'oublient rien de cette escapade ensemble à Disneyland, que chaque détail, chaque son, chaque image soient gravés au plus profond de leur mémoire. Voilà le premier char, enfin, une sorte de vaisseau spatial sur lequel dansent Mickey, Minnie, Dingo ou encore Tic et Tac, et Philippe pense un instant aux humains cachés sous les costumes. « Les pauvres, se dit-il, avec cette chaleur ! » Mais celui qu'il plaint le plus, c'est Buzz l'Éclair, dans le char juste derrière, car il trône tout en haut d'un engrenage de jouets énormes dont la surface lisse, brillante et colorée semble concentrer tout l'éclat du soleil, de sorte que la température ressentie sous sa tenue de cosmonaute doit être tout bonnement insupportable.

– Ça vous plaît ? demande-t-il, ou plutôt crie-t-il, car il faut crier pour se faire entendre, les mains posées sur les épaules de ses petits-enfants.

– Oui, c'est de la balle ! répond Sasha.

« C'est de la balle, répète Philippe, amusé. Encore une expression qu'il a dû apprendre à l'école… » Il se tourne vers le prochain char, et une sensation de froid désagréable se répand en lui. C'est le capitaine Crochet, juché sur son Rocher du Crâne, Crochet est obsédé par le son du tic-tac, et le père de Philippe aussi était obsédé par le son du tic-tac, celui de l'horloge accrochée dans le salon, 20 heures pile, à table, *Tiens-toi droit*, coup de fourchette, *C'est pour ton bien*, toujours pour son bien les coups, les menaces, le chantage. Le soir, dans son lit, il lisait *Peter Pan*. Il rêvait de s'enfuir au Pays imaginaire, et de ne jamais revenir chez lui. Parfois, il s'accoudait à la fenêtre et cherchait *la deuxième étoile à droite, jusqu'au matin*. « Vraiment, tu t'accoudais à la fenêtre ? » demande une voix. Il se retourne, il n'y a personne. « Tu es sûr que ce n'est pas hier, plutôt, que tu t'es accoudé à la fenêtre ? » Une bouffée de chaleur l'envahit. Il regarde autour de lui et quelque chose lui échappe. Il ne sait plus où il est. Il est immobile, et il sent des tremblements de voix et de couleurs, ses pieds enfoncés dans le sol, des bourdonnements, un grand vertige qui ébranle ses cellules. « Concentre-toi », s'ordonne-t-il, mais son propre esprit est un point blanc qui flotte, le point d'une interrogation en forme de crochet, un rire sardonique, une lame glacée qui le transperce. Il a envie d'appeler à l'aide. Dans son lit, avec ou sans fenêtre, la nuit, la lune, une demi-lune géante sous laquelle oscille un navire, *Au secours, je suis perdu !* Sa bouche expire du muet, du silence. *Putain de merde, je suis où ? Et qu'est-ce que tu fiches ici, Peter ?* Sensation de fuite, de néant, d'une obscurité infinie qui enroule ses tentacules le long de sa colonne vertébrale. Il a envie de pleurer, de se recroqueviller sur lui-même en attendant qu'on vienne le chercher. Petit enfant perdu.

Au bout de ses doigts. *Réfléchis.* Au bout de ses doigts, il y avait quelque chose. Il doit s'accrocher à cela, à ce mince fil d'existence dans la vibration du rien. *Tire le fil. C'est le soleil, il t'a trop tapé sur la tête.* Il serre les doigts, il met toute la force possible dans ses doigts pour attraper ce minuscule fil, et il tire, il tire, il tire, il se tracte hors du néant, son cerveau contracté tel un muscle en plein effort, et, lentement, il sent les choses se recomposer en lui, Rose, Sasha, Disneyland, le puzzle de cette journée prend à nouveau forme, et il réalise avec un nouvel effroi qu'il ne sent plus les épaules de ses petits-enfants sous la paume de ses mains. Combien de temps s'est-il absenté ? La parade n'est pas terminée, alors ce ne peut être bien longtemps. Quelques minutes tout au plus. Il regarde autour de lui : beaucoup d'enfants, mais pas les siens. « Bordel... » Sensation de bourdonnement dans la tête. D'étranglement. « Rose ? Sasha ? » Il crie, on se tourne vers lui, des touristes étrangers qui doivent se demander ce qui lui prend. Les hypothèses les plus folles lui passent par la tête, la plus terrifiante de toutes étant qu'ils se soient fait enlever, mais par qui, qui viendrait kidnapper des enfants à Disneyland ? Tout ça à cause d'un coup de chaud ! Il recule, court vers la droite, puis vers la gauche, mais c'est une marée de casquettes qui se ressemblent, autant chercher une aiguille dans une botte de foin. Il s'appuie contre une devanture, essaie de rationaliser la situation. Sasha et Rose ne se laisseraient pas kidnapper aussi facilement. Ils hurleraient, se débattraient, et des adultes leur viendraient en aide. Sauf s'ils ont été amadoués comme Pinocchio par Grand Coquin et Gédéon, mais ils n'ont plus l'âge de se laisser amadouer, pas Sasha en tout cas. Il aperçoit un banc, non loin. Il s'y précipite et grimpe dessus. « Rose ? Sasha ? Les enfants ? » On se tourne de nouveau vers lui, regards agacés des spectateurs qui veulent profiter du show et pas entendre un vieux fou brailler. Une femme s'approche, la trentaine, serre-tête Minnie sur la tête, sourire bienveillant.

— Vous cherchez vos petits-enfants ? demande-t-elle.

— Oui !

— Ils sont avec nous, venez.

Philippe descend du banc, encore un peu tremblant. Peut-être Minnie s'est-elle trompée ? Peut-être s'agit-il d'autres enfants qui se sont aussi perdus ? Non, ce sont bien eux, il les aperçoit assis par terre, mais qui se lèvent, soudain, et courent dans sa direction. Il s'accroupit, les prend dans ses bras.

— Où étiez-vous passés ? demande-t-il. Je vous ai cherchés partout !

— Mais papi, c'est toi qui nous as dit de suivre Peter Pan, répond Sasha.

Instant de doute. Est-ce qu'il le fait marcher ?

— Je ne suis pas tellement certain d'avoir dit cela, répond Philippe.

— Si papi, ajoute Rose, tu l'as dit. Tu as dit qu'il fallait le suivre avant qu'il ne soit trop tard, qu'il ne reviendrait peut-être plus jamais.

Ses yeux disent la vérité. Et Philippe n'a pas envie qu'ils le prennent pour un fou, alors il répond :

— C'était une métaphore, les enfants.

— C'est quoi une métaphore ?

— C'est quand on utilise une image pour exprimer une idée.

— Je ne comprends pas, papi.

Lui non plus ne comprend pas. Il ne comprend pas ce qu'il s'est passé.

— Je vous expliquerai plus tard. En attendant, est-ce que vous aimeriez un cadeau dans cette belle boutique là-bas ?

Détourner leur attention. Leur faire oublier qu'il les a envoyés tout seuls dans la foule à Disneyland. Se donner le temps de réfléchir et d'analyser.

Le soir, ils dînent tous les trois devant la télé, un dessin animé Disney, pour rester dans le thème de la journée. Philippe pense à ce qu'il s'est passé au parc, pendant la parade, et plus il y pense, plus il est persuadé que c'est lié à la chaleur. Il a regardé sur Internet, et il présentait la plupart des signes d'une insolation : fatigue, vertige, accélération de la fréquence cardiaque, soif intense. Est-ce qu'il avait soif ? Certainement, oui. Après le dessin animé, il couche Rose et Sasha dans l'ancienne chambre de Gabrielle. Les enfants lui demandent de leur raconter une histoire, ce qu'il peine à faire. Ses idées ne s'imbriquent pas correctement les unes dans les autres, il cherche à plusieurs reprises ses mots, et il finit par s'énerver tout seul.

— Ce n'est pas grave, papi, ça arrive d'être fatigué, dit Rose en lui caressant la joue.

Elle ressemble à sa mère, et dans le rayon de lumière si particulier que projette la lune dans la chambre, sur le papier peint qui n'a jamais changé, il croit en effet voir Gabrielle. Elle avait la même douceur, elle aussi lui caressait les cheveux et les joues, et elle lui disait en murmurant au creux de l'oreille : « Je t'aime, mon petit papa chéri. »

Il ferme la porte et reste un instant dans le couloir à écouter les rires de ses petits-enfants, les mains sur les hanches, les yeux fixés sur la moquette, tout emplis d'un doute sombre et nébuleux. Puis il descend dans le salon et débarrasse les plateaux-repas. Au-dessus de l'évier, la fenêtre teintée de nuit lui renvoie son image, l'image d'un vieil homme qui n'a pas vu le temps passer, soixante-treize années qui ont filé à toute vitesse, avec leurs joies, leurs drames, et puis leur indifférence presque insultante, car le temps se moque bien d'envoyer des hommes et des femmes à la mort, il continue d'avancer, c'est tout. Il se baisse pour lancer le lave-vaisselle et reste un instant immobile, le doigt en suspens devant deux boutons, *c'est lequel déjà*, bizarre d'hésiter pour un truc aussi con, puis il appuie au hasard. Après quoi il monte se laver les dents, enfile son pyjama et se met au lit. À travers la cloison, il entend les voix de Rose et de Sasha, et son ventre se serre. Il est en colère contre lui-même, contre son corps qui l'a abandonné aujourd'hui. Ce n'est pas la première fois, mais jusqu'à présent c'était pour des broutilles sans conséquence, absolument rien de comparable avec le fait d'envoyer ses petits-enfants se perdre dans une foule. Il a passé un marché avec eux pour qu'ils ne disent rien à leur mère. Il a si peur qu'elle ne veuille plus les lui confier, ce serait la chose la plus terrible, ne plus pouvoir s'occuper de ses petits-enfants. Et puis il ne veut pas l'inquiéter. Lui, il sait que ce n'est rien. Qui n'oublie pas ses clés de temps en temps ? Ou son rendez-vous chez le médecin ? Quant à aujourd'hui, elle en ferait toute une histoire, alors que c'était *juste un coup de chaud*. « Juste un coup de chaud », répète Philippe, fermant les yeux et se tournant sur le côté, vers l'oreiller de Sophie, cet oreiller à la taie blanche et rose qu'il omet de parfumer pour la toute première fois en quarante-quatre ans.

# Chapitre 30

Ses talons dans une main, son imper dans l'autre, Gabrielle serpente entre les Playmobil éparpillés dans le salon.

– Rose, je t'avais demandé de ranger, dit-elle d'une voix agacée.

– Mais maman, je n'ai pas fini de jouer !

Elle ne répond pas, s'arrête devant le miroir de l'entrée, examine une nouvelle fois ses cheveux, décidément aujourd'hui ils refusent d'obéir, c'est bien sa veine, déboutonne puis reboutonne l'avant-dernier bouton de son chemisier, enfile ses chaussures, remarque que celle de droite a une tache, une tache blanche, tout à fait horrible, sur le contrefort en cuir noir, elle se tourne vers ses enfants et demande :

– C'est vous qui avez fait ça ?

Ils se regardent en silence. Oui, ce sont eux. Elle soupire, retire ses talons, ouvre son placard. Un baiser dans le cou, parfum de sommeil et de café.

– Ça va aller, ma chérie, lui dit David encore en peignoir.

– Si je me rate, je peux oublier la présidence. Sushard aura le terrain dégagé.

– Tu ne vas pas te rater. Tu ne te rates jamais.

Gabrielle regarde ses pieds. Non, ça ne va pas.

– Apporte-moi mon tailleur gris, s'il te plaît.

David obéit, elle se change, oui c'est mieux, beaucoup mieux.

– Tu pourras aller voir papa après avoir déposé les enfants à l'école ? Il n'était pas en forme hier soir.

– Oui, évidemment.

Il marque un silence et ajoute :

— Ce serait peut-être bien qu'il ait un peu de compagnie dans la journée. J'ai l'impression qu'il a de plus en plus de mal à faire certaines choses.

— C'est prévu, répond Gabrielle. Je rencontre une jeune femme aujourd'hui.

Il l'embrasse à nouveau.

— Je suis fier de toi. Je sais à quel point c'est difficile.

Ne pas pleurer. Pas maintenant, après tout le temps passé à se maquiller.

— Ça va aller, dit-elle simplement, enfilant son imper qui a aussi une petite tache, mais tant pis, ça fait partie de sa vie de maman.

Elle embrasse ses enfants, se réfugie un instant dans les bras de David, inspire un bon coup, puis ferme une partie de son cerveau et en ouvre une autre, c'est comme ça qu'elle fait, qu'elle a toujours fait, elle s'autorise à être stressée et à avoir peur avant, mais le jour J, c'est une lionne. Le taxi attend en bas de l'immeuble. Elle aurait pu prendre la voiture, mais elle veut relire ses notes au calme et ne pas devoir tourner pour trouver une place. C'est une voiture large et confortable. L'intérieur en cuir baigne dans une senteur d'eucalyptus. Avant, quand elle avait une échéance, et s'il n'était pas déjà présent à ses côtés, elle appelait son père. Il avait toujours les bons mots pour l'encourager. Aujourd'hui, elle ne va pas l'appeler. Cela lui demanderait trop d'efforts, et elle doit garder ses forces pour son rendez-vous à venir. De toute manière, elle le voit ce soir. Comme tous les soirs ou presque depuis quelques mois.

Thomas Fontenelle travaille et habite dans un hôtel particulier du XVI<sup>e</sup> arrondissement de Paris. Gabrielle sonne puis attend devant la grande porte noire, son cœur cognant dans sa poitrine tant elle a envie d'en découdre, de montrer à ce Fontenelle qui elle est, et pourquoi c'est elle qui devrait être choisie pour le poste de PDG. La porte s'ouvre sur une allée en pierres blanches, et elle repense inopinément à Hiro, qui parlait du ciel comme d'un *terrain de pierres blanches* sur lequel naviguaient ses ancêtres. Le Pérou et la

Polynésie lui semblent si loin, déjà. Un peu plus d'un an qu'ils sont rentrés de leur voyage. L'autre jour, son père lui a dit que « ça avait l'air beau » en regardant les posters accrochés dans sa cuisine. Puis il lui a fait un clin d'œil, et elle ne sait toujours pas aujourd'hui s'il plaisantait ou pas. Elle préfère ne pas savoir.

Une hôtesse la conduit vers une petite salle d'attente rendue très lumineuse par la présence de grandes fenêtres aux croisillons blancs. Les murs sont décorés de quelques tableaux, dont un Matisse à la composition sublime qui représente un paysage du sud de la France. Le genou de Gabrielle bouge tout seul, pressé de se lever. Celle-ci trépigne, comme elle trépignait avant un combat de boxe, les yeux rivés sur son adversaire, qui pouvait perdre à ce moment-là, avant même d'enfiler ses gants, mais aujourd'hui son adversaire est derrière une porte, il pèse plusieurs millions d'euros et cinquante ans d'expérience dans l'industrie automobile, et, surtout, il connaîtrait apparemment le père de Sushard de longue date, ce qui expliquerait selon des sources bien informées son choix de soutenir le fils. Toujours, elle devra composer avec ce copinage. Même en ayant elle-même fait Polytechnique, même en ayant développé son réseau par ses propres moyens, il y a des histoires dont la généalogie remonte à trop loin, des histoires d'hommes, surtout, et *elle n'est qu'une femme*, fille d'ouvrier de surcroît.

Enfin, la porte s'ouvre. Deux yeux gris, un veston en tweed boutonné sur une chemise blanche à col italien, une main ferme.

– Bonjour Gabrielle, et vraiment désolé de ce retard. Entrez donc.

Son bureau doit faire la taille d'un ring, mais la décoration aux airs de ryokan japonais est plus une invitation à méditer qu'à combattre.

– Je peux vous servir quelque chose ? Un café ? Du thé, peut-être ?

– Je veux bien du thé, merci.

Il ouvre un coffret en bois laqué et sourit devant son air surpris.

– Je suis un passionné. Celui-ci, dit-il, est tout à fait exceptionnel. Je l'ai acheté dans une petite boutique à Kyoto, au cœur du *gion*. C'est un thé vert *Ichibancha*, récolté dans la province de

Miyazaki, dans le sud du Japon. Ses notes végétales de sakura mochi et iodées sont absolument uniques.

– Ce serait un honneur pour moi d'y goûter, répond Gabrielle.

Fontenelle s'approche d'une console sur laquelle est disposé tout le matériel nécessaire, puis se lance dans la préparation du thé. Lorsque ce dernier a terminé d'infuser, il le verse dans deux tasses en grès, puis s'assied en face de Gabrielle, dans un fauteuil en toile écrue. Quelques secondes s'écoulent, le temps pour chacun de boire une gorgée, puis il lève ses yeux vers elle.

– Gabrielle, dit-il, je vous ai conviée chez moi car j'ai un grand respect pour ce que vous avez accompli au cours des dernières années, et il me semblait important de vous rencontrer afin de vous expliquer mon choix.

Gabrielle n'aime pas ce qu'elle vient d'entendre. Ces quelques mots sont comme des crochets qui la poussent dans les cordes. Elle décide d'esquiver et de contre-attaquer :

– Et je vous remercie sincèrement de m'avoir invitée, dit-elle. J'ai apporté avec moi quelques documents qui synthétisent la vision que j'ai pour l'entreprise, et je…

D'un geste de la main, il lui fait comprendre qu'il est inutile qu'elle les sorte de leur pochette.

– Quand on arrive à un certain niveau de responsabilités, ce ne sont plus les compétences ni les projets qui font la différence, dit-il. D'ailleurs, je suis absolument persuadé que vous avez toutes les qualités requises pour diriger cette entreprise.

Il se tait un instant, semblant réfléchir à la manière dont il va formuler sa prochaine phrase, et plus il la regarde, plus Gabrielle se sent petite, impuissante, tout emplie d'une colère misérable qu'elle sera incapable d'exprimer devant lui.

– Je vais être totalement transparent avec vous : c'est moi qui ai conseillé à Patrice de se présenter pour la succession de Benoît.

Silence. Ce n'est pas un crochet cette fois-ci, c'est un uppercut, une frappe silencieuse, chirurgicale, qui disperse ses pensées.

– Il y a trente-cinq ans, son père a changé ma vie, alors, aujourd'hui, c'est à moi de changer la sienne. À vos dépens, malheureusement, mais j'espère que vous ferez le choix de rester dans l'entreprise. Je pense que vous êtes talentueuse, très talentueuse, et Patrice aura besoin de vous pour traverser les crises qui s'annoncent pour notre industrie.

À une autre époque, Gabrielle se serait relevée. Elle aurait tout fait pour convaincre Fontenelle qu'il faisait fausse route, que c'est elle qu'il fallait choisir puisqu'elle était *si talentueuse que cela*, que ça ne lui poserait pas de problème d'intégrer Sushard à son Comex en tant que directeur international, elle ne l'aurait pas lâché car ce poste de présidente, c'était ce pour quoi elle s'était battue toute sa vie, et même si au final il n'aurait certainement pas changé d'avis, elle serait au moins repartie avec la satisfaction d'avoir tout donné, tout essayé, avec la rage de lionne qui la caractérisait. Mais hier soir, elle a dû annoncer à son père qu'il ne pouvait plus conduire, et toute la nuit, au lieu de penser à son rendez-vous avec Fontenelle, elle a pensé *à lui*, à son regard si triste quand il cherchait ses clés dans les poches de son manteau, à ses chaussons qui frottaient le parquet, et la Gabrielle d'aujourd'hui n'a pas l'énergie nécessaire pour s'engager dans un (autre) combat perdu d'avance. Le sang qui commençait à lui monter à la tête reflue lentement et, avec une sorte de fatalité amusée, elle réalise quelle petite mouche elle est dans la toile gluante du patriarcat. Fontenelle est une grosse araignée, et Sushard est une grosse araignée aussi, et l'industrie automobile, comme tant d'autres industries, grouille d'araignées qui mangent les petites mouches comme elle. Elle regarde les papiers qui dépassent de sa sacoche et elle a presque envie de rire. Tous ces diplômes, ces sacrifices, ces meetings jusqu'au bout de la nuit, toutes ces remarques sexistes essuyées au fil des ans, ces dîners d'affaires aux quatre coins du monde, ces matinales sur Europe 1 ou RMC à défendre l'entreprise, tout cela pour finir dans ce fauteuil capitonné à boire du thé et s'entendre dire qu'elle « a du talent » et que « Patrice va avoir besoin d'elle ». Elle a vraiment envie de rire, tout à coup, un rire qui serait extrêmement mal venu, mais Fontenelle lui semble devenu tellement grotesque et caricatural, *vas-y, raconte-moi ta petite histoire, raconte-moi comment tu es devenu le meilleur ami de je ne sais qui, lui-même parrain de je ne sais qui, et que vous êtes tous les meilleurs copains du monde, et que c'est pour ça que c'est Sushard qui doit devenir président parce que tu comprends il est comme un fils pour moi.*

Évidemment, ce n'est pas ainsi qu'elle le formule, et Thomas Fontenelle, du haut de ses soixante-douze ans, se met à lui raconter avec mille détails croustillants cette journée de février 1984 où, lors d'une convention commerciale à Barcelone, il a rencontré René Sushard, le père de Patrice, alors *General Manager* de la filiale espagnole et futur directeur international, et comment celui-ci l'a immédiatement pris sous son aile, devenant en quelque sorte son mentor et l'aidant à gravir les échelons, et comment depuis sa mort il y a cinq ans, il s'est donné comme mission de rendre la pareille à son fils. Et plus il avance dans son récit, moins Gabrielle l'écoute, car elle vient de recevoir un message de Pauline, la jeune étudiante qui serait intéressée pour vivre chez son père, Pauline qui lui dit qu'elle est arrivée avec un peu d'avance et qu'elle l'attend en prenant un café, et tout à coup Gabrielle réalise que, *oui, ça y est*, la maladie est en train de changer leur vie, et que c'est peut-être une bonne chose qu'elle ne devienne pas présidente après tout, car cela ferait beaucoup de changements d'un coup.

Sur le chemin menant au café où l'attend Pauline, elle tente d'analyser ce qu'elle ressent. Elle ne sera pas présidente-directrice générale, c'est une certitude maintenant. Elle trouve cela injuste, car elle l'aurait mérité, après tout ce qu'elle a fait pour l'entreprise, mais l'injustice est un sentiment qui a déjà si vastement métastasé son cœur qu'il ne lui fait pas verser une larme. C'est pour son père qu'elle est le plus triste. Elle aurait tant aimé lui annoncer la nouvelle, tant aimé voir la fierté briller une dernière fois dans ses yeux, et puis organiser cette cérémonie qu'elle avait en tête pour rendre hommage aux petites mains de l'entreprise, aux héros de l'ombre, aux gens comme son père qui avaient cravaché toute leur vie pour produire des voitures et satisfaire les actionnaires. Peut-être pourrait-elle convaincre Sushard de le faire ? Si elle reste directrice internationale, elle aura son mot à dire sur les décisions de l'entreprise.

Elle arrive devant le café, s'arrête un instant, respire. L'air entre dans ses narines et monte vers ses yeux, se transforme en brouillard, son cœur tambourine, il tambourine encore plus fort que quand elle attendait devant le bureau de Fontenelle, et elle ne sait pas pourquoi il bat aussi fort, c'est absolument stupide mais elle n'arrive pas à le calmer, et pourtant il faut qu'elle le calme sinon elle risque de fondre en larmes devant Pauline, et c'est bien la dernière chose qu'elle souhaite. Elle pousse la porte et son regard se dirige immédiatement vers le fond, vers une jeune fille qui a le nez plongé dans un livre, une jeune fille avec de très longs cheveux roux et des lunettes de soleil vert pâle qui tiennent ses cheveux en arrière comme un serre-tête, ce n'est pas ainsi qu'elle l'imaginait, *Pauline*, il n'y avait pas la flamboyance du roux dans ce prénom, et puis que lit-elle d'abord ? Une fille qui va vivre avec son père ne peut lire n'importe quoi, Pauline ferme le livre et se lève, Haruki Murakami, son auteur favori, « Pas mal », pense Gabrielle qui accepte de s'asseoir, même si elle se serait assise dans tous les cas, car *on ne juge pas un livre d'après sa couverture*.

Elle l'observe un instant, Pauline. Pauline qui va peut-être dormir dans son lit, se laver et s'épiler dans sa douche, prendre son petit déjeuner sous les affiches du Machu Picchu et de Bora-Bora, torrent de flammes rousses qui va se déverser chez eux, et il faudra qu'elle s'y fasse, chaque fois qu'elle ira voir son père il y aura cette présence nouvelle, nécessaire, si belle, car Dieu que Pauline est belle avec ses yeux noisette et ses cheveux roux, et même quand elle ne sera pas là il y aura partout les traces de son quotidien, ses robes d'été dans le placard de sa chambre, sa trousse de toilette dans la salle de bains, ses manteaux, ses chaussures, ses tampons, toute cette vie matérielle qu'une femme du XXI$^e$ siècle emporte avec elle où qu'elle aille, surtout si elle s'y installe pour plusieurs mois, voire plusieurs années, car Pauline, la toute jeune Pauline, n'a que vingt ans, elle commence à peine ses études de médecine.

– Vous aimez la musique ? Mon père aime beaucoup la musique, des choses un peu anciennes : Johnny, les Bee Gees, ce genre de choses. Il faut lui mettre de la musique, les médecins disent que c'est très bon pour lui, surtout si ça lui rappelle des souvenirs.

– Eh bien, je pense que nous allons très bien nous entendre, répond Pauline, car moi aussi je n'aime que les vieilles musiques ! La plupart de mes amis écoutent Angèle, PNL ou Niska, mais moi je suis plus branchée sur Nostalgie ou Chérie FM.

Elle est parfaite, il n'y a rien à redire. Cultivée, organisée, fille d'une dentiste et d'un chef cuisinier, elle coche toutes les cases. Des onze candidats que Gabrielle a rencontrés, c'est la seule à qui elle pourrait ouvrir les portes de leur maison, de leur intimité. À la fin du rendez-vous, elle lui propose de venir déjeuner le lendemain chez eux, ce sera la dernière étape, et si celle-ci se passe bien, si son père donne son accord et si elle-même, Pauline, se sent à l'aise, ils feront un essai sur quelques jours, avant d'envisager une installation à plus long terme.

– Est-ce que cela vous convient ? demande Gabrielle.

– Cela me convient parfaitement, répond Pauline. J'ai un peu étudié Alzheimer, et c'est une maladie qui nécessite pour le patient des relations humaines chaleureuses, authentiques, de confiance. Si ce n'est pas ce que ressent votre père à mon égard, alors c'est que je ne suis pas la bonne personne.

Parfaite, vraiment.

Gabrielle avait prévu de passer au bureau, mais évidemment elle serait obligée de raconter à son équipe ce qu'il s'est passé avec Fontenelle, et elle ne s'en sent ni l'envie ni la force, alors à la place elle commande un taxi et lui donne l'adresse de son père. Elle n'a pas aimé l'état dans lequel elle l'a laissé la veille après lui avoir pris ses clés de voiture. Au bout d'une heure de route dans les embouteillages, ils arrivent dans l'avenue du centre-ville où des buildings d'habitations flambant neufs côtoient les vieux commerces tenant tête aux promoteurs immobiliers. Gabrielle, qui vient de se rappeler qu'elle doit acheter des médicaments pour son père, demande au chauffeur de s'arrêter devant la pharmacie. Donépézil, Rivastigmine et Galantamine : ils n'empêchent pas la maladie de progresser, mais ils ont apparemment une certaine efficacité d'un point de vue clinique, surtout quand ils sont pris dès le début de la maladie. Elle entre dans l'établissement et s'avance vers le comptoir, tenu par deux jeunes femmes qu'elle n'avait jamais vues auparavant. Quand elle était petite, elle venait acheter ses tétines et ses pansements pour genoux écorchés dans cette pharmacie, puis elle y a acheté ses pilules contraceptives, ses bandes dépila-toires, et même des préservatifs, une fois, un peu honteusement, et aujourd'hui elle vient chercher des médicaments pour son père. Cette pharmacie, plus que tous les autres commerces de leur petite ville, est le témoin des infimes et gigantesques bifurcations qu'ont pris leurs existences au cours des cinquante dernières années.

Elle sort l'ordonnance de son sac et la tend à la pharmacienne. Cette dernière pianote quelques instants sur son ordinateur, puis part à la recherche des médicaments dans les rayons de son arrière-boutique. Pendant ce temps, Gabrielle ouvre le portefeuille de son père afin de préparer sa carte Vitale. « Comment veux-tu qu'il s'y retrouve là-dedans… » marmonne-t-elle, remuant les liasses de papiers qui dépassent de tous les compartiments. Pêle-mêle, elle trouve trois cartes bancaires, dont deux sont périmées, une vingtaine de cartes de fidélité, des tickets de caisse et de parking dont le plus ancien remonte à juin 2013 (plus de six ans en arrière !), des photos (une de sa mère, quatre d'elle : bébé, enfant, adolescente puis à son mariage), et tout au fond, derrière un tas de bons de réduction, une carte de visite. Gabrielle la regarde de longs instants, se demandant quel genre de tour le destin est encore en train de lui jouer. Car la carte de visite cachée dans le portefeuille de son père est celle de Thomas Fontenelle, une vieille carte aux bords jaunis et élimés, qui le présente sous le titre de « Responsable commercial export ». Elle ferme et ouvre les yeux plusieurs fois, mais c'est toujours le même nom qui apparaît devant son regard : Thomas Fontenelle, et cela lui semble tellement absurde, tellement *improbable*, qu'elle sent un fou rire lui chatouiller les lèvres, un fou rire nerveux, oh comme ça lui ferait du bien de rire, d'expulser un peu toutes ces choses accumulées en elle, mais que penserait la pharmacienne qui vient de poser les boîtes de médicaments devant elle, y a-t-il vraiment matière à rire ? Fille indigne ! Non, il faut qu'elle serre le ventre et qu'elle se retienne, elle n'a pas le choix si elle veut pouvoir remettre les pieds dans cette pharmacie sans mourir de honte.

\*

Philippe et David sont installés sous le cerisier du jardin, autour d'une carafe de limonade qui brille de reflets jaune pâle. Ils ne l'ont pas entendue arriver, alors Gabrielle en profite pour les regarder depuis la porte vitrée du salon, l'un encore jeune, bien que plus tout à fait jeune, l'autre avec son chapeau style borsalino acheté au Pérou, et un souvenir lui traverse l'esprit, celui d'une lointaine journée de printemps où elle s'était adossée comme aujourd'hui à l'encadrement de la porte, et où elle avait observé pendant de longues minutes son père discuter avec David, se demandant si ce dernier était enfin le bon, l'homme avec qui elle ferait sa vie et aurait peut-être des enfants. Elle se souvient qu'elle était très nerveuse, car elle misait beaucoup sur lui, et après le désastre Benoît, *il fallait* que ça se passe bien avec son père, c'était une condition nécessaire s'ils voulaient franchir une nouvelle étape dans leur relation. « C'est *lui*, ne t'inquiète pas », murmure-t-elle, comme si ces quelques mots pouvaient traverser les années la séparant de la jeune Gabrielle et apaiser son cœur qui battait la chamade.

– Bonjour, les garçons ! lance-t-elle, traversant le jardin dans leur direction. Papa, j'ai posé ton sac de médicaments sur la table de la cuisine, d'accord ?

Il n'est pas bien. Elle le sent à son regard, sa posture, sa voix quand il répond :

– Merci, P'tit Loup.

– Il faudra bien les prendre, d'accord ? Si Pauline s'installe ici, elle t'y fera penser.

– Pauline ?

– Oui, tu sais, la jeune étudiante que j'ai rencontrée ce matin. On en a parlé.

Il hoche la tête.

– Et alors ? demande David pour l'aider un peu. Comment tu l'as trouvée ?

– Très bien. Une jeune femme sérieuse, bien élevée. La tête sur les épaules. Je lui ai proposé de venir déjeuner, si tu acceptes toujours de la rencontrer.

– Comme tu voudras, répond Philippe, haussant les épaules.

– Non, pas « comme je voudrai », papa, s'agace Gabrielle. Il faut que tu sois d'accord. C'est un gros changement, qui te concerne en premier lieu. Je ne veux rien t'imposer, nous en avons déjà discuté.

– Je ne sais pas.

Gabrielle regarde David. Un appel à l'aide auquel il répond avec son calme habituel :

– Ça ne mange pas de pain de la rencontrer, n'est-ce pas Philippe ? Tu te plains souvent que tu te sens seul en semaine, c'est l'occasion d'avoir un peu de vie chez toi ! En plus, son père est chef cuistot, donc avec un peu de chance elle pourra te préparer de bons petits plats. C'est un peu le deal, non ? Elle ne paie pas de loyer, et en contrepartie, elle te facilite le quotidien.

Quelques secondes s'écoulent, très pénibles pour Gabrielle car son père reste obstinément silencieux, le regard fixé devant lui, l'ombre de son chapeau couvrant une expression d'indifférence totale.

– Je serais rassurée, dit-elle, de savoir qu'il y a quelqu'un qui vit ici avec toi. Tu m'as souvent répété que tu ne voulais pas devenir une charge pour moi. Ce serait un moyen de me libérer l'esprit et de me concentrer sur ma carrière.

Elle a ajouté cette dernière phrase à dessein, pour le faire réagir. Stratégie payante, car il tourne aussitôt les yeux vers elle et demande :

– Au fait, David m'a dit que tu avais un rendez-vous avec… comment s'appelle-t-il déjà…

— Fontenelle.

— Oui, c'est ça, Fontenelle. J'ai voulu t'envoyer un petit mot d'encouragement, mais entre le moment où j'y ai pensé, et celui où… enfin…

Elle s'assied près de lui et pose une main sur la sienne.

— Ce n'est pas grave, papa. De toute façon, ça n'aurait rien changé.

— Comment ça ?

— Fontenelle avait déjà fait son choix, il soutient Patrice Sushard.

— Oh…

N'y tenant plus, Gabrielle sort la carte de visite qu'elle a glissée dans sa poche, et la pose entre eux sur la table.

— En parlant de Fontenelle, dit-elle, regarde ce que j'ai trouvé tout à l'heure dans ton portefeuille. Est-ce que ça te dit quelque chose ? Car il semblerait que tu le connaisses depuis bien plus longtemps que moi.

Philippe attrape la carte et l'observe en silence.

— Dans mon portefeuille, tu dis ?

— Oui.

— Ça recommence.

— Qu'est-ce qui recommence ?

Il regarde autour de lui, puis lui fait signe d'avancer, *plus près, voilà, il ne faut pas qu'on nous entende.*

— Je crois que c'est David, murmure-t-il. Non, ne le regarde pas ! Je ne veux pas qu'il pense que je le soupçonne.

— Comment ça, David ?

— Eh bien, à chaque fois qu'il vient ici, il y a des choses qui disparaissent. Ou que je retrouve à des endroits ficelés.

— Ficelés ?

— Bizarres, quoi.

— Et tu penses que c'est David qui a mis cette carte dans ton portefeuille ?

— Oui, pour nous embrouiller la tête.

Ils continuent de chuchoter, Gabrielle jette des coups d'œil vers David qui fait mine de ne pas regarder, mais elle sait que son attention est dirigée vers eux.

– Papa, je ne crois pas que David ferait ce genre de choses.

Silence. Philippe tire sa fille vers lui, elle sent les poils drus de sa moustache lui chatouiller l'oreille, l'odeur de son parfum aux notes de vétiver.

– Tout à l'heure, je l'ai vu mettre quelque chose dans sa poche.

– Et alors ?

– Je pense que c'était un objet qui m'appartenait. Demande-lui. Dis-lui de montrer ses poches.

Gabrielle ignore ce qu'elle doit faire. C'est la première fois qu'elle est confrontée à une telle situation.

– Non, papa, je ne vais pas demander à David de nous montrer ses poches. Il n'a jamais rien volé de sa vie, et ce n'est pas maintenant qu'il va commencer. Surtout son beau-père, tu penses bien !

Il la regarde, et dans ce regard elle sent une lutte muette, l'effort terrible d'un esprit en proie à de multiples contradictions et qui cherche un peu de sens, du contact, autre chose que les paroles réprobatrices d'un esprit sain à un esprit qui l'est de moins en moins. Gabrielle sourit et le prend dans ses bras, et elle ferme les yeux, ces yeux qui ont tant envie de pleurer, de purger la tristesse, la colère, la peur qui engorgent son cœur, mais elle refuse de pleurer, elle pleurera plus tard, seule, sous la douche.

Dans la voiture, elle craque. Impossible de se retenir davantage. David s'arrête sur le bas-côté, détache sa ceinture et la serre contre lui.

– Je suis désolé, murmure-t-il.

– Ça va trop vite ! Il y a encore quelques mois, quelques semaines, il était bien ! Je veux dire… il avait des absences, mais… bordel, il t'a accusé de le voler !

David reste silencieux un instant, caressant et embrassant doucement ses cheveux. Puis il dit :

— Malheureusement, les médecins nous ont prévenus. La maladie évolue, et de nouveaux symptômes vont se manifester.

— Mais pas aussi tôt ! s'écrie Gabrielle, les joues ruisselantes. Ils ont dit que ça pouvait prendre des années, que…

— Ils ont aussi dit que ça pouvait se dégrader rapidement puis stagner, avant de se dégrader à nouveau. Il n'y a pas de règle.

Ce n'est pas ce que Gabrielle a envie d'entendre. Elle ne sait pas ce qu'elle a envie d'entendre. Elle est inquiète d'avoir laissé son père seul.

— Fais demi-tour, dit-elle, s'essuyant les yeux.

— Comment ça ?

— J'y retourne. En attendant que Pauline arrive, je n'ai pas envie qu'il soit seul.

— Je comprends, chérie. Tu veux que j'aille te chercher des affaires ?

— Non, j'ai tout ce qu'il faut là-bas.

David la dépose devant la maison quelques minutes plus tard. Elle l'embrasse, claque la portière et regarde la voiture s'éloigner, son gentil et tendre mari qu'elle n'a pas envie d'entraîner dans tout cela, qu'il aille s'occuper de la maison, de leurs deux beaux enfants, qu'il aille rire et jouer aux Playmobil, sa place à elle est ici.

— Je croyais que tu étais partie, dit Philippe.

— Je vais rester dormir cette nuit.

— Pourquoi ?

— Pour passer du temps avec toi. Je n'ai pas le droit ?

Il sourit et soudain elle le retrouve, il est là, son papa.

Elle ne peut s'empêcher de l'observer, d'analyser le moindre de ses faits et gestes, guettant toute attitude qui s'écarterait de la « normale ». Elle lui propose d'aller se balader, mais il refuse. Il refuse également de jouer aux cartes, de regarder des albums photo, il refuse tout, mais manifeste une joie soudaine lorsque les enfants des voisins viennent sonner à sa porte pour récupérer le ballon de foot qu'ils ont envoyé dans son jardin. « Ce sont des bons petits », dit-il, puis il retourne s'asseoir dans le canapé, les yeux rivés sur l'écran de télévision. Le soir, Gabrielle lui prépare à dîner, des pizzas maison, clin d'œil à leurs soirées du vendredi où ils dévoraient des Margaritas en regardant un dessin animé, Disney de préférence, mais pas *Peter Pan*, elle n'a jamais su pourquoi.

— Tu te rappelles ? dit-elle, évoquant ces moments du passé.

— Bien sûr que je me rappelle, répond Philippe, et elle espère de tout son cœur que ce soit vrai.

Il part se coucher au milieu du film, sans un mot, elle doit le rattraper pour lui souhaiter bonne nuit. Elle-même regarde la télévision encore dix minutes, puis éteint. Sans lui, ça n'a pas la même saveur. Elle débarrasse leurs assiettes et dans le silence de la cuisine elle pense à toutes ces fois où lui-même était dans cette cuisine, pendant qu'elle dormait dans sa chambre, elle ne s'en rendait pas compte à l'époque, elle ne pensait pas à son petit papa tout seul en bas en train de laver la vaisselle, mais aujourd'hui elle y pense, et son estomac est douloureux car elle l'aime tellement, il a tant fait pour elle, et cet homme si bon et merveilleux est en train de disparaître, de s'amenuir. « Et merde, comment je vais faire ? » dit-elle, ses mains appuyées contre l'évier, la gorge serrée.

Elle monte se coucher et c'est tellement étrange d'être allongée dans ce lit, rien n'a changé, ce sont toujours les mêmes draps, le même oreiller, le même trait de lumière qui passe sous la porte, mais personne ne viendra ouvrir cette porte pour l'embrasser dans les cheveux, alors c'est elle qui se lève, qui traverse le couloir, sensation de la moquette sous ses pieds nus, c'est elle qui ouvre discrètement la porte de sa chambre et qui l'embrasse dans les cheveux, son *petit papa*, puis elle retourne se coucher. Des torrents de pensées la traversent, mais une seule la maintient éveillée jusqu'à tard dans la nuit : que faisait la carte de Thomas Fontenelle dans le portefeuille de son père ?

# Chapitre 31

Patrice Sushard a pris son temps, mais il a enfin accepté l'idée. Deux ans après l'apparition du Covid en France, et alors que les indicateurs sanitaires sont au vert, Gabrielle a reçu l'autorisation d'organiser la cérémonie d'hommage aux anciens ouvriers, son obsession depuis deux décennies, depuis que son père est revenu de l'usine avec un carton « à jeter », des larmes plein les yeux et cette phrase qu'elle n'a jamais oubliée : « Quarante ans de ma vie, là-dedans. C'est dingue, non ? » Elle n'est certes pas devenue PDG, mais Patrice dépend trop d'elle pour lui refuser cette faveur. Ça ne devrait pas en être une, mais c'est ainsi qu'il voit les choses, car, elle l'a compris au cours des derniers mois, Patrice Sushard est un pragmatique, un polytechnicien au sens le plus strict du terme, un homme pour qui *le monde est écrit en langage mathématique*, et privatiser l'usine le temps d'une soirée pour remercier des ouvriers qui n'y travaillent même plus, tout cela relève pour lui de l'enfantillage, mais « puisque tu y tiens, fais ce que tu veux, tu as quartier libre », lui a-t-il dit à la fin d'un déjeuner où elle l'a menacé de démissionner s'il n'accédait pas à sa requête.

Elle est venue avec sa propre voiture, pour ne pas perturber son père. Depuis quelques semaines, Philippe a du mal à digérer les changements, même les plus infimes, et Gabrielle veut qu'il soit dans les meilleures conditions possible pour voir son nom épinglé sur le Mur des Héros – une autre « faveur » à laquelle Patrice Sushard a consenti. C'est Marine qui l'accueille, Marine qui a pris la place de Pauline, car une étudiante en médecine ne suffisait plus, il faut une personne à plein temps, désormais, pour s'occuper de lui, une professionnelle qui puisse préparer les repas, l'aider à s'habiller, faire travailler sa mémoire.

– Comment va-t-il aujourd'hui ? demande Gabrielle.

– Mieux qu'hier, répond Marine, attachant ses cheveux noirs et bouclés en queue-de-cheval. Il a mangé tout son repas ce midi, et il a fait une sieste de deux bonnes heures.

« On dirait le compte-rendu d'une auxiliaire de puériculture », pense Gabrielle, qui comprend mieux les religions et cultures assimilant l'existence humaine à un cercle et non à une ligne droite, car, en perdant ses mots, ses souvenirs et ses capacités motrices, le vieillard semble s'approcher tant de la fin que du début, quand il n'était qu'un petit bébé sans mots, sans souvenirs et incapable de se mettre debout tout seul. « C'est l'aube qui touche le doigt du crépuscule », avait-elle lu quelque part.

– Où est-il ? demande-t-elle.

– Comme d'habitude à cette heure-là quand le temps le permet, répond Marine. Sous le cerisier.

Gabrielle traverse le salon, nettoyé et rangé par Marine, et s'arrête derrière la porte-fenêtre. Il est là-bas, dans le fauteuil extérieur qu'elle lui a acheté l'année précédente, elle voit son chapeau dépasser, sa main droite qui semble tenir un livre, ses pieds nus posés dans l'herbe. Son cœur tambourine, c'est comme ça depuis quelques semaines, dès qu'elle vient ici son cœur se met à battre frénétiquement car elle a peur qu'il ne la reconnaisse pas, elle a peur qu'il lève les yeux vers elle et que dans ces yeux elle lise l'inconcevable, l'inimaginable, l'impensable, cet étonnement qu'il manifeste désormais en voyant quelqu'un qui lui est étranger, l'autre jour c'était son vieil ami Matthieu, il lui a dit bonjour avec la solennité qu'on réserve aux inconnus, et c'est le corps tout tremblant de cette peur qu'elle s'approche de lui et prononce d'une voix douce :

– Bonjour, mon petit papa.

Il se tourne vers elle, elle guette, elle attend, souriante au-dessus du vide dans son tailleur, et quand enfin il répond : « Bonjour,

P'tit Loup », c'est comme si tout l'air du ciel entrait d'un seul coup dans ses poumons.

— Tu es prêt ? demande-t-elle.

Il la regarde sans rien dire, mais avec une sorte d'attente folle dans le regard, une attente mêlée de crainte et d'angoisse, alors Gabrielle lui prend la main, c'est ce que lui a conseillé le médecin, apaiser l'angoisse par le contact physique, affectueux, et elle précise :

— Tu sais, nous allons à l'usine aujourd'hui. Ton nom va être inscrit sur le Mur des Héros. Il y aura aussi tes anciens collègues, Stéphane, Frank, Jean-Claude.

Quelques secondes s'écoulent, des battements de paupières qui laissent tout à coup filer un regard enthousiaste, décidé.

— Où est mon bleu de travail ? demande-t-il. Et j'ai besoin de mon casse-croûte.

— Je ne pense pas que ce soit nécessaire, papa.

— Tu n'y connais rien. Je ne veux pas dégueulasser ma chemise.

Gabrielle s'apprête à répondre qu'ils ne vont pas à l'usine pour le faire travailler, mais il ne comprendrait pas cette phrase, elle risquerait de le déstabiliser, d'écorcher le mince voile sur lequel flottent les événements de sa vie, et si tout est confus, mélangé, inversé, eh bien qu'est-ce que cela peut faire tant qu'il y trouve un peu de joie ?

— D'accord, bonne idée, prenons ton bleu de travail. Tu peux me dire où il est rangé ?

Il la regarde comme si elle lui avait posé la plus insondable question de l'univers.

— Ne t'en fais pas, je vais chercher.

La vérité, c'est qu'elle n'est même pas sûre qu'il l'ait gardé. Elle commence par le cabanon, où il avait tendance à entreposer tout ce qui n'avait pas sa place à l'intérieur, mais sa fouille dans les toiles d'araignée se révèle vaine. Elle se rend ensuite au grenier et ouvre les quelques cartons qui s'y trouvent. Il y a des trésors qui lui arrachent un sourire malgré les circonstances : le body Petit Bateau rose pâle qu'elle portait à la maternité, son bracelet de naissance, des photos de sa mère en train d'allaiter. Il y a aussi une pochette remplie de dessins que Raimanu leur a redonnés, il a insisté, et cela lui fait penser à Maupiti, à leur voyage au bout du monde quand elle essayait encore, naïvement, de combattre Alzheimer, et son cœur se serre car en quatre ans la Dame a déplié son réseau d'écheveaux fibreux dans le cerveau de son père, et ses angoisses de l'époque sont devenues les combats de son quotidien. Elle descend de l'échelle, ferme la trappe et décide de tenter un dernier endroit, celui par lequel elle aurait peut-être dû commencer d'ailleurs, mais pour ça il aurait fallu qu'elle pense autrement, comme quelqu'un qui vit entre plusieurs époques, entre des réalités aux bords émoussés, et cela, elle n'en est pas encore capable. Elle entre donc dans la chambre de son père et ouvre les tiroirs de sa commode. Son bleu de travail est bien là, dans le troisième en partant du bas, prêt à être enfilé, ainsi que son sac à dos kaki, ses gants de sécurité, mais aussi le tupperware dans lequel il mettait son sandwich, sa pomme et sa banane, tous les jours le même repas, peu coûteux mais nourrissant, comme il aimait à le répéter. Au fond du tiroir, comme dissimulé par tout le reste, elle trouve également une enveloppe qui lui était destinée, avec un cachet de la poste daté du 12 juin 1986. Elle hésite un instant, la glisse dans la poche de sa veste, attrape le bleu de travail et retourne au jardin.

— C'est bon, je l'ai, papa, dit-elle.

— Parfait. Tu m'aides à me lever ?

Sur le pas de la porte d'entrée, Gabrielle informe Marine qu'ils seront de retour vers 22 heures et qu'ils dîneront là-bas, ce qui signifie qu'elle n'a pas besoin de préparer à manger pour son père, ni d'ailleurs de les attendre, car elle s'occupera de lui.

— C'est noté, répond la jeune femme, puis, se tournant vers Philippe : Amusez-vous bien Philippe, je compte sur vous. Prenez-en plein les yeux et vous me raconterez demain, d'accord ?

— Ce n'est que du boulot, dit Philippe. Et ensuite, je dois aller chercher ma fille à l'école.

Gabrielle fait mine de ne pas avoir entendu. C'est son recours quand aucune réponse ne lui vient spontanément, quand elle n'a pas le courage, l'imagination, l'empathie nécessaires pour se mettre à sa hauteur.

— Où est ma voiture ? demande-t-il tandis qu'ils passent devant le garage transformé en chambre avec salle de bains pour Marine.

Ils l'ont vendue il y a trois ans, après des mois d'âpres négociations.

— Chez le garagiste, répond-elle. Souviens-toi, le joint de culasse.

Elle n'aime pas lui mentir. D'ordinaire, elle essaie toujours de trouver un compromis entre la vérité, froide et douloureuse, qui le laisserait hagard, et le mensonge qui accentue l'*effet d'arrachement*, mais aujourd'hui, c'est *sa* journée, elle veut juste qu'il soit heureux, peu importe l'époque dans laquelle il pense être.

Sur le trajet, elle le voit regarder par la fenêtre entrouverte, ce chemin qu'il a pris tous les jours ou presque pendant quarante ans, et elle se demande s'il s'en souvient, s'il serait capable d'y aller tout seul.

— Ne roule pas trop vite, dit-il, répondant à son interrogation. Il y a l'école de Gabrielle non loin, c'est dangereux avec les enfants qui courent.

Il a raison, en prenant la prochaine à droite, ils arriveraient au niveau de son école primaire. Horrible et fascinante maladie, capable de transformer son voisin en étranger mais de laisser intacts de si lointains souvenirs.

— Oui, ne t'inquiète pas, je serai prudente.

Elle hésite à braquer, à passer devant l'école pour lui offrir… lui offrir quoi, exactement ? La surprise de découvrir que les murs ont été repeints ? Qu'ils ont coupé le grand marronnier au milieu de la cour de récréation ? Qu'il n'y a pas, et qu'il n'y aura plus jamais de petite fille en robe jaune prête à lui sauter dans les bras ? Il tourne la tête, sans rien dire, et elle continue, sans rien dire non plus, son pied droit immobile au-dessus de la pédale de frein, jetant malgré tout un rapide coup d'œil vers sa droite, vers la ruelle aux dalles mauves qui résonneront pour toujours du bruit de leurs pas, cavalcade d'amour et de rires sur fond de drame, et Gabrielle se demande si elle ne tient pas là une sorte de définition de la vie même, *une cavalcade d'amour et de rires sur fond de drame.*

Elle se gare sur le parking de l'usine et aide son père à descendre. À ce qu'elle sache, il n'est pas revenu ici depuis qu'il s'est fait licencier, il y a dix-neuf ans. Il regarde autour de lui, silencieux, et elle se demande à quoi il pense, ce qu'il ressent.

— On y va, papa ? dit-elle doucement, pour ne pas le brusquer.

Il hoche la tête. Elle offre son bras en soutien et ils se dirigent vers l'entrée, ouverte en grand pour l'occasion et sécurisée par deux vigiles qui leur souhaitent la bienvenue. Philippe s'arrête et commence à ouvrir son sac à dos. L'un des agents, le plus costaud des deux, lui fait comprendre que ce n'est pas nécessaire, mais Gabrielle sent que cela le perturbe alors elle fait signe à l'agent de *regarder malgré tout,* de fouiller son sac comme il le ferait avec les salariés.

— Vous croyez toujours que je vais ramener un flingue, pas vrai ? dit Philippe, lui lançant un clin d'œil.

— On n'est jamais trop prudents, répond l'agent. C'est bon, vous pouvez y aller.

Philippe le remercie, remonte la fermeture Éclair, puis tourne à droite, en direction des vestiaires. Dans chacun de ses gestes, de ses regards, de ses mots, Gabrielle devine la répétition de milliers de gestes, de milliers de regards et de milliers de mots, tous gravés si profondément en lui qu'ils ont quitté la sphère de la mémoire épisodique pour pénétrer dans celle de la mémoire procédurale, ultime bastion de résistance contre Alzheimer. Ils sont censés aller de l'autre côté, vers la salle aménagée pour la cérémonie, mais la cérémonie attendra, ce qui se passe là est trop important, trop fragile, alors elle le suit, jusqu'à la porte grise sur laquelle est écrit « Accès réservé au personnel autorisé ». Il pose sa main sur la poignée, ouvre, regarde un instant à l'intérieur, puis referme en secouant la tête de gauche à droite. Gabrielle se rappelle que les vestiaires ont été entièrement refaits il y a quelques années, ce qui doit constituer pour lui une anomalie, une discordance dans le flux de ses attentes. Très vite, elle lui attrape la main. Pour le rassurer, lui offrir un ancrage.

Il y a beaucoup de monde, trop de monde pour la salle qu'elle a prévue. Tous les managers du siège sont là, même ceux qui n'avaient pas prévu de passer, certainement motivés par le mail de Patrice Sushard envoyé le mardi soir, invitant chaque collaborateur à « faire preuve d'esprit d'équipe ». Des poings se tendent vers elle, vers son père, c'est la mode depuis la fin du confinement, on se « check » avec le poing, tellement de poings, de sourires, de surprise dans les regards quand elle explique que son père travaillait ici, « oui comme ouvrier » (elle rectifie souvent : pas comme « simple ouvrier », comme ouvrier, simplement), oui c'est une « belle histoire de famille », oui « il est fier de moi et je suis fière de lui ». Soudain, devant eux, une veste en tweed, deux yeux gris, Thomas Fontenelle qu'elle n'a pas vu depuis trois ans, quand il a noyé ses rêves de devenir PDG dans le meilleur thé vert *Ichibancha* du Japon. Il n'a pas changé. Si ce n'est quelques rides supplémentaires autour des yeux et de la bouche, son regard est toujours aussi clair, aussi tranchant.

— Bonjour, chère Gabrielle, répond-il, et, tournant ses yeux vers Philippe, quelque chose se modifie dans l'expression de son visage, une sorte d'étonnement confus, indécis, qui réduit son sourire et lui fait demander : Est-ce que... est-ce que par hasard on se connaîtrait, monsieur ?

La carte, dans le portefeuille de son père. Elle l'avait complètement oubliée.

— Il y a peu de chances qu'il s'en souvienne, répond Gabrielle, mon père...

— Oui, je crois qu'on se connaît, coupe Philippe, fixant Fontenelle de ses yeux bleus et serrant la main de Gabrielle un peu plus fort, s'agrippant à elle comme s'il s'agrippait à ce souvenir qui flotte entre eux, en lui, dans les brumes de son histoire personnelle.

Quelques secondes s'écoulent, les deux hommes s'observant en silence, l'un manifestant un début d'agacement car peu habitué à oublier, l'autre au bord des larmes car plus habitué à se souvenir, et soudain le plus lucide des deux s'exclame :

– J'ai trouvé ! Bon sang, ça remonte ! C'est vous qui m'avez conduit à l'aéroport, le jour où ma voiture est tombée en panne ! C'était mon premier voyage d'affaires, à Barcelone, pour la convention commerciale.

– Vous disiez que Gabrielle ferait Polytechnique, dit Philippe en hochant la tête.

– Je me souviens très bien de cette discussion, en effet. (Et, se tournant de nouveau vers elle :) Gabrielle… la jeune fille dans la voiture… incroyable, comme le monde est petit !

Elle s'en souvient aussi, maintenant. De cet homme brillant, jeune et en costume (elle n'avait pas l'habitude de voir des hommes en costume, à l'époque), avec qui elle avait parlé de mathématiques pendant que son père conduisait, son père qui n'a pas oublié qu'il y a des dizaines d'années, un homme aux yeux gris lui a dit que sa fille ferait Polytechnique, comme si l'émotion générée par cette prédiction l'avait enroulée d'un feu de protection.

– Le père et la fille travaillant pour la même entreprise, le premier comme simple ouvrier, la seconde devenue membre du Comex, c'est une histoire digne d'un film hollywoodien.

« Pas *simple ouvrier*, ouvrier », pense Gabrielle, qui répond :

– Disons que je lui devais une revanche.

– Comment ça ?

– Eh bien, il s'est fait virer à seulement deux ans de la retraite, après avoir travaillé toute sa vie à l'usine. Je ne l'ai pas vraiment supporté, alors j'ai décidé que je deviendrais PDG, pour lui offrir une sortie un peu plus belle.

Fontenelle esquisse un sourire dans lequel Gabrielle devine de l'admiration, mais aussi une pointe de jalousie, comme si lui-même n'entretenait pas ce genre de relation avec ses enfants.

– Alors tout ça, dit-il en désignant la salle, son estrade, les coupes de champagne scintillant dans la lumière des projecteurs, c'est pour lui ?

– Évidemment. Et pour tous ceux qui ont subi le même sort.

Un court silence passe.

– Vous auriez vraiment fait une magnifique PDG, dit-il, et sur ces mots il les salue avant d'attraper au vol Mathilde Hubert, directrice financière et administrative, pour s'enquérir des derniers résultats de l'entreprise.

« Quel culot ! pense Gabrielle, le cœur bouillonnant de colère. Tu n'avais qu'à voter pour moi, vieux schnock, si tu penses que j'aurais été *magnifique* ! » Au même instant, une main se pose sur son épaule, la faisant sursauter. C'est Patrice Sushard, avec son habituel costume bleu marine à deux boutons, sa chemise blanche au col entrouvert, sa montre Cartier qu'il regarde en déclarant :

– Nous allons commencer, Gabrielle. Je vais faire une petite introduction, puis je te convierai à me rejoindre, d'accord ?

Elle acquiesce, sans lâcher la main de son père collé à elle. Patrice adresse un bref sourire à Philippe, puis se dirige vers l'estrade, laissant, tel Moïse ouvrant la mer Rouge, les flots des corps s'écarter devant lui.

– Viens, allons nous asseoir, dit Gabrielle, conduisant son père en direction des sièges disposés près de l'estrade.

La plupart sont déjà occupés, l'un d'eux par un homme qui doit avoir dans les quatre-vingts ans, assis à côté d'une femme légèrement plus jeune, ou bien est-ce son maquillage, un homme qui, les apercevant, bondit avec une facilité déconcertante sur ses vieilles jambes et s'exclame :

– Philou ! Oh le Philou, ça alors !

Gabrielle observe son père. Regard fixe, sourcils froncés, lèvres qui remuent silencieusement, il cherche.

– Jean-Claude ?

– J'ai donc tant changé qu'il te faut cinq minutes pour me reconnaître ou quoi ? Allez, c'est vrai, j'ai pris quelques rides, mais toi aussi, je te rassure, on serait plus bons à grand-chose ici, si tu veux mon avis. Et toi, tu dois être Gabrielle. Sacrebleu, la dernière fois que je t'ai vue, tu devais avoir quoi... sept ans, huit ans ? Mais tu ne t'en rappelles certainement pas, ton père avait organisé un barbecue chez vous avec les collègues. C'est gentil d'accompagner ton père, moi j'ai proposé à mes enfants, mais il faut croire qu'ils avaient mieux à faire. Oh ça fait plaisir de te voir mon Philou, alors comment va la vie ? Des petits-enfants ? Tu continues de boxer un peu ?

N'obtenant pas de réponse, Jean-Claude tourne son regard vers Gabrielle et il comprend, elle lui fait comprendre, en silence, alors il souffle un petit « Oh… » puis il pose sa main aux veines saillantes sur l'épaule de son ami et il dit :

– C'était dur, mais on rigolait, pas vrai ? Tu te souviens de Thierry ? Quel emmerdeur de première, celui-là. J'ai appris qu'il avait passé l'arme à gauche l'année dernière. Cancer des poumons. Avec ce qu'il fumait, ce n'est pas très étonnant.

– Jean-Claude, souffle sa femme, tais-toi, le grand patron monte sur l'estrade.

– Oui, pardon, pardon…

Le silence se fait dans la salle et Patrice Sushard prend la parole. Il s'exprime avec aisance, charisme, semblant heureux de participer à cet « enfantillage » qui n'en est peut-être pas un finalement, le premier grand rassemblement de l'entreprise depuis le confinement, l'occasion de célébrer son passé, son présent, mais aussi son futur, avec la construction en cours d'une nouvelle usine, flambant neuve, pour « affronter avec panache les défis de notre siècle » !

Soudain, alors que Patrice pose les yeux sur elle pour la féliciter de sa « formidable initiative », une connexion se fait dans l'esprit de Gabrielle, deux câbles qui n'étaient pas censés se toucher dans son existence et qui provoquent un faux contact, une absence totale de pensées pendant quelques secondes, et puis ce murmure, électrique : « C'est grâce à papa s'il est devenu PDG… » Car sans son père, Fontenelle n'aurait certainement jamais pu prendre son avion à temps, il aurait manqué la convention commerciale à Barcelone et n'aurait jamais rencontré René Sushard, son futur mentor, et ainsi, bien des années plus tard, le fils Sushard n'aurait pu bénéficier de cet appui décisif dans la course au poste de dirigeant. Ou bien peut-être qu'il l'aurait été malgré tout, avec ou sans l'appui de Sushard, peut-être que Fontenelle aurait réussi à prendre son avion par un autre moyen, ou qu'il l'aurait raté mais aurait pris le suivant, s'arrangeant pour arriver à temps pour la convention, le présent roule sur les cadavres des possibles non réalisés, mais tout de même, songe Gabrielle, *quelle putain d'ironie* que son père, dont la vie fut tout entière dédiée à sa réussite, ait été un maillon de la chaîne d'événements ayant permis, *in fine*, à Patrice Sushard de la battre.

C'est son tour. Patrice lui a fait signe de venir. La main de son père est dans la sienne, il refuse de la lâcher.

– Il faut que j'y aille, papa, dit-elle. Je serai juste là, regarde, on pourra presque se toucher. Et puis, Jean-Claude reste à côté de toi, il ne bouge pas, n'est-ce pas, Jean-Claude ?

– Je confirme, mes fesses sont vissées sur ce bout de plastique ! Sympa de dire un petit mot pour ton père, en tout cas. Pas vrai, Philippe ?

Manifestement, il n'a toujours pas compris qu'elle était la directrice internationale, ce qui la fait sourire. Elle se lève, parvient à libérer sa main, mais privé de ce contact, elle sent que son père panique, il y a trop de monde, et tous les regards sont braqués sur eux, le regard gris et impatient de Patrice, le regard amical de Jean-Claude, des centaines de paires d'yeux qui attendent qu'elle grimpe sur l'estrade et fasse ce pour quoi ils se sont tous déplacés. Elle hésite. Sur son visage, il lit une angoisse qui ne cesse de croître, quelque chose comme : « Par pitié, ne m'abandonne pas ! », mais a-t-elle le choix ? C'est elle qui a organisé cet événement, c'est elle qui doit animer et coordonner la cérémonie, elle n'a briefé personne pour le faire à sa place. « Je reviens vite, dit-elle, c'est promis » et, d'un mouvement brusque, elle rompt le contact visuel et monte sur l'estrade au côté de Patrice. Elle se saisit du micro et commence à parler, mais ses yeux sont attirés vers son père, elle le voit s'agiter sur son siège, regarder autour de lui, se gratter le cou, et tous ces signes lui font craindre une crise de panique imminente. Elle réalise qu'il ne prend aucun plaisir à être ici. Qu'elle a organisé cette cérémonie pour lui mais qu'il est absent, loin d'elle, et qu'elle est seule sur cette estrade, avec sa fierté de boxeuse, car tout est une question de fierté, de revanche – transformer un minable carton « à jeter » en un carton un peu plus grand, rempli de gens en costume, et faire admettre à tous ces gens en costume que Philippe Marlus méritait une autre sortie, un autre destin. Elle s'interrompt et fait signe à Patrice d'approcher.

– Je suis désolée, je ne peux pas, murmure-t-elle à son oreille.

– Comment ça, *tu ne peux pas* ? répond le PDG.

– Papa n'est pas bien, je dois le ramener chez lui.

– Enfin, Gabrielle, c'est toi qui m'as tordu le bras pour qu'on organise cette soirée !

– Voici la liste des noms à appeler avec quelques informations essentielles. J'ai prévu une bouteille de champagne pour chacun d'eux, Lucie te les apportera.

Elle lui tend un papier qu'il refuse de saisir.

– Non, je ne serai pas ta roue de secours.

– Je me suis trompée, je pensais que ça lui ferait du bien, que… mais il est trop malade, tu comprends ? Je suis vraiment désolée, Patrice, tu peux refuser de prendre mes notes mais je m'en vais, tout de suite.

– Gabrielle, si tu…

– Écoute, c'est grâce à mon père que tu es devenu PDG, tu nous dois bien ça, non ?

– Qu'est-ce que c'est que cette histoire encore ?

– Une très vieille histoire. Je te la raconterai lundi.

Et sans un mot de plus, elle descend de l'estrade, aide son père à se lever, *ça va aller, mon petit papa, on rentre à la maison*, puis ils traversent la foule silencieuse jusqu'à la porte de la salle, remontent le couloir que Philippe a dû emprunter des milliers de fois dans sa vie (environ dix mille, Gabrielle a fait le calcul), cette fois-ci il n'ouvre pas son sac devant le vigile, le père et la fille s'installent dans la voiture, Gabrielle a envie de pleurer, lui il ne pleure pas mais ses yeux sont humides, elle pose une main sur son genou, *ça va aller, mon petit papa*, puis elle démarre, elle roule dans la nuit qui est tombée et qui les enveloppe, sombre écume perlée d'étoiles.

Lorsqu'ils arrivent, la maison est plongée dans le silence. Sur ses conseils, Marine s'est couchée sans les attendre. Gabrielle déchausse son père, puis elle l'accompagne dans sa chambre et l'aide à se mettre au lit. Elle regarde son visage, ses yeux bleus qui se sont éclaircis avec l'âge, sa bouche blanche, si blanche, qui murmure à demi-voix :

– Je suis désolé…

– C'est moi qui le suis, papa, j'aurais dû me douter que c'était trop pour toi. Je me suis entêtée en pensant que… Mais j'ai eu tort, et je m'en veux.

Ses yeux quittent le plafond qu'il fixait depuis quelques minutes et se posent sur elle, mais ils la regardent sans la voir, et une voix lui dit :

– Je suis désolé, j'ai oublié d'aller chercher Gabrielle à l'école.

Insupportables larmes qui brûlent les paupières.

– Gabrielle arrivera toujours à rentrer de l'école, papa. Elle est forte et courageuse, grâce à toi.

Il ne répond rien et ferme les yeux.

– Bonne nuit, petit papa…

Elle l'embrasse sur le front, remonte la couette puis sort doucement de la chambre. Dans le couloir, elle s'adosse un instant contre la porte. Son cœur est serré, tellement serré, comme si un géant invisible le tenait dans sa poigne, et quand elle respire, les plaies dans sa poitrine s'ouvrent et s'écartent, et la douleur est lourde, profonde, étourdissante. Elle retourne dans sa voiture, regarde son téléphone, il y a un long message de Patrice, elle le lira plus tard, demain peut-être, il y a aussi un message de David qui lui demande si tout se passe bien. Elle lui racontera en arrivant.

Il est allongé dans le canapé, devant une série qu'il regarde quand elle n'est pas là. L'appartement est propre et rangé, ce n'est plus comme il y a quelques années, quand elle rentrait le soir et qu'il y avait des restes de purée sur le sol ou des coquillettes dispersées aux quatre coins du salon. Rose a onze ans, Sasha bientôt quatorze, l'atmosphère s'est assagie.

— Tu es déjà là ? demande David, mettant en pause son épisode. Je pensais que tu rentrerais plus tard.

— Papa n'était pas bien, nous avons dû partir avant la fin. Avant même le début, en réalité.

—Je suis désolé. Je sais à quel point tu attendais cette cérémonie.

Elle se sert un verre de vin, boit une gorgée et répond :

— Je crois que je l'attendais pour les mauvaises raisons. Des raisons de fierté, d'amour-propre. Il y a quelques années, il aurait certainement été ému, mais aujourd'hui… c'est comme si je n'arrivais pas à accepter que sa maladie évolue.

— Ne sois pas trop dure avec toi-même.

— Tout de même, j'ai été imprudente. En plus, j'ai laissé Patrice en plan, il doit être furieux.

— Il n'a qu'à te virer. Tu prends un gros chèque et tu te laisses le temps de penser à la suite.

Elle termine son verre et le pose dans l'évier. Ce n'est pas une si mauvaise idée. Mais Patrice ne la virera pas, il a trop besoin d'elle.

— A-t-il reconnu l'usine ? demande David après un silence.

— Oui, je crois, jusqu'au moment d'ouvrir la porte des vestiaires, qui ont été entièrement refaits.

— Ça a dû le perturber.

Elle acquiesce.

— Les choses se sont compliquées à partir de cet instant-là. J'aurais dû le sentir et rentrer, mais…

David se lève et la prend dans ses bras.

— Tu fais de ton mieux, chérie, et c'est déjà énorme. Combien d'enfants abandonnent leurs parents en maison de retraite, et se contentent de trois ou quatre visites par an pour se donner bonne conscience ? Grâce à toi, Philippe vit encore chez lui et voit ses petits-enfants presque toutes les semaines. Il ne s'en rend malheureusement pas compte, mais il a beaucoup de chance.

— J'aimerais tellement faire plus ! Lui rendre ne serait-ce qu'un dixième de tout ce qu'il m'a donné.

— Je comprends, dit-il, l'embrassant dans les cheveux.

Puis il demande, œuvrant à sa manière pour l'aider à traverser ce tsunami :

— Tu aimerais un petit massage devant un bon film ? Pour te changer les idées et t'aider à te détendre ?

— C'est gentil, mais je vais aller me coucher, répond Gabrielle. Je suis exténuée.

Elle l'embrasse sur la joue et traverse le salon en direction de leur chambre. Elle ferme la porte derrière elle, sort l'enveloppe de sa poche et la pose sur sa table de chevet. Puis elle se déshabille, enfile sa nuisette, s'assied devant une console coiffée d'un grand miroir rectangulaire, se démaquille en commençant par les lèvres et en terminant par les yeux, et durant tout ce temps elle regarde l'enveloppe qu'elle a posée à côté de son lit, elle la regarde avec l'envie folle de l'ouvrir, et en même temps avec une sorte d'angoisse qui lui fait retarder ce moment, car elle trouve ça très étrange que son père ait gardé et caché une enveloppe qui lui était destinée, ça ne lui ressemble pas de faire une chose pareille. Elle défait son chignon, brosse et démêle les longs cheveux qui tombent en flots blonds sur ses épaules, regarde un instant son reflet, celui de la Gabrielle de bientôt cinquante ans qui se maquille pour faire croire qu'elle a moins, cet âge lui fait peur, il lui fait peur depuis qu'elle a fêté ses trente-cinq ans et qu'elle a réalisé que quinze petites années la séparaient du demi-siècle. Aujourd'hui elle y est, à la porte de ce demi-siècle, et elle n'a aucune envie de la franchir, elle veut rester au chaud dans la quarantaine de la même manière qu'elle voulait rester au chaud dans la trentaine, mais non, c'est encore différent, à quarante ans on est toujours jeune, d'une certaine manière, à cinquante on ne l'est plus, sauf aux yeux des personnes très vieilles qui vont mourir, et puis, dans la décennie qui s'ouvre, une chose abominable va très probablement arriver, une éventualité à laquelle elle ne songeait pas quand elle a fêté ses quarante ans, ou alors très peu, avec l'idée que c'était encore loin.

Accompagnée de ce flot de pensées, Gabrielle se met au lit, décachète l'enveloppe, sort les deux feuilles pliées à l'intérieur puis commence à lire.

*Ma Chère Gabrielle,*

*J'ignore si cette lettre te parviendra, ou si elle sera entre-temps interceptée par ton père. J'imagine sa colère s'il décidait de l'ouvrir avant de te la remettre. Et pourtant, ce n'est pas un homme coléreux, bien qu'il ait toutes les raisons au monde de l'être.*

*En t'écrivant cette lettre, je vais contre sa volonté, et contre la promesse que je lui ai faite de ne pas te dire la vérité. Mais je suis malade, je vais bientôt mourir, et je n'ai pas la force de partir avec ce secret. Si tu veux tout savoir, j'aurais dû mourir il y a longtemps. Les médecins ne me donnaient pas plus de quelques mois, mais deux ans plus tard, je suis toujours debout. Je crois que la mort attend que je me décide enfin avant de venir me chercher.*

*Je ne sais pas si tu te souviens de moi. Il y a quelque temps, je suis venue te rendre visite. Ton père m'a présentée comme une amie de la famille, de tes grands-parents plus précisément. Je vivais aux États-Unis, sous le prénom de Corinne. En réalité, tout cela était faux. Corinne n'est que mon troisième prénom, et je ne vis pas aux États-Unis, je n'y suis allée qu'une seule fois, en vacances, il y a bien longtemps. La vérité, Gabrielle, c'est que je m'appelle Laurence, et que je suis ta grand-mère.*

*J'imagine que tu dois être sous le choc, remplie de questions. Peut-être de colère envers ton père, pour t'avoir caché la vérité. Ne le sois pas, il l'a fait pour te protéger. Pour t'élever loin de la violence que nous lui avons fait subir pendant dix-huit ans. Son père, Bernard, était un homme brutal, impulsif, traumatisé par la guerre. Quant à moi, je n'ai jamais rien fait pour épargner à Philippe les coups qu'il recevait. Dans le fond, j'étais peut-être soulagée que ce soit lui qui les prenne et pas moi. J'essayais de me persuader que c'était pour son bien. Qu'il allait s'endurcir, et faire mieux dans la vie que ce à quoi ses maigres dispositions intellectuelles le prédestinaient. C'est ce que son père répétait : « Un cancre pareil, il faut le redresser. » Puis il se corrigeait : « Le dresser. »*

*Aujourd'hui, je regrette, bien sûr. Mon fils m'a coupée de sa vie, et il n'y a rien de plus douloureux pour une mère. J'ai essayé de réparer le lien, au fil des ans, depuis le décès de Bernard, mais je suppose qu'il était trop abîmé pour l'être. Malgré tout, je lui suis reconnaissante de m'avoir permis de te voir. L'après-midi que nous avons passé ensemble était l'un des plus doux de ma vie.*

*Je te souhaite d'être heureuse, Gabrielle, et de réaliser tes rêves.*

*Prends soin de toi et de ton père, il a besoin d'amour.*

*Je t'embrasse,*
*Ta grand-mère*

Gabrielle pose la lettre à côté d'elle et se frotte les yeux. « Bordel, papa… » murmure-t-elle. Puis, par une sorte d'étrange instinct, de bizarre nécessité, elle se lève, sort de sa chambre et se dirige vers celle de son fils. Elle entrouvre doucement la porte, pour ne pas le réveiller, mais il ne dort pas, il est en train de dévorer le septième volume des aventures d'Harry Potter.

— Salut maman, dit-il, levant les yeux de son livre. C'était bien votre soirée avec papi ?

Elle s'assied au bord du lit et passe une main dans ses cheveux, son petit garçon qui n'est plus un petit garçon mais un adolescent à la voix qui mue.

— Pas comme je l'espérais, malheureusement. Ton grand-père n'était pas très en forme.

— Oh… Je suis désolé.

— Tu sais, dit-elle, il faut qu'on profite bien de lui pendant qu'on le peut encore. Il va avoir beaucoup besoin de nous.

— Je n'aime pas quand tu dis ça.

— Je sais, mais tu es assez grand pour comprendre maintenant. Je pense que dans quelques mois, peut-être moins, il ne nous reconnaîtra malheureusement plus.

Sasha détourne le regard, elle sent ses efforts pour ne pas pleurer. Il est si beau, avec ses boucles brunes et ses grands yeux bleus. « Comment peut-on lever la main sur un enfant ? » se demande-t-elle, car c'est tout ce qu'elle a retenu de cette lettre : son père était un enfant battu, maltraité. Elle avait toujours pensé qu'il l'avait éduquée dans la douceur et la bienveillance par reproduction du modèle qu'il avait connu. Elle réalise qu'elle avait tout faux. Ce n'était pas par imitation, mais par opposition, par amour, par révolte. Cri d'amour du cœur meurtri qui dit OUI en même temps qu'il dit NON. Qui se dresse avec courage contre sa propre histoire.

Elle embrasse son fils, fait de même avec sa fille qui dort à poings fermés, puis retourne dans son lit et rouvre la lettre, et la relit, encore et encore. Des événements de sa vie remontent à la surface, éclairés d'une nouvelle lumière. Elle se souvient du soir où il avait boxé avec Francis, le père de Benjamin, dans le jardin. Pour elle, les cris qui vibraient dans la maison à côté étaient terrifiants mais étrangers, sans aucun rapport avec sa propre vie ; pour lui, ils devaient résonner en écho et remuer des émotions enfouies, trop douloureuses pour ne pas agir. Elle se souvient aussi de certains déjeuners de famille où les prénoms de ses grands-parents avaient surgi, souvent par sa faute, dans la conversation ; il y avait toujours un léger blanc, un léger malaise avant que son père n'évacue le sujet en leur souhaitant de « reposer en paix ». Gabrielle replie la lettre, la glisse dans l'enveloppe, qu'elle range dans le tiroir de sa table de chevet. Elle éteint la lumière, ferme les yeux, mais les rouvre aussitôt, traversée par une image, l'image de son père en position du fœtus dans la jungle amazonienne, après avoir bu l'*ayahuasca* préparée par Paco. « Je te pardonne », avait-il dit. Et si, quatre ans plus tard, elle avait enfin percé le mystère de cette phrase ? Et si c'était à sa mère qu'il avait finalement décidé de pardonner… ?

# Chapitre 32

Le week-end, Marine ne travaille pas, alors c'est Gabrielle qui s'occupe de Philippe. Désormais, il ne peut plus être laissé seul, même pour quelques heures. C'est une contrainte, mais elle refuse de le placer, il terminera sa vie chez lui, dans cette maison où il possède encore quelques repères, même s'il se plaint régulièrement de ne pas savoir où il est. Dès qu'elle commence à flancher, à se renseigner sur les Ehpad spécialisés dans la prise en charge d'Alzheimer, elle pense à Poe, qui aura vécu jusqu'à son dernier souffle entourée de sa famille (elle a appris que la vieille dame était décédée peu après la fin de leur voyage), et elle ferme aussitôt son navigateur. Les premiers temps, quand il était devenu impossible de le laisser dormir tout seul, elle avait trouvé la solution en l'accueillant chez elle le week-end, mais aujourd'hui il est bien trop malade, c'est à peine s'il tient encore debout, alors c'est elle qui fait le déplacement. Souvent, David, Sasha et Rose les rejoignent pour déjeuner le samedi midi, puis chacun part vaquer à ses occupations. Elle insiste pour qu'ils mènent une vie aussi normale que possible, et elle préfère savoir ses enfants en train de s'amuser au tennis ou à la danse plutôt que coincés dans le salon de leur grand-père qui ne les reconnaît plus. Cette charge, cette responsabilité, ce sont les siennes. Celles de personne d'autre.

Ce week-end, ils sont partis tous les trois dans un écodomaine situé non loin de Paris ; un écrin de verdure où ils vont pouvoir faire du vélo, du canoë ou de l'accrobranche, et profiter des bains suédois dont leur cabane est équipée. Bien sûr, elle aurait aimé être avec eux. Cela fait deux ans, maintenant, qu'elle sacrifie ses week-ends pour s'occuper de son père, car oui, c'est un sacrifice, elle avait honte de ce terme au début, mais elle a appris à l'accepter, de même qu'elle a appris à accepter et accueillir sa colère, sa fatigue, son ras-le-bol aussi, parfois, ras-le-bol au point de consulter la liste des Ehpad à côté de chez elle, même si elle ne va jamais plus loin que la page d'accueil.

Philippe est allongé sur son lit dans le salon, face à la porte vitrée qui donne sur le jardin. Étant désormais incapable de descendre ou monter l'escalier, il passe sa vie au rez-de-chaussée, et la maison a été aménagée pour répondre à cette nécessité.

– Papa, c'est l'heure de déjeuner, dit-elle.

Après quelques secondes, il tourne la tête vers elle et demande :

– Elle est où Marine ?

– Elle n'est pas là. C'est le week-end, tu sais, je t'ai expliqué.

– Appelle Gabrielle, alors.

Avant, il y a encore quelques mois, elle aurait répondu : « C'est moi Gabrielle, papa. » Aujourd'hui, elle sait que c'est inutile. Il répéterait sa demande, et elle serait incapable de la satisfaire, car la Gabrielle qu'il réclame n'existe plus et n'a peut-être jamais existé. Elle l'aide à se lever, l'installe dans son fauteuil roulant puis le pousse jusqu'à la cuisine. Soudain, le carillon de la sonnette retentit.

– Je reviens, dit-elle, écartant le couteau posé sur la table à portée de sa main.

C'est le facteur. Il lui tend un pli par-dessus la palissade puis reprend sa tournée.

– Papa, nous avons reçu un nouveau courrier de maman, je crois !

Elle ouvre l'enveloppe cartonnée et sort l'aquarelle parfumée au monoï qui s'y trouve. Celle-ci représente un coucher de soleil sur le mont Teurafaatiu. C'est la vingt et unième peinture que Moeata leur envoie, toujours accompagnée du même mot : « Pour que ton papa n'oublie jamais les couleurs de la Polynésie. »

Quelque chose s'est noué entre elles au cours des trois jours qu'elles ont passés ensemble à Maupiti, une sorte de complicité d'âme et de cœur que chacune essaie d'entretenir malgré la distance – Moeata par ses peintures, clin d'œil aux dessins couvrant les murs du *Petit Paris*, le restaurant de son cousin, Gabrielle en essayant d'organiser un ou deux voyages d'affaires par an en Polynésie, avec systématiquement un saut de puce à Maupiti, bien qu'elle n'ait aucun intérêt professionnel à s'y rendre.

Un jour, en regardant l'une des aquarelles accrochées au mur, son père lui avait demandé si c'était Sophie qui l'avait dessinée. Gabrielle était restée bête quelques instants, puis elle avait répondu que oui, c'était bien elle, et qu'elle l'attendait là-bas, patiemment, dans son paradis de bleus et de verts. Il avait souri. La boucle était bouclée. La boucle d'un même mensonge, utilisé à un demi-siècle d'intervalle, pour rendre la vie un peu plus douce.

– La peinture te plaît ? demande-t-elle, la posant sur une étagère en attendant de trouver un cadre qui la mettra en valeur.

Il ne répond pas mais la regarde, ce qui est déjà une petite victoire, car cela montre que l'aquarelle a piqué son intérêt, et très peu de choses piquent son intérêt ces derniers temps. Gabrielle a fait cuire des légumes à la vapeur. Elle les mixe en purée, puis verse le mélange dans un bol Mickey rouge et jaune que Sasha lui a donné de bonne grâce. « J'ai passé l'âge de manger mes céréales là-dedans. Et si ça peut éviter à papi de casser toutes ses assiettes en céramique… » Philippe aussi avait passé l'âge, et puis il y est retourné, il mange dans un bol Mickey à bientôt quatre-vingts ans, preuve supplémentaire que la vie est bien un cercle, *une saloperie de cercle* qui réduit les hommes les plus costauds à l'état de bébés-vieillards alités. Elle attrape une cuillère (également en plastique) puis s'assied face à lui, près de la table.

– Allez, papa, on ouvre la bouche.

Il y a dix ans, elle disait la même chose à sa fille. Et il y a cinquante ans, dans cette même cuisine, c'est lui qui devait faire l'avion pour la faire manger. « Saloperie de cercle », songe de nouveau Gabrielle, introduisant la cuillère dans la bouche de son père.

Elle lui rappelle de bien mâcher : « Voilà, c'est super, on ne voudrait pas que tu t'étouffes, n'est-ce pas ? » Elle s'assure qu'il a tout avalé puis lui propose une autre bouchée, mais il fait non de la tête.

– Il faut manger, papa, pour prendre des forces.

– Pas faim, répond-il laconiquement.

Elle se souvient de son appétit d'ogre et soupire, pose la cuillère, se frotte les yeux qui piquent de fatigue, il est resté éveillé de 2 à 4 heures du matin, marchant dans le salon avec son déambulateur, sourd à ses suppliques de retourner au lit, et pendant qu'il regardait par la fenêtre, l'œil méfiant et suspicieux, elle a consulté la liste des Ehpad près de chez elle, et cette fois-ci elle a dépassé la page d'accueil, naviguant jusqu'au formulaire de contact qu'elle a commencé à remplir avant de fermer son téléphone.

– Tu préfères un yaourt ? demande-t-elle. Une compote ?

Il accepte de manger un peu des deux, ce qui la rassure. Elle a si peur qu'il se laisse dépérir. Elle-même avale rapidement un plat de pâtes, puis elle l'emmène dans le jardin, sous le cerisier rose et blanc qui a entamé sa mue printanière. Le fond de l'air est agréable, il doit faire vingt-quatre ou vingt-cinq degrés, mais elle le voit frissonner et claquer des dents.

– Tu as froid, papa ?

Il hoche la tête. Elle va chercher la couverture pliée sur le canapé et la pose sur ses épaules, une couverture bleue, comme ses yeux, comme le ciel parsemé de quelques nimbus qui n'altèrent pas l'impression générale de beau temps. Puis elle s'installe sur une chaise longue en face de lui, la tête à l'ombre mais les jambes au soleil, et c'est comme si elle les regardait pour la première fois depuis des mois, ces jambes blanches et mal épilées, poilues, même, et elle se rend compte qu'elle n'a pas été chez l'esthéticienne depuis l'été précédent, quand elle s'est arrangée avec Marine pour prendre deux semaines de vacances dans le Sud, un bol d'air et de mer qui lui avait fait un bien fou. Elle déverrouille son téléphone, fait défiler les photos que David lui a envoyées, sourit avec une pointe de jalousie en les voyant tous les trois barboter dans leur bain suédois, puis ouvre WhatsApp pour écrire à Moeata.

Elle la remercie pour la *superbe aquarelle qui donne envie de se téléporter à Maupiti*, s'enquiert de la santé − physique et psychologique − d'Omaï, qui s'est récemment cassé le poignet lors d'une sortie en mer, puis lui donne quelques nouvelles de son père. C'est la seule à qui elle dit franchement les choses, sans rien édulcorer, car elle sait qu'elle comprend, qu'elle a traversé les mêmes épreuves. Elle envoie le message avec une photo de ses enfants, consulte ses mails professionnels, répond à deux urgences puis pose son téléphone et se plonge dans la lecture du dernier magazine *Challenge*, consacré en grande partie aux Jeux olympiques de Paris, qui auront lieu dans quelques mois. À la lecture d'un article sur l'épreuve de boxe, elle lève les yeux vers son père et constate qu'il s'est endormi. Un filet de bave tremble au coin de sa bouche ouverte, étirant sa transparence mousseuse jusqu'au col de son polo. Elle va chercher un morceau de Sopalin et l'essuie, regardant bien en détail ce vieux visage aux traits forts et émaciés, profitant de pouvoir encore le regarder, le toucher, l'embrasser. En 2017, quand Paris avait été désignée ville hôte des Jeux olympiques, elle avait immédiatement pensé à lui, ce grand amateur de sport. Elle s'était dit qu'ils pourraient aller voir des épreuves ensemble, en famille, il aurait certes soixante-dix-neuf ans mais, avec sa santé de fer, nul doute qu'il serait encore largement capable de se déplacer pour voir les meilleurs athlètes du monde s'affronter, et comme son entreprise était sponsor, ils auraient droit aux meilleures loges avec champagne, petits-fours et *tutti quanti*. Elle n'avait pas anticipé qu'il tomberait malade, elle avait refusé cette éventualité et aujourd'hui, sept ans plus tard, il n'est plus que l'ombre de lui-même, un calque diaphane, rabougri et alité de l'homme si fort qui la hissait sur ses épaules. Elle se souvient encore de la sensation enivrante d'être juchée sur une montagne, à l'abri des tempêtes du monde, le roulement des trapèzes sous ses jambes, la masse noire des cheveux à agripper, son souffle puissant, volcanique, quand il montait les escaliers du Sacré-Cœur afin qu'elle puisse dessiner Paris de là-haut. C'est à tout cela qu'elle pense en essuyant la bave qui a coulé sur son polo.

Le soir venu, elle lui fait sa toilette. Silhouette osseuse aux poils et cheveux blancs, assise sur son tabouret dans la douche. « Lève les bras, papa. » Il obéit, lui demande où est Marine, si elle va bientôt revenir. Il lui dit aussi que cette douche n'est pas la sienne, qu'il ne l'aime pas. Elle trouve des parades, lui raconte le temps où il n'y avait pas de douche, justement, mais une baignoire qui était le théâtre de leurs plus folles histoires. « Tu te souviens quand on jouait aux marionnettes avec les gants de toilette ? Et quand tu faisais le Père Noël en couvrant ton visage de mousse ? » Il ne répond pas, mais parfois ses yeux s'arrêtent sur un détail (le miroir qui reflétait leurs grimaces quand ils se brossaient les dents, le tabouret sur lequel elle grimpait pour atteindre l'évier, la patère en forme de licorne qu'il n'a jamais eu le courage de retirer), et une sorte de sourire béat vient lever les commissures de sa bouche. Gabrielle aime penser qu'une image, un son, une odeur est parvenu à tromper la vigilance d'Alzheimer.

Elle l'aide à enfiler son pyjama et se brosser les dents, puis elle l'accompagne vers son lit médicalisé, face au jardin qui scintille dans le soir tombant. « Tu as vu, dit-il, le temps est tout bleu. » En remontant dans sa chambre, après l'avoir bordé et embrassé, Gabrielle sort un carnet de son sac et note l'image. Il y en a des dizaines, déjà, qu'elle a commencé à répertorier il y a quelques mois, quand son esprit s'est mis à produire des métaphores aussi belles qu'étonnantes. Elle lève les yeux vers la fenêtre. Oui, le temps était bleu, pense-t-elle, et le temps de sa vie aussi avait été bleu. Bleu de coups, de suie, d'amour, avec le parfum de sa mère, *L'Heure bleue*, qu'elle continuait de vaporiser chaque soir sur son oreiller pour l'aider à s'endormir. Sa vie avait été une profusion douce et amère de bleu, et c'est peut-être ainsi qu'elle titrera son recueil, si un jour elle décidait de l'éditer : *Le Temps bleu*. Sous-titre : *Pour changer les regards sur Alzheimer, l'œuvre d'un homme devenu poète.*

Gabrielle se couche tôt, comme une jeune mère qui sait qu'elle peut être réveillée à tout moment par son bébé. Mais cette nuit-là, Philippe ne se réveille pas. Il dort d'une traite, de 21 heures à

7 heures du matin, et c'est avec une surprise mêlée d'inquiétude qu'elle sort du lit et descend l'escalier. « Bonjour, mon petit papa », dit-elle en ouvrant les rideaux. Il ne répond pas. Cela n'a rien d'étonnant, car il lui répond de moins en moins. D'ailleurs, peut-être dort-il encore ? Elle regarde le ciel par la porte-fenêtre : il est gris. Puis elle regarde l'horloge : il est 7 h 12. Plus tard, quand elle repensera à cette scène, qu'elle se la déroulera plan par plan avec une sorte d'obsession morbide, cathartique, Gabrielle arrivera à la conclusion qu'elle *savait*, à cet instant précis, de quoi il retournait, qu'elle *savait* mais qu'elle avait refusé de l'admettre, et que c'est pour cette raison, *par déni*, qu'elle avait marché jusqu'au lit, qu'elle l'avait observé longuement, sans rien dire, qu'elle avait posé une main sur son cœur pour déceler un battement, et puis *par déni* également, un déni fou, irraisonné, et qui avait persisté sous d'autres formes pendant des années, qu'elle avait levé ses paupières avec ses pouces en hurlant : « Regarde-moi, papa ! Regarde-moi ! »

Évidemment, il ne l'avait pas regardée, il était mort. Ses yeux, grands yeux bleus, fixaient le plafond, et jamais Gabrielle n'oublierait cette couleur, le bleu pâle et délavé de la mort, clarté limpide d'une matinée d'avril où son monde avait basculé, mais jamais non plus elle n'oublierait les autres bleus, tous ceux qu'il avait reçus et qu'il lui avait épargnés, le bleu menthe à l'eau de son sourire quand il l'attendait à la sortie de l'école, le bleu lapis de ses larmes au souvenir de sa mère, le bleu du ciel qu'ils contemplaient, allongés dans le jardin, après leurs séances de boxe, et qu'ils avaient touché du doigt au sommet du Machu Picchu, toutes ces nuances de vie, de drames et d'amour qui, mêlées les unes aux autres, composeraient dans sa mémoire et celles de ses enfants le souvenir de cet homme… inoubliable.

# Remerciements

J'aimerais remercier toutes les personnes qui ont cru en moi, et qui, par leur bienveillance et leurs encouragements, ont rendu cette aventure possible. En particulier :

Mon Pouchat, qui, il y a dix ans, sur un petit carnet que j'ai retrouvé par hasard, m'a promis que je serais un jour édité pour un roman, et qui, depuis, envers et contre tout, n'a eu de cesse de m'aider à réaliser ce rêve.

Mes enfants, pour le simple fait d'exister et de me rendre heureux – épuisé, mais heureux.

Mes parents, et plus généralement ma famille, dont l'amour m'ancre avec confiance dans le monde.

Marion, mon éditrice, pour son incroyable travail et sa bonne humeur quotidienne.

Ma communauté, solidaire de nos nuits pourries, qui a su me motiver quand j'avalais des pages de corrections à 4 heures du matin.

Composition
PRESS·PROD


Imprimé en France par
CPI Brodard & Taupin
en avril 2023


Dépôt légal : mai 2023
N° d'impression : 3052710
ISBN : 978-2-7499-5461-5
LAF : 3384